U0113227

nt of

俊、陈永林在微山湖畔调查蝗虫发生情况

研究员

母代 miR-276 通过上调 brm 促进飞蝗后代卵一致性发育

马世骏先生

1973 年 9 月，马世

1明飞蝗食性、迁飞和群
引信息。飞蝗基因组是世
:昆虫基因组，约为人类
:基因组的 30 倍

康乡

1955 年 7 月，马世骏先生（左二）与苏联治蝗团专家在新疆沙湾三道河子调查蝗虫发生情况

康乐研究员（
的分子调控机

左：王宪辉研究员　右：陈应松

从左到右：何忠、陈应松、龙庆成、刘举鹏、席瑞华、龚佩瑜

（左二）团队研究成果"飞蝗两型转变
□制研究"获国家自然科学二等奖

# Integrated M
# Locusts

| Locusta migratoria | Genome size | Depth | Contig N50 | Scaffold N50 | Contig N90 | Scaffold N90 |
|---|---|---|---|---|---|---|
| | 6.5GB | 100X | 9.3kb | 322.6kb | 1.9 kb | 173.9kb |

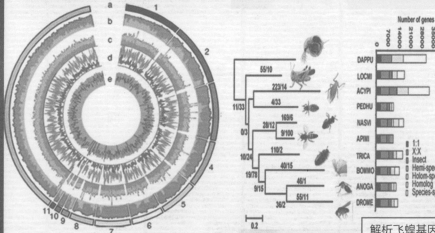

解析飞蝗基因组为阐
聚提供了重要基因组
界上已经测序的最大
基因组的两倍，果蝇

国家出版基金项目
NATIONAL PUBLICATION FOUNDATION

**"十三五"国家重点出版物出版规划项目**

"创新报国70年"大型报告文学丛书

中国科学院 中国作家协会 中国科学技术协会 联合组织创作

# 飞蝗物语

陈应松 著

浙江教育出版社·杭州

# 指导委员会、编辑委员会成员名单

今年是中华人民共和国成立70周年。70年时间，在历史的长河中如白驹过隙，但在中华民族的历史上却是浓墨重彩。中国人民在中国共产党的领导下，从苦难深重的旧中国站起来，在一穷二白的条件下富起来，在百年未遇的变局中强起来，中国特色社会主义事业取得了一个又一个巨大成就。

成立于1949年11月1日的中国科学院，始终与祖国同行、与科学共进——70年来，在党中央、国务院的坚强领导下，几代科学院人不懈努力、顽强拼搏，始终以"创新科技、服务国家、造福人民"为己任，为我国经济发展、社会进步、国家安全等诸多方面做出了重大贡献，成为党、国家、人民可以依靠和信赖的国家战略科技力量。70年峥嵘岁月，中国科学院产出了一大批创新报国的科研成果，涌现出一大批创新报国的先进代表和典型事迹，几代中国科学院人共同谱写了创新报国的华彩乐章。

"创新报国"是中国科学院的优良传统。无论是1965年在世界上首次人工合成牛胰岛素，抑或1988年北京正负电子对撞机首次对撞成功，还是2017年构建天地一体化广域量子通信网络，中国科学院人创新报国矢志不渝。以北京正负电子对撞机为例，邓小平在参观北京正负电子对撞机国家实验室时指出："任何时候，中国都必须发展自己的高科技，在世界高科技领域占有一席之地……高科技的发展和成就，反映了一个国家和民族的能力，也是一个国家兴旺发达的标志。"北京正负电子对撞机的建成，奠定了我国在粒子物理学领域的国际领先地位，是继"两弹一星"之后，我国在高科技领域的又一重大突破性成就。党的十八大以来，习近平总书记始终把创新摆在国家发展战略全局的核心位置，指出"科技是国家强盛之基，创新是民族进步之魂"。中国科学院发扬创新报国的优良传统，不辱使命，再立新功，从"中国天眼"、散裂中子源等重大科技基础设施，到"悟空"号暗物质探测器、"墨子"号量子实验卫星、"慧眼"硬X射线调制望远镜卫星等系列科学实验卫星，再到铁基高温超导、多光子纠缠、中微子振荡新模式、水稻分子育种、量子反常霍尔效应等基础前沿重大创新成果，都充分体现了国家战略科技力量的使命担当和实力水平。

"创新报国"是中国科学院人科学精神的集中体现。无论是扎根边疆、献身植物科学研究的蔡希陶先生，坚持实地调研、重视一手资料的地理学家周立三院士，还是时代楷模"天眼"巨匠南仁东先生、药理学家王逸平先生，他们都用毕生的科学实践诠释了求实、创新、奉献、爱国的科学精神。以南仁东先生为例，为了给"天眼"选址，他跋山涉水，在贵州的深山里奔波了12年；身为项目首席科学家兼总工程师，他淡泊名利，长期默默无闻工作在一线。我们要珍惜这些宝贵的精神财富，大力弘扬他们在科研工作中体现出来的科学精神和专业精神，营造良好的创新文化氛围，推动创新文化建设，增强广大科研工作者的历史使命感和责任感。

"创新报国"是中国科学院科学文化的核心理念。科学文化是影响创造性科研活动最深刻的因素，是科学家创造力最持久的内在源泉。基础研究和原始创新要求科学家具有勇于探索、敢为人先的创新精神，严谨认真、锲而不舍的治学态度，无私忘我、甘于奉献的崇高人格，不辱使命、至诚报国的伟大情怀。中华人民共和国成立之初，百废待兴、百业待举。竺可桢、吴有训等一批饱经战火洗礼的爱国科学家毅然选择留在新中国；赵忠尧、钱学森、郭永怀等一批优秀科学家纷纷放弃海外优厚的生活条件，克服重重阻挠回到祖国。在当时十分艰苦的条件下，他们以高度的爱国热忱投身于新中国的科技事业，积极参与新组建的中国科学院的建设，研制"两弹一星"，制定"十二年科技规划"等，使新中国许多空白领域得到填补，新兴学科得到发展。中国科学院70年的奋斗历程，始终依靠的就是这种文化和精神，我们必须珍视和弘扬。

　　"创新报国"对新时期我国科学文化建设具有重要意义。科学文化本质上是一套行为准则、社会规范和价值体系，包含科学知识、科学方法、科学思想、科学精神等方面。一方面，"创新报国"已经内化为我国科学文化的一部分。"服务国家、造福人民"不但是广大科技工作者的历史使命和社会责任，也是科技工作的出发点和落脚点。另一方面，科技工作者在具体的创新活动实践中，不断深化和丰富了科学文化的内涵。他们所取得的面向世界科技前沿、面向国家重大需求、面向国民经济主战场的创新成果，帮助我们进一步坚定了民族自信和文化自信，为科学文化建设提供了强有力的科技支撑。

　　五年前，出于提高全民族科学文化素养的共同责任，中国科学院、中国作家协会、中国科学技术协会前瞻性地部署了"创新报国70年"大型报告文学丛书项目，目的是聚焦"创新报国"的主题，回顾我国70年重大创新成就，展现杰出科技工作者群体风貌，倡导科学精神、奉献精神和创新精神，弘扬爱国主义、集体主义和理想主义。

　　五年时光，倏忽而逝。这期间，作家舟车劳顿、深入基层采风，审读专家埋首伏案、逐字逐句精心审读，中国科学院研究所同志翻检档案、提供支撑保障，中国作家协会、中国科学技术协会、中国科学院机关和工作团队的同志们鼎力支持、居间协调，浙江教育出版社的同志仔细审稿、严控质量。几许不眠夜，甘苦寸心知。而今，"创新报国70年"大型报告文学丛书首批作品即将付梓与读者见面，相信这批融合了科学与文化、倾注了心血与智慧的作品，这套向历史致敬、向时代献礼的报告文学作品，能让我们重温激情燃烧、砥砺奋进的70年岁月，进一步坚定执着前行、无悔奋斗的信念，去努力实现建成世界科技强国的美好梦想。

中国科学院院长、党组书记

白春礼

中国科学院学部主席团执行主席

2019年6月

## 目录

　　当我走进中国科学院动物研究所的蝗虫饲养室，那些传说中的蝗虫一下子扑到我面前。我这个湖北人，只认识在草丛中安静歇息的蚱蜢，我认为蚱蜢是蚱蜢，并不是蝗虫，蚱蜢是田野里优美的风景，一种可爱的昆虫。但北方人说蚂蚱就是蝗虫，是那种遮天蔽日，使赤地千里、饿殍遍野的"饕餮鬼"蝗虫。我现在看到的这些蝗虫着实让人头皮发麻。

　　这就是蝗虫吗？它们成群聚集，密密麻麻，一个个呈土黄色和黑褐色，犹如从泥土中蹦出来的瘟神厉鬼，在大号灯泡的照射下油光闪闪，面目狰狞。它那奇怪的足肢、诡异的眼睛和啃噬麦苗的亢奋劲儿，像用机器制造出来的钢铁怪物，像是时空穿越后的某个大地的景象，像是末世的隐喻。它们被囚禁在科研人员的笼子里，就像戴着手铐脚镣的幻化的魔兽，张着它们噬骨吮血的牙齿，只要一被放出，就将发动一场毁灭世界的战争……

　　民间认为蝗灾是天谴，蝗虫是"灾仙"。据传说，湘西最厉害的一种蛊，放蛊人是把大蝗虫和蚯蚓捕捉来交媾产出蛊虫，然后暴晒七天七夜，其蛊力惊人。蛊虫是仗恃蝗虫的神力，因此才能获得蛊法。北宋文学家欧阳修可能也对蝗虫心有畏惧，形容它："口含锋刃疾风雨，毒肠不满疑常饥……嗟兹羽孽物共恶，不知造化其谁尸。"由于水灾、旱灾之后必定有蝗灾，苦难深重的中华民族，两千多年一直被蝗虫祸害，以前我们从来没有战胜过这小小蝗虫。只是到了今天，到了中华人民共和国……

1982 年，中华人民共和国国家自然科学奖在北京颁发，"东亚飞蝗生态、生理学等的理论研究及其在根治蝗害中的意义"获得国家自然科学奖二等奖。

中华人民共和国国家自然科学奖评定的基本标准为：在科学上取得突破性进展，学术上为国际领先，并为学术界所公认和广泛引用，推动了本学科或者相关学科的发展，或者对经济建设、社会发展有重大影响的，可以评为一等奖；在科学上取得重要进展，学术上为国际先进水平，并为学术界所公认和引用，推动了本学科或者其分支学科的发展，或者对经济建设、社会发展有较大影响的，可以评为二等奖。

毫无疑问，"飞蝗治理"在国际上绝对是先进水平。这个奖颁奖的理由是这样的：

水、旱、蝗害是我国历史上三大自然灾害。其中蝗灾，曾有"惟旱极而蝗，数千里间，草木皆尽"之言。我国从公元前 707 年起至 1949 年之间的 2656 年间，有记载的蝗灾就达 800 余次之多。

1949年前，黄淮地区平均每隔三四年就出现一次大面积蝗灾，蝗灾主要由东亚飞蝗造成。

中国科学院昆虫所上海工作站（后为中国科学院上海昆虫研究所）于1952年起先后在江苏省洪泽湖、山东省微山湖等设立野外工作站，开展根治东亚飞蝗研究及其分布区域的调查研究，并与当时的中国科学院昆虫研究所长期协作，坚持理论联系实际和科学为生产服务的宗旨，结合治蝗与改造蝗区工作进行了一系列科学研究，取得了卓有成效的科研成果。

东亚飞蝗的滋生繁殖与当地的地形、气候等密切有关，尤其在黄淮平原农业区，当地的降水量以及地面水位控制至关重要。为此，1954年8月和11月，中国科学院昆虫所上海工作站分别向中央主管部门提交了《根治洪泽湖区蝗害建议》和《根治微山湖区蝗害建议》，提出改治结合、根除蝗害的具体实施方案。治理关键在于蝗区治水入眼，具体措施是拦洪蓄水，疏浚河道，以控制湖区季节性水位变化，达到蝗区沿湖一定等高线下的东亚飞蝗滋生地长时间淹水，不再适宜飞蝗滋生繁殖。此举对于控制东亚飞蝗的滋生繁殖和危害扩散确有实效，从而彻底解决了我国东亚飞蝗的根治难题。

这个奖的颁发，对以马世骏为代表的中国科学家根治东亚飞蝗的功绩、对他们为新中国所做的巨大贡献、造福子孙后代的努力是一种高度的肯定。1959年，毛泽东曾在总结中华人民共和国成立10周年的报告中着重指出，新中国农业科学研究取得了两大成就：治蝗与消灭钉螺。

蝗害在中国的肆虐是生活在这块土地上人们的心头大患，是祖祖辈辈中国人的黑暗梦魇。

但是，蝗害终于败在新中国科学家的手下，得到了控制并终结。在庞大而拥有漫长农耕历史的中国，还有什么比根治蝗害这件事更加了得的呢？

2017年，国家又授予康乐领导的研究团队国家自然科学奖二等奖，获奖项目是"飞蝗两型转变的分子调控机制研究"。奖励他们在飞蝗型变的分子调控治理上取得的基础性突破。一个小小的蝗虫，国家先后两次向研究团队颁奖，它背后的故事一定非同一般……

第一章　飞蝗！飞蝗！

Chapter One

# 一、"黄云"降临

1943年7月的一天上午，河南舞阳县的夏天酷热难耐，知了在柳树上拉长了嗓子嘶叫着，好像在喊着"渴呀 —— 渴呀——"。有多少天没有下一滴雨了？田里庄稼都蔫了，早晨起来，土地就冒烟儿，一切都垂头丧气，仿佛大地上的生灵都已灭亡一般。

姜店乡隆周村19岁的周生远是一个小学老师，那时已放了暑假，他正准备挑着水桶去浇地，突然，从西北天空飘来了一块土黄色的云彩，是从叶县方向飘过来的。"咦，哪有这种云呀？"他愣怔着再看了几眼，分明是云彩啊，是不是要下雨了？心里还一忽儿高兴着哩，这块巨大的黄云，倏忽改变了形状，掉头向南，又转向东北。周生远喊大伙看是啥东西。这时乡亲们都出来朝天上张望，在马村和狄青湖那边的上空，这黄云变幻莫测地盘旋着，传来嗡嗡的声音，像是从远处贴地而来的大风声，又像是沙尘刮起来的摩擦声。

天空因为干旱，泛着红光。本来天空什么也没有，这突然飞来的黄色云彩，让大家既兴奋又恐惧，猜测着这究竟是什么玩意儿。有人往黄云的方向跑，想去看个明白。大伙挤在一起，有人摔了跟头，溅起一阵阵干燥的尘土。

黄云突然散了，像被撕破的旗帜，在狄青湖西南端泾河北岸的上空，直往下坠去，又逐渐分散开来，向湖边碧绿的水田降落。

"蚂蚱！"老一辈的人终于证实了心里的猜测，但不敢往那儿想，这是比跑匪还害怕的事儿哩。密密麻麻的飞蝗群降临了！灾难也降临到庄稼人头上了！

飞蝗一只只个头超大，有五六公分长，瞪着两只古怪的凸眼睛，拍动着翅膀，踢蹬着粗壮有力的大腿，落在谷子地里、高粱地里。它们在谷子、高粱秆上歇下后就挥动它们的牙齿啃吃叶子，翅膀在阳光下发出鳞状的金属般的反光。

只过了一晌，飞蝗就遍布舞阳的田野。读过师范的周生远仔细观察，据他回忆："看到的几乎完全是雌蝗，雄虫十分稀少。全身土黄色，背部黑色，六足四翅，前二翅及大腿内侧有细黑色花纹，跟平时见到的本地蝗虫基本相同，但有一点却不相同，就是它们的飞行姿态。这些蝗虫在起飞后，把两只大腿收拢，紧抱在身体两侧，使大腿和身体并为一体。因此，飞起来的蝗虫，看着身体特别大，却减小了大腿在飞行中所受的空气阻力。加上起飞后其余四条小腿也抱拢在嘴下，全身就形成了流线型，所以飞行迅疾而轻盈。"

飞蝗在当地又称为"饥虫"，吃相十分难看，还边吃边屙，它们用口器切割叶片的速度简直飞快，水稻田里刚才还是密不透风的翠绿的稻穗，风一吹，传来即将丰收的沙沙声响，可一眨眼就成了光秆，就像被土匪扒光了衣服。

农民心疼他们的庄稼，挥着木板、笤帚去打，哪里能打得完！把所有禾本科植物扫荡一净后，雌蝗纷纷落到地下，一个个把腹部插入土壤里，开始产卵。周生远说："我挖出蝗卵一检查，每穴三十至五十粒不等，卵呈深黄色，长四五毫米，玉米棒形，直径将近一毫米。"

这蝗阵来得突然，走得也突然。到了下午四点光景，铺天盖地的蝗虫像是受到什么指令一样，忽然迅速起飞，腾空向东南而去，竟没有丢下一只失散的飞蝗。这真是怪事儿，它们是怎样来去整齐的？它们又去了哪里？

地上的绿色被荡平了，一派荒凉的惨景。庄稼人看着被从天而降的害虫所蹂躏的土地，坐在田埂上哭得死去活来。

蝗群飞去后，地下留着许多蝗卵洞穴，特别是水田里，湿润的泥地千疮百孔，甚是瘆人。

约 7 天之后。光秃秃的稻谷田里，有一块块黑色的东西在蠕动，大伙走近仔细一看，是蝗蝻。这蝗蝻从土里由卵变虫后钻出来，是黑色的，蚂蚁般大小。它们结群聚堆，密密麻麻地纠结一团，堆成四五公分厚的黑块，只要有人走近，它们就纷纷逃散。村里人恨它们不过，恨这些吃人的害虫遗下的孽子，都出动去田里用脚踩踏。但蝗蝻多得踩不完，你踩死了一片，一忽儿又从地下钻出一大片来。你起身离开，回头一看，后面又是爬出来的蝗蝻，就像是陷入噩梦一般，这些蝗虫咋弄不死哩？一浪一浪像是从地狱里钻出来！

太可怕了！实在是太可怕了！

大伙儿想不出消灭它们的办法。天色渐渐黑了，黑得就像天空全被覆盖着黑压压的蝗蝻。在惊恐中度过一夜的村民，第二天起来去田里看，蝗蝻爬上了嫩草尖，它们占据了大路，在路边的草丛里又是成堆成堆的。这些小蝗蝻，长得忒快，才一两天，就有一些趴在草叶上开始啃吃了。又过了一两天，村里的大路小路上，几乎爬满了蝗蝻，看得人头皮发麻，恶心难受。男女老幼，大家用扫帚顺着大路清扫，然后将它们弄成一堆用脚踏，用火烧。打死烧死的一堆又一堆，不计其数。

三四天后，这些蝗蝻长到差不多一厘米以上了，由黑而变成有深黄色块片的幼虫。又过了几天，有两厘米长的时候，它们变成了全身土黄色的怪物。重新长起来的和没被它们的父母噬食光的杂草和庄稼，又被它们吃个精光。紧接着，这支觅食大军就开始了从领地向外扩张的活动。洪流似的蝗蝻群，浩浩荡荡向前进发。这支恐怖的队伍，逢沟过沟，遇坎翻坎，千军万马，一往无前。最奇怪的是，它们因为还没有翅膀，到了水边，就毫不迟疑地跳到水里，用两条后肢划水而行，就像游泳的健将，劈波斩浪，游向对岸。这情景真如传说中的七月半"过阴兵"。老人都说他们从没有看到过这样的场面，让人不寒而栗，瑟瑟发抖。

汹涌澎湃的蝗蝻大军在行进的途中，会汇入更多的队伍，好像有气味召唤似的。它们汇聚的速度惊人，不会落下什么，没有"散兵游勇"，全都聚集在一起，认准一个方向，即使遇到墙根、房舍，或是高崖，也决不迟疑。有慢的，稍一停顿，后续部队就覆盖过来，以前面的为踏脚石，再往上爬。因为道路只有一条，爬上墙的太多，虫叠虫，群盖群，承受不住，一串串又往下掉。掉落在地的毫不气馁，绝不回头，又继续往上攀爬。遇到有车过人走的大路，被碾死也毫不畏惧。

周生远说，他记得当时路上全是死蝗蝻，他的房子西屋后墙非常光滑，不易爬上去，蝗蝻折向北，绕道走北山墙再向正东爬行，在北屋后形成了一股稠密的蝗蝻洪流。他用铁锨挖了个直径约一尺、深约一尺半的坑，挖好以后，只几分钟就聚满一坑，他用碗将活蝗舀了倒入缸中，转个身回来就又满了。约半个钟头，就捉了满满一大缸，实在是连捉也捉不及。

当时的国民党地方政府为了灭蝗，起初让各保交蝗虫，交去的蝗虫没有地方盛放，打死也来不及，后来干脆也不要了。从王村到李庄有一条南北长一公里的交通壕，乡亲们把东岸劈陡铲光了，很快聚集了一米厚的蝗蝻，人们就套上石磙在那上边碾，用锨撸出来，撸了一堆堆死蝗蝻。这些死蝗蝻太多太多，鸡鸭野鸟癞蛤蟆吃不了，毒热的太阳下，苍蝇在蝗蛹尸堆上飞舞，腐烂过后，蛆虫乱爬，整个村庄臭气熏天。

不几天，蝗蛹蜕皮生翅，变成飞蝗。这些振翅迁飞的飞蝗群，像黄尘漫卷，飞临村庄的上空。还有一些不知从哪里飞来的飞蝗群，加入更壮大的队伍。许多飞蝗因为找不到吃的，疲惫不堪，饥饿难耐，落下来和蝗蛹合在一起，到处乱撞。人们用一根青黍秆，在地上像扫地一样猛扫，转一圈可以扫起一小堆死飞蝗，有两三百只。

那天下午，周生远在打谷场里发现本族叔祖周二林抢收出来的、用苫子紧盖着的早谷子堆。怕蝗虫钻进去，连忙跑回去告诉二林。二林正在劈青黍秆，一听，赶快往场里跑，等他从场里回来，所劈的青黍秆已经被蝗虫咬成一节一节。在地里，放下的草帽被咬坏。在谷场里，苫子、席子被咬烂。房屋里，蝗虫也一样闯入，墙上的对联、财神像也被咬坏，掉在地上的衣服和鞋子也被咬破。

飞蝗天天肆虐横行，庄稼人已经绝望了。天空中飞蝗聚集，云块一样盘旋不去，零星的飞蝗也四下里乱飞。嗡嗡振翅的声音，闹哄哄的，彻夜不断。到了8月，晚上趁着月光，可以看见天空中有好几层飞蝗，各层都有它们不同的飞行方向，这情景非常奇怪。1943年的这个夏秋，像是地狱一样的场景，刻在了人们的脑海中。

据统计，仅在河南，这一年蝗虫就吃光了七个县的庄稼。

## 二、有一首蚂蚱歌……

有一首流传在1943年的河南的歌谣，就叫《蚂蚱歌》。这首歌谣里有人们深深的、恐怖的记忆，至今河南许多地方的老人还能唱：

民国三十二年夏，蚂蚱飞起如下雪。这蚂蚱，真是仙，飞将起来遮住天。先是悬半空，然后落地中。秋苗一权高，一吃活像火棍烧，秋苗抽红缨，蚂蚱一过都吃清。百姓听说蚂蚱来，一起都下地里逮。到地中，用眼看，吓得浑身打疙颤；是秋苗，都爬匀，说话吃完真怕人，锣又摁，鼓又催，无论如何撵不飞。破袜底拍，粪权打，蚂蚱好像跟它耍，生下蛋，繁下籽，然后它们才飞走。头向东，都向东，头朝西，都朝西。先会蹦，后会飞，有黑绿，有青黄，里面还有蚂蚱王。小蚂蚱，像铁身，雨淋七天还会飞。有县官，存好心，一心要除蚂蚱根。出钱收，是论斤，知道百姓爱钱亲。布袋背，小车推，收的都是整大堆。先使小车送，后来大车拉，都想换钱来顾家。收些时，收不完，官看蚂蚱真麻缠。到后来，全不收，蚂蚱还是吃光秋。小蚂蚱，性真硬，敢照机枪子弹碰。飞空中，乱纷纷，遮得天黄地又昏，好像当年过奉军。天一冷，它不动，一霜打它都死净，它把百姓命来送……

## 三、老飞头·人吃人·八蚱神·人吃蝗

在河南博爱县，当地人对飞蝗的称呼很奇怪，称为"老飞头"，也叫"大蚂蚱"。"老飞头"是什么意思不清楚，但"大蚂蚱"是说这孽障比一般蚂蚱体格大，身体有五六厘米长，体围像手指那么粗。1942年，博爱县也是蝗灾闹得很严重的地方，老人们清楚记得蝗虫是从东南铺天盖地如卷席飞来的，让人根本看不到天空。它们唰唰唰地落在博爱县清化火车站停靠的列车上，将四五十节的客车车厢覆盖得严严实实，车上的人一下子也看不到车窗外面，以为自己即将被这些"老飞头"吃个干干净净。博爱县逼停火车的奇景，直到中华人民共和国成立后还是当地的话资，人们闻之色变。

飞蝗袭来，犹如梦中，古怪恐怖，老百姓普遍认为是神虫降临，是天兵天将，他们在田里烧香磕头祷告，祈求老天保佑禾苗。但蝗虫可不信天佑之类的神话，依然凶猛而至，下口残忍。人们求神无门，只好众起扑打。蝗虫太多，扑打也无济于

事，博爱县当年数万亩秋禾颗粒无收。

到了1943年的春末夏初，麦子到了灌浆期，人们指望这一年的收成，没想到蝗虫又一次降临到博爱县。蝗虫来势汹汹，搅得天昏地暗，降落下来，到处都是。清化城内外无处下脚，屋顶上、树冠上，没有一处不是蝗虫。蝗虫往人身上扑，小孩被啃，鸟飞雀散，鸡躲狗藏，连猪都被咬得嗷嗷叫。有人说这蝗虫不知是否专门来坑害穷苦人的，落在麦株上吃叶不吃茎，专咬麦脖儿，使亿万株嫩绿的麦穗顷刻间落满田间。农民们在田头仰天号啕，饥荒之年就这么来了。有吃观音土的，有吃雁屎的，有啃树皮草根充饥的。当时的国民政府不管百姓死活，于是卖儿鬻女在这个地方开始盛行，甚至出现惨不忍闻的人吃人现象。

这一年，该村65户406人，仅存23人。张三街43户238人，饥荒过后只剩7户27人。海棠岭东街有30户240人，后来只剩下3户8人。

这一年，博爱县饿死了5万多人。

邻县沁阳县这一年闹蝗也瘆得慌。

农历六月，早谷吐穗时节，突然大晴天看不见太阳，天上刮来乌云，像风一样呼呼作响。蝗虫来了，它们队列整齐，动作一致，要往哪里飞，都往哪里飞，要停都停，落在地上头的方向要朝东都朝东，要朝西都朝西，好像是有头领、有组织、有号令一样。有的落在树上，成结成串，多大的树枝都能压弯。

它们落在庄稼地里，趴在玉米秆和谷穗上，开始是不吃不动的，于是乡亲们就说是有八蚱神显灵了。在地头烧香磕头，许猪许羊许修庙堂，祈求八蚱神快把蚂蚱收回，保庄稼禾苗不受侵害。可是过几个时辰，蝗虫就像得了什么号令一般，开始一起啃咬庄稼。那个速度，沙沙一阵响声，一地秋苗刹那间就变成光秃秃的秆子了。有一个平常吃斋行善、烧香上供的老汉，种了一亩多早谷，看到飞蝗落到谷棵上，但不吃不动，他满心欢喜，心想自己平常吃斋行善有积德，八蚱神显灵不让飞蝗吃这块谷子。赶忙回家取香来烧拜，等回到地头，谷子全被吃光了。他还喃喃自语说：“不怪，不怪八蚱神，只怪咱平时行善不够……”

八蚱神传说是水龙王的四太子，专司水害，是虫王，这虫王专降各种昆虫，是驱除害虫之神，特别是危害最烈的蝗虫，八蚱庙或虫王庙，实际上都是祭祀蝗神的庙。沁阳的八蚱庙因打仗毁了，没了。但祭祀磕头也没用，有的人头捣出血，还是不能救庄稼。人们明白了蚂蚱不是什么“神虫”，唯一的方法就是自救，为灭蝗虫，不可手软。于是人们为了肚子与蝗虫展开了生死大战，男女老少一齐上阵，开始是驱赶，用一根长竹竿，在顶端系一块二尺见方的旧布单或小儿衣裳，来回挥舞，大声呵斥，想把飞蝗惊吓跑。这种办法基本吓不住也撵不走蝗虫，再后来就是扑打。大伙用一米来长的木棍或粗竹竿，一头绑上个烂鞋底，朝它们狠狠扑打，这样效果不错。落在玉米秆上的，就用手抓住，把它捏搓而死。

沁阳人就这样打了半个月，疲惫不堪，飞蝗大大减少了，人们认为幸存的秋苗可以保住了。农历七月，天下了一场小雨，对庄稼极好，大伙感到有了指望。可雨住之后天晴了，没有几天，飞蝗下的崽子又卷土重来。人们叫它"小蹦蹦"，就是蝗蝻，这蝗蝻除了脊背是黑色，身上其他部位都是黄色，也跟它们的蝗虫父母一样，一旦牙齿长全，见苗就啃。人们不再求神拜佛，发现就打，有的用火烧，几家联合在一起，地头挖坑，把它们驱赶到里面点火烧掉，也有用水阻隔，在庄稼地的周围挖二尺来宽、一尺多深的沟，把水放满，阻止蝗蝻入侵。刚开始几天还管用，可蝗蝻不几天就长大了，这大蝗蝻不怕水，能泅水过沟。

到了晚上，天漆黑一片，但蝗虫奔跑和啃噬庄稼的声音没有止歇，令人烦躁不安。人们依然在田间地头手持长竿和绑着的衣服胡乱挥舞，不让它们为害庄稼。蝗蝻一蜕皮，又变成了飞蝗成虫。一个多月的人蝗大战以蝗虫的胜利告终，禾苗吃了两茬，庄稼颗粒无收。

大家在灭蝗过程中，发现红薯叶完好无损，看来蝗虫是不吃这个东西的，于是赶忙插红薯藤，但为时已晚，季节过了。到收获时，红薯只长藤子不长红薯。人们又赶快补种荞麦，这种作物生长期虽短，但出面率低，质量也不高，味道还很苦。有俗话说："荞麦面，冷水和，饿死媳妇吓死婆。"荞麦种子昂贵，穷苦人遭受了虫灾饥荒，没有钱买种子，地就荒了。后来，人们饿得不行，什么都找着吃，吃土的，吃草根的，吃树皮的。看到满地的"老飞头"，有人想，这不也是肉吗？飞蝗体大肉肥，捉了一堆放在锅里炙干，还有一些肉的香气。这样一传十，十传百，饥饿的农民开始大量抓蝗虫烧烤，填辘辘饥肠。这样白天打蝗捕蝗，晚上焙蝗煮蝗，成了沁阳人度过蝗灾断粮的生活方式。干硬的蝗虫吃了拉不出屎来，所以吃到后来大家宁愿饿死也不愿再吃。

## 四、蝗虫传说·修武蝗灾实录

据河南修武老人王守义和张鸿胪当年回忆：从1942年春天开始，修武持续百日无雨，造成大麦、小麦等夏熟作物绝收。秋天，国民党军队为了阻遏日军南侵，将沁河口扒开，整个豫北一片汪洋，人为鱼鳖，死人无数。水刚退去，庄稼初生，蝗虫又起，寒冬茫茫，农民只好逃荒要饭。1943年，春夏两季再持续大旱。初秋之时，本指望未旱死的庄稼有点收成，突然这一天一阵黑风呼呼地由西南方向卷来，天昏地暗，日月倒悬，白昼变成了夜晚。干活的农民抬头看时，扑棱棱的蝗虫就飞落下来了，原来是飞蝗！

浩浩荡荡的"蝗军"跟日本鬼子没有两样，摧城拔寨，落在树上像大便一样，压得粗壮的树枝摇摇欲折。它们在地面上、房子上蠕动着、蹦跳着，农民见了毛骨悚然。在室外烧柴做饭的锅盖一揭开，蝗虫就自投罗网往开水里跳，太多太多。飞蝗落在庄稼地里，一片嚼噬声之后，玉米、谷子、高粱就被捋净变成光秆立在悲恸荒凉的大地上。老人们形容那年的蝗虫多得"结块如斗，飞起如云，遮天蔽日，所过处禾苗青草一扫而光"。

修武人斗蝗，先是手持工具守在庄稼地边严阵以待，等飞蝗落地，敲锣打鼓，摇旗呐喊，再点燃烟火，鸣枪放炮，造成恐怖气氛，让飞蝗不敢落地。蝗蝻来时，农民把自己的田头地边挖成深堑，将蝗蝻逼进沟内扑打、烧杀或放水溺死。农民将蝗虫从南地赶到北地，或由东村赶往西村，还念念有词："蚂蚱神，蚂蚱神，您咋不下南淮村。谷子深，高粱深，三天吃您胖登登。"有些装神弄鬼的巫婆神汉，埋怨威胁群众，不该灭蝗吃脯。因为饥荒，不少人将蝗虫的头拔掉，然后炒食其腹部。巫婆们也有词："拔俺头，吃俺肉，俺去河南叫俺舅，俺舅来了吃您的豆。"

有老人回忆这些蝗虫，说出了另一种景况：说它们来时是"一拨一拨的，要黄色，一律黄色，要绿色，一律绿色。落下地来，要头朝哪个方向，统统都头朝哪个方向，田间，地头，树上，井里，河沿，沟坡，密密麻麻，起飞如黑烟腾起，落地如山洪暴发，人到自动闪开，人过立即合拢"。

还有许多老人讲的另一个传说：每年黄河发大水，均有鱼群把鱼子甩在草丛中，如遇久旱不雨，鱼子就会变成蝗虫群，所以蝗虫既是草生虫害又有鱼群的习性。凡在战乱时期，杂草丛生，就易发生蝗灾。

修武县李万乡杨秀山回忆：关于民国时期的蝗灾，老百姓俗称"蚂蚱吃时候",那场灾害从1941年开始,整整闹了三年。他所在的杨楼村当初共有400多口人,光饿死绝户的就有七户,最后只剩下200来人。当时十来岁的杨秀山对此印象深刻,只知道开始是天气旱得厉害,后来地里就生了蚂蚱。起初遍地都是小肉蛹乱蹦,这些肉蛹虽有翅芽但还不会飞,人们就在地头挖沟,把肉蛹往沟里赶,然后迅速填土压死它们。可是这些小肉蛹太多,根本打不完,没几天长硬了翅膀,便一群群到处乱飞。头两年别处大批蚂蚱还没过来,人们在地里护庄稼,扯块布,绑成旗子,看见蚂蚱飞过来,就一边挥舞旗子,一边敲着铜锣吆喝,劳力多的人家还能保住点收成,后来大批蚂蚱过来就不行了。有一天中午,抬头看不见太阳,蚂蚱从西南方向飞过来,黑压压布满天空,发出哗哗巨响,如同狂风暴雨一般,成团的虫疙瘩落在树上,把树枝都压断了。庄稼就更别提了,都被压趴在地上,平铺一地都是蚂蚱,连人也被落了一身。

记得头一年闹蚂蚱,因为蚂蚱凡是豆类都不吃,豆类作物还能收。秋后,人们光吃豆,不够吃,把树上的榆皮刮下来,放在锅里煎干,用石碾轧碎,再磨成面吃。后来榆皮没有了,就开始吃蚂蚱,把蚂蚱头连肚肠拔下来,用锅煎着吃。头一年总算没有饿死人。谁知第二年又生了斑蝥,这东西专吃豆类叶。这真是雪上加霜!村里的巫婆跳神,说斑蝥本是蚂蚱请来的,是对人们吃蚂蚱肉的报复,吓得人不敢再吃蚂蚱。

这样子,不是被活活饿死,就是外出逃荒。然而,即使家里有点存粮，能够维持不被饿死的人家也没法生活。首先是杂牌队吃派饭，从"一支队"到"十支队"，番号众多，都拿着枪，穿着老百姓服装。记不清到底有多少，反正来一帮，派饭小伙就得去挨门派饭。杨秀山家最多的一天就派了17次饭，每次都是他伯伯提着瓦罐去送饭。那些杂牌队看送的饭不好，就骂道："你是来喂猪哩！"嘴里骂着，抬脚就把瓦罐踢飞。踢得罐破饭洒，你还得重新做饭送去。实际上那年月，哪家有粮？都是吃榆皮、草根、棉壳，去哪弄好饭给他们送？只要稍微稠些，里面没有玉米芯疙瘩就算好的了。再就是土匪抢，成伙到有粮的人家去抢。有的人家里存点粮食怕被抢走，塞在炉坑里或是埋在地下，竟然还会被搜出来。村里饿死很多人，村东的杨保山全家四口人，老伴和两个十几岁的儿子先后饿死，他后来也饿死在村北路上。

村里活不了，杨秀山全家只好外出逃荒，因他家有个姐姐，早年出嫁到江苏省徐州东边的海州，听人说那边的生活好，他们就前去投奔。那时往徐州那边去，必须在开封坐火车。大人带着他和两个妹妹，边讨饭边赶路，一路赶往开封。在逃荒路上，不时见到路边饿死的人的尸体，有的衣裳也被脱去了。杨秀山亲眼看到有一个穿大半新月蓝袍子的中年男子躺在路边死去，一个妇女和一个十几岁的男孩，趴在他身上哭。路上有人边走边劝说："人死了还中哩！把他身上的衣裳脱下来换点吃的，你们还能得个活命。"那妇女抬起头来，迟疑着不忍动手。

别人又说："赶紧脱吧！你就是不脱，一会儿别人也要脱。"听了这话，那妇女才动手把那件袍子脱了下来。然后，妇女和男孩一齐跪在地上，向尸体磕了几个头，哭哭啼啼地走了。

开封火车站里全是人，向东去逃荒搭车的人挤得透不过气来。火车是露天货车皮，人们拼命地往上挤，有力量的，就踩着别人的头往车里爬，体弱多病的老人妇孺可就惨了，在底下被踩得哇哇惨叫，还有人被踩死的。有的一家人在上火车时，有人上去了，有人还在下面上不去，车上人叫，车下人哭，火车一开，从此东西，生生离散了。挤散的人家，小孩或是妇女不见了，家里人发疯似的寻找喊叫，那场面让人肝肠寸断。有一个老汉，儿子和媳妇都挤上了车，他没挤上去车就开了，他怕儿子返回找不着他，只好守在原地不敢离开，最后饿死在那里。杨秀山的伯母在一次火车到站时，被人挤下来，伯伯想下去拉她，可火车已经开了。他们只好等火车又一次到站后，才赶忙下来。幸亏这一站不太远，伯伯和两个妹妹在一个地方等，杨秀山步行回到老地方找着了伯母……

1943年，修武县遭受大蝗灾，王屯乡刘范村的王守义是那场蝗灾的亲历者。

他们村的杨海，全家四口人，因庄稼闹蝗虫颗粒无收，被高利贷盘剥得倾家荡产，家破人亡。其妻1943年因饿得全身浮肿，苦熬到翌年初夏，大麦黄梢，吃了几顿"捻转"（用炒熟的青麦子放在石磨上搓捻成像碎面条一样的食物），承受不了强硬食品的刺激，消化不良，先拉肚子，浮肿消退后骨瘦如柴，浑身发臭，躺在大街上呻吟，数天后死亡。青年刘遂定双腿残疾，只会爬行，家里人在寒冬腊月到外地逃荒，仅剩下他一人留在家里，既无粮食又无御寒衣被，饥寒交迫，每天哭喊不止，东邻西舍给他半碗菜粥果腹，他晚上只身睡在草窝里，苟延残喘度日，后来饿死了。有一赵姓老两口要带着三个子女到徐州逃荒，因行走不便，临走前将十多岁的大女儿送给本村一家姓刘的当童养媳，刘某嫌弃女孩，用绳子将其活活勒死；小女儿带到徐州后卖给了人，后来下落不明，造成老两口终身遗恨。村民刘根被日军抓走，据说到日本去当苦力了，一去杳无音信，死活不明，他老婆带着孩子去徐州逃荒。村民刘聚堆寒冬逃荒到深山，十指被冻没了，就剩两个拳头，终身残疾。

纪孟村的邱玉齐讲到了蝗灾的惨象。他说1943年他和邱老迷、王有三去洛阳接人，走到沁河滩里时，看到蝗虫只有蚂蚁般大小，裹作一团一团的，大团团有筛子那么大，小团团也有碗口那么大。他们三人当时议论："这些蝗虫如果长大了可就了不得啦！"果然，一个月后，玉米撒红缨时，蝗虫就到了他们村。这些蝗虫比他们在沁河滩里见到的都大，都没长翅膀，一下一下朝前蹦，一边蹦一边吃，从庄稼地里蹦过去，庄稼的叶和穗一下子便被吃光了。村里的人想了许多法子，拍的拍、埋的埋，但根本没有办法治。

蝗虫过后，农民一贫如洗。邱玉齐家当时四口人，父亲活活饿死。后来借了八斤花生饼，第二年就须还人家一斗（1斗=10升）麦。后来又借了一斗麦，第二年麦收后就须还人家四斗。麦收后还不了，到秋收后还人家七斗。为了活命，他从寺河煤矿挑煤去武陟卖，一次挑180斤，肩膀烂得血淋淋的。雪天雨天也不敢歇，因为家中老小就指望他挑煤卖了买粮食。村里当时有一千多口人，蝗虫过后除了逃荒要饭已不剩几户人家了。李春、李炳兄弟俩逃荒到安徽，结果饿死在外。樊丑父女俩逃荒到开封，樊丑为了让女儿寻个活命，把亲生女儿卖给了人家，结果自己饿死了。邱金火也饿死在逃荒路上。还有的从此杳无音信……李清田一家四口全都饿死，李书民一家六口人饿死了五口，李书贤父亲饿死时还呻吟着说："真想吃个黄馍馍……黄馍馍……"活着的人去埋死人，饿得连挖墓坑的力气也没有，都是浅浅地一埋了事……

# 第二章　东亚飞蝗的前世今生

Chapter Two

# 一、东亚飞蝗是个什么东西

蝗虫，中华民族苦难的渊薮，大自然的浩劫，民族不屈精神的"磨砺石"。

东亚飞蝗究竟是什么东西？先看两首古诗。

蝗螽虽微物，为患良不细。

其生实蕃滋，殄灭端匪易。

方秋禾黍成，芃芃各生遂。

所欣岁将登，奄忽蝗已至。

害苗及根节，而况叶与穗。

伤哉陇亩植，民命之所系。

一旦尽于斯，何以卒年岁。

上帝仁下民，讵非人所致。

修省弗敢怠，民患可坐视？

去螟古有诗，捕蝗亦有使。

除患与养患，昔人论已备。

拯民于水火，勖哉勿玩愒。

这首诗大约写明了蝗虫的危害，是明朝的朱瞻基所写，出自《捕蝗诗示尚书郭敦》。

清代的袁青绶在《除蝗备考》中评价唐臣姚崇："唐臣姚崇，'就使捕之不尽，犹胜养以贻患'，此言出，而古今治蝗乃定。"从唐朝那时起，中国有了专门治蝗的官吏。

唐代大诗人白居易也有一首很有名的捕蝗诗：

捕蝗捕蝗谁家子，

天热日长饥欲死。

兴元兵后伤阴阳，

和气蛊蠹化为蝗。

始自两河及三辅，

荐食如蚕飞似雨。

雨飞蚕食千里间，

不见青苗空赤土。

河南长吏言忧农，

课人昼夜捕蝗虫。

是时粟斗钱三百，

蝗虫之价与粟同。

捕蝗捕蝗竟何利，

徒使饥人重劳费。


诗中描述了蝗虫的可怕。说它们吃起庄稼来像蚕吞食桑叶，飞起来像下雨，千里之间化为赤土，就像恶魔降临。说蝗虫是蛊蠹所化。蝗虫所至，真是巫风惨惨！

那么更早时，中国是否有蝗灾？著名昆虫学家周尧教授在甲骨文中第一次找到大量的"蝗"字和"螽"字，并认为在《说文解字》中，篆体的"蝗"字和"螽"字，就是从它们演化来的。

蝗灾肯定不是短短几千年才出现的，东亚飞蝗是中国这块大地上的"老居民"，与我们的耕作方式、地质地貌和气候条件有直接的关系。康乐院士经研究指出，华北地区蝗虫有8万多年的历史。

康乐院士还提出，飞蝗与人类从非洲迁徙的路径相同，但蝗虫并不是追随人类的垦殖脚步而来，蝗虫从非洲进入亚洲的时间更早。

古籍与蝗有关的文字有"螽""蝻""螽"三字。蝗在《左传》称螽，《公羊传》称螽，始见于《春秋》鲁宣公十五年（公元前594）："初税亩，冬，螽生。""蝗"的说法出现在《史记·秦始皇本纪》中。

为何称"蝗"呢？说法各异。有的分析认为："蝗"有"王"

字，古人深受其害，将此物称为虫中之王，也是称蝗不称螽的开始。故《说文》释蝗说："蝗，螽也。"老百姓一直以来称蝗为蚱蜢、蚂蚱，《月令章句》云："蝗，螽类。江东谓之蚱蜢。"专门统计历史上蝗灾次数的有徐光启的《除蝗疏》，指出春秋时期的294年（公元前770年—前476年）中有蝝灾发生的共有111年，他是按蝗灾发生的月份统计的，结果可以明显看出蝗灾"最盛于夏秋之间，与百谷长养成熟之时正相值也"，记载在他的《农政全书》卷四十四《荒政》篇里。

也有不少蝗虫，经蝗虫分类学家研究鉴定被确认为不同种类。蚱、蜢、蝗并不是同种生物，而是直翅目蝗亚目昆虫中的三个不同的类群，它们分别隶属三个不同的总科，即蚱总科、蜢总科和蝗总科，只不过老百姓一直这样叫。过去的昆虫学家也曾把蚱叫作菱蝗，因为它呈菱形；把蜢叫作短角蝗。根据蝗虫分类学家的研究，蚱、蜢、蝗的长相是完全不同的。

飞蝗为迁飞性、杂食性大害虫。飞蝗属昆虫纲，直翅目，蝗科。据统计，蝗总科共有223个属，859种。东亚飞蝗一年为两代，第一代称为夏蝗，第二代称为秋蝗。飞蝗有六条腿，躯体分头、胸、腹三部分。胸部有两对翅，前翅为角质，后翅为膜质。体黄褐色，雄虫在交尾期呈现鲜黄色。雌蝗体长3.95—5.12厘米，雄蝗体长3.3—4.15厘米。有群居型、散居型和中间型三种类型。

我在中科院动物研究所的饲养室看到的群居型，背部黑色，腹面为黄褐色和土黄色，头顶圆，颜面平直，触角丝状，前胸背板中隆线发达，沿中线两侧有黑色带纹。前翅淡褐色，有暗色斑点。散居型头、胸、后足都是绿色。好像是两种完全不同的蚂蚱，但这就是一种，一旦它们群居之后，准备迁飞，就突然从绿色变成黑褐色而且块头超大，成群时千万只聚集，有密集恐惧症的人见了一定会觳觫失色。

飞蝗，是洲际性农业重大害虫。分布于亚洲、非洲、欧洲、大洋洲。已知有1种，曾被描述为10亚种，即亚洲飞蝗、东亚飞蝗、西藏飞蝗、缅甸飞蝗、非洲飞蝗、马达加斯加飞蝗、地中海飞蝗、西欧飞蝗、何氏飞蝗、俄罗斯飞蝗。我国有3亚种：东亚飞蝗、亚洲飞蝗和西藏飞蝗。东亚飞蝗是在我国最为猖獗、危害最严重的一种。

不过现在，经康乐院士研究证明，飞蝗在全世界只有两个亚种，我国只有一个亚种，就叫亚洲飞蝗，这在国际上已有定论并被广泛采用，这是后话。

"卵—蝗蝻—成虫"是蝗虫生命的三个阶段，生物学上叫作一个世代。蝗虫一年的发生世代数常随蝗虫种类、地理位置以及卵、蝻、成虫的发育天数等的不同而有所变化。如飞蝗一年可发生1—4代，一头雌虫可以产200—300粒卵，难怪蝗虫会迅速成灾。蝗卵在适宜的温度下，从土壤下的卵块中孵化而钻出到土壤表面，其幼虫叫作第一龄蝗蝻。由于蝗虫是外骨骼，虫体必须蜕皮才能长大，蜕一次皮长大一龄。五龄蝗蝻蜕皮时，长出长翅变成能飞翔的成虫。雌雄两性成虫在羽化后7—14天就可交配，雌虫在交配后经过7—10天就要选择适宜的场所产卵，一生可多次产卵。东亚飞蝗雌性成虫一生平均产3—5块卵，每块蝗卵可有49—90粒卵，个别雌蝗产卵达12块，总卵粒可超过1000粒。也就是说，一个雌蝗最多可生出1000多个后代，这是多么庞大的数字，令人难以置信。

有古书记载称蝗虫是鱼或虾子变的，民间对此笃信不疑。要说原因，是蝗虫特别是飞蝗常发生在湖边或河流沿岸，就有所谓"涝生鱼，旱生蝗"的说法。还有种说法是：涝生蜻蜓，旱生蚂蚱。飞蝗常随水面的下落而在靠近水边的潮湿土壤中产卵，产卵土壤的含水量通常在10％—20％之间，所以造成蝗虫与鱼或虾子有关的错觉。

科学家对蝗虫的研究已经相当透彻，发现它有三个独特的"秘密"：

一是型变现象。蝗虫因其密度的大小有形态与色泽的神奇变化，飞蝗、沙漠蝗和意大利蝗都有此现象。如飞蝗在密度很小时，身体常为绿色，头部较狭，复眼较小，前胸背板呈弧状隆起，前翅较短，超过腹端不多，叫作散居型。这就是我们常在乡间草丛中看到的蝗虫，也叫绿蚂蚱或蚱蜢。但在发生数量很大、密度很高时，这些蝗虫突然变成了棕黄色、土黄色，背部有密集的黑斑点，头部较宽，复眼较大，前胸背板呈马鞍状，前翅较长，超过腹端较多，这就叫作群居型。那些成群结队啃噬庄稼的蝗虫就是这种群居型蝗虫。

飞蝗蝗蝻自小就有群聚现象，蝗蝻成群后即合群跳跃，身体变成黑红色，前脑背板下凹呈马鞍形，羽化后仍保持群居型。为什么会变色？为什么会群聚？谁召唤的？科学家对此进行了深入的研究，发现飞蝗蝗蝻胃肠可产生一种群聚信息素，也叫黑化信息素，又称蝗酚，它由木质素分解而成。它转成排泄物排出体外，使附近空气中含有大量蝗酚。蝗酚是跳跃行为的引诱剂，可刺激飞蝗黑色素的形成并影响群居型特征的发育。群居型蝗蝻和成虫的高密度发生就形成蝗虫的大发生，并造成蝗灾。

关于群聚现象，康乐院士和他的生态基因组从基因、小分子入手研究出更多位于世界前列的成果，本书后面将有详细叙述。

飞蝗的型变，古代也不是没被注意，只是时代局限，认识不深，如东汉哲学家王充在《论衡》中，对飞蝗做了详尽的记述："变复之家，谓虫食谷者，部吏所致也。贪则侵渔，故虫食谷。身黑头赤，则谓武官；头黑身赤，则谓文官。使加罚于虫所象类之吏，则虫灭息，不复见矣。夫头赤则谓武吏，头黑则谓文吏所致也。时或头赤身白，头黑身黄，或头身皆黄，或头身皆青，或皆白，若鱼肉之虫……蝗时至，蔽天如雨，集地食物，不择谷草。察其头身，象类何吏？变复之家，谓蝗何应？"蝗虫上述种种体色则应为散居型或群居型的体色，遗憾的是王充未能将散居型和群居型的体色分清。不过，在当时的条件下，能有这种认知实属不易。文官蝗、武官蝗的提法也被后人引用。

在国际上确定蝗虫型变现象的第一个人是英国的尤瓦洛夫（B.P.Uvarov），1921年他提出型变的理论。中华人民共和国成立后，郭郛、马世骏、高慰曾、陈永林等对飞蝗两型进行了研究，基本弄清了飞蝗的型变规律和原因。康乐院士对飞蝗型变研究非常深透，他撰写的《飞蝗型变的生态基因组学研究》，是迄今国内外具有很高成就的飞蝗型变研究成果。

二是腹部伸缩的本领。东亚飞蝗在交配7—10天后，体内卵巢渐渐发育成熟，将选择适宜场所产卵，雌蝗以腹端两对坚硬的生殖瓣，将土壤向四旁分开，把整个腹部插入土中后，将卵逐粒产出，同时分泌胶液，待卵粒全部产出后，再分泌大量胶液，将整个产卵孔完全封闭，将产卵孔埋好。根据土壤干湿度掘进其深浅，其秘密在于它的腹部第四、五节至第六、七节的3节节间膜，均可延伸，第四、五节间膜可伸长10厘米，第五、六节间膜可伸长12厘米，第六、七节间膜可伸长10厘米，延伸后整个腹部的长度为正常腹部的3—8倍，可谓神奇！

三是孤雌生殖。据说，沙漠蝗和飞蝗都可能有孤雌生殖的现象，即雌性成虫羽化后，不经交配亦可产卵，未受精的蝗卵竟然可以发育，孵化的蝗蝻全部为雌性。羽化为成虫后，雌性成虫不经交配，仍可继续孤雌生殖，其后代仍均为雌性。

自然界太不可思议了，太神奇了。喜欢生物学的都知道什么是孤雌生殖。孤雌生殖是一种超越人们想象的神秘的生命遗传现象。难道生命不需要进行雌雄交配也能繁殖后代吗？答案是肯定的，动植物都有。这是一种普遍存在于一些较原始动物种类身上的生殖现象，就是生物不需要雄性个体，单独的雌性也可以通过复制自身的DNA进行繁殖。很多种生物都有孤雌生殖现象的记录，像锤头鲨这种较为原始的软骨鱼类也曾出现过孤雌生殖。蜜蜂、蚂蚁和蚜虫，都能孤雌生殖。另一件震惊生物界的事是，在英国的切斯特郡立动物园，2006年5月，一只单独饲养的雌性科莫多巨蜥居然发生了孤雌生殖的奇特现象，也称得上是孤雌生殖的奇闻。

有性生殖，虽然是一桩美妙的事情，但在动植物界却是一个危险的行为。例如：有些雌性蜘蛛、螳螂会在交配后把雄性吃掉，还有动物在求偶时的呼唤，不仅耗费能量，也会引来捕食者。兽吼、鸟鸣、蛙叫、开屏……都不过是向异性炫耀和传递信号，赶在异性到来之前，猎人、野猫、猎隼和各种"捕手"早就将暴露自己的雄性生擒或灭掉。

为争夺配偶，羚羊、麋鹿高大而又扭曲的犄角成为对攻的武器，锦鸡、孔雀华丽的尾羽，成为累赘的身体器官，被捕杀的概率升高。进化是十分奇妙的，孤雌生殖就是这种生命奇观。再说母蚜虫，如果食物充足，它会抓紧时间进行孤雌生殖，能繁殖几代就繁殖几代，到秋末冬初时才会产生雌、雄两性个体，两者交配产卵越冬。孤雌生殖是如何实现的？科学家对这个问题也还没有答案。人类呢，是否未来可以孤雌生殖？这是一个大胆的假设。

## 二、历代记蝗

蝗虫学作为一门学科，国际上公认是以尤瓦洛夫1966年 *Locusts and Grasshoppers* 这一专著的出版为标志。Locusts，指蝗虫，在我国仅有一种，即飞蝗。Grasshoppers，指草蜢，亦即土蝗或蚱蜢，刘举鹏先生研究说这是跳蝗。在中国，研究蝗虫跟蝗灾一样古老。中国作为农业社会的历史非常漫长，中国人靠天吃饭，生态链极度脆弱，对灾害的抵抗能力极度不足，正因此也激发了中国古人的智慧，几千年来对蝗虫的观察研究著述颇丰。

《后汉书·志第十五·五行三》李贤注云："《谢承书》曰：永平十五年，蝗起泰山，弥行兖、豫。"《谢沈书》钟离意《讥起北宫表》云："未数年，豫章遭蝗，谷不收。民饥死，县数千百人。"这是我国因蝗灾饿死数千人的最早记载。

飞蝗大暴发和发生灾疫的最早记录见于秦始皇四年（公元前243年）："十月庚寅，蝗从东方来，蔽天，天下疫。"（《史记·秦始皇本纪》)最早遣使捕蝗、奖励治蝗为西汉平帝元始二年（2年），《汉书·平帝纪》载："遣使者捕蝗，民捕蝗诣吏，以石斗受钱。"全世界的第一道治蝗法规见于北宋熙宁八年（1075年）八月，神宗赵顼颁发《熙宁诏》，规定县令负责治蝗，以及按蝻、蝗、种的不同给捕蝗人员以细粮、粗粮或钱的标准，派官吏按烧、埋蝗虫情况，和捕打蝗虫时损坏禾苗情况给予百姓赔偿与免税等。

我国古代也很重视治蝗的宣传告示工作，如金章帝泰和八年（1208年）曾"颁捕蝗图于中外"，1684年的《捕蝗考》中也提出"印刷捕蝗法，作手榜告示"。

明崇祯三年（1630年）徐光启首次提出我国飞蝗发生地的特点及其地理分布的见解："蝗之所生，必于大泽之涯。然而洞庭、彭蠡、具区之旁，终古无蝗也。必也骤盈骤涸之处，如幽涿以南，长淮以北，青兖以西，梁宋以东，诸郡之地，湖漅广衍，漶溢无常，谓之涸泽，蝗则生之。历稽前代及耳目所睹记，大都若此。若他方被灾，皆所延及与其传生者耳。""涸泽者，蝗之原本也，欲除蝗，图之此其地矣。"以旱田改水田、种植飞蝗不食作物，开垦荒地，捕打蝗虫等。这些记载在世界上都是首创。

清代有关蝗虫的重要论著则有道光二十五年（1845年）陈仅著《捕蝗汇编》和咸丰元年（1851年）顾彦著《治蝗全法》。这些书总结了历代劳动人民对蝗虫的认识和治蝗技术。

据陈永林先生的研究称：蝗虫灾害是一种国际性的自然生物灾害，在地球的陆地上，除南极洲外，全世界发生蝗灾的面积达4680万平方千米，全球八分之一的人口常受到蝗灾的袭扰。蝗虫灾害所造成的经济损失和巨大影响波及自然生态系统和社会经济系统两个方面。在人类的历史上，蝗灾、水灾和旱灾常相间发生，并成为人类的三大自然灾害，严重地影响了人民的生产、生活甚至生存。徐光启在《除蝗疏》中称："惟旱极而蝗，数千里间草木皆尽，或牛马毛幡帜皆尽，其害尤惨过于水旱者也。"蝗灾猛于水旱二灾，这一论断是中肯的，毫不夸张。

我国历代史籍记述的蝗灾发生情景，在志书中常常只寥寥数语，极简，如"害稼""田禾俱尽""蝗（猛）""大蝗""蝗飞蔽天""民饥""民流亡""民食蝗""人相食"等。

自春秋时代，关于蝗灾的记载就多如牛毛，作为一个蝗灾多发的大国，蝗虫给我国造成的灾难太过深重，古代人们对此只能说是束手无策。

鲁文公三年（公元前624年），《春秋》记："秋，雨螽于宋"。说的是秋蝗如雨。鲁宣公十五年（公元前594年），《春秋》记："秋螽，冬蝝生。"这是有关飞蝗发生第三代即冬天生蝗的最早记载。

西汉元始二年（2年），据《汉书·平帝纪》记载，夏四月，"郡国大旱，蝗，青州尤甚，民流亡"，《汉书·五行志第七》载"秋，蝗遍天下"。

《汉书·王莽传》记载：汉地皇三年（22年），"夏蝗从东方来，蜚蔽天，至长安，入未央宫，缘殿阁。"蝗虫竟然进入了未央宫，这俨如张艺谋电影《长城》中的饕餮恶兽群进入皇宫时的恐怖景象。

《后汉书·孝献帝纪》记载：后汉建安二年（197年），"夏五月，蝗……是岁饥，江淮间，民相食"。这恐怕是因蝗灾而饥荒导致人吃人悲惨情景的最早记载。

《三国志·魏书·文帝纪》中记载：三国时期，魏黄初三年（222年），"秋七月，冀州大蝗，民饥"。

《北齐书·文宣纪》记载：南北朝时，北齐天保八年（557年），"自夏至九月，河北六州，河南十二州，畿内八郡大蝗，是月飞至京师，蔽日，声如风雨"。

唐代虽说总体上是富庶的时代，但蝗虫为害依然严重。《新唐书·五行志》记载：唐贞元元年（785年），"夏蝗，东自海，西尽河陇；蔽天旬日不息，所至草木叶及畜毛靡有孑遗，饿殍枕道。秋关辅大蝗，田稼食尽，百姓饥，捕蝗为食"。这个记述是关于在蝗灾过后，人民无粮可食，而以蝗虫充饥的最早记载。

《宋史·太宗本纪》记载：北宋淳化三年（992年），"飞蝗自东北来，蔽天，经西南而去，是夕大雨，蝗尽死……许汝充单沧蔡齐贝八州蝗……有蝗起东北趋至西南，蔽空如云翳日"。大雨将蝗虫全部淋死，这也是很奇怪的事情。

《宋史·真宗本纪》记载：北宋大中祥符九年（1016年），

"六月京畿京东西河北路蝗蝻继生，弥覆郊野，食民田殆尽，入公私庐舍。七月辛亥过京师，群飞翳空，延至江淮南趋河东及霜寒始毙"。

《宋史·五行志》记载：南宋兴隆元年（1163年），"七月大蝗，八月壬申癸酉飞蝗过郡，蔽天日，徽宣湖三州及浙东郡县害稼，京东大蝗，襄隋尤甚，民为乏食"。南宋嘉泰二年（1202年），"浙西诸县大蝗，自丹阳入武进，若烟雾蔽天，其堕亘十余里，常之三县捕八千余石。湖之长兴捕百石，时浙东近郡亦蝗"。

《元史·文宗本纪》记载：元至顺二年（1331年），"衡州赂诸属县比岁旱蝗，仍大水，民食草木殆尽，又疫伤。死者十九……"

《山东通志》《河南通志》记载：明崇祯十三年（1640年），"山东大蝗。饥，人相食""开封大蝗，秋禾尽伤，人相食""洛阳蝗，草木兽皮虫蝇皆食尽，父子兄弟夫妇相食，死亡载道"。美丽的田野乡村成为人间地狱，人食人事件时发，人伦道德荡然无存。

《清史稿·灾异志》记载：清顺治四年（1647年），"六月，益都、定陶旱蝗，介休蝗，山阳、商州雹蝗。七月，太谷、祁县、徐沟、岢岚蝗；静乐飞蝗蔽天，食禾殆尽；定襄蝗，堕地尺许；古州、武乡、陵川、辽州、大同蝗；广灵、潞安蝗；长治飞蝗蔽天，集树折枝；灵石飞蝗蔽天，杀稼殆尽。八月宝鸡、延安、榆林、泾州、庄浪等处蝗，九月交河蝗，落地积尺许"。在地上的蝗虫达一尺厚！而且下冰雹，冰雹里面竟包裹有蝗虫，这等异事闻所未闻！

《清史稿·灾异志》记载：清康熙十一年（1672年），"五月，平度、益都飞蝗蔽天，行唐、南宫、冀州蝗。六月，长治、邹县、邢台、东安、文安、广平、定州、东平、南乐蝗。七月，黎城、芮城蝗。昌邑蝗飞蔽天。辛县、临清、解州、冠县、沂水、日照、定陶、菏泽蝗"。

……

我这里只是挑了一些特殊的重大史例。各种史志记载的中国蝗灾，俯拾即是。中国人的苦难因蝗虫而加深，他国无可比拟，这些记录触目惊心，惨不忍睹。

有准确的资料统计，从春秋时代起到中华人民共和国成立的2600多年中，我国发生蝗灾800多次，平均每两三年有一次地区性大灾发生，间隔五至七年就暴发一次席卷半个中国的大范围蝗害。

# 三、蝗灾成因

我国古代对蝗虫的暴发并非完全束手无策，认识它成灾的原因非常重要。中国人在与天斗、与地斗的漫长历史岁月里，发挥了极大的聪明才智。

明末著名科学家徐光启在《除蝗疏》中有精当的记载和描述："臣闻之老农言，蝗初生如粟米，数日旋大如蝇，能跳跃群行，是名为蝻，又数日即群飞，是名为蝗。……又数日孕子于地矣。地下之子，十八日复为蝻，蝻复为蝗。如是传生，害之所以广也……一蝗所下十余，形如豆粒，中止白汁，渐次充实，因而分颗。一粒即有细子百余，或云一生九十九子，不然也。"

清代汪志尹在他的著作《荒政辑要》中也有类似记述："蝗最易滋息，二十日即生，生则交，交则复生。秋、冬遗种于地，不值雪，则明年复起，故为害最烈。"

飞蝗之所以被称为"饥虫"，是因为它食性杂，食量大，对禾本科植物可以扫荡一净。所谓赤地千里，寸草不留，说的就是蝗虫肆虐过后的场景。它们喜食的植物有稻、麦、高粱、黍、稷、稗等。因有双翅，可以长途奔袭。《论衡》上说："蝗虫之飞，能至万里。"在一个世代内，小小蝗虫因为发达的胸肌，可以聚集迁飞长达2500多千米。其危害之甚、之广，其他虫害均是小巫见大巫。

要说飞蝗进化的神功就在于它与整个自然的节律相符。这就像蚜虫，它孵化的时间正好是植物发芽长叶的时间。蝗虫一样，先将卵产于土中，再严寒的冬季也能挺过，它还有发达坚硬的产卵瓣，上部形成很长的泡沫状物质柱，将卵密封，保护蝗卵安全越冬。一到春天来临，温度适宜，蝗卵孵化出土，恰好正是草木葳蕤生长的时候。蝗虫进入成虫期，禾本科农作物正郁郁葱葱，在田野上为它备下了"盛筵"。

蝗灾的产生是自然因素的果，古人已明了。如《礼记·月令》记载有"仲冬……行春令，则蝗虫为败"。大意是说在冬季的第二个月，气温如春天一样，出现暖冬，此时飞蝗产于土中的卵发育孵化，随之天气变冷将孵化之卵冻死，则来年蝗卵孵化率低，飞蝗不易成灾。

温度变化与蝗灾的关系，不同学者有着完全不同的看法。马世骏院士认为：温度的上升，有利于蝗灾的发生。张知彬认为：温度的降低，有利于蝗灾的发生。于革认为：温度上升有利于蝗灾的暴发。

古人对此早有认识。《礼记·月令》说："孟夏……行春令，则蝗虫为灾。"如果初夏像春天一样低温，则飞蝗易成灾。明代的徐光启在《除蝗疏》中说："夏日之子易成，八日内遇雨则烂坏，否则十八日生蝻矣。冬日生子难成，至春后生蝻，故遇腊月春雨，则烂坏不成。"清代汪志尹纂《荒政辑要》指出："四月中，淫雨浃旬，蝗遂烂尽，以此知久雨亦能杀蝗也。"而干旱则有利于蝗灾的发生。"旱极而蝗"在古籍中多有记载，例子数不胜数。

滨湖、河泛、内涝、沿海四种蝗区的确立，是我国科学家在中华人民共和国成立后通过深入调查，对东亚飞蝗的习性和易发生地研究后得出的结论。

这些蝗区与水位的变化有密切的关系，水位高时，蝗虫的产卵场所被水淹没，即古籍文献所说的"水及故岸"，卵被水淹死，不能孵化，也就不能成灾，并非某些古代文献所认识的蝗卵变成鱼虾，这是臆测。在干旱年份，水不波及产卵场所，卵则顺利孵化，渐次长大，形成蝗灾，也并非古文献所说的鱼虾变成了蝗虫。一般的情况是雨水成灾，土地大面积被水淹没，致使日后大面积撂荒，杂草丛生，随后，久雨必有久旱，这些地方就为飞蝗大繁殖提供了极为奢华的温床。所以"先涝后旱，飞蝗成片"这样的谚语，是蝗区群众对蝗虫灾害的经验之谈。

## 四、有策，无策

蝗灾是突发性的灾难。来了，经受；没来，忘了。人们只祈求老天爷保佑，什么鱼子变的，天神下凡，等等，不是自欺就是欺人。

章义和在《中国蝗灾史》一书中指出："中国自古以来就是灾害频度繁、强度深、广度大的国度，在灾害面前，人们的救治方法无外乎两种：一种是遇灾治标，灾后补救以及在认识的范围内积极预防；另一种便是巫禳，即问卜、祈天、祭祀、造神，以求得上天和神明的怜悯和帮助。"这就是历代当政者应对蝗灾的策略。

巫禳应用于治蝗很早就有了，其实在殷代的甲骨文中，"蝗"字，就与卜问有关——从甲骨文"秋"字看，人大约就是用火防治蝗虫。《诗经·小雅·大田》有诗云："去其螟螣，及其蟊贼，无害我田稚，田祖有神，秉畀炎火。"防治蝗虫，用火烧，但需仰仗神灵。

西汉的董仲舒也算是个哲学和思想的大师，但他提出的"天人感应"说比较唯心，他认为但凡灾害就是天谴，蝗灾的暴发是由于君王的失德和管理的贪暴所造成，只要统治者修德养性，上感于天，蝗灾就会自行消匿。"天人感应"对当政者有吓阻作用，但缺乏进取精神。

汉光武帝曾发布过诏书："勉顺时政，去彼蝗贼，以及蟊贼，此并除蝗义也。"他比较务实，主张治蝗，别无选择。

东汉王充在《论衡》中不仅批判了蝗不入清官管辖界，而且还首次提出了挖沟灭蝗之法。

到了唐朝，宰相姚崇力主治蝗，他说蝗虫是可以捕打的，提出利用蝗虫的趋光性，于夜中设火，火边挖沟，将蝗虫赶入沟中，焚而埋之，蝗可灭也。这个法子应该是不错的，但姚崇的主张却遭到地方要员倪若水和他的搭档卢怀慎的反对。倪若水也力主"天人感应"说："蝗虫是天灾，自宜修德。刘聪时，出既不得，为害更甚。"卢怀慎也是想懒政吧，也一旁附和说："蝗是天灾，岂可制以人事。外议咸以为非。又杀虫太多，有伤和气。"杀虫伤和气？这些迂腐的官员无可救药！姚崇则坚持己见，力排众议，终于说服了唐玄宗治蝗。

清初陆世仪《除蝗记》中说："蝗之为灾，其害甚大。然所过田亩，有食有不食，虽田界毗连，而截然若有界限。是盖有神焉主之，非漫然而为灾也。然所为神者，非蝗之自为神也，又非有神焉为蝗之长，而率之来率之往，或食或不食也。蝗之为物,虫焉耳。其种类多,其滋生速,其所过赤地而无余,则其为气盛,而其关系民生之利害也深,地方之灾祥也大。是故所至之处,必有神焉主之。是神也,非外来之神,即本处之山川、城隍、里社、厉坛之鬼神也。神奉上帝之命守此图,则一方之吉凶、丰歉,神必主之。故夫蝗之去,蝗之来,蝗之食与不食,皆有责焉。此方之民而为孝弟慈良,敦朴节俭,不应受气数之厄,则神必佑之,而蝗不为灾。而此方之民而为不孝不弟,不慈不良,不敦朴节俭,应受气数之厄,则神必不佑,则蝗以肆害。"这文章真是酣畅淋漓,一举将蝗虫拉下神坛,蝗虫不过就一害虫而已。

面对蝗虫对人民生活的长期不断的骚扰和侵害,我国古代劳动人民当然不会善罢甘休。通过漫长实践得出真知,最有效的方法就是:捕蝗、去蝻、掘子、除根。这八个字就是古人的灭蝗真理。

写过《治蝗全法》的清朝人顾彦,就提出捕蝗不如去蝻,去蝻不如掘子,掘子不如除根。在治理蝗灾中,捕蝗、去蝻、掘子应为治标之法,而除根才算治理蝗灾之根本。

没有人不想着对蝗虫除根,但是没有人成功过,神仙也帮不了忙。明代农业科学家徐光启在《除蝗疏》中其实已经说得明白。他说:"涸泽者,蝗之原本也,欲除蝗,图之此其地矣。""即知蝗生之缘,即当于原本处计画,宜令山东、河南、南北直隶有司衙门,凡地方有湖荡甸洼积水之处,遇霜降水落之后，即亲临勘视，本年潦水所致，至今水涯有水草积存，即多集人众，侵水芟刈，敛置高处。草即去，附草之虾子，也就无可生发矣。"

徐光启比他人更加深谙治蝗，他的方法就是改变蝗区面貌，斩断蝗虫繁殖地。到了20世纪50年代，中科院动物研究所的科学家们如马世骏、钦俊德、郭郛、陈永林等继承了这一治蝗思想，并发扬光大，完成了先辈们的梦想。

掘子治蝗分为耱土弭蝗法和挖掘蝗卵法两种。耱土弭蝗早在战国时期就已有记载。《吕氏春秋》有"五耕五耱，必审以尽，其深殖之度，阴土必得，大草不生，又无螟蜮，今兹美禾，来兹美麦"。经五耕五耱，蝗卵或者其他害虫必被翻出，经曝晒而死，达到防虫治虫的效果。耱土弭蝗法成为至今仍在应用的方法。挖掘蝗卵法在宋《熙宁诏》和《淳熙敕》中均有记载。如《淳熙敕》记载："经飞蝗住落处，令佐应差募人取掘虫子，而取不及，因致次年生发者，杖一百。诸蝗虫生发飞落，及遗子而扑掘不尽，致再生虫者，地主、耆保各杖一百。"清代李炜的《捕除蝗蝻要法三种·搜挖蝗子章程》是对前人挖掘蝗卵的详尽总结。

前人发现了幼龄蝗蝻十分集中，密度大，易驱打，体小，无翅，不能飞。因此，蝗蝻比成虫好对付，蝗蝻长大成为成虫之后，更难以降伏。

捕蝗虫法有挖沟的、填埋的、火烧的、碾压的，不一而足。

多种多样的治蝗方法，都是根据蝗虫的习性而定的。

宋代董煟写的《救荒活民书》中记载了当时的捕蝗办法。比如：

蝗在麦苗禾稼深草中者，每日清晨，尽聚草梢食露，翅膀沾水，体重不能飞。宜用箐箕等之类左右抄掠，倾入布袋，或蒸或炼，或浇以沸汤，或挖坑焚火，倾入其中。

蝗最难死。初生如蚁（蝗蝻）之时，用竹作搭，非惟击之不死，且易损坏，莫若只用旧皮鞋底或草鞋、旧鞋之类，蹲地捆搭，应手而毙。且狭小不损伤苗稼。一张牛皮可裁数十枚；散与甲头，复收之。

蝗有在光地者，宜掘坑于前，长阔为佳，两旁用板及门扇连接八字铺开。却集众用木枝赶逐入坑。又于对坑用扫帚十数把，俟有跳跃而上者复扫下……须以土压之，过一宿乃可。

捕蝗不必差官下乡，非惟文具，且一行人从，未免蚕食里正。其里正又只取之民户，未见除蝗之利，百姓先被捕蝗之忧，不可不戒。

附郭乡村，即印"捕蝗法"，作手榜告示：每米一升，换蝗一斗。不问妇人、小儿，携到实时交与。如此，则回环数十里内者可尽矣。

五家为里，姑且警众，使知不可不捕。其要法只在不惜常平、义仓钱米，博换蝗虫。虽不驱之使捕，而四远自辐辏矣……

今蝗害稼，民有饿殍之状，譬之赈济，因以扑蝗，岂不胜于化为埃尘，耗于鼠雀乎。

烧蝗法：掘一坑，深阔约五尺，长倍之，下用干柴茅草发火正炎，将袋中蝗虫倾下坑中，一经火气，无能跳跃……埋后即不复出。

——这个有名的七条捕蝗措施，是我国有记载的最早、最完整的关于治理蝗虫的措施与方法。特别是"晨聚草梢不飞"的习性，在这以前从未记载过。用鞋底之类蹲地掴搭及围逐扫入坑内的治蝗方法，在中国农村一直沿用至中华人民共和国成立后。

明永乐元年（1403年），成祖朱棣也颁布了治蝗法令，在《明令典》卷十七中记载："凡捕蝗，永乐元年令吏部行文备处有司，春初差人巡视境内。遇有蝗虫初生，设法扑之，务要尽绝。如是坐视致使孳蔓为患者，罪之。若布按二司官，不行严督所属巡视扛扑者，也罪之。每年九月行文至十一月再行。军衙、令兵部行文，永为定例。"此法令对捕蝗蝻规定竟如此严格，这在我国治蝗史上，也是绝无仅有的。

蝗虫之害，天下为最。治蝗之事关乎政权稳定，百姓安乐，于国家社稷是头等大事。但限于科学技术的不发达，官员的懒政昏聩、政权的鞭长莫及，动员能力的弱小，虽然有很多独到见解和行之有效的防除方法，但也难付诸实践，很难从根本上消灭蝗虫。蝗虫仍然常年成灾，民不聊生。

# 五、民国治蝗往事

关于民国时期的治蝗，我找到了许多资料和书籍。研究者距今不是太远，对这一段历史有较为详尽的、理性的、客观的记录和分析。

翻开民国的历史，战乱频仍，国家飘摇，日军在我们的国土上大摇大摆。因战火的蹂躏，国家满目疮痍，政府横征暴敛，天下苍生涂炭，人民食不果腹。那个时代，科学基础薄弱，科研水平低下自不待说。但是，在那个动荡危险的年代，也有一批相信科技报国的知识分子，他们在战火纷飞中还是坚守了一个知识分子的良知和崇高的品德，孜孜不倦地从事着自己的科学研究。在治蝗领域，也有这样一批坚守的科学家，为提高我国的粮食生产水平和让老百姓尽量过好生活而舍生忘死地工作着。

1922年1月1日，江苏省昆虫局在南京中正街侯府正式成立，这是民国史上值得记述的事情。昆虫局主要工作就是"研究防除蝗虫、棉虫、蚊蝇、稻作害虫"。而蝗虫的研究防治是重中之重。比如，仅活动经费，江苏省国家内务项下就每年下拨捕蝗经费三万元。"故对江苏省蝗虫问题，视为尤重。"因为江苏是我国湖区和海边滩涂地蝗虫的重灾区。次年春，徐州、清江、东海等处捕蝗分所相继成立，每个所都有专职技术员，分别从事飞蝗生物学特性的研究和实验工作。

这些机构成立后，科技人员白手起家、筚路蓝缕，1925年，张景欧、尤其伟合著的《飞蝗之研究》问世。书中详细论述了蝗虫的种类、分布和食料，亮点是描述了飞蝗的外部形态和内部结构，并用较大篇幅论述了飞蝗的生物学特性，系统地研究了蝗虫的天敌，也介绍了一些民间防治蝗虫的方法，还有一些良好的建议，如：开拓荒地，杜绝蝗虫发源地；颁布防治害虫法规；添设昆虫局，以研究防治蝗虫方法；设法消除农民迷信。但作者深知这些治蝗之道在当时兵荒马乱、政治腐败、军阀割据、民不聊生的现实里，是无法实现的，作者在书中感叹道："惟观现状，农民饱受兵匪之惊扰，不能安居乐业，甚或流离失所，老弱转乎沟壑，其固有之田屋，且将不保，何暇谈蝗哉。故望当局者，第一步有以弭兵灾，而农民之安居乐业，然后可以谈治蝗。否则，其言治蝗，真空谈耳。"这话道出了一个农业科学家对自己所处时代的深重忧患。

此后，有《江苏省昆虫局年刊》1928年、1929年合订本问世。还有吴福祯等著的1934年和1935年《全国蝗虫调查报告》发布。邹钟琳的《中国飞蝗之分布与气候地理之关系及发生地之环境》等颇具学术价值的论著，虽有防治效果的统计数字，但无奈人微言轻，只是空谈。

为了求得生存，广大农民和科研人员还是在尽绵薄之力，同这种超级害虫进行顽强的斗争。比如，治蝗技术既有改进的传统人工捕打法，也有自主创造的高效的药械治蝗法。科研人员对蝗卵、蛹、飞蝗的扑灭法进行了分类研究，并通过宣传手册、图画、演讲等方式，说明各种除蝗法的操作、器械的运作原理，在新式除蝗技术的推广中做出了他们的贡献。

1935年，是蝗害严重发生的一年，国民党政府颁行冬令除卵条例，不少地方政府也颁布了相应的除卵办法，责令各地执行，否则将追究地方领导人责任。如河北省民建两厅令各县遵照《修正河北省各县搜除遗卵暂行办法》认真办理，并上呈两厅查核，隐匿不报者，按暂行办法的规定将该县长撤职查办。

在除卵方面，有耕锄法，强调农事耕作的细致，以深耕田地达到破坏蝗卵的目的，这种方法是沿袭古法。而产于河岸、堤埂、路旁的卵块，不能用犁深耕，只用锄代替，翻起土块，打碎；在较低的地方便于启水处，对有蝗卵的地方可灌水浸没，使蝗卵不能孵化。

掘卵法。在产卵地表，即隆起的地表或布满小孔的地方，制作尖头竹棒，插入产卵地，一转一挑，即可挑出卵块。用这种方法费力费时，只适宜石缝等空间范围小、不宜用大件农具翻耕的场所。对比较开阔的地方，可用铲状农具将卵块铲起打碎。也有将掘起卵块作为烧土材料，充作明年肥料之用。

在治跳蝻方面沿用传统的掘沟法。民国时期，掘沟规模较之前代更有组织性，范围更大，通过征工方式，组织群众掘长沟。如1934年杭县6月除蝗"改用征工掘沟，十区七坊计一千八百户，每户征二工，每工津贴洋八分，每十人为一组，每组每日掘沟三十丈（1丈约为3.33米），掘沟作'干'字形，完成时可达十七里"。此次掘沟先后两次征工，共计3000人以上，掘沟达30余里，消灭蝗蝻3万斤以上。杭县8月蝗发，该县每日组织工人数百名，掘沟达80余里，扑灭跳蝻10万余斤。

火烧法。用火焚烧，一般适宜在非稻作区使用，如芦苇地、草地等。在开阔草地可"先用铅皮阻其去向，使不逃脱，再用极少石油，洒于草上，则引火燎原，蝗蝻同归于尽"。黑夜用火攻收效最好，"在蝗所飞向方位相隔百余步处，掘坑多处，每坑相隔约30步，围圆六七丈，深五六尺，在坑中间，堆集蒿草，一齐燃烧。随集多人，全带响器或鞭炮，潜至蝗停后面，一时齐响，驱使前飞，一见飞扬，众响俱寂，用柳枝拂枝拂扫禾间，使蝗飞起，见火即投，火烈翅烧，便坠坑内，坑旁用柳枝扑打，不使跳出，可以聚歼"。1935年苏州"由机关组纵火灭蝗队，指导农民五千余，各持镰刀稻草及其他引火物，并划定蝗虫最多之芦荡两千余亩，于是夜七时深黑之际，实行焚烧，至十六日拂晓始熄，大部蝗虫已告扑灭"。

还有鸭啄法、火光诱杀法、围打网捕袋集法、油杀法、毒饵法、器械除蝗法等。

江浙等地的近水地方多饲养鸭鹅，如余姚"督促农民征集鸭千余啄食，一周后即告肃清"。江苏省对此法也积极提倡，据当时的农矿部第744号训令，准各县提倡稻田放鸭以治蝗害，"合行令仰该厅迅令各县布告农民，凡秧苗开花结实以前，均为放鸭适当时期，应互相劝告，藉资提倡。但在开花结实以后，农田放鸭易伤花实，上种期限并应划清，免滋纠纷而妨农事，仰即遵照办理等因。查跳蝻在田圃以内，放鸭捕食最为有效……"

江西民众则自创了"三角灯诱杀法"，即夜间携一下面有盘的三角灯前行，加水及火油盛于盘内，一人持竿追逐，稻蝗惊起扑灯，坠落盘中而致窒息。"悬灯张幕扫集法"，即在蝗患地支起大白布一块，布前底下放大盆几个，盛水注油，在布后悬挂光线较强的灯，飞蝗趋光扑灯，碰到白布，坠入盆中窒息而死。据称用这种方法每晚可捕得五六十斤蝗虫。

围打法即是人群将蝻群慢慢驱赶于中间扑打，在田间不宜围捕的，用木板及旧鞋底，随走随时加以拍杀。网捞法，利用蝻群渡水时用障碍物阻隔河面，将蝻赶至河里，使其不能跳跃，再将蝻用网捞起来，扑打或坑埋。网捕法、袋集法也适宜于晨昏雨天时。如1934年海盐"县府已制备扫网二十把，令治虫人员分头督捕"。不过一个县20把网，也是杯水车薪。嵊县"用布网捕打外，并劝令当地农民垦辟荒地(田埂荒地)多种秋季作物，以除其卵"。湘西用此法除治竹蝗也很有效果，"农民于露水未干时，用箕帚之类，将蝗蛹扫集竹篓中，置锅中炒毙，再晒干送捕蝗会。还有灌水法，用于杀死蝗卵或初孵的幼蛹。

油杀法是民国时期治蝗的一个发明，主要是在不流动的水面上洒煤油一层，再将蝗蛹赶入其中，使其窒息而死。这种方法起效快，费力少，在沟中使用效果更好，如绍兴"利用原有水沟，将沟壁掘光，刈除杂草，注油驱杀，沟长共五里余，无沟而有矮草之处，则用网兜捕或用帚围打"。但那时候用的油就是所谓的"洋油"，即煤油。一般百姓家连点灯都用不起煤油，而是用豆油来点灯，所以煤油是高档消费品，用来杀蝗蛹不划算。也有用肥皂剂加水杀蝗蛹的，花费也大，不切实际。

1933年，河北春旱少雨，夏蝗大发生。河北省归纳了一些行之有效的方法，加以推广。一种是掘杀蝗卵，另一种是扑杀蝗虫。这年河北蝗患的特征是夏蝗和秋蝗同时出现，时间上具有连续性，搜除蝗卵的方法有二：一是挖卵，将蝗卵扑杀于未成形时期。蝗虫将卵产于地下一两寸（1寸约为3.33厘米）深的位置，耕、锄的翻地工作，就能损坏蝗卵，掘出处理。河北省的盐碱地和低洼地常为蝗虫的产卵地，特别是旱季，对这些危险地域要特别重视。二是灌溉灭卵，蝗虫怕潮湿，土中和空气中过于潮湿，蝗卵就会腐烂。在发现有蝗卵的地方，进行灌溉，既省力又实用。扑杀蝗虫分为幼蛹和飞蝗两个阶段。对于幼蛹，第一是掘沟驱虫法，第二是圈打法，第三是喷浇火油法，第四是利用化学方法，撒放毒饵，跳蝻和飞蝗都可毒死。早晚捕打也是一法。趁早晚有露水的时候或降雨过后，飞蝗的翅膀潮湿，飞行较慢，或者不能起飞，可以大量捕捉。常用的捕打方法有罗圈阵、火把战术、长蛇阵、簸箕阵等，不一而足。

在滦南沿海地区，常年闹蝗虫。农民们曾想出多种多样的捕蝗办法，主要是捕蝗蝻。捕蝗能手赵殿明在回忆他20世纪40年代的捕蝗法时说：

第一法是在一簸箕下面绑一个三股叉子，以中间叉齿用麻绳拴住簸箕的前后缘，然后用小木棍镖紧，就成为一个单人用的捕蝻器。在早晨有露水的时候，找草泊有苇子的地方捕捉，因蝗蝻在早晨全爬在苇茎和苇叶上面。行至临近，双手端捕蝻器，向密集部分铲推一下，立即装入口袋，清除一处，再寻另外地方。不过此法只限于早晨有露水时，或雨后及小雨天可行。

第二法是发现蝗蝻群集时，看它头向着何方，即在其前头约三四丈远地方掘一长方形坑，坑深三至四尺，口小底大，边部光滑，坑的长宽须看蝗群的多少而定，以一尺五寸至二尺为适宜。在此坑向蝗蝻的前部两侧，分岔用平锹压成扇面形的小沟口，长亦不等，沟口插入苇帘，长一丈，高三至四尺，做成入口式，在这入口地方要把短草铲去，以平坦为佳。完成后，即可以开始捕蝗。

第三法是捕飞蝗法，飞蝗是很不好捕捉的，一般多是用布片做旗子，到自己田地里去轰其飞出，此法虽能使自家庄稼少受其害，但不是一种很好的办法。

随着化学杀虫剂进入我国，民国时期的毒饵杀蝗是民众最推崇且欢迎的，除蝗效率高，制作简便，易于操作。经治虫指导员指导后，民众很快就学到手了。如1934年南京八卦洲跳蝻甚多，多在芦苇间，中央农业实验所派员施行毒饵治蝗法，并利用该处蝗虫，做各种毒饵实验。还有毒饵如粉剂、液剂在民国时都有研制。

治蝗工具的改良与创新，如借鉴国外喷雾器的原理，利用国内廉价的原材料，制成便宜实用的工具供农民使用。黄岩县政府购备喷雾器供农民借用，规定每人每次以三日为限，但至多不能超过三次。借用手续，先填写借用书、保单或缴纳押金，用后洗涤交还，取回借用书及保单或押金。如有损坏，得缴纳修理费，不能修理，照价赔偿。蝗虫为害时，县府派员携带喷雾器专门赴乡出借。

农民也自制药剂，利用苦楝树皮磨成细粉最为常见。制作方法是将树皮剥后阴干，碾为粉末，或采取枝叶煎法：枝叶1斤混加冷水2斤煮沸数分钟，杀蝗效果不错，也可杀灭其他害虫。山东民间用石榴根、烟油、棉籽油、棉籽饼、蓖麻等杀虫。

利用喷雾器喷洒液剂或粉剂农药，是在20世纪40年代后期，如"六六六"粉和氟矽酸钠等。

民国初年，"德先生"与"赛先生"强势进入中国社会，农业研究领域开始创办农学期刊及介绍西学的杂志，如《农学报》

《东方杂志》等，传播国外近代农业科学理论和技术，当然没少研究国外最新治蝗消息，如蝗虫新种及其生物特性，可用于除蝗的化学新品等，国内杂志特别关注化学药剂的配方与使用效果。

借力国外治蝗技术，国内的除蝗方法向近代化迈进。新式除蝗法主要是化学除蝗技术，了解可用于除蝗的化学品，熟悉调制原理与方法，如巴黎绿粉、布亚砒酸钠、盐化钡溶液等。提炼我国本土的有毒物治蝗，如山白菜、狼毒、威灵仙、劳鹳眼、蒜瓣、烟灰、苦楝皮、红矾等。经试验，效果较好的有雷公藤、苦楝、烟油。我国土产砒毒物，砒石、砒酸铝也可以使用。当时浙江省倡导人工培植雷公藤，从中提炼毒素，价格更为低廉。

1934年吴福桢创办杀虫机械研究室后，开始了杀虫器械的专项研究，向美国购得各种新式喷雾器及撒粉机等30余种，选择国内便宜的材料进行模拟改造。1941年"七七"喷雾器试造成功。钱浩声改造的双管喷雾器、自动喷雾器得到了推广。从1935年至1943年，民国药械厂生产的自动式喷雾器、双管喷雾器、"七七"喷雾器、单管喷雾器、手提喷雾器、吹激喷雾器等，行销23个省市。

蝗灾伴着兵灾，导致了民国38年中竟有27次全国性的蝗灾，几乎是连年发生。蝗灾是天灾，天灾往往伴随人祸。蝗灾与一个缺乏治理的国家和腐败政权是一体的，是人祸逼出来的灾害。

民国是中国历史上蝗灾最为严重的时期之一。

第三章　序幕拉开

Chapter Three

# 一、"打早、打小、打了"

中华人民共和国的成立，是历史的选择。历史选择了中国共产党人来治理和耕耘这片美丽而又肥沃的土地，历史当然要将治理飞蝗的重任交给共产党，她责无旁贷，并且甘愿赴汤蹈火。

"年轻"的中央政府制定了最初的治蝗方针，这就是"人工防治为主，药械防治为辅"，"打早、打小、打了"，"蝗虫发生在哪里，立即消灭在哪里"。

1951年6月2日，中央人民政府政务院财政经济委员会发出"关于防治蝗蝻工作的紧急指示"：

目前正值蝗蝻发生季节，据各地报告，皖北的泗洪、盱眙、阜南等县，河北省黄骅、静海、饶阳、景县、恩县、衡水、卢龙等县，以及山东省新海连市、永县、无棣、吴桥等县，均已发生大批蝗蝻，开始危害作物。这是关系广大人民生产、生活的重大问题，凡已发生蝗蝻地区，当地人民政府应立即发动和组织广大农民，按照当地环境，用掘沟、围打、火烧、网捕、药杀等办法紧急进行捕杀，坚决贯彻"打早、打小、打了"的精神，干净、彻底、全部把蝗虫消灭在幼虫阶段。

据调查一九五〇年各地散居型蝗蝻密度较大，估计今年将有大量发生飞蝗的可能，因此现在尚未发生蝗蝻的地区，应立即进行深入的检查，特别是对大片荒地，如海滩汛期盐碱荒地以及沼泽地带，更须加倍注意，做到"蝗蝻发生在哪里，立即消灭在哪里"。

这个指示说到了各地的蝗蝻成灾，也说明我国在中华人民共和国成立之初就有很强的各级组织报告统计灾害的能力，对虫情的预测预报形成了严密庞大的网络。另外，这也是我国政府贯彻"人工捕打为主""打早、打小、打了"治蝗方针的开始。这个方针被证明在当初是相当正确的，曾经发挥了积极作用，产生了巨大的能量，特别是"蝗蝻发生在哪里，立即消灭在哪里"的要求，干练有力，节奏铿锵，有坚定的决心和鼓舞士气的作用，而且用的是群众语言，让当时文化程度不高的广大农民易懂易记。

通过各地治蝗实践的实战总结，政务院又为治蝗制定了基本的准则，叫作"不起飞，不为害"，也同样通俗易懂，但制度严格，即：一旦发现蝗虫起飞，或危害作物，发生地区的县一级政府要赔偿损失，当事人要受到严厉处分，以此作为衡量治蝗工作优劣的尺度。

"年轻"的中央政府高度重视治蝗，反映在由我们敬爱的周恩来总理亲自担任治蝗工作的总指挥上。事必躬亲的周总理，决心笃定，就是不要让蝗灾在新中国重现，就是要给飞蝗送终！

1951年夏季的一个深夜，周总理打电话到农业部病虫害防治司，询问蝗蝻的发生和防治情况，及时地解决治蝗工作中存在的问题。他在电话中明确指出："治蝗工作，不单是一项经济问题，而且是很重要的政治问题，一定抓紧抓好，治蝗工作要体现出社会主义制度的优越性和新中国的无限生命力。"

周恩来总理的指示，传到在治蝗第一线的干部群众和科研工作者中，给他们鼓舞和力量。1952年春，中央政府号召大力开展挖卵灭蝗工作，当时的报道记录下了这一切。

在一篇新华社的电讯中，这样写道：

中央人民政府农业部去年派员从河北省宁河县采回的蝗虫卵块已于五月六日孵化成蝻。农业部认为：根据蝗虫周期性发生的规律，估计今年蝗虫又是严重发生的一年，各地应立即领导群众，大力除卵灭蝻。农业部指出：去年发生过蝗虫的地区，据检查都发现有大量的蝗卵存在，有的地区已开始孵化。河北省查出蝗卵地七十五万亩。其中天津以西的胜芳治蝗站，在四十九个村就查出有蝗卵的地一万一千多亩。苏北区泗阳、灌云、淮阴、宿迁四县估计可能发生蝗蝻面积有二十多万亩。皖北区泗洪县周台子、车路口一带，发现蝗卵密度很大，平均每平方市尺有三块到四块，多的有十一块，最密的竟达四十九块，按每块八十到一百粒蝗卵计算，即有蝗虫四五千个，新疆今春也派出了许多扑蝗队检查，这些扑蝗队克服苇湖泥泞人马难行的困难，也在广大的地区查出蝗卵不少。各蝗区总的情况都是蝗卵地区面积大，密度稠，过冬死亡率很低。加以去冬气候温暖，今年早春雨少更给蝗虫发生造成有利条件。目前已属蝗卵孵化季节，山东省滕县专区凫山县二区蔡家洼，五月四日已在长三华里宽一华里的一块地上发现了密度很大的蝗蝻，其密度一手可拍死十五个。在此之前四月三十日河南省民权县的一、二、四、五各区也发现了蝗蝻，面积约三十万亩，多在老河道荒草地里，密度最大的地方，每平方公尺有蝻二十个到三十个，新疆吐鲁番盆地胜金口地方，早在四月中旬就已发现了蝗蝻，各地情况都很严重。为此，农业部认为：华北、华东、中南、西北各蝗区除应将蝗虫的卵挖出毁掉外，应继续加强检查蝗卵和侦察跳蝻孵化情况，如发现蝗蝻，应立即发动农民扑灭。尚未做好扑打前准备工作的某些地区，应立即加紧准备，并严密掌握蝗情，做到有计划、有领导地动员和组织农民，分别用人工扑打或在适当时期使用药械，坚决把蝗虫捕灭在卵蝻阶段，不使蔓延成灾。

这篇电讯，表明中央政府对蝗情了如指掌，治蝗号令一下，全国各级政府立即行动起来，有的放矢，马上付诸行动。

当时的华东农林部知道泗洪、盱眙、嘉山等县发生蝗蝻后，十分重视，立即派灭虫技术干部4人，带农药"六六六"粉1万斤，喷粉器50架到泗洪县帮助灭蝗。还派技术干部2人带"六六六"粉2000斤，喷粉器10架，去盱眙、嘉山县帮助灭蝗。并分别打电报给皖北行署农林处和徐州病虫害防治站，要他们派干部带杀虫药去皖北帮助灭蝗。

皖北行署农林处1951年5月下旬派员携带药剂，分赴各蝗区，并确定泗洪（当时为安徽管辖）为扑杀蝗虫重点地区，除电告宿县病虫防治站派人前往协助外，农林处又派干部4人，带"六六六"药粉2000多斤，喷粉器24架前往泗洪协助灭蝗。

皖北行署拨给泗洪大米200万斤，作为灾民灭蝗口粮。宿县专署发给泗洪县秫秫面80万斤，解决灾民灭蝗口粮的困难。

徐州病虫害防治站王汉承等，奉命携带"六六六"粉1万斤，喷粉器48架，于5月24日乘汽车到泗洪帮助灭蝗。蚌埠农事试验场也派员携带"六六六"粉2000斤，喷粉器20架，同日赶到泗洪参加灭蝗。

同年6月4日，华东农林部发出紧急通知：山东新海连市、沛县，皖北泗洪县、阜南县，苏北灌云县等部分区村，已经陆续发现大量蝗蝻，发生面积有纵横达数十里者，形势严重。为保障农业生产，彻底消灭蝗蝻是目前刻不容缓的急务，华东农林部要求山东、苏北、皖北各县政府，紧急动员，坚决剿除。通知说：

1. 在已发现蝗蝻的地区，应迅速成立灭蝗指挥部，发动组织群众，全力以赴，进行扑灭，切实掌握"打早、打小、打了"的原则。

2. 蝗蝻多发生于人口稀少的芦苇草地，虽被发现，很快就长成飞蝗，迁移为害。因此在去年曾发生蝗虫及今年可能发生蝗蝻地区也应迅速成立灭蝗指挥部，组织群众，严密侦察，及早发现蝗蝻及早扑灭。

3. 今年治蝗，主要依靠人力，但在人力缺乏，或蝗蝻有飞迁紧急情况时，应尽可能集中药械，予以扑灭。

4. 如发动群众到较远地区治蝗时，各地政府可根据实际情况，酌情拨救济粮补助伙食，并对治蝗有功者奖励，对治蝗不力者教育批评……

我们翻阅《皖北日报》，从1951年4月24日到8月27日，就陆续集中发表了42篇蝗情报道、防治方法、灭蝗动态、防治成绩等文章，这么密集地发表关于蝗虫和治蝗的文章，感觉是在打一场生死攸关的战役。特别是在灭蝗的关键时期，发表了《火速发动群众，彻底扑杀蝗蝻》和《依靠群众，决心灭蝗》等四篇社论和短评。这些文章，作为珍贵的资料，记录下了当时捕杀蝗蝻的氛围和波澜壮阔的场面。

## 二、泗洪蝗灾

没有泗洪的那场蝗灾，也就没有接下来在泗洪设立的中科院动物研究所的第一个飞蝗研究工作站，以后的中国治蝗历史就要改写了。

在当时《皖北日报》《皖南日报·联合版》1951年5月17日的报道中，有一篇记录了"泗洪发动三万群众挖掘蝗卵"的通讯。通讯说：在皖北地区，泗洪县是去年发生蝗害最严重的地方。去年秋蝗遗下的蝗卵，根据检查，总的分布面积至少有十万亩。在目前，抓紧时间，继续挖掘蝗卵，已经是一个紧急的中心任务。县里成立了各级灭蝗机构后，由专人负责深入宣传，克服部分群众"时间还早""天下雨蝗卵就会淹死"等麻痹思想，在治淮、生产、灭蝗"三不碍"的原则下，全县动员了三万群众，在灭蝗重点区（蝗卵分布面积广、密度大的地区）继续进行挖卵工作。如双沟、鲍集、管镇、青阳、洪泽五个区，除各自发动群众，负责挖掉本区重点地方的蝗卵外，洪泽、青阳两区还抽出部分力量，分别支援雪枫、界集、龙集等区挖掘蝗卵。为了生产救灾，人民政府又拨发人民币四亿元（旧币），作为灭蝗的补贴费用。同时，各区又成立了检查小组，加强检查和督促挖掘蝗卵的工作。在灭蝗工作的物质准备和技术指导方面，已经准备好的科学机械，计有喷粉器220架，"六六六"药粉10万斤，为了发挥科学药械灭蝗的效能，县灭蝗总队部自4月27日起，分批训练了药械手800人。同时，号召群众准备好灭蝗的工具，如破鞋底、木拍子等，一旦发现蝗蝻，便贯彻"人力为主，药械为辅"的精神，把蝗蝻消灭在三龄以前。

但是，蝗卵实在太多了，还没有挖完，蝗蝻就出现了。

1951年5月15日，泗洪县管镇区兴隆乡南湖，有下地的农民在荒草地中发现了蝗蝻，报告给乡里的干部。经查看，有80亩地出现蝗蝻群。之后又有群众报，在雪枫区的新集乡、界集区唐杨乡、洪泽区王沙河两岸等处，相继发现蝗蝻群。其中最严重的是雪枫区新集乡，北从蒋台子，南到杨毛嘴，西从戚台子，东到大周台子，长宽30里，到处都是爬动的黑压压的蝗蝻群，远看就像土地遭火灾烧焦了一样，近看是游动的黑水，细看是小蝗蝻。那蝗蝻伸手就可抓五六只，铁佛乡东大洼子蝗蝻最密集处，地面堆五六寸厚，像洪水猛兽一样朝大路和村庄扑来。

这蝗蝻呀，出现得简直太快了，人们一眨眼，就见它们成团成团从土里、草丛里拱出来。

泗洪县委和县政府获悉后，立即电报宿县专署，并迅速通知各区下死命令：灭蝗为压倒一切的中心工作。蝗灾发生的地方，所有农民必须全力以赴，将其彻底扑灭。18日下午召开县直机关干部大会，县委书记朱光在大会上报告了蝗虫发生的紧急情况，号召干部动员起来，火速前往蝗区，组织和带领群众，扑灭蝗害。会上宣布成立"泗洪县灭蝗总队部"，县委书记朱光任政委，县长潘道一任总队长，并抽调各单位干部106人组成灭蝗工作队。

5月25日《皖北日报》一篇短评提道："在泗洪、盱眙、嘉山、凤台、阜南等县已相继发现蝗蝻，这是一件十分严重的事情。……扑灭蝗蝻必须有坚强的领导，要党、政、军、群众团体，统一组织，统一领导，像泗洪县那样组织剿蝗总队部，由县委书记、县长亲自负责，以便全力以赴，做法很好。"

19日凌晨，由朱光和潘道一同志带领工作队分赴各蝗区，将县灭蝗总队部扎到重点蝗区的大周台子，现场指挥灭蝗。各区也成立灭蝗大队部，乡成立灭蝗中队，村成立灭蝗分队，各级领导机构建立了起来。当时全县人口仅47.2万，动员灭蝗的远征队就有12万人之众，在后方灭蝗的年老体弱者尚不在内。灭蝗犹如一场大战斗，漫湖遍野，红旗招展，号声嘹亮，千军万马，奋战蝗区的场面真是宏大壮观。

# 三、飞机灭蝗记

人算不如天算。泗洪的蝗蝻被扑灭的同时，蝗虫发生情况却越来越严重，面积不断扩大，密度也逐渐增高……

中华人民共和国成立之初，洪泽湖地区的环境异常复杂，这里的水域面积巨大，沼泽无边，有一望无际的深苇、密草和藕塘地带，人工扑打杯水车薪，治蝗难度可想而知。眼看蝗蝻群日渐壮大，离迁飞越来越近。在这危急关头，中央人民政府决定派两架飞机来泗洪帮助灭蝗。

这可是我国历史上第一次飞机灭蝗。

灭蝗的两架飞机于1951年6月16日下午5时，飞抵泗洪县雪枫区大周台子机场，农业部病虫防治司李土俊司长随机到达泗洪县，参加并指挥灭蝗战斗。当晚8时，泗洪县灭蝗总队部举行欢迎晚会，向中央派来的灭蝗人员和山东、平原等地的来宾表示热烈欢迎。总队长潘道一向客人们介绍了泗洪县蝗虫的发生情况，并讨论了天空和地面配合的问题。

17日上午，两架飞机在雪枫蝗区喷药粉试验，天公作美，天气晴朗，视线很好，天上的飞机与地面的信号员联络很好，虽是第一次配合，缺乏经验，也有点"打乱仗"，出现了许多问题，但是，飞机灭蝗太壮观了，威力太巨大了。

空军战士陈映领受了这次飞机治蝗的任务。他后来在1951年7月22日的《新华日报》上发表了一篇回忆文章，讲述了他驾驶飞机治蝗的经过。

1951年6月，皖北蝗情严重，听说中央人民政府要派飞机去协助农民扑灭蝗虫的消息后，我就希望能派我去参加这个光荣的工作。果然，这个任务派到我了，真使我万分高兴。晚上躺在床上，高兴得翻来覆去睡不着。那时我想得真多，我想到国民党的空军是怎样装上炸弹向人民头上扔。想起了1949年7月3日长江水位猛涨的时候，国民党的飞机沿着长江堤岸轰炸，并用机枪扫射修堤民工的悲惨情形。想起去年'二·六'国民党派飞机轰炸人民城市上海。而我们年轻的人民空军，一开始就用飞机去炸绥远省黄河的冰坝，防止了黄河水泛滥成灾，现在又用飞机去扑灭蝗虫，这是多么明显的一个对照啊！我又想起了这个任务的重要意义，今天能让我去执行这个任务是多么的光荣，思前想后，下定决心，一定要谨慎努力，很好地工作，争取将这次任务圆满完成。

6月13日，陈映他们的飞机先飞到河北省黄骅县孔庄，对那儿的蝗虫作试验性的扑灭，非常成功。两天过后，得知皖北爆发了蝗灾，队长就决定派他和张焰先去皖北。

16日，他们的飞机到达了皖北大周台子。飞机是用教练机改装的，是波二型飞机，后来改为安二型。因为波二型一次只能装200斤药粉。

支援灭蝗的地勤人员也陆续到达墩头蝗区，大周台子选了一块平坦的荒草地平整好了作简易的机场，标出跑道，将跑道填平，然后用几千头黄牛拉石磙子，将跑道压实，并在飞机场附近搭了许多芦苇棚子，用于贮存农药及解决机组服务人员食宿。不久，华东、中南、华北各大行政区农林部都派技术人员来指导，准备迎接我国首次飞机灭蝗。

县治蝗总队部根据蝗情确定雪枫区、管镇区为飞机治蝗地区。在飞机未到达之前，治蝗总队部派宿县专署蝗虫防治站的朱进勉陪同华东农林部的马杰三同志先期到达管镇，了解蝗情，熟悉地形，训练信号员待命。朱进勉和马杰三接受任务后连夜坐船赶到管镇，会同区委书记赵世田一起到黄泥滩勘察确定范围，组织好20—30人的信号队，赶制了信号旗。

陈映说，在这里一接触到当地农民群众，他和战友就兴奋起来，也感受到农民盼望消灭蝗害的急切心情。他们这些住在机场临时搭的席棚子里的工作人员，每顿饭要走到周台子村里去吃，每次他们路过老乡门口的时候，乡亲们就像看稀奇似的围观他们，觉得他们是天上飞下来的，像神仙一样。很多小孩子和青年人都跟在他们的后面跑,老大娘们很亲切地问他们:"娃子,是不是毛主席派来的飞机啊?"

有一次陈映正在吃饭,突然感觉有人在摸他的背,吓了一跳,回头一看,原来是一个小女孩子。那女孩大大的眼睛,手没有伸回去,就是想摸摸天上飞机里下来的他们,感觉一下是不是神仙下凡:"你是毛主席的飞机师吧?"陈映看着小女孩,点头向她笑笑说:"是啊,是啊,我是毛主席派来的。"自从飞机停在这里,十里八乡就都在传飞机是毛主席亲自派来的。他们对毛主席的信赖,对空军的崇敬和爱护,让陈映十分感动,更增添了治蝗灭蝗的责任感和信心。

6月18日,天气真好,晴空万里,茫茫的芦苇荡绿潮起伏,在阳光下闪着光。如果没有蝗虫,这湖区的风景该是多么宁静美好。但这里正在发生严重的蝗灾,在滴着晶莹露水的芦苇梢上,你走近仔细一看,会看到上面爬满了密密麻麻的蝗蝻。

陈映驾驶着飞机。这一天注定要载入中国治蝗的历史。在地面上,小小的泗洪大周台子,来了华北、华东、中南、西北各大行政区的农林技术专家、行政干部以及半夜从几十上百里路外赶来参观的农民们。陈映的飞机升空了,先在蝗虫区域上空盘旋,进入预定的撒药粉地点。在红旗指挥下,飞机开始撒药粉,机尾拖着一抹浓烟似的杀虫剂掠过深苇、草丛等蝗虫密集地区,像大雨似的倾泼下去,蝗虫的末日到了!很快第一架喷撒完毕,第二架飞机又升上天空。随着飞机的每一次升降、盘旋，地上的人群中发出一阵阵欢呼。这样轮番交替的喷撒，飞机一次次飞越蝗区上空，周围观看的群众人山人海，热闹非凡。陈映和他的战友频频将手伸出座舱来向他们回应。飞机掠过庄稼和芦苇荡，陈映只想让飞机飞低一点，再低一点，把药粉完全撒到蝗群身上，彻底消灭这些嚣张的害虫。

飞机灭蝗，因是历史上的首次，没有经验可以借鉴，出现了一些问题，比如电信联络不便，信号指挥不灵活，掌握喷粉的时间、分量也没有经验。飞机靠红旗指挥，地面上指挥的人要打着伞奔跑，但跑不过飞机，药粉还是会落到他头上，会有中毒的可能。为此，陈映他们与地面人员都小心翼翼，不断地克服困难，提高喷粉技术，积累经验。第一天，平均每架飞机出动一次需要16分52秒，到了23日，每架飞机撒粉一次平均只要16分14秒就够了。23日两架飞机共撒粉38次，撒药面积有4310亩。每架飞机撒了2000多亩，相当于14000人捕打蝗虫的效能。而且杀蝗效果立竿见影，药一撒下去，瞬间成堆的蝗虫踢蹬几下便死去了，几乎没有存活的可能。

泗洪的农民朴实厚道，对中央派来的飞机来帮他们灭蝗感激涕零，他们虽然遭受了大灾，还是争先恐后地把节省下来的口粮换了许多慰劳品要陈映他们收下。车门区民工队参观飞机撒粉以后，乡亲们纷纷捐钱，买来鸡蛋、鱼干、香烟等物品送给飞行员，还有农民写信给毛主席表示感谢。

有一次，陈映下河洗澡，洗完澡上岸的时候，发现他的衣服不见了，再一看，不知是谁已经替他洗了，正放在河滩上晒着。可四野里找不到人，这让他十分感动。

车门区柳山乡王台子村农民王玉友看了飞机喷撒药粉杀死蝗虫以后，逢人便说："共产党领导的国家真是了不起呀，我们国家成立才两年就用飞机打蚂蚱，开天辟地没见过。"他还告诉大家18年前的旧事来对比。那是1933年，这里也发生过一次大蝗灾，眼看庄稼全要被吃光了，保甲长却挨家挨户地来收款子，说是买猪头供品向老天许愿，举香磕头敲锣打鼓，送蝗虫下江南吃大米。结果庄稼毁了，保甲长口袋肥了。他说："才解放两年多，国家就用飞机打蚂蚱，我今年才50多岁，还能看到机器种地哩……"

飞机灭蝗在雪枫区共防治了9552亩，灭蝗比例达到80%以上。

关于飞机治蝗，《人民日报》还发表了短评《中国历史上的创举》：

为了帮助农民消灭蝗虫，中央人民政府派飞机四架飞赴皖北、河北进行灭蝗工作，这在我国历史上还是一个创举。中外反动派从来是用飞机屠杀中国人民，而人民政府则派出飞机去喷药粉扑杀蝗虫，这又是一个鲜明的对照。

灭蝗工作是直接为了农民的利益，人民政府领导农民实行土地改革以后，即领导人民恢复和发展生产，为了扑灭蝗虫，人民政府开始运用飞机这样现代化的工具、技术，帮助农民战胜蝗灾，很显然，不是人民的政府，是不可能这样办的。今年春天，人民政府派遣飞机，在绥远帮助炸开黄河冰坝，与此有同样意义。

全国农民应该从这件事情认识到祖国的伟大，中央人民政府对广大农民利益的关怀，我们要热爱国家，拥护人民政府，拥护中国共产党，并应尽自己的一切力量，保卫和建设自己的国家。

1951年6月25日，《皖北日报》在第一版也发表了短评《加劲快把蝗虫消灭净　报个喜信给毛主席》：

毛主席和中央人民政府，派来了飞机帮助我们皖北人民灭蝗虫，这该是一个多么令人兴奋和感激的喜讯！

回想我们皖北人民，过去在反动派的统治下，不知受了多少苦难和折磨。毛主席领导我们打倒了反动派，帮助我们翻了身。新中国成立以后，反动统治阶级所遗留下来的各种灾难，还是不断发生，破坏我们的幸福生活。毛主席和中央人民政府就像爱护子女一样地爱护我们，给我们以各种帮助，领导我们克服一次又一次的灾难。别的不说，就拿去年全国募捐了大批寒衣和运来了大批粮食，帮我们度荒，以及在国家财政困难的情况下，兴工治理淮河，来帮我们度灾荒，就够令人感念不尽了。现在，我们皖北发生了蝗灾，正当农民动员起来和蝗害斗争的时候，毛主席和中央人民政府又派来飞机，帮助我们灭蝗，这简直是我们农民想象不到的，因为中国从来还没有过这件事。从这一连串的事实，以及从这一次中国历史上的创举中真使我们深深感到新民主主义政权的优越性，使我们深深体味到毛泽东思想时代的幸福。

我们皖北人民，应当如何来回报毛主席和中央人民政府的关怀呢？当然应该是百倍努力地做好各项工作，来建设我们的祖国和巩固我们的祖国，而在老蝗区的农民则应该是更加劲地扑灭蝗害。飞机灭蝗是需要地面人力配合的，而且飞机不可能每一处都到，飞机在天上，我们在地上，两路进攻，快点把蝗虫消灭干净，报个喜信给毛主席。

# 四、中关村路19号·狼圈·源头"三所"

　　位于北京海淀区中关村路19号的大院，是中国科学院动物研究所的旧址。

　　中关村一带原为荒地、坟场、菜园，其北是蓝旗营、三才堂，原称中官村，是因为这里旧时有太监坟地，太监又称中官，"官""关"谐音，中华人民共和国成立后改了名。这里有中国科学院工程物理所、力学所、声学所、动物所，现在是中国的硅谷。据动物研究所的老同志回忆，这里过去一出门就是农田，出门可以拿枪打到兔子。

　　那时候这里连小学都没有，更别提中学了。直到1955年，才在家属区东南的一座破庙里建了一所小学，叫保福寺小学。32路公交车（现在的332路）从西直门开往颐和园路过这里，临时加了个小站叫"中关村"，多数公交车都不停这里。顾恒胜在《中关村回忆》中写道："在这里等车很难，有时只好乘坐一种私人经营的、黑色的、面包车大小、烧木炭的老爷车。下车时，鼻子都感到不舒服，像被烟呛似的。当时的北大附小就在现北大图书馆楼的东侧。沿着北大东墙，有一条浅浅的小河，河边有一些灌木和树丛。夏天我们常常在这抓小鱼，捞蝌蚪。而冬天小河结冰了，我们就背着书包双脚一前一后，侧身向前出溜。一路上人烟稀少，看不见汽车。从蓝旗营到中关村方向的马路还没有，在靠近中关村时你还能看见狼圈。狼圈就是在墙上用白灰画的圆圈，据说狼看见后就不敢进村了。在中国北方的农村里，常常能看到这一类的符号。50年代在中关村北区，现在13楼西面，靠近中关村通往海淀的十字路口有几间农民房，墙上就画有这类狼圈。现在的年轻人可能完全不能想象，西山的狼会光顾到现在的中关村大厦这一带。"

就是这个野狼曾经出没的地方，1962年由动物研究室、昆虫研究所和动物研究所合并，形成了中国科学院动物研究所，就在中关村路19号。

说到动物研究所悠久的历史和卓著的成就，不能不提到它的前身——1928年成立的北平静生生物调查所及1929年成立的国立中央研究院动物研究所和国立北平研究院动物学研究所，也即常说的"三所"。

20世纪初，一批早期留学海外、学有专精的爱国青年学者任鸿隽、杨铨、胡明复、赵元任、周仁、秉志等人，以"科学救国"为己任，于1915年10月25日，在美国伊萨卡组织成立了中国科学社。一个由中国人自办、自管的综合性学术团体出现了，其目的在于倡导科学，致力学术，以科学技术拯救中国。中国科学社创办了《科学》杂志，秉志在这个刊物上表达了他们的心声："吾国贫弱，至今已极，谈救国者，不能不诉诸科学。""观于列强之对吾国，其过去、现在及将来，令人骨颤心悸者也！故吾国今日最急切不容稍缓之务，唯有发展科学以图自救。"

这种救国之意，强国之情，爱国之志，报国之心，溢于言表，慷慨激昂，振聋发聩，令人感佩。

这批年轻的科学家原准备在中国科学社创建三个研究所，但限于经费、设备和人才等诸多因素，只办了一个生物研究所。1922年8月18日，中国科学社生物研究所在南京市成贤街文德里社址宣告成立，由秉志任中国科学社生物研究所所长。该所下分动物和植物两部，分别由著名动物学家秉志和著名植物学家胡先骕主持。其主要研究人员先后有生物学家张春霖、陈焕镛、方炳文、张孟闻、刘子刚、王家楫、张景钺、钱崇澍、伍献文、陈祯、戴芳澜、何锡瑞、郑集等。

在20世纪30年代初，该所动物学部已有科研人员十余人。而且该所收藏标本极为丰富，并向公众开放，生物标本对当时的中国人来说是一个新鲜事物，因而产生了相当大的社会影响。据文献记载："中国科学社生物研究所开国人研究本土生物之先河，使中国生物科学紧追地质学之后，成一时之显学。""言教育者多来南部观摩，过南部者几莫不入生物研究所之标本室，

082

皆诧异叹服而去。"作为民国时期的显学，这也是中国科学走向普罗大众的先头部队，是为民族开智的科学研究。

在该所红火鼎盛时期，蔡元培先生曾做过这样的评价："近代国内生物科学之发展，生物研究所实为其椎轮。虽研究所只限于此学，而风会所趋，溥惠文教。国内学术机关之所由起，谓之始源于此所可也。""中国科学社的生物研究所特别值得一提，它没有辜负创办人的期望，做了许多极其令人满意的工作。在中国当代著名生物学家中，十有八九以这样或那样的方式与这个研究所发生联系。"

1935年10月24日，胡适之先生在上海举行的中国科学社庆祝会上盛赞生物研究所："在秉志、胡先骕两大领袖的领导下，动物学与植物学同时发展。在此20年中，为文化开出一条新路，造就了许多人才，要算是中国学术上最得意的一件事。"

以生物研究所成员为骨干，先后派生出的我国生物学研究机构即有北平静生生物调查所、中山大学农林植物研究所及云南农林植物研究所等。国立中央研究院自然历史博物馆的筹建也是在中国科学社生物研究所所长秉志先生及该所有关专家的鼎力支持下得以完成，所以称中国科学社生物研究所为我国生物科学的先驱，名副其实。

1928年4月，南京国民政府改中华民国大学院中央研究院为国立中央研究院，并任命蔡元培为院长，确定该院为中华民国学术研究最高机关，当时设立天文、气象、物理、化学工程、地质、历史语言、社会科学等研究机构。1930年1月，中央研究院自然历史博物馆正式成立，聘钱天鹤为该馆主任，李四光、秉志、钱崇澍、李济、王家楫5人为顾问。1934年7月，中央研究院决定将本院所设自然历史博物馆改称中央研究院动植物研究所，由王家楫任所长。1935年5月，在南京召开第一届中央研究院聘任评议员选举会，选出30名评议员，动物学组有秉志、林可胜、胡经甫3人当选。

全面抗战爆发后，该所被迫由南京迁往湖南衡阳南岳，这是1937年8月，同年再迁往广西阳朔，1938年底迁往四川重庆北碚。1944年4月经中央研究院评议会之决议，决定将原动植物研究所的植物部分分出另设新所，动物部分称动物研究所，其研究工作集中于鱼类学、昆虫学、寄生虫学、原生动物学、实验胚胎学、实验动物学、细胞学及遗传学等方面。1945年抗战胜利后，该所并未回到南京，而是到了上海，于祁齐路320号办公。该所建立以来，其主要成员先后有专任研究员王家楫、伍献文、陈世骧、倪达书、朱树屏、史若兰（Nora G. Sproston）、陈则湉7人；兼任研究员童第周、贝时璋2人；通信研究员秉志、胡经甫、陈桢、李约瑟4人；由王家楫任所长。

这份名单委实壮观，竟有那个后来写了15卷《中国科学技术史》的英国人李约瑟。当然陈世骧、童第周、贝时璋等，每一个人都是赫赫有名的。

1949年11月1日，中华人民共和国成立刚一个月，中国科学院成立。11月10日，中国科学院接收前北平研究院和前中央研究院并撤销两研究院名称。1950年3月，中国科学院华东办事处接收设于上海的前中央研究院动物研究所。1950年8月，原中央研究院动物研究所的昆虫部分和前北平研究院动物学研究所昆虫学研究部分合并，组成昆虫研究室，暂隶属于中国科学院实验生物研究所，并聘陈世骧和朱弘复为该研究室正副主任。1953年，昆虫研究室扩建为中国科学院昆虫研究所，所址设在北京。

国立北平研究院于1928年11月开始筹备，1929年9月9日正式在北平成立。该院先后成立了物理学、镭学、化学、药物学、生理学、动物学、植物学、地质学、史学9个研究所，与中央研究院并称南北两大研究机构。在国立北平研究院成立的同时，国立北平研究院动物学研究所也宣告成立，文献记载："所址在北平西直门外三贝子花园内（后改称为天然博物院），就广善废寺加以改建，分前后两部：前部设标本陈列室，供群众观览，后部为研究室、实验室、图书室等。1934年10月，在该寺北侧新建之生物楼（即陆谟克堂）竣工，研究室一部迁入该楼工作。"该所的主要成员先后有专任研究员陆鼎恒（所长），专任研究员张玺（继任所长）、沈嘉瑞、朱弘复；兼任研究员汪德耀；通信研究员童第周、陈祯。1937年全面抗战爆发后，该所随北平研究院内迁至云南省昆明市。1946年9月，该所全体工作人员由昆明复迁北平。

国立北平研究院动物学研究所与国立中央研究院动物研究

所，一南一北，在研究方向上各有侧重。前者注重海洋动物及淡水动物之调查与研究，在抗战前该所每年派员赴沿海各地采集动物标本，研究其生活及分布状态。1935—1936年，该所与青岛市政府合组胶州湾海产动物采集团，由该所专任研究员张玺领导，所采集之海洋动物标本逾一万余号，还于1935年在烟台设渤海海洋生物研究室。抗战时期，该所迁滇后，因注重云南水产经济动物及淡水渔业问题，特与云南省建设厅合组云南水产试验所，对该省的湖泊水生动物开展调查，并对渔业生产有诸多贡献。1949年后，该所由中国科学院接收。1950年，该所部分科技人员及动物标本均并入中国科学院动物研究所的前身——动物标本整理委员会，1951年改为动物标本工作委员会。该所的昆虫研究室全部并入中国科学院实验生物研究所昆虫研究室。

北平静生生物调查所也是动物研究所的源头之一。北平静生生物调查所成立于1928年10月1日，是由尚志学会和中华教育文化基金董事会为纪念范源濂（字静生）而创立的。负责筹建该所的是动物学家秉志和植物学家胡先骕两位先生，所址在北平西城石驸马大街83号范源濂故居。该所首任所长由当时南京中国科学社生物研究所所长秉志兼任，1932年由胡先骕继任。北平静生生物调查所设动物部和植物部，由秉志和胡先骕分别主持。抗战期间，该所因系美国退回庚子赔款组成的中华教育文化基金会资助兴办的民间生物学研究机构，故未内迁，继续在北平开展研究工作。1941年，太平洋战争爆发，原受美国势力保护的中国文化教育机构，均被日军强行占领。1941年12月8日，日军占据了北平静生生物调查所，所中员工皆被驱逐。此后，该所部分人员辗转迁往江西泰和中正大学北平静生生物调查所办事处，云南农林研究所或云南丽江工作站。北平静生生物调查所原设动物部和植物部，因经费不足，停办了动物部，抗战胜利复员回北平后，只恢复了植物部。1949年12月1日，中国科学院第22次院务汇报会决定：北平静生生物调查所的动物标本应立即加以整理；该所的人事应加以调整；组成北平静生生物调查所整理委员会。12月6日，北平静生生物调查所整理委员会成立。12月16日，中国科学院正式接收北平静生生物调查所，由吴征镒常驻该所办公。中国科学院于1950年10月成立中国科学院动物标本整理委员会，着手整理来自北平静生生物调查所和国立北平研究院动物学研究所的标本。1953年1月，中国科学院撤销动物标本工作委员会，成立直属中国科学院领导的动物研究室并任命陈祯为研究室主任，1957年5月扩建为动物研究所。1962年1月，经中国科学院第一次院务会议审查通过，并经国家科委批准，将昆虫研究所并入动物研究所。"众水汇涪万，瞿塘争一门"，由此合并后的研究所名称为中国科学院动物研究所。

为了更好地完成《飞蝗物语》这部作品，我曾多次出入位于北辰西路1号新的巍峨的中国科学院动物研究所进行采访。一进门就能看到主楼大厅秉志先生的铜质雕像。这尊铜像是在2006年10月18日中科院秉志先生120周年诞辰纪念大会后竖起的。当时的国家自然科学基金委员会主任、中国动物学会理事长陈宜瑜在致辞中说："秉志先生在我国早期动物学研究中所起到的作用非常重要，是名副其实的奠基人。中国早期的动物学学者，几乎都是出自秉志先生门下，诚不愧为中国动物学界的开山大师。他还是一个优秀的教育家，秉志先生一生桃李满天下……不仅功业至伟，且道德纯粹，忠信笃敬，令人极为钦佩。"

秉志先生1886年生于河南开封，1965年在北京去世，是我国近代生物学的主要奠基人。他曾参与发起组织我国最早的群众性自然科学学术团体——中国科学社，刊行我国最早的综合性学术刊物《科学》杂志。从20世纪20年代起，长期从事我国生物学的教学、研究和组织工作。他是我国第一个生物学系和第一个生物学研究机构的创办人，中国动物学会的创始人。他培养出一批不同分支领域的早期动物学家，他在脊椎动物形态学、神经生理学、动物区系分类学、古生物学等领域进行了大量开拓性的研究。20世纪50年代后，他系统全面地研究鲤鱼实验形态学，充实了鱼类生物学研究的理论基础。

在此住过的蔡恒胜先生的回忆录称，秉志先生也是中关村路19号的老住户，晚年曾住14号楼一门三层。秉志是满族人，正蓝旗。1927年与秉志一起创建了北平静生生物调查所的胡先骕先生也住此处。

1953年与1957年先后发展成的昆虫研究所与动物研究所，于1962年合并为动物研究所，就是在中关村路19号。

在中关村那些楼里住过许多科学界泰斗级的人物，如一级研究员，一些研究所的首任所长，中国科学院的首批学部委员。学界泰斗荟萃，有的师徒同楼。14号楼里贝时璋的夫人就是对门钱三强的夫人何泽慧的老师，而住一楼的赵忠尧则是钱三强的老师。除了1949年前就在国内工作的著名科学家外，12号楼、13号楼、14号楼还迎来了钱学森、赵忠尧、汪德昭、屠善澄、杨嘉墀等一大批刚刚从海外归来的科学家，也包括东亚飞蝗的掘墓人马世骏等。这些楼里先后住过钱三强、何泽慧夫妇和贝时璋、赵忠尧、童第周、陈焕镛、罗常培、黄秉维，钱学森、戴芳澜、施汝为、秉志、陈世骧、钱崇澍、尹赞勋、邓叔群、王淦昌、赵九章、蔡邦华、顾功叙、武汝扬、李善邦、柳大纲、吕叔湘、陈宗器、傅承义、林镕、陆之韦、马溶之、叶渚沛、恽子强、郑奠、熊庆来、汪德昭、张文裕、刘崇乐、秦仁昌、杨嘉墀、郭永怀、陆元九、屠善澄、梁树权、王承书、顾德欢、郭慕孙、顾准、林一等。

真是大师硕儒云集之地呀！

这当中有几位是中国生物学界的前辈：钱崇澍、陈焕镛、林镕和秦仁昌，昆虫学家陈世骧和谢蕴贞夫妇。

动物研究所80年的历史征程里，前20年是在1949年前，在国力和科技极度落后的年代，第一代的现代动物学家本着"科学救国"的信念，殚精竭虑，呕心沥血，把动物学的科学种子播种在当时祖国积弱积贫的大地上。他们不仅在动物与昆虫的资源调查、分类学、形态学等方面做出了相当多且有分量的成果，更为国家培养了一批科研骨干。

中华人民共和国成立后的几十年里，动物研究所的一代又一代科学家们通过辛勤耕耘和不懈努力，在我国动物学基础研究、农业虫害和鼠害综合治理、农林畜牧业发展、生态与环境保护、生殖生物学及生殖调节机制等方面都做出了重大的历史性贡献，在科技目标凝练、学科布局与调整、体制改革、人才培养和创新队伍建设等方面取得了显著成就，在动物学基础研究领域和解决国家重大战略需求方面做出了突出成绩。

目前的动物研究所名满世界，其综合科技创新能力（包括国家科技成果奖、重大创新贡献、SCI论文全球排名、创新人才的质量、科研项目和经费竞争力、研究生的培养、国际影响力等各项科技创新指标）都成绩斐然，超常规发展与进步，接近或达到国际先进水平。根据现已启动的三期知识创新工程，动物研究所将达到国际一流水平，在国际动物学领域占有和保持重要的地位。如果了解他们目前的各科研究，就能知道他们在暗暗追赶世界最新科技方面，储备了大量人才，许多科研成果都将破茧而出。动物研究所已成为我国动物学的研究创新基地、高级人才培养基地和科学普及基地，成为我国生物多样性保护、农业可持续发展、人类生殖与健康领域的重大战略科技支撑。

动物研究所已经产生了12位中国科学院院士，是我国生物学及其分支学科（如动物学、生态学、生殖生物学、鸟类学、兽类学、昆虫学、分类学、动物遗传学、昆虫生理学等）的主要开拓者和奠基人。

动物研究所曾在反细菌战、飞蝗治理、鼠害防控、朱鹮再发现、保护区设立、熊猫保护、细胞核移植及生殖避孕等研究方面做出过重大历史贡献。

# 五、领受任务·两个研究室的诞生

马世骏先生从美国回来组建昆虫生态研究室之后，参加了东北及鸭绿江两岸反细菌战专家调查团，刚回到所里，蝗灾就在洪泽湖和微山湖两大湖区大暴发，河北也不轻。为此事揪心的周恩来总理亲自挂帅，作为国家治蝗总指挥，对马世骏的昆虫所寄予了很大期望。那时候，昆虫生态研究室已经组建，由马世骏教授任主任。研究室有数学生态组、物理生态组、地理生态组和化学生态组4个研究组。

据陈永林先生回忆，他当时在天津部队当教员，一纸调令要他回北京。具体情况是：陈永林的大学老师、昆虫学教授朱弘复已经任职于动物所前身中科院昆虫研究室，朱弘复先生是从美国回来的，是陈永林昆虫学的启蒙老师。朱老师给当时中科院院长郭沫若写信，讲到陈永林的事，认为陈永林应该到实验生物研究所北京昆虫学研究室研究昆虫，于是郭沫若给华北军区司令部去信。陈永林正在上课，领导通知他，要他回北京。

回到北京，陈永林才知道，中科院院长郭沫若已提交了申请调动陈永林到中科院实验生物研究所北京昆虫学研究室的报告。

陈永林立马来到朱弘复所长的办公室。朱所长对他说："知道为什么要调你回来吗？"

陈永林说："老师是让我归队？"

"这是一方面……你听说过马世骏吗？"

陈永林摇摇头说不认识。

朱老师说："马先生是美国毕业的生物学博士，正在回国的路上。我们在等马先生回来，调你来就是准备做马先生的助手。"

陈永林完全明白了。

陈永林第一次见到马世骏先生，是在1952年1月，那时候全国蝗灾频发，马先生辗转从香港回到北京。马先生大陈永林十多岁，有留洋归来的气质，高大清瘦，儒雅有范。

马世骏回来即成立了昆虫生态研究室，并参与筹建中国科学院昆虫研究所，当时地址在北京动物园内。

研究室建立初期，主要研究对象就是东亚飞蝗，还关注一些其他害虫种类，如棉铃虫、棉蚜等，对它们的种群动态和经济阈值、农业生态系统的系统分析和最适管理对策展开研究。关于蝗虫的生态地理分布及其适应机制，蝗虫的综合防治是重中之重，有基础理论研究，也有应用技术开发。

同样留学归国的钦俊德博士，主持创建了昆虫生理室。面对根治蝗害的国家重点任务，他与马世骏先生一起，开展蝗虫的胚胎发育、飞蝗生殖生物学及对食料植物的选择和利用等方面的研究。

马世骏先生出任昆虫生态研究室主任，首要的任务就是尽快解决三千年来一直祸害中国的蝗灾。

从当时蝗灾暴发的情况看，飞蝗繁殖的老巢多分布在滨海滩地、大湖芦荡和水位不定的河滩。这类地区生活艰苦，且有治安问题，居民极少，给掌握蝗情和定点观察造成困难。而且，当时蝗灾已经波及半个中国，面积大、地形复杂，何处是飞蝗的老巢？哪种类型是蝗虫发生地的原生类型？导致发生地演变的因素又是什么？能否从源头控制蝗灾？杀虫剂能否有效地杀灭蝗害，实现根治目标？

困难重重。

先得控制正在发生的蝗害蔓延。

在配合各地迅速扑灭飞蝗的同时，马世骏先生决定在蝗灾严重的洪泽湖设立中科院的东亚飞蝗试验点，选址在泗洪县，也就是飞机灭蝗的中心。

洪泽湖区是中国蝗灾肆虐的重大源头之一，是传统蝗区，那里的蝗灾牵动全国。

陈永林与郭郛两个人被选中作为第一批人员赴泗洪。郭郛大陈永林7岁，都是意气风发、踌躇满志的年纪。

临行前，马世骏对他们说："消灭东亚飞蝗是党中央交给我们的任务，不仅是科学任务，也是重大的政治任务。我们要研究飞蝗生态学、生物学就得深入飞蝗发生基地，也就是飞蝗的老巢。常言说得好，'不入虎穴，焉得虎子'。"

陈永林先生不久前还在念叨着马世骏先生引用的这句古语。而这句出自老师之口的经验之言，也成了动物研究所一代代科研工作者的座右铭。长年在野外工作是动物研究所所有专家的共同特点。

让我们先简要介绍这里出场的三个人：

马世骏，1915年11月5日出生于山东兖州，原名马守义，又名马宜亭。1937年毕业于北京大学农学院生物系，1948年获美国犹他大学研究院科学硕士学位，1950年获美国明尼苏达大学研究院哲学博士学位，1980年当选为中国科学院学部委员（院士）。马世骏研究东亚飞蝗生理生态学、粘虫越冬迁飞规律、害虫种群动态及综合防治理论，提出"改治结合、根除蝗害""种群变境成长"以及系统防治等新观点，制定了预测方法，丰富了昆虫种群生态学、生态地理学及害虫综合防治的理论，并在植保工作中发挥了重要作用，在治理环境污染和生态环境的保护方面，提出了"生态经济学"设想、"经济生态学"原则等一系列新观点。

陈永林，1928年6月11日出生在北平，满族，1950年毕业于中法大学生物系。1957年至1960年在苏联科学院地理研究所生物地理系研究室进修。历任中国科学院动物研究所研究员、中国生态学会常务理事、中国昆虫学会理事。长期从事昆虫生态学研究，在蝗虫分类学和生态学的研究及根除蝗害等方面做出重大贡献。

郭郛，江苏泰县人，生于1921年6月。1946年毕业于南京大学生物系，同年进入中央研究院动物所（上海），在陈世骧先生主持的昆虫学工作室工作，先后从事鞘翅目鞘翅上气管的分布、双翅目昆虫生物学及分类学、鳞翅目幼虫变态与脑的关系等的研究。1949年转入中国科学院实验生物所，1950年调入北京昆虫研究室，先后从事东亚飞蝗生物学、生殖生理、营养食性、内分泌调节生殖腺发育等研究。1951年起参加飞蝗生物学研究和调查，从事飞蝗生物学研究，证实了蝗区可栽培作物防蝗，还证实了蝗区夏蝗卵不能在水下生活一个月以上，为蝗区种植水稻改良生态条件建立了基础。

# 六、洪泽湖边的牛棚

中国治理东亚飞蝗的起点，一个是在北京动物园的昆虫生态研究室的简易房子里，另一个是在洪泽湖畔一个叫车路口大堤的牛棚里。

1952年的春季，陈永林记得很清楚。他在一首《忆洪泽》的诗里这样写道：

查螣研究始洪泽，观天查地晴雨何？

荒芜草滩栖何处？风雨无阻寻死活。

螣巢洪泽探踪迹，路口堤舍同牛栖。

昔日草滩人烟稀，朝夕与螣不分离。

日夜航行淤滩记，苇丛浅溪水过膝。

蛭蚊袭击未足奇，勿见蝗群心安逸。

良涧逆流锚断离，险些船覆沉湖底。

界集白帐为营地，观天测地解蝗迷。

风云晴雨螣何去？何时群聚何时离？

嗜食何草何食拒？繁衍遗卵何地宜？

何时栖止何时移？群散两型生殖异。

孤雌亦可传后裔，所生之蟓皆为雌。

群蝗远飞日千里，散蝗亦见月夜飞。

猖獗螽群密如蚁，顷刻禾稼皆被摧。

探明为何水旱蝗，规律当推水为王。

水后再旱螣猖狂，治水除荒断蝗粮。

人民大军齐奋起，虫口夺粮化险夷。

铁马银鹰显威力，布药天地螣倒毙。

螣巢类型虽有异，演化规律概如一。

改治并举现奇绩，千载荒滩面貌非。

湖河水利均兴起，垦殖绿化树满堤。

稻麦两熟豆满畦，瓜果林木繁苇鱼。

农林牧渔新村立，乡镇企业放光辉。

旧貌新颜人欣喜，洪泽鱼米盖世奇。


　　这首诗基本上把陈永林他们在洪泽湖所做的工作和所遭遇的危险和艰难都写到了。比如：寻找蝗虫，遇险，蝗虫是如何群聚和散居的，吃何种食物，在哪儿繁殖，什么时间迁飞，群居型和散居型生殖的同异，孤雌蝗虫也可以繁殖，所生的蝗蟓皆为雌性，群蝗迁飞一日千里，散居型蝗虫见月亮亦可迁飞，水灾过后蝗虫最为猖獗，治水是第一位的，飞机治蝗，药物治蝗……

洪泽湖为中国第四大淡水湖。在江苏省西部淮河下游，苏北平原中部西侧，淮安、宿迁两市境内，为淮河中下游结合部。原为浅水小湖群，古称富陵湖，两汉以后称破釜塘，隋称洪泽浦。据传，公元616年，隋炀帝下江南，其时正值大旱，行舟十分困难，当龙舟经过破釜塘时，突然天降大雨，水涨船高，舟行顺畅。炀帝大喜，自以为洪福齐天，恩泽浩荡，于是便把破釜塘改名为洪泽浦。唐代开始名洪泽湖。1128年以后，黄河南徙经泗水在淮阴以下夺淮河下游河道入海，淮河失去入海水道，在盱眙以东潴留，原来的小湖逐渐扩大为如今的洪泽湖。洪泽湖湖面辽阔，资源丰富，历史悠久，既是淮河流域的大型湖泊、航运枢纽，又是渔业、土特产品、禽畜产品的生产基地，历史上有"日出斗金"的美誉。

领受了任务的陈永林与郭郛，先坐火车到宿县，再从宿县乘汽车到达泗洪县。昆虫研究的一大特点就是要在野外进行，要研究蝗虫，也必须长期在野外操作、观察和记录。

他们的眼前，洪泽湖荒野茫茫，芦苇起伏，没有人烟。风像是从远古吹来的一样，让两个从北京来的年轻人有时光倒流之感。这里景色平静，让人无法相信此地刚刚暴发了一场令国人惊悚万分、牵挂不已的蝗灾。

陈永林望着那风中的一阵阵芦苇的绿潮和宁静的湖面情不

自禁地说："景色真好啊，北京可没有。"

郭郭说："好风景！永林要诗兴大发了？"因为他知道陈永林平时爱写诗。

"风景特别好的时候倒写不出诗来，咱们得先解决吃住问题。"陈永林说。

风景真的是太好了。郭郭出生于江苏，这儿的景色跟家乡差不多，让他有亲切感，也让他产生思乡之情。而对在北方大都市长大的陈永林来说，这儿的一切是那么陌生、新鲜，特别是一望无涯的水，让他特别兴奋。虽没有写出诗，却情不自禁地念出了范仲淹的《岳阳楼记》："上下天光，一碧万顷；沙鸥翔集，锦鳞游泳；岸芷汀兰，郁郁青青。而或长烟一空，皓月千里，浮光跃金，静影沉璧，渔歌互答，此乐何极……"郭郭也喜欢诗词，也有时候来上几句，两个年轻人就朗诵起《岳阳楼记》来……

虽有渔歌互答，虽有一碧万顷，但他们遇到的现实是：只能在湖边安营扎寨。

他们选中了濉河堤上的一间牛棚，这是个茅草屋棚，一半是农民的牛住的，一半空着。当地农业部门的同志对来自中科院的专家很客气，希望他们住到镇上或者农民家里，但都被他们一一婉拒了。因为他们的任务就是在湖边工作，与蝗虫在一起，"朝夕与螣不分离"，而且要日夜不停地观察记录。

就这样，堂堂中科院的东亚飞蝗工作站就在荒野中的牛棚里诞生了，工作也在牛粪的浊重气味中开始了。

棚外风清月白，野花飘香，棚内苍蝇飞舞，臭气弥漫。陈永林与郭郛，与牛为伴，与牛同室共眠。水牛占一半，他们两张行军床占了一半。这荒郊野地，他们老远买来米菜，生火做饭，半生半熟也就吃了。没有吃的菜，自己寻野菜。湖区野菜多，边工作边寻了带回。饮用水就直接从濉河里取。遇上汛期，水浑浊，就用明矾净水。陈永林先生感慨地对我说："那时候真的是很苦很苦啊！"

"洪泽湖畔进界集，荒草滩上帐篷立。饲养飞蝗日夜观，查明生存繁衍律。"陈永林这首诗讲的是后来他们帮泗洪县成立了治蝗站，与当地治蝗人员合作，搭起了帐篷，在草滩上又饲养捉来的飞蝗，进行各种观察和记录。

先是在车路口蝗区建立研究工作站，再到界集蝗区建立又一个工作站。春、夏、秋三季蝗虫活动频繁时，陈永林他们都在那里工作与居住，包括后来的尤其儆等人。他们围起实验地，埋好大、中、小的养虫笼，进行不同密度蝗蝻的生存实验、繁殖实验，对飞蝗生殖力进行饲养观察、型变的实验研究等。经过长期不间断的观察，慢慢明白了东亚飞蝗的习性。同时，他们按照马世骏先生的指示，进行大气温度、湿度、降雨、土壤温度、相对湿度等小气候观察记录。连年的观察实验获得了许多宝贵的第一手资料。

陈永林他们在洪泽湖研究工作的大致方向与方法是这样的：

了解飞蝗发生规律，结合蝗区形成和变迁原因，进行分析并提出根治蝗灾的办法。

配合当前清蝗工作，解决治蝗工作存在的技术问题。

结合气象及植物等环境因子的观察，进行飞蝗的生长、习性、繁殖、发生、消长等的系统研究。

与当地蝗虫防治站合作掌握全区的蝗情。

参加当地治蝗工作，吸取群众的经验。

密切联系蝗区附近的水利部门，广泛地搜集有关资料，随时将发现的问题或调查的结果融合到野外和室内正在进行的研究工作中。蝗虫研究工作有一部分在室内进行，就是把野外已获得的结果加以深入研究，或对自然情况下不易明确的问题进行研究，问题明确后再拿到野外去验证。

在蝗区的调查工作需要四处奔波，调查蝗卵的发育，通过研究水及温度对于蝗卵发育的作用，明确蝗卵发育和气候的关系及蝗卵淹水等问题，并为根治蝗灾中利用湖水水位高低破坏蝗卵的办法寻求条件。

调查这一带蝗虫的主要食料植物。除去稻、麦、芦苇外，弄清楚了在夏蝗时期蝗虫主要野草食料植物有三棱草（土名为"猪哼哼"，属莎草科）、藨草（土名"三棱草"，属莎草科）、狗牙草（土名"扒根草"，属禾本科）等，在秋蝗时期主要为禾本科野草如稗草（土名"扁草"）、蟋蟀草（土名"牛屎排"）等。

弄清楚了飞蝗的蝗卵无真正休眠现象，在适宜的环境条件下，蝗卵胚胎不管时令都可以继续发育孵化为蝻。因此在春、秋雨季气温高的年份，可以提前孵化，缩短蝗虫完成一代所需要的时间，也就增加了在一年内的发生代数。

调查蝗虫的繁殖与发生。他们饲养的蝗虫，不同食料对蝗虫生长有显著影响，比如用玉米饲养者生长速度最快，在室温25℃的情况下，21天即变为成虫。谷子次之，芦苇第三，大豆最差，在同一室温下要27天方能羽化为成虫。生长速度与成虫成活率并不完全一致，用玉米饲养者生长速度虽快，但其成活率不及芦苇饲养者。单位面积内蝗虫虫口密度对于生长速度的影响是密度愈大生长愈慢，因此，散栖型飞蝗生长快，个体亦较大，群居型生长较慢，个体亦较小。密度与成虫成活率的关系是密度愈大成活率愈小。

飞蝗生殖力随地区、季节及食料的不同而有差异，即两种体型亦表现不一致。散栖型飞蝗所产卵块数、卵粒数均比群居型高。据1953年观察，洪泽湖区域散栖型夏蝗每头平均仅产卵2—3块，每块含卵70—80粒。在同一环境条件下，用玉米、谷子、芦苇、大豆及棉花等五种食料饲养的结果是，玉米组产卵最多，芦苇与谷子次之，用大豆饲养者虽能生长并羽化为成虫，但雌虫缺乏生殖能力。经解剖检查，雌虫卵巢的基部蝗卵未成形，并有畸形或退化的现象，证明系因营养不足致使卵粒不易成熟。

他们在洪泽湖观察到了东亚飞蝗孤雌生殖现象。雌虫不经过交配可以产卵，部分蝗卵并能孵化为蝻，但蝻都是雌性，在生长到二龄时即全部死亡。

飞蝗的体型和性比也是必须弄明白的。在自然情况下，飞蝗的外形也随环境改变和虫口的密度有差异，据陈永林他们在蝗区观察，一般由散栖型转变为群居型较快，反之则较慢。且体色改变较快而体型改变较慢。体色与体型的转变与龄期有关，龄期愈小愈易改变，愈大愈难改变。体色或体型的转变，无性别差异。亲体的型比对后代的型比影响不大。根据调查，各地区蝗虫的型比不完全一致，各年不同，各季亦不相同，都是随环境条件和虫口密度变化而变化的。其中以人为因素如防治、耕作等对其影响最大。

在洪泽湖，陈永林他们对东亚飞蝗的天敌也做过大量调查。一共有十余种，其中有比较显著作用者，在卵期有卵寄生蜂（黑卵蜂科），蝻期天敌中有蛙类（包括蟾蜍、黑斑蛙、泽蛙），在庄稼地附近的个别地区，蜘蛛对消灭幼龄蝗虫有时也会有一定的作用，线虫（铁线虫科）对跳蝻与成虫的寄生率较高。成虫期捕食性天敌主要为燕鸻及田鹨。寄生昆虫则有寄生蝇及肉蝇，肉蝇的寄生方式是直接将幼虫产在蝗虫体上，由节间膜侵入体内。常有数头寄生于一个蝗虫内，结果可使蝗虫死亡或降低其生殖力。关于寄生菌的研究工作，他们也搜集了一些材料。

飞蝗发生与气候及生物等环境因子的关系，是比较复杂的。洪泽湖和后来调查研究的另一个蝗区微山湖区域，飞蝗在一般年份每年发生两代,当气候及其他环境因子适宜时可发生三代。发生两代者夏蝗孵化期约在5月上旬,羽化期约在6月中旬;秋蝗孵化期在7月中下旬,羽化期在8月中旬至9月上旬。自羽化到交尾经过10—14天,交尾后一般经过4天即开始产卵。1953年,洪泽湖及微山湖许多蝗区都发生了第三代蝗蝻,但这只有部分会羽化为成虫,个别有交尾产卵者,主要原因还是该地区春季天气干旱,夏秋季湖水汛期早而且短,8—9月间降雨少,气温高,因此夏蝗发育完成期较1952年提早约10天,秋蝗孵化期提早约15天,发育完成期则提早20余天。据他们在蝗区观察,1953年8月上中旬地下5厘米深处,平均地温较1952年同时期高1.2℃,8月下旬至9月中旬平均气温较1952年同时期高1.5℃,9月份平均气温较同年5月份高0.6℃,因而促成早期秋蝗(第二代)所产卵块的孵化,第三代蝗蝻的生长也就提前了。

要彻底摸清飞蝗的习性并不容易,要经过几年的实验观察。关于蝗虫的群聚、迁移与扩散,群居型一、二龄跳蝻常集中在植株上,二龄以上常在光裸地或浅草地上形成蝻群进行群居生活,且龄期愈大聚集习性愈为显著。蝻群是逐渐形成的,当密度每平方丈(1平方丈约为11.11平方米)300头以上时,最初为数十头集合一处形成小片,再慢慢汇集,最后构成大的蝻群。蝗蝻聚集有随阳光转移的习性,阴天蝗蝻聚集现象不显著。晴天当温度低于16℃以下时,幼龄跳蝻亦不聚集。散栖型蝗蝻在密度大于每平方丈30头以上时,亦有点片集中的现象,但被惊动后即很快分散不易再度集中。

群居型蝗蝻是成虫飞蝗的主力，它们在晴天自上午9时至下午4时进行迁移，迁移方向与光源有关，大致跟随日光移动，如遇大风，幼龄跳蝻常潜伏至地缝或草丛中，三龄以上的跳蝻则顺风前进。散栖型飞蝗在普通情况下不迁移，但当密度较大时则有向四周扩散的现象。

群居型飞蝗能成群结队高飞远迁，散栖型飞蝗在多数情况下是分散迁飞。散居型飞蝗飞迁系在交配产卵前，多在傍晚特别是月夜进行，起飞后与风向风力有关，二级风以下迎风飞行，三级风以上则顶风或与风向成钝角方向飞行。其迁飞与温度有一定的关系，当气温低于19℃时即不再迁飞。成虫的活动因性别而有差异，在一般情况下，雌虫的飞翔力较雄虫强，雌雄交尾以午后最盛，一次交尾历时最长的可达2小时，一生中可交尾4次。雌虫产卵时间自上午9时后开始，中午及午后最盛。产卵喜选择土质比较黏硬、土壤湿度适中的地带。

观察东亚飞蝗的取食。蝗蝻与成虫一般在日出后1—2小时开始取食，当夏季中午到午后3时前温度最高时，取食亦少，4时以后至日落前为取食盛期，取食的盛衰与温度有密切关系。取食的适温为30℃—32℃，当温度低于14℃或高于40℃即不再取食。

对各龄蝗蝻的鉴别也在洪泽湖野外工作站进行。各龄蝗蝻可根据下列特征——触角的节数、前胸背板的形态、翅芽的形态、腹听器的形状、外生殖器的形状等来区别，其中以触角的节数和外生殖器的形状最为准确可靠。

他们也调查当地的土蝗，将其调查得十分清楚，洪泽湖和微山湖的土蝗有26种，分属于3科7亚科19属。

侦察蝗情。防治蝗虫首先要了解蝗情，对蝗情了解的精确程度与侦察蝗情所采用的办法有密切的关系，这项工作有很强的专业性，但又得发动群众来进行。侦察蝗情的人员就是田间地头的广大农民和治蝗有方的当地农业技术员。侦察蝗情的方法就是"三查"：查卵、查蝻、查成虫。查卵取样根据当地蝗虫生殖力、地理环境、残余成虫密度进行。查蝻及查成虫则以习性、环境条件、密度稠稀为标准。根据在洪泽湖和微山湖等地的驻点研究，搜集民间"三查"方法的经验，陈永林、尤其儆、朱进勉（当地治蝗干部）三人合著了《侦察蝗蝻办法》。这本薄薄的繁体字书是由安徽省宿县专区泗洪蝗虫防治站印刷的，一本内部资料小册子，在孔夫子旧书网上已卖到99元，因为它珍贵。

随着这些专家进入洪泽湖蝗区的时间推移和他们研究的纵深，蝗害成因被破解指日可待，配合当时清蝗工作、解决在治蝗工作中所存在的技术问题，根据掌握的资料拟定初步计划，马世骏、陈永林等专家通过与中央农业部、华北农业科学研究所，以及有关专家的多次磋商，确定了南部蝗区为第一期研究的对象。在洪泽湖东西两岸设立了两个工作站后，1953年将工作区域扩展到微山湖，在洪泽湖及微山湖蝗区各设立一个工作站。在洪泽湖结合泗洪、淮阴、滁县沿湖蝗虫防治站，在微山湖结合徐州蝗虫防治站，再深入进行调查。昆虫所给工作站的任务非常具体切实，工作之弦绷得很紧，陈永林他们定时向北京汇报，北京的马世骏先生定时询问，也会突然来湖区检查工作。

中科院昆虫研究所五年工作计划中的重点之一就是蝗虫研究。1952年是蝗虫研究工作的准备阶段，也可说是摸索时期。五年工作计划的第一年即1953年的重点工作对象为洪泽湖蝗区，第二年为微山湖，第三年转移到黄海蝗区，第四年为新疆蝗区。从洪泽湖扩展到微山湖蝗区，设立了工作站后，借鉴洪泽湖的经验，开始了全面系统的调查研究和小气候等的观察工作。

# 七、马世骏雨中叩访·"虎穴"脱险

1953年的夏天，这已经是当时的昆虫研究所在车路口实验站的第二年。听说他们的主任马世骏先生要到洪泽湖来检查工作，湖堤上的帐篷里大家都很兴奋——这时候陈永林他们已经住上了帐篷。大伙在想着找什么湖里的菜招待他们的主任，也让领导看看这儿的工作环境，做些现场指导，这是期盼已久的事。于是有的到湖里钓鱼，有的采摘湖里的茭苞、藕带，打来芦笋。

可是在预计马世骏先生到来的这天，突然下起了大雨，湖上一片涛声，烟雾蒙蒙。陈永林、尤其儆和龙庆成他们也无法外出工作，就待在帐篷里整理这几天调查蝗虫的记录。大家讨论着，这样的雨天马先生是不会来了，可能被阻隔在了泗洪县城。

正说着，听到帐篷外一阵脚步声，一个高大的身影出现在他们面前。正是马世骏，匆匆从南京赶来的。他穿着雨衣、打着雨伞，清瘦的高个子，站得笔直笔直的，虽行了远路，但依然精神抖擞，笑容满面，脚下全是泥水。

"马先生，你真的来了？"陈永林赶快迎接说。

"我哪能失言呀，就是老天下刀子我也不能不来呀！"

马先生告诉他们，因为大风大雨，他步行了几十里路。大家给他找来干爽的衣服，端来热茶，大伙都被他的精神所感动。当地治蝗站的姬庆文同志说："真是不容易，马教授风雨无阻的时间观念，咱们要好好学。"

言传身教是马先生的准则。他话语不多，但一句是一句，从不食言，言而有信。这也是他推动各项工作的诀窍，让手下所有人佩服的根本。

按马世骏先生的说法，不入虎穴，焉得虎子。但陈永林他们在洪泽湖的年代是中华人民共和国刚成立之时，湖区的湖匪还没有清剿干净，残余的土匪还有，再加上荒无人烟，危险极高。危险加辛苦，是当时这些科学家面临的主要问题。

1953年10月5日至11日，为期7天的洪泽湖蝗区治蝗联席会议在当时属安徽的泗洪县召开。参加会议的有农业部和华东农林水利局的相关工作人员，还有山东、江苏两省农林厅的领导。接着11月在济宁也召开了微山湖蝗区治蝗站联席会议。

洪泽湖的这次会议，马世骏先生和陈永林先生等一行，进行了另一项工作，即对洪泽湖淤滩进行调查。在陈永林的笔记本上，写得很清楚——

调查目的：初步了解洪泽湖淤滩的自然环境、能否滋生飞蝗，以作根除洪泽湖蝗害的参考。

调查时间：1953 年 10 月 17 日至 29 日。

调查方法：重点了解湖中淤滩之形状、分布、植被情况及淹水情况（包括湖水水位的变化），并注意观察植物的种类以及有否被害状态。

调查结果：根据沿湖各淤滩的观察与了解，基本上对淤滩的自然环境及湖水水位变化及各滩淹水的情况有了一定的了解……

好在时间为我们留下了这几位科学家的笔记本，这是非常珍贵的。特别是马世骏先生的笔记本中的一些日记，把我们带入了那个艰苦的治蝗年代：

**10 月 10 日 星期日，晴，昙（云气密布），暖**

散居型飞蝗迁飞情况：洪泽湖的飞蝗多在夏季迁飞，向江南飞吃水稻。洪泽湖的飞蝗则由沿海飞来。——杨自成谈。

1952 年 7 月夏蝗由洪泽区黄台子三三两两飞迁雪枫区、化龙汪区，距离约 30 公里，全系散居型。

……

在接下来几天的日记中他思考了另一个大的问题——关于洪泽湖蓄洪计划的问题：

1. 可蓄洪 40 亿立方尺如何计算得来？系以何等高线为准？何种蓄洪高度为准？12.5 米或 14 米？

2. 洪泽湖经年或在 4 月下旬—9 月中旬蓄洪量在 12.5 米是否影响淮河航运及苏北灌溉？

3. 泗洪在溧河洼和安河洼筑坝，盱眙在老子山、三河头筑坝是否影响蓄洪量？

4. 废黄河零点与吴淞口零点之差异为何？

5. 计算洪泽湖的流量是否系以浮山集和三河闸口为准？

6. 洪泽湖沿岸雨量多集中在 6 月中旬至 7 月下旬，在 7 月下旬以前，如 ××（字迹不清）到苏北灌溉，则洪泽湖蓄洪最低可维持若干高度，又高良涧春季放水期自何时起？

7. 洪泽湖大堤在淮阴顺河集以上因地势增高且离湖洼地太远已失去作用，是否应沿 12—13 米等高线向西北筑堤伸展到洪泽湖，以解决沿湖水淹问题？如筑堤达 15 米，对于蓄洪量有无影响？

8. 洪泽湖的演变沿革及它的水系与来源。

**10 月 18 日 晴，晚昙，临淮头——剪草沟**

上午 8—10 时在临淮头浮山水位站彭同志谈汴河最高水位在 7 月底 13.30 米。晚 7 时抵剪草沟。

**10 月 19 日 阴，小雨，剪草沟，阵雨，强风**

剪草沟有四百户，芦苇收割期，高大芦苇达两丈多。本年 6

月下旬上水，8 月底退水。现退水约 4.5 尺。现河面距崖高约 2 尺许，滩上高芦苇柳树，出剪草沟河口进 × 河，前后左右均是小滩，滩上有芦苇及柳树。

小红滩距剪草沟约 × 里，1952 年曾发生飞蝗被消灭。

夜住大淤滩（新淤滩）旁，距小明汪七八里。

### 10 月 20 日  大淤滩——小明汪，晴，西北风强

大淤滩向内行进五六里有芦苇，间有少数高苗。小明汪无草，周围有高苗，四周有大苇，滩内水深约二尺许。（笔者注：此处有图）

此说明滩内有较低洼地蓄水较深，淤时时间不一致，最先形成条形高陵，后次第向外淤，数淤结合成大淤，故高陵上生柳，较高处生大苇。较低处生高苗，间有莲藕，最低处则为小明汪。

过去曾有极少数飞蝗，但不能就地繁殖，因常年（大半年）有水的缘故，地面积腐老苇株。

### 10 月 21 日  昙，蒋坝

赴三河闸。

三河闸上接洪泽湖，下为三河。闸 63 孔，每孔门 10 米，全长 700 米。

赴中渡水文站搜集资料。

赴蒋坝区公所了解蝗情。

**10 月 22 日 蒋坝——三坝——周桥**

赴大淤滩，由蒋坝区三河乡马乡长引导赴距离蒋坝 25 里的大淤滩沟口检查，前进约二里，芦苇塞道不能前行。

**10 月 23 日 晴，周桥——高良涧**

住周桥，晨六时由三坝乡朱乡长陪同向西南行十余里进大淤滩，进滩约 7、8 里，内有芦苇小柳树，苇下间有极少数的高苗，滩内水深 70—20cm。

高良涧水文站（现改为三等水文站）了解情况。

**10 月 24 日 星期六，高良涧，晴**

9 点离高良涧，因逆流失锚，1 点 30 分离船码头，8 点 30 分抵大台口。

**10 月 25 日 星期日，大台口——曹咀，晴**

走曹咀了解蝗区情况，新老杨圩高荒草地上仍有三三两两的飞蝗，交尾及产卵。

新杨圩以下有水，以上放干，老杨圩以上均 ××（字迹不清）已生长二三寸许，较洪水时水退一公尺许（另有详细资料搜集自淮阴水文站）。

**10 月 26 日 星期一，雨，大风小雨，大台口——尚咀**

大台口遇风雨，7 点船行，9 点 10 分抵尚咀，看大淤滩。由尚咀码头去仅二里许，可沿砍草沟进滩 6、7 里许，滩外围有高苗，约半里许即有大芦苇，间有少数小柳树，树龄 1—2 年。

**10 月 27 日 星期二，尚咀——高咀，大风阵雨**

返抵高咀，高咀西南约三四里许为大汪，即为新老淤滩的分界，大汪即刘咀乡所属，经剪草沟至小红滩所在，小红滩可能系老淤滩的一部分。

在马世骏先生的这些笔记本中，无论是日记，还是工作记录，都让我从陈旧的字迹里闻到了一股遥远时代野外调查的气息。一种在天苍苍、野茫茫的环境中奔腾于胸臆间的深沉的家国情怀，一种兢兢业业的专业精神，一种科学家严谨勤勉、现场求证的治学风格。

在10月24日的日记中有一句"因逆流失锚"，这样的遇险被一笔带过，没有任何形容夸饰的语言，简直是镇定自若，视死如归。作为一个曾经的水手，我知道失锚意味着什么，一定有一场惊心动魄的故事。

陈永林先生告诉了我失锚的故事：当时，马先生、尤其儆、陈永林、杨自成（安徽省农业厅技术干部）、朱进勉（泗洪县治蝗站站长）、高良涧水上公安局的警察同志、船老大等乘大篷船在洪泽湖考察大、小淤滩。船上有公安局警察陪同和保护他们，警察备有三八步枪和一挺轻机枪。因为那时新中国刚成立不久，茫茫大湖中常有水盗湖匪出没。在夜行中，突然有一条快船追赶他们，公安局的同志让他们进入船舱内。那条快船靠近他们后，果然开始讹诈，说马、陈坐的船将他们的渔网弄破了，要他们赔钱，这明显是打劫的。好在警察亮出身份，那些坏人看到枪就软了。警察不由分说将这条来历不明的快船拴在他们大船后，在湖中带了好几里路到靠近村庄的地方，在那些人的央求下才放了。

马先生他们的大船继续驶往大淤滩考察。为了保障马世骏他们的安全，警察要他们进船舱，自己则持枪站在船头。后来换了救生船深入淤滩调查飞蝗踪迹，最终发现并没有飞蝗存在。于是他们行驶去高良涧，水上公安局的同志将面粉及饮用清水搬上大船，准备乘船返回泗洪县。刚离岸时，船员下水拉纤绳逆水行船，突然发现水下有沟不得前行，无法拉纤。警察见船正被湖水冲向高良涧的闸板，急忙将船锚抛进水中，大家赶紧扒上船帮，这时，锚链和固定锚链的船板一起被带入湖中。

情况万分危急！船离闸门一步之遥，水载着船如离弦的箭一样朝闸门直冲过去。船老大临危不乱，迅速把舵将船掉转，才使船避免撞上闸板。否则，大家可能早就粉身碎骨，船覆人亡，沉入湖底了。

当地人告诉他们，就在前一天，就有一对母女俩驾一条小船，因躲避不及，撞上闸板而葬身湖底……

## 八、死里逃生·转战微山湖

就在马世骏先生离开洪泽湖之后没两天，陈永林突染重病，吃什么拉什么，药物都止不住，高烧不退，好几天处于昏迷谵妄之中。

看着躺在行军床上、气息奄奄的陈永林，当地的治蝗技术干部蒋金城急坏了。他们把陈永林送到当地的县医院，也没有诊断出什么结果，这样持续昏迷，他的生命危在旦夕，大伙商议，必须尽快将他送到宿县地区医院去医治。可当时公路被水淹了，交通中断。眼看陈永林就要撑不住了，随时会有生命危险，蒋金城和其他同志就请了两个身体强壮的老乡，一路用竹床抬着他蹚水步行30公里，送到双沟。

在双沟歇口气时，陈永林突然从几天的昏迷中清醒过来，而且不是一般的清醒，对蒋金城说："金城，我要喝水。"

蒋金城给他端来了水，他喝了几口，翻身要从竹床担架上下来。蒋金城忙问："你要干什么？"

"我要上厕所……这是哪里，我到这里来干什么？"

蒋金城内心骇然，扶他从竹床上下来，看着骤然清醒的他，以为陈永林是死前的回光返照。跟他说着话，心里却在流泪。

他们从双沟乘船过淮河到蚌埠，再换乘火车去宿县地区人民医院。送到宿县地区医院一检查，结果确诊为恶性疟疾，大夫说再晚点送来就完了。送到宿县时，蒋金城还以为陈永林要"一命呜呼"了，吓得赶紧给北京动物研究所领导拍了加急电报。

医生分析主要是饮水不净，陈永林他们的饮水是人畜共用的，里面有许多病菌，特别是牛在水里拉屎拉尿，他们挑回来用明矾澄清一下就吃。

经过治疗，陈永林终于从死亡线上挣扎回来了，宿县地区的医生救了他一命。

事后陈永林说，这得益于他年轻时爱好体育打下的扎实的身体基础，恶性疟疾在那时候的致死率非常高，陈永林对这一段死里逃生的记忆刻骨铭心。

接到电报的马世骏先生，带着张福海专程坐火车来看陈永林，还带了两大筐皮蛋。

病情稳定后，陈永林被送回北京。因为已经没有硬卧了，他买了张软卧票，按级别他是不够坐软卧的，这也是他第一次坐软卧。经过这次摧残，陈永林的身体变得非常虚弱。因为洪泽湖研究不能中断，所里的张福海就接替了他的工作。

陈永林走后，继续坚守的郭郭后来也病了，他一个人在那儿没人照顾，连做饭也没人了，要跑好远的路去吃上一顿饭。就是这样，这些年轻的科研工作者，为了弄清东亚飞蝗的秘密，过着野人一样的生活，简直如孤魂野鬼，坚守，成了他们最伟大的品质。东亚飞蝗遇到如此顽强的对手，活该它们倒霉。这群人面对困难绝不放弃，绝不投降，绝不撤退，他们只有一个信念，打败东亚飞蝗。

陈永林身体恢复后，又背着行李去了微山湖。

因电影《铁道游击队》一首插曲而闻名的微山湖，是北方最大的淡水湖。北与昭阳湖、独山湖和南阳湖首尾相连，水路相通，合称南四湖。四湖中微山湖面积最大，现在面积达660平方千米，属淮河流域泗河水系，京杭大运河傍湖而过，那里也是我国飞蝗的"老巢"之一。

他们的实验站与洪泽湖的一样，建在湖堤上，工作人员过的一样是荒野生活。由于微山湖西岸平缓，住在湖边堤上，每当刮西北风，茫茫湖上的浪头就像潮水一样漫过来，能漫好几里地，威力强大，不肯退去。有一次，湖水浸漫了他们的帐篷，他们没有地方可以搬家，为了坚持24小时不间断的试验观察，陈永林他们只能躺在水面的行军床上过夜……

在微山湖研究调查蝗害，陈永林、郭郛他们有六七个人，帐篷四周全是蝗虫飞舞。他们继续开展有关东亚飞蝗的食性、食量、生殖力、蝗卵浸水试验以及飞蝗的天敌作用等多项试验研究，另一方面也抓住这个时机向群众宣传治蝗的知识和意义。

陈永林有一首诗是忆微山湖治蝗生活的，就叫《微山湖》：

> 微山湖西寻基地，选定沛县畔湖堤。
>
> 白色帐篷把身栖，朝夕观测解蝗迷。
>
> 东风湖水往西移，帐篷积水险过膝。
>
> 西风退水皆欢喜，坚持观察实验记。
>
> 湖西蝗情已明晰，基地转移薛城西。
>
> 继续水旱蝗情追，蝗卵淹水探传疑。
>
> 鱼子出鱼非蝗变，蝗卵出蝗不变鱼。
>
> 蝗虫三态遇天敌，青蛙飞禽蜂蝇蚁。
>
> 湖水涨落随降雨，蝗群猖獗据雨稀。
>
> 先涝后旱蝗成片，水旱蝗情需谨记。
>
> 筑堤绿化废荒地，旱改水稻护苇鱼。
>
> 保护天敌少药剂，改治并举除蝗敌。

从这首诗里我们大致知道了陈永林他们一行的工作情况：帐篷淹水，转移工作到薛城，研究蝗虫三态和天敌，还有一个是"鱼子出鱼非蝗变，蝗卵出蝗不变鱼"，说蝗虫是鱼子变的，蝗虫下卵遇到水就会变成鱼，这种民间愚昧的说法是不可信的，科学事实说明一切。

陈永林他们后来又去了滨海蝗区东辛建站，将我国四种蝗区都走遍，类型都研究透。他在《忆滨海》诗中的回忆是这样的：

> 滨海蝗区需探明，黄海之滨住东辛。
>
> 午夜起身奔云台，山区查蝗种类清。
>
> 土壤植被异湖滨，盐土虾须与苇茎。
>
> 飞蝗尖翅同分布，各自分布两类型。
>
> 两种蝗虫产卵地，土壤盐量界限明。
>
> 天敌种类多寄生，蜘蛛蚁蛀蝇蛙蜂。
>
> 改治并举蝗害免，多种水稻辟盐田。
>
> 天然草场牲畜放，发展苜蓿和麻棉。

东辛是亚欧大陆桥东桥头堡，在国际海港城市连云港市境内，属滨海蝗区。这是另一个类型的蝗区，完全不同于滨湖蝗区。因为有大量的滩涂，一旦蝗灾发生危害严重。

在这些地方调查研究蝗虫，陈永林说白天东跑西颠全靠两条腿。他练就了一双铁脚板，那时每小时可走五六公里。当时没有汽车，没有自行车，更没有半导体收音机，报纸也难看到。"朝鲜停战了，我们还不知道哩！"他感慨地对我说。

第四章　漫漫治蝗路

Chapter Four

# 一、"防重于治，药剂为主"

"打小、打早、打了"的方针在中华人民共和国成立最初的几年成效巨大，取得了阶段性的胜利，有力地遏止了蝗害的蔓延。我国治蝗的第二阶段指的是1953—1958年，这段时间的方针改定为"防重于治"和"药剂为主，人工为辅"。

马世骏先生说过，我国根除蝗灾是科学研究与群众运动相结合的产物。科学研究是不能着急的，必须依科学规律来，但治蝗工作的群众运动不能等，而且，恰恰是在治蝗的群众运动中才能积累更多的经验和教训让科研工作者吸取和总结，从而上升为理论。实践出真知，用实践来指导科研，也是最能快速出成果、少走弯路的正确科研方法。

1952年底，济南全国治蝗座谈会，是新中国治蝗工作的一个转折。

全国治蝗座谈会进行了7天，参加会议的代表有中央和省、地、县治蝗领导干部、治蝗模范、治蝗专家等共123人。此次会议广泛讨论、研究了治蝗工作中的各项问题，以科学技术结合实际，认真总结了治蝗运动的经验，制定了今后治蝗的方针政策和推广治蝗的得力措施，对过去治蝗工作的缺点和错误也进行了充分的讨论和总结。

通过这次较长的会议，大家有了统一的认识：

一是认识到蝗虫是我国历史上危害最大的害虫，两千多年来严重地威胁着农业生产。1952年全国有19个省发生了轻重不等的蝗情。不少地区，蝗灾连续发生，群众连续防治。因此，防治蝗虫已成为与自然灾害的长期性斗争。在1952年的治蝗运动中，有部分地区对这一点认识不足，对于扑灭蝗害，只作临时突击，不做长期安排，一旦蝗虫发生，势必仓促应战，工作陷于被动，以致蝗情扩大，造成人力、物力的损失。如山东德州地区，由于缺乏长期治蝗思想准备，看到上一年仅有11万亩遭遇蝗灾，并不严重，以为今年没有问题，疏忽大意，毫无准备，夏蝗发生后，没有及时发现，蝗虫吃毁了几万亩麦苗。麦收后蝗灾迅速扩展到121万亩，农民花费了很大力气才扑灭下去。

会议也表扬了有些地区设立的防蝗站，当然包括陈永林他们在洪泽湖等地协助当地设立的防蝗站，会议强调防蝗站不能只是临时的，因为治蝗是贯穿全年的工作，夏、秋蝗发生时期固然应大力除治，但冬、春两季也必须抓紧抓好侦察训练、制订计划、修理药械等一系列准备工作，准备工作的好坏关系着"防重于治"方针能否贯彻，是治蝗成败的关键。

二是认识到了蝗区侦察工作的重要。灭蝗如作战，要百战百胜，就必须知己知彼，因此，蝗区侦察工作是灭蝗斗争的重要一环，包括查卵、查蝻、查成虫三个密切联系的环节。会上表扬了泗洪县上一年冬天和这年春天的侦察工作，因为查蝗彻底，才把所发生的夏蝗消灭在了三龄以前。而山东东平县六区因事前未做侦察，仅凭道听途说，即发动151人去灭蝻，在一个早上用了两个小时只捉到3只蝗虫，引起群众不满。

三是号召人们组织起来，提高治蝗效能。将人民群众组织起来，共同解决灭蝗、生产、治水三项工作在时间和劳动力分配上的矛盾。蝗情严重时，正是农业生产最忙的季节，因此灭蝗与生产的矛盾相当突出，这个矛盾如果不能很好地解决，既影响治蝗，又影响农业生产。

组织起来使用药械，是确保药剂为主的治蝗措施的基本保证。河北黄骅、安徽泗洪、山东无棣和新海连市在治蝗中以脱产干部为领导，以党、团员为骨干，按照军事编制把喷粉手严密组织起来，熟练掌握喷粉技术，因此在喷粉时各队员均能行动迅速，遵守纪律，服从指挥，充分发挥了药械的效能。泗洪、无棣、沛县等地一般喷粉手对于上级发下来的灭蝗武器爱护备至，不少队员在下雨时脱下自己的衣服遮盖喷粉器，宁愿自己挨淋，也不使喷粉器受潮，保证了它们的功能。除喷粉药杀、毒饵诱杀和人工扑打外，不少地区运用生物防治，也取得良好效果。如苏北宿迁晓店区亚腰湖群众把近3万只鸡放养在2000余亩地的范围内，先后消灭4.8万斤蝗蝻。

组织联防，合力治蝗。各地政府划片包干，层层负责，从而加强了干部的责任心。但也有些地方存在狭隘的地区观念，片面强调分片包干，极易产生各自为政的现象。如泗阳县黄圩区和淮阴县吴集区在两区交界处各自挖沟防止蝗蝻迁入，结果二沟之间的蝗蝻无人过问，成为蝗蝻的避风港。因此，必须强调联合防治，互相支援，主动打过边界，把方便留给对方。

四是重视药械工作。使用药械治蝗，优于人工扑打，它不仅节省人力，更能提高效率。1952年大量使用毒饵后，群众普遍反映比喷粉更有效，大约能节省一半劳力，比人工扑打更是方便。关于毒饵饵料代用品的问题，根据1952年的经验，使用毒饵治蝗是最经济的办法。由于蝗区交通不便，大量麦麸不易运达，某些地方水源也有限制，应该因地制宜寻找饵料的代用品，就地取材，成效同样较好。山东沾化县群众因地制宜创造性地用南瓜丝代替麦麸，全县共用8.56万斤南瓜丝代替麦麸消灭9000余亩地内的蝗蝻，灭蝗率在90%以上，药效能延续4—5天。当地麦麸600元（旧币）一斤，南瓜丝千元（旧币）九斤。这样，不但解决了麦麸的供应、运输等问题，也节省了约80%的资金。

五是会议号召停止单纯的耕卵、挖卵工作。事实证明，耕卵、挖卵既不能实现"防重于治"，又会造成劳民伤财的恶果。河北省有29个县大规模组织人力、畜力进行耕卵、挖卵，共浪费人工2.2万个，开支小米44.9万斤；安徽泗洪县发动3万民工大规模挖卵15天，也浪费了不少人力。单纯的耕卵、挖卵只能减少蝗蝻发生的密度，并不能减少蝗虫发生的面积，而且经过耕、挖的蝗卵，由于地面高低不一，导致出土不齐，增加了防治的困难。因此，单纯的耕卵、挖卵并不是什么好的经验，而是失败且痛苦的教训。

这次会议最重要的是研究决定了以后的治蝗方针和措施。这就是："防重于治""药剂为主"。主要原因是国家财政经济好转，可以大力支援治蝗工作。

药剂治蝗已收到显著成效，可以解决治蝗和生产争工的矛盾，药剂成为各蝗区群众的迫切需求。以药械为主，并非绝对不用人工，在特殊条件下，仍需以人力解决问题，故人工与药械必须结合，人工防治的作用尚不可忽视。

这次会议还决定了治蝗的几项重要措施，比如：建立与充实治蝗组织机构，在主要蝗区建立专业性的治蝗站23处。其中，河北省6处，山东省6处，安徽省3处，河南省3处，江苏省4处，新疆维吾尔自治区1处。为了联合治蝗，各省、地、县接壤处的蝗区应成立跨地区的联合机构，以加强联防工作。

治蝗技术问题的重要一环是三查工作，即"查卵、查蝻、查成虫"。这次会议确定的标准是：每10亩最少查一个样，每个样为四平方尺（1平方尺约为0.11平方米），环境不一致的蝗区取样数必须加多。为了节省查卵的劳力，一亩地残蝗不满30头的可以不查卵，但必须做出标志，绘制图表，到蝗蝻孵化时再检查。查卵取样不一定要正方形，长方形也可以，因此在麦田或其他庄稼田里必须而且可以查卵，取样改为长方形后对麦苗损坏少。查蝻用目测法，离蝗蝻稍远之处观察计数每平方丈头数，以免惊动蝗蝻并使之逃掉。报告蝗虫面积以亩计，不以里计，并须报告密度。查成虫用步测法，如有蝗群飞往他处，应立即上报，并通知邻区，飞蝗过境也要通知邻区。

掌握飞蝗发生基数主要在查成虫（俗称查残），了解成虫分布的地点、面积和密度，同时还须知道产卵量。广大蝗区群众通过野外调查观察，采用"剥卵法"检查，可以比较准确地掌握蝗情，方法也简单，便于普及。具体方法是在飞蝗羽化后8—10天，分别从不同环境捕捉雌蝗50—100头，用剪刀将腹部剖开，取出所有卵粒（包括卵小管），剥出检查卵粒数，得出平均卵粒数，作为含卵量。由于飞蝗不同世代、食料等因素影响，各代雌蝗含卵量是不同的，不能只查一次，各次查残要连续查。在野外各次查残的同时，捕捉已产卵的雌蝗50—100头，剖腹剥卵检查腹内留卵量，前后两次相减，就可得出产卵量了。以此进行飞蝗发生数量的预测，可以接近实际。例如，夏蝗羽化后第9天，在草滩捕捉雌蝗100头，剖腹剥开检查，平均含卵量为400粒。第一次查残的同时，在同一环境捕捉100头已产过卵的雌蝗，剖腹剥卵检查平均留卵量为250粒，说明已产卵150粒（400 − 250＝150），相当于两块蝗卵左右。一般每块蝗卵约70粒。第二次查残的同时，在同一环境再捕捉100头已产过卵的雌蝗，检查平均留卵量为45粒，则说明又产卵205粒（250 — 45＝205粒），相当于3块蝗卵左右。用两次检查结果相加，就可求得总产卵量为355粒，相当于5块蝗卵左右。

消灭蝗虫要掌握有利时机，一有发生立即消灭。凡环境一致，孵化整齐，在切实掌握技术的情况下，用药一次歼灭。一般地区可于蝗蝻大部到二龄时（夏蝗开始孵化后10—15天，秋蝗7天），先用药剂一次消灭其主力，等后批孵化大部又到达一龄时，再用药一次，歼灭其残余。庄稼地内在蝗虫可能为害时就要除治，不等待。

共识就是：一定要把蝗蝻消灭在三龄之前。

## 二、洪泽湖蝗区治蝗联席会议

也就是马世骏在洪泽湖遇险之前，1953年10月5日至11日，为期7天的洪泽湖蝗区治蝗联席会议在江苏泗洪县召开。

这个会议与济南会议不同，它是专业性和指导性很强的会议，是中科院昆虫研究所牵头的会议，也是根治洪泽湖蝗害的誓师大会。

据参加这次会议的淮阴治蝗站的彭凤彩回忆：

9月防治秋蝗扫残基本结束，领导派她和赵俊禄同志前往泗洪县蝗虫防治站，参加中国科学院昆虫研究所召开的洪泽湖蝗区治蝗联席会议。这对她这个刚出校门一年的治蝗技术新兵来说，机会难得。他们每人备好一块油布、一条毯子、一辆自行车，就顶风上了路。淮阴至泗洪全程122公里，原定一天时间到达，可是迎面大风，费尽力气，天黑前才好不容易行至泗阳县仓集。歇宿一夜，第二天清晨继续赶路。想不到进了泗洪县，道路坎坷不平，她骑的一辆自行车虽是全新胎皮，也没能经得住颠簸，被尖硬的土坷垃戳破了，轮胎爆裂，只好下车。前不靠村，后不靠店，没有修理车行可找，唯一的办法只有推着走，终于在下午四点多钟到达目的地。

她回忆在这次会上，见到了国内最有名的治蝗专家马世骏、陈永林、尤其儆、龙庆成等人，还有本地各县的治蝗技术人员十多人。联席会议7天时间，收获很大，意义深远。各地代表通过一天的材料整理、两天的讨论与总结，不仅强调要贯彻"三查"（查卵、查蝻、查成虫）技术，加强近期防治，而且针对农、林、水建设的发展，为洪泽湖蝗区根治蝗害提供了初步蓝图。这次治蝗联席会议，是洪泽湖区治蝗的里程碑。

在已经进入中科院档案的几个专家当时的笔记本里，我们知晓了当时会议的全过程。还看到了马世骏先生会议之后的考察日记，甚为珍贵难得。

时隔60多年，保存下来的会议笔记本清楚证明了当年动物研究所的治蝗专家们为解决我国的蝗灾问题所做的细致的科学工作。在尤其儆的笔记本上，写有"洪泽湖沿岸蝗虫防治联席会议"几字，记录了大家提出的各种问题及讨论。这些问题是：

1. 如何正确估计蝗虫灾害的面积与密度？

2. 经过耕垦的地区如何查卵？

3. "六六六"（粉）对后期豆苗有无药害？

4. 蝗虫被蝇或腺虫寄生能否致死？如果不死是否尚能交配产

卵（有无繁殖力）？

5. 防治散蝗至何种程度可以结束？何种密度下才算面积？

6. 豆类与麦子间作庄稼地发生了蝗虫如何防治？

7. 散蝗迁移习性如何？

8. 当面积大、密度稀时，如何监视残蝗活动？

9. 毒饵对飞蝗的药效如何？

10. 会后各站的联系？

11. 如何查孵化？

12. 蝗虫防治的性质与任务？

13. 什么是有利时机？如何歼灭？（一龄？二龄？）

14. 第三代蝗蛹的发生与气候的关系？

15. 散栖型飞蝗迁飞的原因与气候的关系？

16. 飞蝗体型转变的原因？

在下面又列出了十个问题：

1. 组织机构。

2. 联防。

3. 蝗虫发生的规律性。

4. 防治技术——人工，药剂。

5. 三查。

6. 蝗虫习性。

7. 土蝗。

8. 蝗虫的根治。

9. 天敌。

10. 侦察淤滩。


这些问题已经是治蝗进行到深层之后的细微之事，全是会议现场必须面对的实际问题。

还有比如关于喷粉器的修理与改进的问题，各地反映诸如：喷粉盒脱焊；鼓风盒磨损；出粉不畅；螺丝易掉；手摇柄接头螺丝磨坏滑丝；喷粉头颈圈易掉；粉积在导管中；风扇盒易漏粉；希望多运些零配件；等等。问题很细很细。

在10月10日的讨论中，关于飞蝗的防治，何种密度可以施药和扑打，讨论得十分热烈充分，专家们给予了指导。一是监视；二是人工扑打，荒地5—15头以下，庄稼地5头以下，高草地10头以下；三是使用药剂条件：庄稼地5头以上，大片荒地15头以上，高草地10头以上。

扑打有利时机的问题：三龄盛期时为有利时机，当蝗蝻50％以上三龄期时，把一切准备工作做好，掌握气候面积，并在10天中可以彻底扑灭。不符合以上条件时以三龄期为扑打有利时机，在特殊情况下，点、片发生的蝗蝻应当边发现边消灭，以免扩散。

关于不同的环境条件及密度的扑打方法，讨论的结果是：

　　深草地（一尺以上）草稠密时，人工方面用割草，留点人工或者药剂消灭，或在附近村庄，农民不割为主的地方，蝗蝻在一至四龄时，以烧为佳。药剂方面可以用喷粉。喷粉时间以早晨为佳（易发现目标）。高芦苇地应在早晨和中午向上顺风喷射，如人工进去须割草，密草面不甚高时以喷粉器插入草丛中喷粉为佳。

　　浅草地：搜索扑打，当面积大杂草稀，密度在15头以下且分布较均匀，龄期较大（三到五龄）时，先用人工压缩，使其面积缩小，密度加大，然后喷粉。如为飞蝗时则压缩面积后用喷粉器向上打，造成雾状，则飞蝗无法飞出，每亩用量6—8斤。另外，在草稀有水源的地方可以撒毒饵，上午四五时，下午五时后撒，用量每亩地4斤干麸，杀虫率在95％以上。

　　还有关于"六六六"粉的储存问题，潮湿或者干燥时的用药量，北京出产和上海出产的药的效果对比，喷粉和施药对飞蝗的效能及标准，"三查"中查卵、查蝻、查成虫的方法、方式及计算。还有另一个"三查"：查荒地、查耕地、查水退地。这"三查"主要是怎么查蝗卵的问题，包括在查的过程中标志不清的问题、方法不对的问题、取样的问题、人数配备的问题。

　　在陈永林的笔记本上，看到的是练过书法的科学家一丝不苟的记录。1953年10月6日上午联席会议正式开始。简短的主席致辞后，淮阴蝗虫防治站的彭凤彩开始汇报。她汇报了淮阴蝗虫的基本情况，1951—1953年的蝗情，防治情况，查卵、查蝻、查成虫的情况。

这次会议的专题讨论上，出现了许多解决东亚飞蝗的关键措施的雏形。

1.三年来洪泽湖沿岸飞蝗发生的规律性（发生地区的变迁、飞蝗体型的变化）；

2.飞蝗活动的习性（飞蝗发生与环境的关系，防治方法与水的关系，1954年防治方法的商榷，如何进行"三查"，取样的问题，什么是扑打的有利时机，不同环境、条件及密度用何种方法扑打）；

3.对根除洪泽湖蝗害的建议（如何根除内涝灾害：兴筑塘坝方面、蓄水与排水方面、荒地利用方面）；

4.蝗虫防治站今后的工作方向与任务（预测蝗虫的发生，充分掌握蝗情，目前有关蝗虫方面的试验工作——习性及生活史等观察，蝗区的调查工作——了解蝗区的自然和变迁情况）。

一份共有22页的《洪泽湖蝗区治蝗站联席会议总结》对此讲得更加全面。在科学治蝗方面，动物研究所的专家们费尽心血，力求准确地对蝗虫进行认识和防治。同时，也希望各地防治站一起参与对根治飞蝗的研究。

这次会议，马世骏和陈永林等一行进行了另一项工作，即对洪泽湖淤滩进行调查。陈永林的笔记本上写得很清楚——

调查目的：初步了解洪泽湖淤滩的自然环境、能否滋生飞蝗，以作根除洪泽湖蝗害的参考。

调查时间：1953 年 10 月 17 日至 29 日。

调查方法：重点了解湖中淤滩之形状、分布、植被情况及淹水情况（包括湖中水位的变化），并注意观察植物的种类以及有否被害状态。

调查结果：根据对沿湖各淤滩的观察与了解，基本上对淤滩的自然环境及湖水水位变化及各滩淹水的情况有了一定的了解，并分以下各项叙述……

在陈永林的笔记本里，记述了洪泽湖承水和出水的各个河流的情况，有许多复杂的、令人眼花缭乱的修改笔迹。我还发现，在这次去洪泽湖开会和考察的工作间隙，他的笔记本上出现了一篇论文的提纲——《如何做好侦察工作》：

（一）"三查"工作的重要性及其意义

说明其连贯性与侦察工作的长期重要意义。

（二）查卵工作

1. 查卵的目的。

2. 查卵在什么时间进行？

3. 到哪里去查卵？

4. 如何查卵取样？

5. 怎样计算有卵面积和密度（附表）？

6. 查卵的标志和绘制蝗卵分布图。

（三）查蝻工作

1. 在什么时候查孵化和查孵化的目的和方法。

2. 怎样查孵化与计算孵化死亡率？

3. 必须掌握蝗蝻活动习性。

4. 查蝻的方法与密度调查。

5. 如何统计龄期与标志问题？

（四）查成虫工作

1. 为什么要查成虫？

2. 如何查成虫？

3. 掌握飞蝗活动习性与监视成虫的重要意义。

（五）如何贯彻与保证做好"三查"工作

1. 侦察员在"三查"工作中的重要性。

2. 侦察员的任务。

3. 如何选择与训练侦察员。

（六）"三查"工作中的注意事项

1. 如何识别飞蝗与土蝗（卵、蝻、成虫）。

2. "三查"工作中必须掌握的基本原则。

3. "三查"结果与防治的关系（防治标准、防治计划）。

一个治蝗专家，随时随地都会有灵感袭来，以论文方式总结在工作中应当写下的东西，并且内容具有普遍意义和指导作用。

　　在洪泽湖蝗区治蝗站召开了联席会议之后，同年11月9日至12日，又在微山湖蝗区治蝗站召开了联席会议。这次会议是中科院昆虫研究所征得农业部同意后召开的，参加的有农业部、华东农林水利局、山东及江苏两省农林厅、徐州专署、徐州专署蝗虫防治站、山东济宁专区农业技术指导所、济宁专区蝗虫防治站等9个单位代表14人，会议与洪泽湖会议内容基本相同。

　　微山湖地区的治蝗也到了攻坚阶段。

## 三、盯住蝗卵

在北京的昆虫研究所，在洪泽湖、微山湖，科学家们各司其职，各尽其责，加紧行动。

昆虫生态研究室在马世骏领导下的专家包括陈永林、尤其儆、冯喜昌、尤端淑、龙庆成、张福海等，他们展开了三方面的研究。

其一是弄清东亚飞蝗种群生态，这个研究是借用了可以查到的我国近1000年来的水旱灾资料和近200年来的太阳活动记录，以及近50年来的气候资料进行分析。加上从1952年到1956年5年中在飞蝗发生地的实地观察，初步证明了东亚飞蝗大发生无显著周期性规律，并对这一结论有了足够的依据。同时，以飞蝗为对象，开展了昆虫气候学的研究。

其二是钦俊德、郭郛等专家，对东亚飞蝗的卵期生理和生殖、食性等特性在洪泽湖等地进行广泛调查，深入研究，以便做好蝗情测报，提高治蝗效果。为什么要研究蝗卵？东亚飞蝗卵的胚胎发育期和环境因素的关系，如浸水对蝗卵胚胎发育和死亡的影响、蝗卵的耐干旱能力，都与蝗灾的暴发关系密切。

在一篇由尤端淑、马世骏合著的论文《东亚飞蝗产卵及蝗卵孵化与土壤含盐量的关系》中，两位专家写道：在黄海蝗区自然条件下观察，东亚飞蝗选择芦苇地、茅草地及獐毛草地产卵，不选择盐蒿地。分析结果表明飞蝗选择产卵地与土壤盐含量及含水量有密切关系。以人工配制不同浓度的盐土，任飞蝗自由选择产卵，结果证明飞蝗对不同浓度盐分的土壤具有明显的选择能力。两种盐土含盐量的差异在0.25％以下时，所产的卵数约各占一半；若两者差异在0.3％以上时，产在低浓度盐土内的卵数比高浓度内显著增多。由此可知，雌蝗产卵时能选择的最低含盐量临界浓度为0.3％。

沿海蝗区蝗卵的孵化温积，因所在环境的土壤盐分、土壤水分、植被盖度以及腐殖质的多少而异。芦苇地、獐毛草地的含盐量都较低，此两种植被地内的蝗卵发育温积均低于盐蒿地，由于盐蒿地土壤内盐溶液浓度大，影响卵正常吸水，因而延缓了发育期。未吸水的蝗卵在人工配制的不同浓度盐土中孵育，浓度愈低，孵化率愈高。孵化的最高浓度极限为0.35％。吸水卵在含盐数量1.0％以上的土壤中，其孵化率随盐分上升递减，最高孵化的盐量极限为3.5％，两者对盐分的抵抗力差别甚大。

这是对沿海蝗区蝗卵孵化观察得出的结果，数据确凿。

在滨湖蝗区和内涝蝗区，水位的高低决定这个地区飞蝗的繁殖量，淤滩越大，飞蝗产卵的场所就越多。浸水多的地方，蝗卵会死亡，这个发现对洪泽湖和微山湖两大蝗区的灭蝗预测意义非凡。

当时已有的定论，如法国蝗虫科学家通过观察提出，休眠期的蝗卵即使在温度为30℃的水中浸泡60天，当其回到适宜的环境中孵育时仍可有幼蝻孵出。但东亚飞蝗发育到中期的卵在30℃的水中浸水超过30天，即全部溺毙。为什么会这样？我们的科学家研究后认为，其原因在于东亚飞蝗的卵无休眠现象，在30℃这样较高温度的影响下即使在水中也能进行胚胎发育，以致蝗卵从适应能力最高的中期发育阶段进入适应能力转弱的晚期阶段，脱离其最有效的保护和适应机制而死亡。

最后马世骏他们得出的结论是：影响蝗卵浸没在普通淡水中死亡率的环境因素中，作用最显著的是水的含氧量和水温，而前者又受到后者影响。因此，在自然情况下蝗卵浸水时季节的因素十分重要，在冬天水温较低时蝗卵在水中可存活到数月之久，但是夏季水温较高时蝗蝻的死亡率高。所以蝗卵不能长期浸在水中度过夏天，这也有力地说明蝗卵在水中可活到数年之久的传说与马世骏他们的试验数据不符。

其三是钦俊德、翟启慧、沙槎云三人，对东亚飞蝗蝗卵孵育期中胚胎形态的变化进行了长期观察，并在野外对东亚飞蝗的蝗卵胚胎发育期进行了深入调查。

他们使用的蝗虫多数来自洪泽湖与微山湖等蝗区，少部分是从河北芦台、黄骅等地采来的。经过饲育以后，研究发现它们之间并无较大的差异。

产卵的蝗虫是在室内的养虫笼中饲养的。养虫笼的体积是66厘米×40厘米×35厘米，用双层木板做壁，中间塞放锯末保温，笼内安置一两个60瓦或40瓦的灯泡作为热源和光源，笼底放着盛有潮润沙土的铅皮盘，以维持笼内适宜的相对湿度，笼边和顶部有纱门可调节温度。一般最适合飞蝗生长的温度为30℃—35℃。蝗虫的食料主要为芦苇、小麦、玉米三种植物，夏季和秋季以芦苇为主，其他时间以在温室中的小麦和玉米为主。蝗虫行将产卵时，被移入高为32厘米，口径为16厘米，底上铺着厚约10厘米沙壤土的玻璃标本瓶中。标本瓶再放入养虫笼中可以保持适宜温度。或在笼中把沙盘拿掉，放入数个高约10厘米、直径约为16厘米、盛着潮润沙壤土的玻璃皿，使蝗虫在标本瓶玻璃皿中产卵。当食物充足时，每个雌虫一生中能产5—6个卵块，每个卵块平均有600粒左右蝗卵。

他们每天分时值班，在满是蝗虫和繁殖蝗卵的环境里工作，24小时不间断地观察。蝗卵一旦产出，即记载日期及准确时间，然后把卵块自土中取出。卵粒分散洗净放在铺着含甲基水分滤纸的培养皿中，或把卵块取出后即移入盛着潮润沙壤的培养皿中。再把培养皿放入30℃的恒温箱中孵育，并且每隔12小时或24小时取卵数粒，定液固定。固定2小时后，移入90%浓度的酒精中保存，5天以后可用甲醛溶液固定，固定后即保存在此溶液中。观察时将固定好的蝗卵放在解剖镜下解剖，取出胚胎看，或先用10％的次氯酸钠溶液处理约两三分钟，把卵壳溶解，使卵内胚胎的位置和形状明显后，或直接观察，或进行解剖。

和马世骏先生一样，从国外回来的钦俊德先生，潜心做事，成果卓异。钦先生的另一项重要工作是对蝗卵失水和耐干能力进行研究，目的在于明确不同发育期的蝗卵和胚胎的耐干能力有何不同，以及被摄取的水分对于胚胎发育究竟有何重要性，同时，研究不同发育期蝗卵失水的难易有何区别，以及是由何种因素所决定的。

钦先生研究所用的材料依然是采自洪泽湖和微山湖等蝗区的蝗卵，即在实验室中孵育饲养成的飞蝗所产的卵。饲养的方法一般和以前的相同，只是对养虫箱做了一些改进。新养虫箱主要的特点在于用活动的木板制成箱底，在板上开几个直径为10厘米的圆孔，板下有足够的空间可放置口径和圆孔相同的、深为12厘米的小玻璃缸，缸内盛着塞实的潮润沙壤土，这样，飞蝗在产卵时便会把卵块产入玻璃缸内的沙土中。每天按时调换玻璃缸，并且检查以前放入的玻璃缸内有无蝗卵，由此获得实验所需的材料。

为了测定蝗卵耐干和水分蒸发的实验，必须维持恒定的相对湿度和温度，还要玻璃干燥器，以及固体磷酚和氯化钙作为干燥剂，加上浓度不等的硫酸溶液作为湿度调节剂。用以称取蝗卵重量的是一架灵敏度为0.1毫克的半自动微量天平，除了在少数实验中需称取个别蝗卵的重量外，一般均分组称取，每组蝗卵数目都在15个以上……

钦俊德先生的实验非常专业，他主要研究蝗卵失水过程中的蒸发速度、干化速度。水分的蒸发速度代表蝗卵失水的难易，这是决定卵在干燥环境中死亡率的重要因素之一。此外，蝗卵自身的含水量与死亡率也有很大的关系。

他取在30℃孵育到2天、6天、10天和13天的蝗卵，以胚胎发育期分组，先称得其重量，然后放入室温在14℃左右的氯化钙干燥器中，隔一定时间称取各组卵的重量一次，由此求得其在单位时间的失水量。经过20天后，把蝗卵取出，放在97℃烤箱中烤干，求得其干重，并借以计算各组卵的含水量和干化速度。

钦俊德先生对此进行了12种实验，得出了大量的科学实验数据，他对蝗卵的研究为动物研究所向中央提出的"改治结合"方法提供了强有力的依据。

# 四、考察·调查·项目

在中科院动物研究所的档案中，我看到一份未署名的关于鲁西南《东平湖蝗区调查提纲》，其中所考察的内容非常详尽。

比方关于蝗区自然概况及特点，有：1.气象。2.地形。3.土壤。4.植被。5.耕作概况，包括开垦时间，耕作方式（牛耕、机耕、深度、耙的方法与次数），不同耕作面积，作物种类，生产力，各种土壤耕作情况，施肥（种类、数量、时间、深度、方法），拖拉机台数、牲畜头数，总人口、正半劳动力，劳动力人口外迁情况。6.水情：每年汛期来临时间，淹水面积、幅度、水深、退水期，河湖水位变化，水利兴修规划措施、进度，解决水涝进度，水情变化图。

再是历年蝗虫发生动态及防治措施情况。1.发生面积：历史大发生年与旱涝关系。发生基地、适生区、扩散区——不同密度下的面积及不同土壤植被所占面积。发生面积和环境条件之间的关系——与河湖水位、降雨量、耕垦的关系。大小发生年蝗区分布图。2.虫口密度：历年夏蝗、秋蝗、残蝗密度，卵块分布密度。历年夏秋蝗发生密度——最稠、最稀、一般，荒地与耕地的差异。3.历年夏秋蝗性比（产卵期间）、生殖力、死亡率与气候、天敌、耕作的关系。

发生期情况：1.历年夏秋蝗孵化期、三龄期、羽化期、产卵期。2.发生期与土壤、植被、地形、气候等环境因子的关系。3.防治情况。

另外蝗区成因及演变。1.蝗区形成条件及主要原因：旱涝、耕作的影响，各类蝗区（滨湖、内涝、河泛）所占面积。2.蝗区改造前自然演变规律（夏秋蝗发生地区面积、环境差异），改造后的演变规律（防治区、监视区、根治区的转化过程）。3.各类蝗区改造规划。4.改变过程中出现的新问题及采取的新措施……

这样的调查提纲基本上就锁定了蝗虫在这个地区活动的规律，接下来对症下药，歼灭蝗虫。

还有一份是1959年4月5日的《洪泽湖调查小结》，参加者为王敏学、刘长江、宋绍宗。这份调查也非常精彩，都是来自田野第一线的生动且翔实的资料。

我读到了动物研究所的许多治蝗小结与总结，有的是季度的，有的是年度的。在一份1958年7月15日未署名的《内涝蝗区五六月份工作小结》中，讲到他们5、6月份继续在"大名万堤乡"三个固定地区进行定点调查，每三天调查一次。这个地方属河北邯郸。调查内容为：1.不同环境夏蝗的孵化期及孵化率。

2.蛹及成虫的龄比与性比。3.成虫发育状况。4.飞蝗数量变动情况。5.环境变迁。根据历次调查所得的结果，已于5月7日、5月26日、6月18日分别发出三次预报，经检查结果，每次预报与实际发生情况基本相符。文后还附了历次预报资料。

小结说，5月16日至22日，他们去了山东陶馆县进行蝗区调查，搜集了数年下列资料：1.蝗情。2.水情与水利兴修概况。3.气象资料。4.耕作状况。并选择了两个重点蝗区调查了飞蝗分布情况和植被状况，采集了多份土样。

6月7日至17日去河南内黄、浚县二地进行调查，调查地区包括内黄县的楚旺、马上坡、硝河坡及浚县的白马寺坡，所搜集的资料与山东的相同。

仅从以上的考察和调查可以看到，动物研究所的专家们跑了江苏、山东、河北、河南等省数县乡村蝗区，全凭两条腿，工作在酷暑烈日下，风尘仆仆，谁还能比他们更辛苦？

在动物研究所1955年度的研究项目计划中，有多种是关于东亚飞蝗的。如"蝗虫发生规律研究——生态部分之六"所属中心问题是：不同土壤理化性、生物性与飞蝗产卵发育关系的研究。工作人员是马世骏、林昌善、尤其傲、尤端淑、侯无危。

1955年年度研究项目计划，项目名称为"低温对飞蝗及几种主要土蝗越冬死亡的研究"，参加人员是马世骏、林昌善、张福海。

项目名称："微山湖蝗区飞蝗发生规律与自然元素的关系研

究"。所属中心问题：1.蝗卵越冬死亡率调查。2.夏、秋蝗天敌调查。3.飞、土蝗发生地之分布与环境因子的关系。工作人员：马世骏、张福海。

项目名称："土、飞蝗在不同环境和夏秋季节中的数量变化研究（甲）"。所属中心问题：蝗虫发生规律研究——生态部分之三。工作地点：淮北沿海蝗区。参加人员：马世骏、尤其傲、侯无危。"说明"文字为：由于淮北沿海蝗区之土质为盐碱土，故其植物分布与土壤的含盐量密切相关，而蝗虫对不同植物有不同的嗜食性，这对于飞蝗与土蝗的生活区及分布有密切关系，国内对这方面的研究特别是不同环境内飞、土蝗数量的变化很少，故拟定这一项目。本单位于1954年曾在淮北沿海蝗区进行了初步调查。

还有这些项目：

"不同环境内飞蝗天敌种类及其作用调查（乙）"。

"不同化学性土壤内温度变化及其对飞蝗产卵和蝗卵孵化的关系"。

在1956年年度研究项目计划中，有这样的题目名称："河北省飞蝗发生基地调查（甲）"。内容为在天津、唐山沿海一带进行调查，在沧县专区采集植物、土壤标本，搜集蝗虫天敌的标本，了解有关蝗区的气象、水文等资料，赴军粮城、茶淀国营农场了解耕垦后蝗虫发生情况。

在1956年年度研究项目计划中，有一份为"黄河上、中游昆虫区及飞蝗发生基地调查"。题属中心问题：蝗虫发生、分布和种群消长的研究。人员为马世骏、夏凯龄、方三阳、陈永林。方三阳标明是东北林学院助教。这表明是多方协作的研究项目。"说明"文字为：根据本所科学发展的远景规划和根除蝗灾的中心问题，必须对飞蝗的发生基地进行调查，认识蝗区的自然环境条件，并积累昆虫区系的资料。据了解，1944年日本人加藤曾在包头附近蝗区进行调查，但黄河以北未有相关资料。1953年、1954年华北农业科学研究所邱式邦先生等曾对内蒙古西部蝗区蝗虫种类分布进行了调查，初步结果为有30多种类。1954年西北农学院周尧先生等曾在青海省进行了蝗区调查，有初步报告。为了配合之后大西北和黄河改造的计划，沿黄河上中游草原地区须进行调查研究，了解害虫动态。本单位过去几年中曾进行了东亚飞蝗发生基地的洪泽湖、微山湖、黄海沿海以及亚洲飞蝗在我国发生的基地新疆主要湖泊、沿河流域等地的调查与系统研究工作。

这一切说明，关于蝗虫的调查研究是在全国所有蝗区铺展开的，没有遗漏。

在中科院的档案里，有一份1959年科学技术研究项目说明书——《根除湖区蝗害的综合措施》，工作人员20人，其中研究人员9人，也是由马世骏先生领衔挂帅的。

关于这个项目有一个简短的说明：

对于蝗虫发生地生态学已做过不少调查与研究，如在沙漠蝗（非洲），亚洲飞蝗（东亚）、红蝗（伊朗、阿拉伯半岛……），红蝗（东非、中非），亚洲飞蝗（北非、苏联），澳洲蝗（大洋洲）等方面，在阐明这些蝗虫的分布和发生与食物、气候环境条件的关系上，获得成果较多。但对于如何利用蝗虫生态学特性进行改造蝗区，以消灭蝗害的研究尚少有人做，或尚未有此项工作报告发表。即根据目前文献，国外对于此项工作研究的深度尚停留在一般蝗虫生态地理学的水平。本所的此项研究工作系开始于1952年，先后在洪泽湖、微山湖蝗区已进行3年系统研究，初步明确了湖区蝗群消长及蝗虫面积的增减与气候、水分、耕作、植物、天敌等关系，并根据研究成果提出根除湖区蝗害的建议方案。

### 预期效果、研究成果在国民经济建设和学术上的意义

结果：1. 验证综合措施改造飞蝗发生地的效果。2. 找出蝗区在改造过程中昆虫群落（益虫、害虫）所发生的变化。3. 初步明确土、水、密植等农业丰产措施对飞蝗生物学特性所起的作用。

意义：通过今年工作所获得的上述结果，可提升改造滨湖蝗区措施的有效性，向其他地区推广，以适应当前全国根除蝗害的要求，并为改造沿湖洼地创造出经验。根除蝗区措施系根据飞蝗生物学及生态地理学的理论所提出的此项措施实施，不仅对上述理论进行提升，也发展了昆虫群落等，并对农业综合丰产及洼地改造的理论，亦可有进一步认识。

1959年完成的指标：1.完成微山湖根除蝗害示范点的系统研究。2.总结湖区蝗虫大面积综合防治与预测预报的经验并提出改进办法。3.写出湖区飞蝗发生地的形成与改造专题报告。4.为山东省济宁专区训练虫情专员及预测预报技术员2000名。

技术措施：1.参加金乡县谷亭人民公社的根除蝗害工作。2.参加济宁专区及泗洪县大面积综合防治飞蝗工作并进行总结。3.参加并担任全国飞蝗预测预报中心点工作，总结与分析各地蝗情并发布预报。4.在金乡、济宁、泗洪、滨湖地区设立试验点，布置试验进行定点调查。5.举行学术讨论会，交流经验并提高根除蝗害理论。

组织措施：杂粮害虫组分设三个试验点，在济宁、金乡、泗洪，在当地党委领导下与地方农业科学研究所（专区）、科学研究所（县）、试验站（公社）、植保站、国营农场合作进行工作。

而在1960年重大项目计划任务书的项目清单中，有一项是"根除蝗害研究"，负责单位正是昆虫所杂粮害虫组。关于"根除蝗害研究"重大项目有一篇解释说明的文字：

1951年原昆虫研究所以生态学研究室、生理学研究室为主体，组织了形态学、组织学等多学科力量，并先后在苏、皖、鲁、冀、豫五省蝗虫发生基地与有关防治站协作，分别在滨湖、沿海、河泛、内涝四个类型蝗区发生基地进行了系统研究。其中包括：

东亚飞蝗蝗区的类型、结构、形成、转化规律及其改造途径与措施，种群数量与空间动态及其与旱涝等生态因素的关系，飞蝗发生中长期的预报方法，及飞蝗的聚集、扩散、迁飞、型变等生态学特性研究。此外，还进行了人类生产活动对蝗害的控制效应、蝗区改造过程中生物群落的演变与蝗区改造后稳定性的系统研究。与此同时，进行了飞蝗蝗蝻发育特点、胚胎发育及其吸水和失水的关系，飞蝗的食性和食物利用以及不同食料植物对其生长生殖的影响，飞蝗的生殖生理、孤蝗生殖、生殖细胞和飞翔肌的超微结构、某些生物分子的代谢与激素调节的深入研究。此外，对我国古代书籍中有关蝗虫的记载、治蝗的策略方法学进行了全面整理，在组织学与形态学方面，则进行了东亚飞蝗的消化、生殖、感觉器官，以及附肢、循环和排泄器官、呼吸等各系统的解剖和组织构造的研究，以及东亚飞蝗蝗蝻各龄外部形态的区别，骨骼肌肉系统的形态学研究等。

提出：

（一）根治蝗害方案及理论：1. 根治洪泽湖区蝗害建议草案（1954 年）。2. 根治微山湖区蝗害建议草案（1954 年）。3. 改治结合，根除蝗害的理论及改造蝗区的措施（1960—1962 年）。

（二）蝗情预报：1. 蝗情侦察方法（1953 年）。2. 东亚飞蝗预测预报办法（1958 年）。

1978年，中国科学院授予动物研究所"改治结合，根除蝗害"重大科技成果奖状。

在中科院的科技成果登记表上，关于该研究成果有以下记载：

成果名称："政治结合，根治蝗害"。

起止时间：1951 年—1973 年。

技术水平：国际水平。

完成单位：中科院动物研究所。

主要人员：马世骏、尤其儆、陈永林、龙庆成、王敏慧、钦俊德、郭郛、翟启慧、沙槎云、刘玉素、卢宝廉、虞佩玉等。

这个重大项目成果经历的时间跨度为22年。经过22年的努力，中国从一个几千年来蝗害频繁的国家，变成了一个基本控制了蝗害的国家，蝗害暴发的年代已经远去。

不同项目成果名单中的人员顺序会略有不同，但不变的都是马世骏先生作为项目的第一责任人。而主要的人员依然是尤其儆、陈永林、钦俊德、郭郛、龙庆成等这几个我们耳熟能详的名字。

马世骏和动物研究所的"改治结合，根除蝗害"的成绩于1978年获全国科技大会重大科技成果奖，另一项成果"东亚飞蝗生态、生理学等的理论研究及其在根治蝗害中的意义"于1982年获国家自然科学奖二等奖。

"依靠群众，勤俭治蝗；改治并举，根除蝗害"的治蝗方针和决定，是农业部于1959年春季召开的冀、鲁、豫、苏、皖五省治蝗座谈会议讨论研究的结论，是总结九年治蝗经验和展望蝗虫发生趋势的科学论断，深受蝗区人民的欢迎，并付诸了实践。

这里正式提出的"改治并举，根除蝗害"的方针，正是采纳了中科院动物研究所多年治蝗研究经验后的科学办法与依据。

1959年5月6日，《人民日报》为此专门发表了一篇数千字的评论员文章《为根除蝗害而战》，这也算是中央吹起的向蝗虫宣战的号角——

蝗虫是我国冀、鲁、豫、皖、苏沿海及内涝地区农作物的重要敌人。为了确保这些地区农业生产的跃进，必须力争在最近几年内彻底根除蝗害。

新中国成立前，农田耕作粗放，水利失修，更谈不上治蝗工作。因此，每隔几年，就会发生一次蝗灾，严重地威胁农业生产。1927年，山东省六十九个县发生飞蝗，使七百万人流离失所，四处逃荒。中华人民共和国成立后，有关地区人民在各级党委和政府的领导下，开展群众性的连续不断的灭蝗运动，取得了巨大胜利。大部分地区已在大面积上大大压低了虫口密度，保证了农业丰收。有些地方有蝗面积稳定下降，并出现了接近根除蝗害的先进地区。经过连年的苦战，我们也掌握了蝗虫发生的规律，积累了比较完整的一套经验，这是今后根除蝗害的极为有利的条件。

不久以前农业部召开的冀、鲁、豫、苏、皖五省灭蝗会议，着重研究了根除蝗害的问题，并拟定了五省根除蝗害的实施规划草案。大家认为，根除蝗害不仅是必要的，而且就各方面的条件来说，力争四到五年或者稍长一点的时间根除蝗害也是完全可能的。经过连年的防治已积累了很多根除蝗害的典型经验，给根除蝗害树立了榜样。山东省高唐县蝗虫面积由 1952 年的十七万亩压缩到 1958 年的三千三百多亩。河北省丰润县过去飞蝗发生面积一百多万亩，经过连年防治，已减少到三十多万亩。加上人民公社的成立，更加有利于调动人力、物力、财力进行灭蝗斗争。耕作制度和耕作技术的改变，以及水利化、河网化、园田化、园林化的逐步实现，都为消灭蝗虫滋生基地创造了有利条件。只要在党的统一领导下，发动广大群众，以"除四害"的干劲，运用自己的经验，利用一切有利因素，采取各种有效的方决，猛攻巧打，一定能在近几年内根除蝗害。

在战略上要藐视敌人，在战术上又要重视敌人。必须看到，根除蝗害还是一个艰巨的任务，不能轻敌。我国蝗虫分布很广，据初步统计，五省蝗区涉及 179 个县，常年发生蝗害的面积大约一千万到一千五百万亩，干旱年份可扩大到三千万到四千万亩。各地蝗虫活动情况和自然环境又各不相同，因之灭蝗的措施也不相同，这都是根除蝗害的困难。困难是在任何工作中都会有的，在革命者面前，困难也总是可以克服的，克服它的办法就是加强领导，发动群众。

　　根除蝗害的战斗要从两方面同时进行，既要猛攻巧打大力消灭蝗虫，又要改造蝗虫发生基地。蝗虫长期存在和猖獗的原因，其一是蝗虫繁殖的自然环境大量存在。因此，一方面必须大力捕灭飞蝗，另一方面必须积极改造有利于蝗虫滋生的自然环境，如果放松现有蝗虫的防治，条件适宜就会成灾和继续扩大蝗区面积，影响当前的农业生产。1959年是执行根除蝗害规划的第一年，必须在去年灭蝗工作的基础上，乘胜前进。要大大压缩蝗区面积，创造更多的无蝗县、市和人民公社，这对于保证今年更大农业丰收有重要意义，也可以为实现根除蝗害规划，彻底解决几千年遗留下来的蝗害问题奠定良好的基础。

　　……

## 五、硕果累累

根据中央的精神，中科院动物研究所的专家们加紧了工作节奏，分秒必争，焚膏继晷，或分工，或合作，只为了一个共同目标：结束东亚飞蝗在中国横行的日子。

利用在奔赴各地、扎根荒野的日子里得来的资料，专家们在与群众一起亲身治蝗的同时，开始进行大量基础研究工作。在对东亚飞蝗的形态解剖学和组织学的比较研究中，刘玉素、卢宝廉等针对东亚飞蝗的消化、呼吸、生殖系统的解剖和组织构造，神经系统的解剖及脑的组织构造，循环和排泄系统、感觉器官和附肢的组织构造等内容发表了系统论文。卢宝廉对东亚飞蝗体壁的构造和附属物消化系统的超微结构以及东亚飞蝗胸部的肌肉系统等进行了详尽的记述。龚佩瑜、陆近仁对东亚飞蝗蝗蝻期各龄外部形态的区别，陆近仁、龚佩瑜对东亚飞蝗头部的骨骼、肌肉系统，胸部的骨骼系统进行了研究和记述。这些详尽的描述为东亚飞蝗的形态学和组织学提供了新的科学依据，填补了研究空白。

马世骏先生对东亚飞蝗在中国的发生动态有独到的论述。他在一系列论文中系统地论述了东亚飞蝗在中国的发生时期、在各地有效温积及发生代数，分析了大发生周期性与猖獗期的持续问题，对大发生与气候（旱涝的影响，降水，温度作用，风，太阳黑子变动与飞蝗大发生，地面水位变化等）、天敌（种类、作用）、食物（不同食料植物对飞蝗数量增减的生态作用）、生物学特性（影响飞蝗数量变动的行为、生活力、生殖力）、型变等的关系做了研究。明确了东亚飞蝗蝗卵的起点发育温度为15℃，蝗蝻的起点发育温度为20℃，飞蝗最适发育温度为28℃—34℃，飞蝗最高发育临界温度为45℃。在总结分析了东亚飞蝗在中国黄河、江淮流域及各地100年来的发生变迁后，指出东亚飞蝗在我国的发生无明显周期现象。

马世骏先生1958年和1959年先后以降水量、温度、晴雨日数、期水位及虫口基数为依据，提出发生程度的经验公式。他和丁岩钦、李典谟等以洪泽湖蝗区为例，开展了东亚飞蝗中长期数量的预测研究，根据1663—1963年300年间水、旱、蝗发生的资料及1913—1962年淮河流域各月降水等级图的资料等，利用电子计算机进行多因素分析，提出三种预测方法。在当时，这项数量预测研究不仅在国内是首创的，在国际同类工作中也属先进水平。

前面已述，钦俊德、翟启慧、沙槎云、郭郛、卢宝廉等对东亚飞蝗蝗卵的胚胎发育孵化的变化、蝗卵的失水和耐干能力以及浸水对于蝗卵胚胎发育和死亡的影响进行了长期的研究，揭示了在30℃常温下胚胎发育变化特征、规律以及蝗卵失水、耐干、浸水对胚胎发育与孵化的影响，所获研究成果为蝗蝻孵化期的预测、搞清蝗卵发育孵化与环境的关系提供了极其重要的科学依据。

尤其儆、郭郛、陈永林等的论文对飞蝗产卵和土壤含水量与含盐量的关系进行了详细的论述。

邱式邦、李光博撰写的《飞蝗及其预测预报》出版，对全国飞蝗的预测预报发挥了重要的指导作用。

郭郛、夏邦颖、刘金龙和尤其儆、陈永林、刘树森、蔡惠罗、徐暮禹等对东亚飞蝗的性成熟及其飞翔活动、两性生殖腺发育成熟、交配产卵习性、产卵场所选择、生殖力以及不同食物、密度、季节、温度等对生殖力的影响等问题的研究，均获得许多新的数据与成果，并阐明了东亚飞蝗的生殖规律。

1953—1954年，他们在微山湖蝗区检查了东亚飞蝗孤雌产卵20块，孵化的幼蝻均为雌性。1958年在北京实验室内检查孤雌生殖的蝗卵，孵出2230头幼蝻，亦均为雌性。这些实验与发现进一步证实了东亚飞蝗具有孤雌生殖现象，并认为这是东亚飞蝗自我调节种群数量和繁衍后代的重要特性。

尤其儆、陈永林、马世骏等在1953年8月23日于江苏省洪泽湖畔首次发现散居型飞蝗在傍晚月夜零星分散迁飞，他们观察了东亚飞蝗飞翔数量与气温、风向、风力的关系，这可能是有关散居型飞蝗迁飞的较早报道。

黄冠辉、龙庆成、马世骏的几篇论文记述了对东亚飞蝗飞翔和迁飞的观察与实验研究，探讨了东亚飞蝗羽化后天数和不同温度中的飞翔振翅频率、飞翔速度以及飞翔前后脂肪含量变化和其他干物质、水分的消耗速度等。郭郛、陈永林、卢宝廉阐述了东亚飞蝗飞翔时的代谢和能源转化的调节以及神经调节问题。这些研究成果为我国飞蝗生物学提供了重要基础资料。

关于飞蝗型变问题，马世骏、黄亮文、高慰曾、陈永林、郭郛、卢宝廉、龙庆成、朱进勉等都从生态学、形态学以及生理学等方面对东亚飞蝗两型进行了一系列研究，对飞蝗的型相变化与环境因子关系以及内分泌系统的调节机理有了新的认识。

马世骏、陈永林根据对大量历史资料的分析，发现今日东亚飞蝗各类蝗区的形成与黄淮水系的生成变化有密切关系，特别是黄河较大的改道对蝗区的形成与转化有较明显作用。马世骏和他的治蝗战友撰写的《中国东亚飞蝗蝗区的研究》是用生态地理学的动态观点，阐明我国东部东亚飞蝗蝗区的形成，自然地理特征及其演变规律，并结合四类蝗区的飞蝗发生特点，概括说明了改造蝗区的理论依据及其实施的途径与经验。这本335页的专著是研究中国东亚飞蝗蝗区的总结性著作和文献。

尤其傲调离动物研究所之后，对广西东亚飞蝗蝗区类型、结构、成因、分布及其演替进行了研究，在《广西东亚飞蝗蝗区类型及根除蝗害之刍见》和《广西东亚飞蝗蝗区研究》两篇论文中，将广西蝗区分为内涝蝗区和沿河蝗区两类，对东亚飞蝗发生的历史、现状进行了分析，提出了综合治理对策。尤其傲、陆温、黄初发还发表了《广西水、旱、蝗灾害及其综合治理对策》论文，较全面系统地阐述了广西近380年来水、旱、蝗三大自然灾害的发生历史和现状，论证了旱、涝灾害与蝗灾之间的相互关系，并提出综合治理对策的三项措施。

丁岩钦对海南飞蝗的研究另辟蹊径，发表了《中国东亚飞蝗新类型蝗区——海南热带稀树草原蝗区的生态地理特征及其与大沙河蝗区比较》一文，系统地对海南热带稀树草原蝗区的生态地理结构特征进行了分析，并据该蝗区的成因、生态特征以及对蝗区的生态控制对策，与我国大陆的大沙河类型蝗区进行了比较。

陈永林在《全球变化与蝗虫灾害的可持续控制》一文中强调：在我国东部季风区，特别应予重视黄河的兴衰、扩展、萎缩、断流等演化动态与飞蝗蝗区的形成、兴衰、演化的相关规律性的研究。建议应继续贯彻"改治并举，根除蝗害"的治蝗方针，采取"植物保护、生物保护、资源保护、环境保护"相结合的生态系学治理对策，使我国蝗虫灾害得以可持续控制。

东亚飞蝗的研究领域在这些专家们开阔的视野里，向各个学科推进。由气象学家张德二与陈永林合作进行气候学与蝗虫学的交叉科学研究，就蝗虫历史记录用于古气候定量推断和蝗虫发生动态证据做了新探讨，结合西藏飞蝗历史发生动态与气候变化的研究，为西藏飞蝗预测提供了新依据。

# 六、揭开四类蝗区的面纱

我国南北方地质地貌和生态环境差异太大，有沿海，有内陆，有草原，有湖泊，因此形成了四类蝗区：滨湖蝗区，沿海蝗区，内涝蝗区，河泛蝗区。

这四类蝗区在中国所占的面积，以上世纪50年代早中期蝗害发生面积算，滨湖蝗区占29.7％，沿海蝗区占20.5％，内涝蝗区为39.4％，河泛蝗区为10.4％。若以百年一遇的旱涝情况及所出现最大发生面积为标准，则四类蝗区所占比例，依次为12％、20％、48％、20％。以内涝蝗区的适生区面积为最大，其次是沿海与河泛蝗区，滨湖蝗区范围最小。到20世纪50年代末，各类蝗灾面积在不断变化，四类蝗区发生基地所占面积分别为：滨湖蝗区占25.8％，沿海蝗区占41.8％，河泛蝗区占13.7％，内涝蝗区占8.7％。从变化数字看，以沿海蝗区为最大，其次为滨湖蝗区与河泛蝗区，内涝蝗区最小，这就说明飞蝗的根据地主要在沿海与滨湖，但一般发生地及扩散区面积都汇流至内涝蝗区。

马世骏先生的《东亚飞蝗发生地的形成与改造》一文，是对东亚飞蝗四种蝗区认识和改造的科学总结。

关于滨湖蝗区，我国主要有南四湖（微山湖、昭阳湖、独山湖、南阳湖）、洪泽湖，其次为高宝湖（高邮湖与宝应湖）、东平湖以及七里海、白洋淀等。这些湖泊之所以成为蝗区，是因为它有面积较大的湖滩草地，水位下降后又大量撂荒，暴露的范围大，这些都直接关系到蝗虫的发生面积。而湖滩面积大小又取决于湖水水位升降。

这一认知是经过许多专家学者对湖区蝗害多年研究后形成的共识。

马世骏先生根据水分状况和植被外貌，把湖滨分为与湖水线平行的四个带。一是沿岸浅水区，一般年份长期积水，积水深度与变幅随季节而异，在特殊干旱年亦退出水外。二是湖滩泛水区，为一种比较规则的间歇水带，但变动幅度很大，植被主要是草地植物群落，由于水的变化剧烈和土壤及小地形的复杂，植被组成亦显得复杂与零乱，可见到半浸生植物与中生植物共处，覆盖度为一半，地势较高处被开垦为一季荒的农田。三是湖滩阶地，一般年份不受水淹，夏、秋季有一定时期的短时间浸湿，地下水位较高，大水年份全部被淹没，小地形因受河流冲积影响亦多有起伏。四是滨湖外围阶地，此带平时不受湖水影响，只有在发生特大水时的年份会遭到水淹，土壤与植被状况一般已无滨湖特点，与地势低洼的农田近似，为特大水年的飞蝗发生地带。

夏蝗在滨湖蝗区主要发生在湖滩阶地或附近湖堤等较高场所，成虫期向湖滩泛水地活动，并向退水地产卵。故秋蝗发生场所主要在湖滩泛水地。秋蝗孵化后，如该年雨季迟，秋蝗在原地活动；如雨季提早，早期孵化出土的一部分蝗蝻，向滩涂阶地活动。如当年秋后干旱，或由于泄水流畅，从8月下旬起沿湖洼地及水位即开始下退，飞蝗向湖边集中，随湖滩暴露逐段产卵，遗卵面积增大，如不能及时将退水的湖滩地全部耕种，来年夏蝗发生面积大、密度很高。

关于沿海蝗区，马世骏先生认为：沿海生有禾本科草类的荒地，几乎都有飞蝗分布。从历史资料分析，渤海和黄海两个区域为东亚飞蝗的主要蝗区，发生次数及发生范围均远超过其他地区。新中国成立后在沿海建立了10多个国营机械化农场与盐场，沿海蝗区已有了明显的改变，渤海与黄海两大蝗区面积已缩小并被分割为数小片，杭州湾适生地已被消灭，海南岛与湛江平原的飞蝗发生地亦大部分被开垦。

三是内涝蝗区。此类地区一般属于传统耕作农业区，原始植被已被耕垦，杂草稀少，田边、渠旁或夹荒地内尚遗有稀疏的中生草类，如茅草、狗尾草、蟋蟀草、苍耳及艾蒿等，水田旁或地势最低洼处，则生有植株矮小的芦苇、莎草及小旋花等。虽然能收一季麦子，但在新中国成立初期耕作是粗放的，这就导致了蝗虫趁隙而入，这里成为它们繁衍的天堂。

内涝地区蝗虫的大发生，都出现在大水后的次年和第二年。因大水后的当年往往发生秋旱，秋蝗随水下退向湿地产卵，遗卵面积扩大。加之，大水后正常耕作不易迅速恢复，或耕作粗放的面积大，有利于飞蝗猖獗繁殖。

由此，低洼地的改造势在必行，实行沟洼畦田或改种水稻，是缩小乃至根除蝗害的一个大好措施。

河泛蝗区是指黄河流域的蝗区，是中国蝗害的痼疾。由于雨量集中在夏季，春秋比较干旱，故雨季过后，河水流量亦迅速下降，甚至干涸，退水滩地上易于滋生杂草，成为飞蝗繁殖场所。河泛蝗区蝗情的特点是每年夏蝗发生在上一季汛期洪水所泛滥的范围内，如河水退后群众在滩地上种麦，该年夏蝗即发生在麦地内。在汛期正常年，一部分早羽化的成虫可以产卵在河床内，但大部被赶往泛区以外的夹荒地或农田内，水退后原产在河床的蝗卵被泥沙淤盖，绝大部分不能孵化。分散在附近农田内的秋蝗，于水退后陆续向新退水的泛区迁移。

马世骏先生指出，我国蝗区的形成在不同程度上都与水有直接关系，特别是河流直接和间接造成的水涝，从黄河的历次改道以及近百年来海河、淮河、长江泛滥范围与飞蝗分布地区相对照，因果关系分明。而沿海地区除水的作用外，更受盐分的影响。因此，水、旱、盐和人类对土地变化失去控制，是以往蝗害蔓延的基本原因。

这是用生态学的观点来总结我国的蝗害生成的原因，因此，马世骏先生在我国率先提出了用生态学作为改造飞蝗发生地的基础理论。

他认为，"飞蝗发生地，特别是飞蝗发生基地，在生态地理学上被视为一个生物地理群落整体，在此群落体内存在有互相影响的环境因素。在自然情况下不停地发生自然演替，出现利于或不利于飞蝗的环境。因此，掌握了此种群落复合体的形成与发展规律后，改变其中一个或一个以上的因素，即可导致整个群落体发生变化，使其向有利于人类而有害于蝗虫发生的方向发展"。

那么要做的工作就是改变植被、土壤、小气候等措施。

既然蝗区与水有直接的关系，首先就要改变发生地的水条件。

根据对蝗卵的研究，马世骏他们摸清了蝗虫产卵的习性，以及对水的依赖程度。他们参照地形坡度和地下水位的高低，把雨季积水及内涝不易排水的地区改造成为稳定的水环境，如修建成水库，开辟鱼苇区，固定湖河水位的变动幅度，改种水稻，经常进行冬耕冬灌和春灌等处理，即可以起到消灭飞蝗发生地的作用。

二是改变蝗区小气候条件。马世骏他们的野外调查证明，飞蝗产卵的场所，多选择在植被覆盖度50％以下的地面，在气候湿润时植被覆盖度愈低的地方，所产的卵块数愈多。所以草地中间或农田附近的光裸空闲地，常为飞蝗集中产卵的场所，而密植农田内少有飞蝗产卵。无数试验证明，飞蝗被迫产在高覆盖度的卵块，由于土壤温度较低、湿度较高，加之霉菌、线虫、蛙类等天敌的活跃，蝗卵发育迟缓，死亡率甚高，孵出的幼蝻也难以成活。因此，结合我国滨湖、沿海、内涝区和河泛区的荒地荒坡情况，应在蝗区内尽快实现园林化，地势较高处植树造林，低洼处种植芦苇、杞柳等湿生或半湿生植物。一方面增加副业生产，另一方面通过增加植被覆盖度，改变飞蝗小气候环境，以压缩飞蝗发生地。

三是改变发生地的土壤条件。飞蝗产卵对土壤水分有一定的选择，对土面的疏松与紧实度亦有选择。试验证明，经过耕耙的土地极少有飞蝗产卵，已产在土中的蝗卵如完成发育亦需要特定的发生环境。破坏其发生环境，即可致蝗卵死亡。深耕细耙不仅可防止飞蝗产卵，且可使原在土中的蝗卵暴露于地表，使其因干失水或被天敌取食。至于被深耕埋于15厘米以下土层中的蝗卵，亦很难孵化出土。所以，深耕细耙和实行园田化，是消灭内涝蝗区的有效措施。

蝗卵在土壤含盐量0.35％以下可生存，马世骏先生的实验证明，在含盐量3.5％的土壤中虽仍可有个别孵化，但绝大多数均会死亡。盐滩制卤区的浓度，最低在7％以上，超过蝗卵所能忍受的限度，所以在沿海地区开建盐滩，既可实现综合利用海水资源的目的，又可消灭沿海蝗区的蝗卵。

四是改变发生基地植被，断绝飞蝗食物。飞蝗的食料植物，在野生植物中有芦苇、狗牙根、荆三棱等禾本科及莎草科植物19种，飞蝗不取食的野生植物则有蓼、蒿等20多种，其中半数以上系野生油料、纤维及绿肥植物。此类植物普遍分布于沿海滨湖等蝗区。在栽培作物中，飞蝗取食的有麦、玉米等禾谷类作物8种。飞蝗不取食的有棉、麻、花生、绿豆、烟草、瓜、薯等20多种，其中不少是耐盐性较高、能在沿海地区大面积推广种植的种类，亦有适于在低洼黏土上栽培的作物。在滨湖与内涝地区可推行土地连片的轮作制，在沿海则采取繁殖野生油料、纤维及药用植物，以断绝飞蝗的食料，让其没有生存的空间。

马世骏先生的理论以生态学为视野，深植于他的实践与思考，也是生态学研究成果在治蝗领域的一次出征凯旋。在他的呼吁下，蝗区各地加大了兴修水利的力度，开垦荒地荒坡以增加粮、棉、果树、蔬菜等栽培面积，为广泛消灭飞蝗发生地创造了极其有利的条件。而农业"八字宪法"的全面和系统的贯彻执行，也促使我国农村的农田生态环境发生变化，有力地加速了消灭内涝蝗区的进度。马世骏说："根除蝗害必须结合农、林、牧、副、渔的发展以及土地综合利用规划，制订方案，并纳入地方全面建设计划之内。"

# 七、根除洪泽湖蝗害的锦囊妙计

1954年，在马世骏先生的主持下，中科院昆虫所《根治洪泽湖区蝗害建议（草案）》出炉。

1955年，中科院昆虫所《根治微山湖区蝗害建议（草案）》出炉。1958年12月，在动物研究所的指导下，《金乡县根除蝗害方案》出炉。1960年6月，《山东济宁专区根除蝗害方案》出炉。

关于洪泽湖、微山湖的根治蝗害的建议草案有许多，马世骏先生的手稿、陈永林先生的手稿，反复修改的红蓝笔迹，显示这些科学家的认真和缜密。一定是非常完整、没有遗漏、严谨的科学论证。科学家的逻辑思维的缜密细致、一丝不苟，斟字酌句的工作态度，在某种意义上，与作家诗人的思维和治学态度是一样的，追求的是完美，科学家必须是完美主义者。虽然他们的文字没有华丽的辞藻，但字字句句都有考证依据，要有科学精神。浮夸虚假是他们的敌人，脚踏实地是他们的品质。

我通过孔夫子旧书网买到了一本江苏内部资料《治蝗丰

碑》，书中有一篇马世骏先生的《根除洪泽湖地区蝗害的建议》。前面这样写道："1954年12月，中国科学院昆虫研究所马世骏同志对根除洪泽湖地区的蝗害，提出了建议草案，这对全面治理洪泽湖蝗区、根除蝗害起了重要作用。建议草案是在马世骏、陈永林、郭郛等同志在洪泽湖实地调查、试验的基础上完成的。"

这是根治洪泽湖几千年传统蝗区的最为切实可行的锦囊妙计，是中国科学家经过多年在蝗区的辛苦劳动，栉风沐雨，冒着生命危险，贡献自己青春所获得的精彩全面的"敌情"。这也表明，当地蝗区人民，蝗区的历史志书，不会忘记那些为他们治蝗的科学家，他们的名字将永远载入史册。

这份建议与保存在中科院的档案基本相同。第一章将蝗区概况阐述得清清楚楚，如它的自然概况：地形，河流（河流的入湖水量，汛期与枯水季节的流量，洪泽湖出水口流量），气候中的降水量、蒸发量、相对湿度、气温、风、霜期、降雪及结冰期、植物生长季节的草温、植物生长期地温、植物生长季节中水温、土壤、植物相等。马世骏他们调查到的洪泽湖沿岸植物有82种，分属禾本科、蓼科、菊科、莎草科及藜科，其中禾本科最多，分布最广，都是蝗虫食料，这些杂草的分布与环境因素特别是水分有密切关系。有茅草、红草带，有小芦苇、蒿草带，有莜草和莎草带，有高芦苇带，有高苗带。这些草带生长在水位不同的地方。

又如洪泽湖周边地区经济和行政概况。比如，按当时的行政划分，洪泽湖蝗区分属安徽和江苏两省四县——泗洪、盱眙、淮阴、泗阳。四个县的耕地、可开垦荒地、芦苇草滩、湖泊鱼塘等各多少万亩，总人口多少，粮食作物种类有小麦、大麦、元麦、蚕豆、豌豆、高粱、玉米、水稻、山芋、大豆、绿杂豆等，油料作物主要有油菜籽、花生、芝麻等，经济作物主要有棉花、烟叶、火麻、苘麻等，其他作物主要有西瓜、甜瓜、胡萝卜、蔬菜等，动物饲养有牛、驴、马、骡、猪、羊、家禽等，水产有鱼、虾、蟹、蚌、莲子、藕、鸡头、菱角等，果品有桃、李、杏、柿等，老蝗区面积多少亩，在哪些地方，内涝及水淹的荒地多少万亩，耕地被淹多少万亩等相关信息。

在搞清楚了这些基本情况后，第三点说的是洪泽湖重点蝗区分布、变迁与湖水涨落的关系。马世骏根据自然地理条件，参照行政区，把洪泽湖蝗区分为三个区。

湖东区。包括淮阴、泗阳两县，南起淮阴县的顺河集，北到泗阳县中扬区，沿湖一带估计面积40万亩。沿湖丛生高苗、芦苇、莜草、蓼草、扒根草等植物，地势是西南稍低，东北略高之倾斜缓坡，地面海拔11—13米，沿湖有当地群众修筑的防洪土坝两道。近湖边在11米等高线左右有高约三尺的新杨堤，北从高渡南至顺河，长约35公里，在其东北一里许即为老杨堤，历代蝗虫发生均在老杨堤附近，1950年和1951年的大水和秋涝，蝗虫发生受到限制，1952年夏蝗发生31.7万亩，经人工扑打，秋蝗发生仅7.9万亩，全部在荒草地内。由于下草湾引河放水，这里蝗区全部淹水，致1953年夏蝗发生仅19.86万亩，比上年减少12万亩。1953年春夏干旱，沿湖荒地被利用，秋蝗仅发生12.1万亩，且绝大多数在近水荒地内。

湖西区。此区属安徽省泗洪县境（当时区划），1952年夏蝗发生面积约74万—85万亩，占洪泽湖蝗区发生面积的64%。记录安河洼蝗区、溧河洼蝗区、龙洪沿湖蝗区、陡湖蝗区等概况。

这类蝗区面积的大小与洪泽湖水位高低关系密切。1950年大水，1951年春旱，当年夏蝗发生45.85万亩；7月份大雨后，洼地积水，时间不长即退下，秋蝗发生达41.35万亩。1952年夏蝗扩大到74.23万亩，其中98.8%发生在荒地内。但秋季下草湾引河放水，湖水位超过1950年，故秋蝗发生面积仅5.73万亩，全在荒地内。由于涨水突然，未及防治的蝗虫撵往高处或农田地带约19.65万亩，只有24.3%在荒地中，农田占75%以上，由于秋季干旱，湖水退下，秋蝗面积扩展到37.5万亩，且99%分布在荒地内。

湖南区。属盱眙县，重点在只老、马坝两区，以戚洼、都山、渔沟最严重，地面海拔11—12米，面积约15万亩。1950年大水后，1951年夏蝗发生5.63万亩。经过大力防治，秋蝗时蝗区淹水，故1953年基本上未发生蝗虫。

以上详细的荒湖、田亩、旱涝、植物、水位等的调研，可以说将洪泽湖蝗害了如指掌，尽悉于心。马世骏于是总结：大水当年可抑制蝗虫，干旱有利蝗虫大发生，涝后旱年导致蝗虫猖獗。

第二章是讲三年来沿湖蝗虫发生情况及防治。

三年有数字统计的情况（缺淮阴和泗洪资料）如下：共防治蝗虫325.44万亩，用去劳工日906.07万个，喷粉器4126架，用药粉120.4万斤，麦麸3.13万斤。所用人工、物资折合人民币为495.87万元，其中人工工资453.04万元（每日工资0.5元），喷粉器10.32万元（每架25元，这在当时是天价了），药粉每斤0.27元，折款32.51万元。

马世骏说，从三年蝗虫发生情况看来，如不结合水利和荒地利用，以改变蝗区自然环境，从根本上消除蝗灾，今后即使每年投入大量人力物力能够控制其为害，然而，由于飞蝗迁移性强，繁殖力大，加之外地迁入，本蝗区的严重性依然存在。1953年查卵面积30万亩，80%—90%由此原因造成。

在如此有说服力的详尽调查数据面前，马世骏先生提出了关于根治蝗害的初步建议：

洪泽湖蝗区的形成，主要原因是黄河历次改道南移，抢泗夺淮，淤塞了淮河下游河道，使湖、河泄流不畅，不但积高了湖底，而且形成了很多沙洲，因而减少了蓄水量。由于湖、河不分，洪泽湖直接受淮河水量变动的影响，当汛期淮河洪水入湖后，湖容纳不下，向四周漫溢，因此顶托各河水流不能下泄，也漫溢洼地，形成湖、地不分，一片汪洋。枯水期，湖内只有 12 条河、沟可航行小木船，绝大部分湖滩草地，既无蓄水防旱设备，又无有效的防洪措施，所以大雨上水就淹，水退后无雨就旱，在"靠天收"的情况下听凭湖水泛滥，农业无保障，农民生活贫困，蝗虫、蝗灾随其自然发展。

从上述情况看出：洪泽湖蝗区的改造，与整个治淮工程不能分开。中华人民共和国成立后，沿湖群众在政府大力辅助下，通过拨粮救荒、生产贷款和领导治蝗等措施，生产上已明显改善，加之治淮工程的发挥效益，为湖区群众带来幸福的远景，同时也使治蝗工作有条件进入根治阶段，永久消灭洪泽湖蝗害成为可能。为此马世骏团队提出了几项根治蝗害的措施：

一是控制洪泽湖水位。为解决治蝗要蓄水、灌溉要放水的矛盾，可采用分期蓄水淹没低洼蝗区的办法。当蓄水位 11.5 米时，应分两期淹水：第一期由 6 月下旬至 7 月上旬保持 12—13.5 米 15 天；第二期在 7 月 20 日前后，再保持 12.2—12.5 米 10 天，借以抑制秋蝗孵化。当蓄水位 12.5 米时，应分四期淹水：第一期 5 月上旬，保持水位 12.5 米 10 天；第二期在 5 月底，保持 12.2—12.5 米 10 天；第三、四期与一期相同。这四期蓄水是抑制夏、秋蝗虫的孵化的关键措施。

预期的效果及作用是：保持 11.5 米水位，沿湖低洼蝗区，包括淮阴、泗阳两县，沿新杨堤以下的蝗区，泗洪县龙集的高嘴、勒东、尚嘴、侯嘴、安河洼、小明塘、王沙、祖楼、溧河洼、杨台子、野狗周及盱眙县只老区等地约 30 万亩蝗区全淹水底，永不发生蝗虫。湖内沙洲草滩，据 1953 年调查，在蒋坝水位 11.46—11.56 米时，占地 300 平方公里的大新滩全部淹在水里，且滩上积水 0.6—1 米，蝗虫不能在滩上繁殖。老淤滩绝大部分淹水，虽有小面积蝗虫零星发生，也不致成灾。如保持 12.5 米的水位，则可淹没 60 万亩蝗区，如此，本蝗区大部分蝗虫出生地可因此消失，同时湖内一般水深 2.5—3.5 米，可全程通航 900 吨轮船。

笔者的理解是，淹没这些传统蝗区，使得蝗卵在水下溺死，这也有生态功效。扩大水域，造成更大的湿地，难道不正是当代人的生态觉醒吗？早在60年前，马世骏和他的团队就有先见之明，这证明生态学的意义就在于它的预见性和前瞻性。

另外，修筑沿湖防水堤（圩）。如在湖东区，由顺河集之老堆头起，沿 12 米等高筑堤，接至泗阳县境内之西北岗地，堤高 3.5 米，堤外定为蓄水区，堤内开垦农田。在苏北灌溉总渠全部完成前，湖水位保持 11.5 米，在堤内可保持一季春作物，估计地带面积约为 10 万—12 万亩。大堤上全部植树防止湖水冲击，沿堤内侧约 500 米一带因可能渗透积水，可选种水稻等作物。

在安河洼区，在龙界岗岭和青半冈岭之间，由车路口南之姚台子直到高嘴沿 12 米等高线筑堤，堤高 3.5 米，堤内外的治理和湖东同。如此则解决了 33 万亩蝗虫发生的问题。

在溧河洼区，由双沟东的陈店子附近起沿 12 米等高线向东伸至林台子与汴河堤相接，并加高二河北堤，直到姚台子接濉河堤。这样一来，堤外 11.5—12 米一带约有 5 万亩则可临时种植或辟为牧场，堤内可解决 20 多万亩蝗区水患，可逐渐改造和治理。

在陵湖蝗区，从花园嘴到大戚庄沿 12 米等高线顺淮河岸筑堤，堤高 3.5 米，在老渡口建闸一座，以控制堤内外水位。如此，在 13—14 米一带的 3 万多亩可保收夏秋两季，在 12.5 米以下的洼地约 8.5 万亩，则经常有水，恢复养鱼、鸭，栽藕等湖产，12.5—13 米地带可种植水稻约 2.5 万亩，这样可开办渔、农兼兴的国营农场。

在湖南只老区，从蒋坝对岸小堤头沿 12 米等高线向西北修堤接金圩老堤，堤外有 1 万余亩草地可辟为牧场，堤内可办国营农场，如此则解决 10 万多亩的蝗区问题。

本办法实施后，沿湖大堤内外及内涝蝗区不再适宜飞蝗生存繁殖了。在地面海拔 12 米筑堤后，估计有 70 万亩蝗区可变为有固定效益的农田和 10 万亩的鱼塘，还可开办 4 个国营农场，每个农场可拥有农田、水产面积 10 万—25 万亩，原居住在当地的农民可纳入农场经营管理，由此则变废为宝了。

改种农作物种类，可以增产增收，也掐断蝗虫的口粮供应。

因地制宜选种产量高、经济价值较大的种类，以提高单位面积效益，并以棉、麻、油料作物为主，也要兼顾粮食产量；第二，改种不适宜其嗜食作物。他建议采用的办法有两个水位的选择：保持湖水位 11.5 米时，夏收作物，油菜种植在 11.5—11.75 米一带，蚕豆种植在 11.75—12 米，小麦、豌豆种植在 12 米以上。秋收作物，苘麻种植在 11.5—11.75 米一带，洋麻种植在 11.75—12 米一带，棉花、大豆种植在 12—13 米一带，山芋、绿豆、芝麻、高粱、玉米、花生、水稻种植在 13 米以上。

保持湖水水位 12.5 米时，夏收作物如油菜、蚕豆种植在 12.5—13 米一带；小麦、豌豆种植在 13 米以上地带。秋收作物水稻种植在 12.5—13 米一带，麻类种植在排水沟附近，棉花、大豆种植在 13.5 米一带，芝麻、玉米、花生、马铃薯等种植在 12.5—13.5 米地带。

以上办法实施后，只会有极少数残蝗活动，不会造成蝗灾，估计可增加棉、麻、油料作物 50 万—60 万亩，水稻 20 万亩，马铃薯 10 万—15 万亩，似此不但解决蝗害，而且增加了收益。

他最后建议：

结合治淮工程中的蓄洪计划，并照顾到苏北灌溉总渠在棉作生长季节的需水量，以高良涧闸口调节中常水位和枯水期的水位，以三河闸调节洪水期水位。这样就稳定了洪泽湖在不同季节的水位，沿岸在一定等高线下的蝗虫发生地、湖中心地所淤积的沙洲将常年淹没在水下，使这些地区不再发生蝗灾。每年所稳定的水位高度，随治淮工程的进度和沿湖居民的迁移进度逐年提高，最后达到 13—14 米高度的蓄洪标准。在不妨碍蓄洪计划的原则下，用开垦荒地和稳定农业生产的办法，增加内涝地区的粮食及棉、麻等作物的种植面积。湖西全部及湖南一部分蝗虫发生地皆属内涝地区，配合地方上的建设分别进行浚河排涝，挖塘蓄水，筑坝挡御洪水期的湖水内溢或倒灌，将荒地开辟为农场。初步估计可建立面积约 10 万亩土地的国营农场 4 至 5 个……

这是最为详尽的《洪泽湖蝗区的根治蝗灾建议》，也是真正意义上的根除洪泽湖蝗害的锦囊妙计。它的完成，注定带给洪泽湖人民以福音。

## 八、重整洪泽湖

洪泽湖新生的时代悄悄来临了。

洪泽湖沿湖岸线迂回曲折，全长600多公里，是中国最大的滨湖蝗区兼内涝蝗区，四类它占了两类。20世纪50年代初期，洪泽湖处于原始洪荒状态。积水成灾，芦苇杂草丛生，飞蝗连年重发，面积大、密度高。在20世纪50年代的十年间，夏、秋蝗两季发生面积超过100万亩以上的有八年，其中1955、1958、1959三年发生面积较大，分别为228万亩、192万亩、213万亩。

蝗虫发生密度1951—1952年最高，一般每平方丈300—500头，重点地区竟多到万头以上。1951年，夏、秋蝗密度每平方丈一般800—2000头，最高达2万头。1952年，夏蝗一般密度每平方丈13000—35000头，最高达18万头，出现大面积群居型蝗虫。可以想见那个密集的场景，一定惨不忍观。有民谣说："一抓一大把，一撮一畚箕，不少密集处，只见蝗虫不见地。"由此可见一斑。

中央人民政府出动飞机来洪泽湖灭蝗之后，洪泽湖区的治蝗，遵循马世骏团队的方案，在中央大力支持下，兴建了一批大型水利工程，如三河闸、二河闸、淮阴闸、高良涧闸。

高良涧，这是马世骏和他的队友们遇险的地方，从此波澜不惊，风平浪静。而洪泽湖水位可以进行人为的控制和调节了。

从1953年起，在沿湖四周，修筑和加高了防洪大堤，防止湖水泛滥。在内涝蝗区兴建了一大批排灌站、涵洞和涵闸，有利于排除内涝积水。根据马世骏他们的建议，从1958年起，洪泽湖蝗区开始试种水稻并获得成功，水稻面积逐步扩大。

根据马世骏先生提出的《根治蝗害建议（草案）》，要在蝗区新建4—5个农场。洪泽湖区在滨湖及内涝蝗区兴建了国营洪泽湖农场、三河农场、五里江农场等，开垦荒地面积逐年增大。1959年冬季又成立了地区的林柴总场，各县设立8个分场，在蝗区进行绿化造林。这些措施都在实现全面根治蝗区的蓝图中。

从1960年到1967年，是洪泽湖治蝗的攻坚阶段，就是落实马世骏先生提出的"改治并举"方针。

事实上，前几年改治早就扎实开始了，才出现了60年代蝗虫大发生频率逐年下降的可喜局面。夏、秋蝗两季蝗虫发生面积超过100万亩以上的有两年，即1961年104万亩，1962年133万亩。到了60年代后期，蝗虫发生已呈点线状态，面积小，密度稀，不足万亩，等于是基本没有了。

在蝗区改造方面，8年内完成的大型水利工程有：濉河改造、民便河调尾，新开挖了安东河、怀洪新河，疏浚和拓宽了安河、濉河等等，内涝蝗区的水患成为了历史。同时农田基本建设也如火如荼，新建机电排灌站500多座，并完成了沟、渠、田、林、路配套工程，基本上实现河网化，给滨湖及内涝低洼地区发展水稻种植创造了有利条件，水稻面积稳定在60多万亩。在耕作制度方面也进行了重大改革，由过去的一年一熟制改变为一年两熟，同时发展棉花、花生、烟叶、红麻等蝗虫不喜的经济作物，改变当地的整个农业生产结构。

因为湖水水位的控制，河网化的成型，蝗区的绿化造林和水产养殖快速发展，沟、堤、田、路全部林带化，尤其是600公里长的洪泽湖大堤，已经由自然荒堤成为绿色长廊。高效率的政府通过中长期规划，在蝗区营造经济林、用材林、桑园、果园，以增加植被的覆盖度。在滨湖洼地则进行蓄水养殖，开挖鱼塘，种大苇、藕、菱等水生植物，这既增加了集体和百姓的经济收入，同时召来了蝗虫的自然天敌蛙类。农、林、牧、副、渔综合开发，生产热气腾腾，生活蒸蒸日上，洪泽湖区，由一个缺衣少食、匪患频生、蝗虫肆虐的贫困地区，发展成为丰衣足食的鱼米之乡，梦里水乡。

从1960年到1967年这八年间，全湖区蝗虫发生面积563.4万亩，平均每年发生70.42万亩，约为前十年的40％。防治面积653.28万亩，其中飞机喷粉217.85万亩，地面喷粉防治125.01万亩，人工扫残面积310.42万亩，共用农药882.14万斤，使用治蝗劳动日152.54万个，为前十年的9％。这是多么了不起的变化！

这也表明，离根治蝗害的目标非常接近了。

洪泽湖根治蝗害的第三个阶段是从1968年到1985年时期的控制监视阶段。

这十八年，是蝗区翻天覆地的时期。沿湖的内涝蝗区消灭了荒地、草滩。湖水位常年保持在12.5米以上，蝗虫踪迹难寻。仅在1978—1979年遇到百年一遇的特大干旱，淮河断流，湖水干涸，洪泽湖大堤内露出一望无际的草滩，出现小片群居型蝗蝻。这两年虽遇蝗虫大发生年，但发生面积只有50年代平均发生面积的34.5％，密度一般下降75％—80％。当1979年秋季湖水位恢复到12.5米时，蝗虫发生面积和密度又全部下降。1982—1985年四年时间基本上未用药防治。在这期间，全洪泽湖蝗区共发生蝗虫面积219.5万亩，平均每年发生12.2万亩。防治面积135.57万亩，其中使用飞机防治72.11万亩，地面喷粉防治50.09万亩，人工扫残13.37万亩，共用农药315.73万斤，使用治蝗劳动日16.702万个，与前十八年相比均直线下降。有蝗虫，但已无蝗害。

陈永林、龙庆成，和泗洪县蝗虫防治站的治蝗土专家朱进勉、姬庆文，曾经对洪泽湖的治蝗动态进行多年的跟踪，他们对蝗区改治过程以及改造后的东亚飞蝗发生的动态进行了分析与总结。

到了1976年，洪泽湖基本不需防治蝗虫了。这个历史上最热闹恐怖的蝗虫重灾区，通过一系列的综合治理，耕地面积增加了15%，粮食产量增加了几十倍。

因为大兴水利和耕作制度的现代化，蝗卵数量减少，自然死亡率提高，密度也就减小了。又因为环境改造与保护，蝗蝻及成虫的天敌增多，如蛙类、蜘蛛类、鸟类的作用变得显著。因为水稻面积大增，鸟类的捕食非常明显。增加了沟渠水域面积，提供了蛙类活动繁殖的良好场所，对蝗蝻起到了明显的控制作用。据统计，一只青蛙一个夏季能消灭一万多只害虫，一天最多的可食266只。蟾蜍（癞蛤蟆）也是捕虫能手，夏季三个月也能捕食近万只害虫。就是说，两平方米的庄稼地里只要平均有一只青蛙坐镇，便足以抑制蝗蝻的生存。

蜘蛛类中主要有东亚豹蛛和黄金肥蛛，它们在荒草地、农田以及堤岸、沟埂等环境中均有分布，对幼蝻的捕食也有一定的作用。

鸟类吃蝗胃口忒大，以普通燕子为例，一对亲鸟和一窝雏鸟每月吃蝗虫可达16200多只。吃蝗虫的鸟类有燕鸻、白翅浮鸥、田鹨、百灵、麻雀等，尤以燕鸻最为突出。此外，喜鹊、灰喜鹊除啄食蝗蝻外，陈永林他们还观察到这些鸟能将喙扎入土中掘食蝗卵。当蝗区各地绿化成林或林带郁闭后，各种鸟类相继到来，繁衍和栖身其间，对飞蝗的种群是有力的抑制。

根据陈永林、龙庆成他们对改治后的农田生态系统的观察，改种水稻后，水稻一般在10月初收割，随即机耕灭茬再用旋耕犁松土，10月上中旬播种小麦，因为是稻麦两熟，此时仍是飞蝗产卵阶段，成虫在农田产卵极少，即使产卵，经过耕耙，蝗卵死亡率达70％以上。翌年3月在小麦返青后拔节前锄草1—2次，5月上旬麦田防治粘虫时，恰为夏蝗孵化阶段，也就兼治了早孵蝗蝻。6月初，小麦成熟收割后再耕翻灭茬、放水栽秧（或播种蝗虫不食的大豆），田中蓄水蝗虫尽死。7月下旬和8月中下旬，稻田进行二代稻纵卷叶螟及三代三化螟的药剂防治。此时正值秋蝗蝻期，故对稻田及其附近的飞蝗也起到防治作用……小麦改种水稻的过程是消灭后期夏蝗跳蝻的阶段，而伏季水稻收割后改种小麦的过程恰是破坏越冬前的蝗卵阶段。农田生态系统合理调配之后，飞蝗卵及蝻的数量明显减少。

　　治蝗先治水，这是洪泽湖区根治蝗虫的根本。他们在湖水位控制在12.5米后紧跟观测，洪泽湖沿湖堤岸及沟渠、田埂、道路等生境，是蝗区改造前大面积淹水后蝗虫集中交配产卵的主要场所。由于"堤岸、沟渠、田埂、道路"这类生境凸出在蝗区的中心和边缘地带，是飞蝗在涝年的产卵场所。在蝗区全面绿化未完全实现期间，它对飞蝗种群数量的延存、调节与增长起着"贮存库"的作用。自1958年开始对这类特殊生境普遍种植槐、柳、枫杨、泡桐等林木以及灌丛后，现今均已绿树成荫，因为郁闭度高，飞蝗即使产卵也无法孵化出来。

　　1979年5月19日—6月14日，陈永林、龙庆成等一行来到洪泽湖，调查这类特殊生境共取样264个，其中仅在个别的田埂、路边、草地发现零星飞蝗蝗蝻，其最高密度每平方米仅1—2头，而在已成林带的堤岸则未发现飞蝗，仅见到少数菱蝗。这说明东亚飞蝗已经被成功遏制甚至基本消灭，洪泽湖区的全面绿化，改变植被及小气候取得了实效，路子是对的。

关于对滨湖荒地的利用，勤劳智慧的洪泽湖人想了许多点子，发展多种经营，除种植农作物外，各地均有小林场、果园、桑园，其中一个程头林场就有约11万亩，20世纪70年代又垦荒造田4万亩，包括水稻2万亩。该林场原是有名的溧河洼蝗区（亦称程头蝗区），1955年前飞蝗发生严重且常出现大面积群居型蝗虫。1958年林场成立后，就种植了柳林2.5万亩，但成活率很低。1963—1964年再改种枫杨、榆、侧柏等树种8500亩，以及苹果、梨、葡萄等果树500亩，总植树面积达1.14万亩，共计100多万株，除沿防洪大堤内侧尚遗留约1万亩荒地外，已全面进行绿化，改变了原来蝗区的自然面貌。

1979年5月下旬，科研人员调查前一年冬新种下的侧柏和毛白杨混生林区、林带及部分尚未绿化的渠道，有蝗样数占28.5%，其平均密度仅为每平方米0.5头。

蝗虫近乎绝迹了。

# 九、微山湖区的灭蝗与治蝗

一首著名歌曲中曾唱道："西边的太阳就要落山了，微山湖上静悄悄。"但在我国的重点蝗区之一的微山湖，它从来就没有真正地静悄悄过。

微山湖的蝗害在历史上可以说是臭名昭著。

微山湖蝗区，据中科院动物研究所调查，蝗区面积约占全国九分之一，是全国闻名的历史"老蝗区"。大发生时，常向邻近地区迁移扩散。就算在一般年份，分布在附近农田内的散居型飞蝗，数量也很多，是造成大发生的虫源。

微山湖蝗区包括微山、昭阳、独山、南阳等四湖，此四湖与北五湖相对，又称为南四湖，介于山东、江苏两省之间，位于萤河冲积扇形平原与鲁南丘陵地带的褶皱处。沿岸则分属于山东的济宁、如祥、鱼台、峄县、薛城、微山和江苏省的沛县、铜山等八个县。湖形大致是南北向，南北狭长约115公里，面积如以常年积水面积计算约为1245平方公里。其中微山湖最大，湖面最宽处约为12公里，最狭处仅约3公里。主要河流有50多条在山东境内，湖西有赵王河、洙水河、万福河等，东北面有中运河、洸府河、泗河，湖东有大汶河、城河等。在江苏境内则有复新河、大沙河、沿河、郑集河、桃源河等。受水面积共1.3万平方公里。运河和卫河贯穿其中，每年七八月间湖水上涨，九月起逐渐下泄，全年约有8个月的枯水期。由于湖面宽，湖西一带坡度较小，湖水涨落幅度一般5—10公里。沿湖多属荒地及草滩地，丛生芦苇、蓼草、扁草、扒根草、蒲草、野苜蓿等，是蝗虫滋生繁殖的场所。

微山湖水位很不稳定，20世纪50年代初期，沿湖两岸新大堤未修建前，在33.5米等高线附近有一条土堤，当地人都叫老高头，土堤因多年失修，逐渐被雨水冲刷变矮小，不起防洪作用，而苏北大堤也是陈年荒堤，不能阻挡洪水。

沿湖地势平坦，刮东风湖水向西推进1—2公里，有时可达数公里，刮西风可退水1—2公里。常年湖水位在32—34米等高线之间徘徊，遇连续大旱年，如1952、1978、1982年湖水基本干涸。遇大涝年份，湖水向西漫溢，如1957年水位达37米等高线，湖水向西推进至徐沛公路两侧，沛县县城全部被淹，成了一片泽国，积水达一米以上。

这样一大片骤盈骤涸、水位不稳定的湖滩地区，就成了东亚飞蝗子孙们无人敢惹的狂欢乐园、年年岁岁的"嘉年华"。

微山湖蝗区在当年的发生密度以1952年为最大，发生夏蝗，又继而发生秋蝗，一般每平方丈都在千头以上，密集地段每平方丈有几万头。自1950年至1957年，蝗灾常年发生面积在15万—30万亩，其中以1952年秋蝗面积最大，达31.2万亩。1957年秋季大水，湖水向西推进10多公里，蝗区相应西移，面积扩大。自1958年夏蝗开始至1962年秋蝗常年发生面积扩大为30万—60万亩，其中1959年秋蝗面积最大，达101万亩。

当时蝗情的侦察工作还不完善，药械又奇缺，治蝗基本以人工扑打为主。沛县、铜山两县因为遭遇1951年秋冬的大旱，1952年夏蝗发生凶猛，从5月下旬起即组织群众6万多人进行防治，浩浩荡荡的民工进入到大湖深处，与蝗虫进行殊死搏斗，扑打了一个多月，才把重点蝗区的蝗虫消灭掉，到7月上旬，防治夏蝗才告一段落。

治蝗群众刚放工回家休息，治蝗指挥部人员从蝗区回到驻地时，突然得到湖区群众汇报，湖中心离夏蝗发生地点东移5公里，发现有大批蝗蝻，指挥部立即派技术股同志深入蝗区调查真相。

沛县治蝗指挥部设在蔡坝村，离湖区中心有10多公里。技术股抽调6人，分成两个小组，在县指挥部县长李德伦同志带领下向蝗区出发，李德伦县长骑着一匹褐灰色大马。技术员们穿过草丛抵达蝗区时，已是上午9点多钟。7月天气，骄阳似火，大家跑了20多里路，早已是汗流浃背，气喘吁吁，又饥又渴，连李县长胯下的马也累得热汗涔涔。

他们在大片随风起伏的草滩地上，蹲下仔细一看，那些已经三龄的蝗蝻，简直多到令人头皮发麻的地步，密密麻麻，成堆累叠，一条条呈黑色带状。由于密度太大、无法检查，大家用脚踩法来推算，一脚踩下去竟然死了370多只，踩到的是一部分，跑掉的还不少。太吓人了。经过东、西、南、北四个方向的侦察，密度都差不多。

一天奔波调查后，很晚回到指挥部的大伙没顾得歇息，立即开会研究对策。县委书记周亚民同志听了汇报后，顿感事态严重，蝗蝻密度之高、面积之大，闻所未闻，事情非同小可！汇总上来的统计是，蝗虫已经侵害沛县庄稼达20多万亩，而且正进入四、五龄，如果迁飞，会给国家造成难以估量的后果。事不宜迟，县委第二天上午召开各区区长紧急会议，提出要把灭蝗作为当时压倒一切的中心任务来抓，任务由各区划片包干。

各区行动迅速，凡男劳力全力以赴到微山湖灭蝗。沛县县城内不少商店暂停营业，也参加灭蝗战斗。扑蝗的队伍雄赳赳气昂昂开拔进茫茫湖区，大车、四轮车、独轮车、担粮草行李的，几万民工从四面八方向微山湖蝗区汇聚集中。在两三天内，沿湖南北岸100多里、宽三四里的每个村庄都成了灭蝗的战场。

鹿口，微山湖边的一个小村庄，位于打蝗战场的边上，来来往往的人特别多，小贩们来开临时饭店和商店，在此扎堆。人声嘈杂，车马辚辚，一个平时寂静的湖村，因为蝗灾立马成了人山人海的热闹小集镇。仅沛县一个县参加扑蝗的民工就有

10多万人。

荒凉的湖滩，杂草丛生快与人齐高了，用鞋底来扑打蝗蝻，只能将它们撵飞，无法着力。杂草高大，沼泽难行，人挤进草丛苇丛都困难，加上天气闷热，密不透风，人在草苇间有窒息的感觉。好在沿湖有些老农们对扑蝗有不少经验，有的挖沟深埋，一次能埋下不少蝗蝻，但由于密度太大，沟刚挖好蝗蝻自己蹦进去就已填满了。挖沟因是用人力，加之土质僵硬，非常难挖，进度很慢。

一区毕区长根据他多年扑蝗的经验，动员群众用大镰刀先割草开路，杂草割倒在地后，跳蝻几下就跳到干草上去。因天气干旱暴晒，割下的草几天就干透了。有的群众看见大批蝗蝻聚集在干草上，就点火烧杀。大火借着风力，呼啸腾起，冲上天空，凡是近火的蝗虫飞起来也都落入火海，呜呼哀哉。顿时湖滩上弥漫着蝗虫烤熟的香味和焦煳味，烤蚂蚱满地都是，成了大伙充饥的美食。在火舌舔舐之处，所有的跳蝻都难逃付之一炬的火葬命运。

赤壁大战宜火攻，割草烧蝗。这个办法一时间得到了各区响应，百里蝗区，于是烈火缭绕，浓烟滚滚，真个是"纸船明烛照天烧"，送千万蝗魔瘟神上西天。

大火卷地之后，尚有角角落落残存的蝗蝻大多已进入五龄期，活动能力很大，这些残兵败将开始由小股集结，飞蝗的天性是成群，有些已开始羽化，如果蝗虫集结起来便是迁飞的时候，必须赶在它们羽化之前消灭它们。这时候，上级迅速从上海调来30架手摇喷粉器和20多万斤"六六六"粉，真是雪中送炭啊！

可器械太少，人手不够，药粉欠缺，每天只能防治300—400亩。这时指挥部技术人员沈崇本提出停止喷粉，改用毒饵诱杀，这样可节省些农药。但对毒饵治蝗有多大效果，沈崇本心中也没有底。周书记见他们举棋不定，面有难色，提出先行试验一下。县里的周书记、李县长也都亲自参加。在炎热的天气下，撒下去的毒饵都是湿麦麸，这时，令人欣喜的场景出现了，只见蝗虫们蹦蹦跳跳朝毒饵拢过来，争相吃饵，每头跳蝻吃了2—3片之后，即刻六腿踢蹬，仰面倒地，一命呜呼，试验场里满地死蝗。周书记他们在旁看后，连连叫好说："好办法！好办法！解决问题了！"

当晚，指挥部召开各区区长会议，决定对所有民工放假三天，条件是回来时每户要上交10斤麦麸。这一年沿湖麦子大丰收，每户交10斤麦麸轻而易举，小事一桩，又可以休息三天。这三天，技术人员们没有闲着，为搞好毒饵灭蝗，他们分赴各区训练民工使用毒饵技术。

三天以后，群众将麦麸带来，一时大包、小袋堆积如山。毒饵充足了，指挥部立即组织全线毒饵诱杀蝗虫的歼灭战。民工们分成拌饵组、运输队，30—40人组成一个撒饵队，分片包干，统一行动。一个星期后，凡毒饵撒到之处，死蝗满地，片甲不留。蝗虫的尸体堆积如山，臭不可闻。这是一次漂亮的对蝗害的歼灭战。

这一年，微山湖灭蝗，中央农业部组织了郭尔溥、郭守桂、曹骥等治蝗专家亲临蝗区指导。同时农业部植保局由王式铭带领一个科教电影摄制组，来蝗区拍摄群众灭蝗外景。这个摄制组由上海电影制片厂组成。导演、摄影、场记、道具等全班人马共20多人。他们辗转各个灭蝗现场，起早贪黑，到重点蝗区拍摄密集的蝗蝻群，各种群众性灭蝗办法，历时10余天。《消灭飞蝗》科教片大部外景都是在微山湖蝗区拍摄。这是一部真实记录我国人民灭蝗的历史性影片，也是我国第一部关于灭蝗的影片。

尝到了药剂灭蝗的甜头，从1953年起，微山湖蝗区灭蝗逐步以药剂为主，人工为辅。1959年以后，飞机治蝗面积迅速扩大，使治蝗工作进入一个新阶段。从1953年到1959年这7年中，共防治夏、秋蝗441万多亩。其中飞机防治111.1万亩，地面喷粉83.96万亩，撒毒饵24.39万亩，共用药剂防治219.39万亩，占49.97%；人工防治220.55万亩，占50.03%。大面积使用药剂防治后，提高防效，治蝗用工大大减少，残蝗密度也逐步下降，蝗蝻密度也相应降低。但由于蝗区环境没有改造，蝗虫发生面积依然很大。

微山湖"改治并举"的方案提上了议事日程。

动物研究所的专家们在微山湖驻扎后，设立了多个试验点、治蝗站，后来在根治微山湖蝗害的建议中，他们向当地政府提供的根治方案也是洋洋万言。比如：

疏浚不牢河。挖通微山湖南端的出水口，并修建不牢河和解庄中运河的闸口。控制湖水的流出量以稳定湖水位。定出蓄洪高度，使在33米等高线以下的蝗区大部淹没于水中。

清除昭阳湖中间航道的杂草芦苇，疏浚子河，使其北接运河（有闸口相隔），南与不牢河沟通，恢复贯穿南北的航道，消除昭阳湖和南阳湖西岸的内涝。使赵王河和万福河等在汛期不再发生严重的泛滥或倒溢现象，保障昭阳湖以北苏北大堤以西的农田，消除内涝地区的蝗虫发生地。

扩充昭阳湖以南不完整的部分苏北大堤，沿35米等高线修复大堤，以缩小湖水波及幅度，在此等高线以北即可恢复为固定生产的农田，并沿33米等高线修筑挡水堰。在堤和堰之间辟为畜牧区，并分段植麻、栽柳，间可保证一季麦收。在昭阳湖以北，原系内涝的地区则辟为台田，台上种植水稻、棉、麻，台下养鱼，堤坝两岸栽植柳树……

1959年，中央采纳中科院动物研究所马世骏等专家提出的"改治并举"的治蝗方针后，微山湖蝗区开始了大规模的山河改造工作。这一以治蝗为动因而兴起的生态环境改造，就是为了再造一个美丽的微山湖，让其脱胎换骨，旧貌变新颜。

从1958年3月开始动工修建沿湖大堤以控制湖水位，至1962年大堤基本建成后，把微山湖蝗区切成两段，即大堤以东为湖内蝗区，大堤以西因当地雨水无排水去路形成大片内涝蝗区。为解决内涝，又于1964年起从北向南沿大堤西侧挖了一条顺堤河道排除内涝。接着又整修了苏北堤河，以拦截西部坡水，减轻顺堤河排涝压力。到了1968年，沿湖内涝问题终于得到解决。接着又大搞农田小型配套工程，做到干、支、毛渠配套，变水害为水利，给接下来的沿湖大规模旱改水创造有利条件。

另外，山东省在沛县大屯乡东北建二级大坝，从1960年开工，至1975年完全竣工。

在农作物布局上改豆、麦两熟制为稻、麦两熟制。稻改开始于1956年，由于当时水源没有保证，栽稻群众又没有经验，曾反复了多次，到70年代以后水稻面积才逐步增加并稳定。目前沿湖水稻面积每年约在50万亩左右。旱改水，彻底改变了蝗区的生态环境。散蝗大量减少，每亩才3—5头，发生高密度飞蝗的可能性微乎其微了。

根据洪泽湖区的改治经验，同样在微山湖沛县的胡寨乡与湖屯乡间，以及铜山县郑集乡东部人口较少地段，兴办了湖西、沿湖两个国营农场，垦荒造田，发展多种经营，使蝗区环境焕然一新，营造了蝗虫无法立足的良好生态。

沿湖大堤的建成、顺堤河等的开挖，使得湖水不再向西漫涌，同时，解除了沿湖内涝，使原来的蝗区面积由85万多亩压缩到22万多亩，把大堤以西的60万亩土地，改造成了高产稳产良田。

过去，微山湖有歌谣唱："秋季水汪汪，庄稼齐淹光，夏季满地蝗，大家忙捕蝗。"如今呢，昔日景象已不再，而是"沟渠纵横，绿树成荫；夏季麦浪滚滚，秋季稻谷飘香。过去的老蝗窝，今天的米粮仓……"

第五章　群防群治降虫魔

Chapter Five

# 一、"七化",最好的治蝗经验

马世骏先生说过，根除蝗害是科学研究与群众运动相结合的产物，这是有典型的社会主义制度特征的除害过程。再好的科学设想没有广大人民群众的积极参与，就不可能成为现实成果。

根治洪泽湖蝗害的重中之重在泗洪。马世骏先生和他的团队根除洪泽湖蝗害的"蓝图"，就是在重点调查了该县之后规划拟定的。1959年6月17日，当时的泗洪县政府根据国家关于治蝗的方针、政策，特别是采纳了动物研究所马世骏团队的方案，制定了《泗洪县1959—1963年根除蝗害规划》，这个规划是指导性的。在这个规划中，提到了泗洪蝗区的特点、根除蝗害的必要性、根除蝗害的有利条件。

泗洪蝗区在洪泽湖西岸，境内有淮河、濉河、汴河、安河、潼河、民便河等河流穿过，在众多的河流两岸，有大量的无边的湿地沼泽，受洪泽湖水位涨落的影响，忽淹忽现，多为荒滩，加上每逢汛期6到8月间，易形成内涝，这些内涝区种一季荒一季，成为蝗虫最青睐的梦乡。全县蝗虫发生面积最高可达146万亩，其中沿湖蝗区为86万亩，内涝蝗区为60万亩，约占洪泽湖周围5县蝗区总面积的五分之一。

遵循"改治结合"的方针，根除泗洪蝗害的措施，就是实现"七化"：

洼地水库养殖化，平原水网稻田化，岗地园林化，湖堤埂路林带化，高地耕作园田化，湖地机械化，种植区域化。

这"七化"是泗洪人民总结出来的根治经验，也对所有内涝与滨湖蝗区有普遍意义。

为此他们是这么规划的：

一是控制洪泽湖水位的变化。洪泽湖水位如果保持在12.5米时，泗洪城头的杨台子、放猪滩、农场南圩、陈圩的湖堤南、龙集的侯嘴、应山等蝗区约30多万亩全淹水底，如水位控制在13.5米时，则大渔沟、马浪湖、王台子、许乃芹台子、三截洼、中洼、陈老洼、张渡、王滩、利民河及民便河两侧等蝗区可淹没56万亩。

二是洼地水库养殖化。在1—2年内洪泽湖水位若提高到13.5米时，一部分内涝蝗区，势必成为蓄水库，可因势利导发展养殖业，如种植莲藕、蒲草、芦苇、菱角、鸡头米和养鱼等，充分利用水面资源，3年内计划圩田养殖19万亩。

仅1959年蓄水养殖14.8万亩，计有洪农南圩4.9万亩，现已养殖蒲草、鱼类，这年已放鸭2000只。陈老洼已建渔场3万亩，西陡湖蝗区已蓄水养鱼2.5万亩，大渔沟养殖1万亩，城头孟、刘沟蝗区养鱼2.2万亩，三叉河0.2万亩，还有管镇陡湖1万亩。

1960年蓄水养鱼面积3.6万亩，包括界集的王沟蝗区0.6万亩，管镇的崔庄、项庄、罗桥、明陵等地养鱼1.5万亩，马浪湖东队养鱼面积1.5万亩。

1961年蓄水养鱼面积1.1万亩，计有曹庙二河洼养鱼0.5万亩，归仁大口蝗区养鱼0.6万亩。

平原水网稻田化。在平原低洼地区大兴水利工程，开挖大中小沟和筑渠，形成水网。全县有界集、金镇、金西、四河、早陈沟、廖沟、只头、溧西、宋桥、雪枫圩、车门、前韩、溧东、仁和等15个灌区。从1959年起到1963年分期分批完成了水网稻改面积达68.2万亩，其中1959年完成10万亩，1960年完成15万亩，1961年完成18万亩，1962年完成11.1万亩，1963年完成14.1万亩。每灌区设置1个抽水机站，排灌两利，栽植水稻旱涝保收，使蝗区荒地变成稻米产区。

岗地园林化，湖堤林带化。从1959年到1961年，三年完成蝗区绿化面积14.4万亩。

高地耕作园田化，湖地机耕化。高岗地带人烟稠密，随着农业生产"八字宪法"的深入贯彻，进行精耕细作，深耕密植作畦灌溉。

种植区域化。根据地势、土壤和地形特点，因地制宜，合理安排作物布局。一般以地势由低到高划定为：水生作物养殖区——林带区——河网化稻改区——杂粮和牧草区——经济作物和果园区。这样充分利用一切水源和土地，使之不荒一亩地。

"七化"就是典型的"改治结合"的范本。

## 二、杀蝗往事

消灭蝗害离开了群众，就只是纸上谈兵。人民群众在这场灭蝗的战斗中，表现出了极大的热情，释放出了巨大的能量，也做出了不小的牺牲。

泗洪治蝗土专家姬庆文回忆泗洪人工扑打时期的群众治蝗，他有一个说法：这人工治蝗虽只是在1951年和1952年，但是，付出的代价却是昂贵的。

1951年是大水后的干旱年，蝗虫大暴发，密度之高，在泗洪的历史上十分罕见，遍湖都是黑压压的蝗蝻群，甚至有吃光大地上一切生命的架势，成了泗洪人不堪回首的一幕，也给新生的人民政府带来了严峻的考验。1952年夏秋两季又是遭受大蝗灾，首用的方法是包围战。根据蝗群的大小和地形条件，集结几个分队或几个中队的民工，先形成包围圈，然后蹲下来，人手一个鞋底拍子或木板拍子，朝蝗虫猛打，边打边撵，逐步缩小包围圈，撵打到最密集时，被打死的蝗尸肉酱有几寸厚，在当时条件下，这是人们最熟悉，也是最实用的方法，但确实费人力费时间，不过效果很好，没有遗漏。

其他也想了些办法，比如为了扩大包围战效果，首先在蝗蝻密集处放一些干草，作为围打的中心，待人们围打到中间时，开始点火烧蝗，从而减少扑打时间，提高效果。如果离村庄较近的，地方平坦的，就用牛拉石磙像打场一样碾压蝗虫，效果显著。

在人工扑打时，根据地形，也有采用一字形长蛇阵的打法。如有自然沟，则稍加修理，使蝗蝻不易跳出，然后将民工排成一字长蛇阵向沟的方向撵打，驱使蝗蝻跳到沟里，然后掘土掩埋。

火烧蝗虫也是人工扑打使用较多的办法。泗洪当年的滨湖地区都是荒滩野地，杂草丛生，枯枝败叶成堆。放火烧滩，正好蝗蝻在草丛间，火仗风势，风助火威，一烧就是几千亩地，蝗蝻群根本来不及飞跳，或者干脆就没有逃身可能就被吞没在熊熊大火之中，化为灰烬。在1952年夏蝗暴发时，龙集区成子湖边的小庙台子、蒋沙、二沙等地，使用的就是此法，到处是大火冲天，火烧连营灭蝗的场景，太壮观了。

泗洪人有一种捕捉蝗蝻的方法，成效卓著。说到捕蝻几百万斤其实均是运用此法的成绩，简便易学。方法是用簸箕或布袋绑在木杈上，利用早上蝗蝻爬在草梢上的特点，手持木杈顺着草面快速推行，将蝗蝻捕捉起来，大约是借鉴了一种水中捕鱼的推罾的原理。如大周台子村的劳模周开香、周开林兄弟两人，一个早上捕捉蝗蝻60公斤；新集乡组织81个小组547人，10个早晨捕捉蝗蝻810.5公斤，平均每人1.7公斤；周台、顾台两个村35个小组213人，两个早晨就捕捉蝗蝻744公斤，平均每人3.5公斤，其中捕蝗最多的一组6人，捕35公斤。

翻阅当年的《皖北日报》，那些激动人心的灭蝗场景似在昨天一样热气腾腾。记者吕式毅于1951年6月14日在该报上写有一篇长篇通讯《在消灭蝗虫的战场上》，为今天的我们留下了活灵活现的治蝗场景与细节。

汽车在周台子停了下来，这里过去是十分荒僻的，没有出过门的人还没有见过汽车，现在是泗洪县灭蝗总队部所在地，每日不断地有人和车辆在这里跑来跑去。中央的、华东的、皖北的、宿县的和泗洪县所抽调的干部，云集此地，使这个冷落的村庄顿时活跃起来了，群众反映说："洪泽湖边出了蚂蚱，政府可忙多啦！"

在泗洪县人民中，流行着神话式的传说：民国二十年，洪泽湖边出蝗虫，不仅吃完了野草和庄稼，并且还成群结队涌到村子里，人家的锅碗瓢勺、条几凳子上到处爬的都是蝗蝻，有的人家的祖宗牌位被咬坏，更奇怪的是：一个农民在田里砍秫秫，把小褂脱下放在地头，等他砍到另一头时，小褂已被咬得没有了，只剩下一个残缺不全的领子。这种传说是有根据的，在周台子附近，我看到了这些触目惊心的场面：现在的跳蝻，大都是长了半截翅膀的，成群结队一片一片的。较多的地方在野草中蹦跳，嗡嗡作响，像成筐的棒子一样，更多地把地皮遮盖起来，有意地一脚踩下去，可踏死十来个，现在它们还没有到集体迁移的时候，但附近的大秫秫，有的已被吃光，未收的麦穗子被吃掉。我现在深深体会到，人民用蝗虫来形容"鬼子"，这是天才的杰作，的确，没有比这种形容更合适的了。

......

自五月十九日到六月三日，是灭蝗战斗的第一阶段。在那次战斗中，全县最多时动员十二万多民工，一百多架"六六六"药粉喷射器所组成的"洋枪队"，在半个月时间里，共消灭蝗蝻一百多万斤，占第一批出蝗总数的百分之八十。只是在最近，因为人们忙着去收麦，这些残余的"敌人"和一部分新出生的"敌人"，又纠合起来，想兴风作浪了，但是，人民决不会允许的。现在，几万民工，都已到达了战地，展开大规模的歼灭战，除了已有的一百多架"六六六"药粉喷射器参加战斗外，还有一百架即将参战，最后彻底消灭"敌人"是完全可能的。

在周台子附近一望无际的平原上，是洪泽湖边几个重要战场之一，八千多民工，散布在这块草地里，那些并排搭起的茅草庵，成排成排地连续起来可达二三里路长，老远看去像一条长蛇阵，阵地上飘荡着几十面奖旗——民工们在各种劳动中取得成绩的光荣标志。

攻击大都是拂晓开始的，几十个人或百多个人所组成的战斗队，分别按照划好了的地区，和已经找到的目标前进，他们主要是采取围打的办法，蝗虫长得较大了，包围圈也要大一些，普通的都要有二三十公尺直径那么大的圈子，包围好了之后即展开歼灭战。圈子越缩越小了，腾出的人就围在后层，作扫荡残余工作。有的还组织了"检查小组"，在战斗结束后清查战场，看看是否还有漏网的"敌人"。这样，"敌人"就陷于人们所布置的天罗地网之中，不能逃脱，大都使用捶打的办法消灭"敌人"，有的放一把火，也有活埋的，人们胜利的呼喊声，震动了原野。

这篇通讯还记述了一次灭蝗的战斗场面，非常生动：

一支拥有百十来个人的战斗队出发了。队长打着旗子走在前头，朝着指定的目标前进。那插小白旗的地方是"敌人"最密集的地方，插芦秆的地方是较多的部分，芦秆上绑一束绿草的地方是次多的部分。前进，向"敌人"最密集的地方前进。几百步远，几十步远，快到了。听，队长下口令："分两路前进！"队伍立刻变为两路纵队，从目标的两旁插去，对"敌人"展开了钳形攻势，然后把它们团团围住，一声喊："打！"众物齐下，所有的鞋底、木板……向着"敌人"的身上打去，"砰""啪"的声音混成一片。包围圈子缩小了，"敌人"更集中了，不是盖着地，而是堆了起来，像热锅上的蚂蚁走投无路，团团乱转，"打得准""打得狠""打得死""加油打"！人们呼喊着。一个鞋底打下去，打死的不是几个"敌人"或几十个"敌人"，而是一片片，一层层，一堆堆和成团的肉泥。偶尔从第一层包围圈跳出一个"敌人"，马上就听见第二层包围圈的人喊："哪里跑！""打死它！"最后总逃不了，在一块有天井大的地方，打死的蝗虫尸体就有好几十斤。一个战役结束了，集合的哨子响了，前进再前进！他们开始了第二个战役，接着是第三、第四个……

正像那些情绪高昂的民工所说的："不把蝗虫打死，大秫秫锄得天好也不管劲""打死蝗虫，多收粮食，好抗美援朝。"各区所组织起来的民工，绝大部分是自动报名来的，许多单位超过预定名额的要求，他们都是从几十里路外的地方赶来的。我看到他们中很多人还穿着显然原来不是他们自己的救济衣服，麦子收了，有些人枯黄消瘦的脸色还没有完全变过来……他们自然体会到，灾荒多么可怕！然而懂得为什么必须坚决地把蝗虫消灭掉，正像有些民工在同我们说话中所说的："不打完蝗虫不回家。"

"蝗虫是神虫，不能打"，那是鬼话。车门区来的民工说："要不是前面打了一阵，现在我们那的大秫秫，都变成牛橛（拴牛的小木桩）了。"把它们打死，打完了，它们就不能兴风作浪害人了。

"我们对消灭蝗虫没有信心？"不！至少绝大多数人不这样认为，蝗虫能比日本鬼子和美国的代理人国民党反动派还厉害吗？能比近两年来洪水泛滥还可怕吗？不，不是的，比起对那些敌人做斗争的日子，现在真是透口气了，消灭蝗虫自然还是一场严重的紧张的战斗，但比以前的担子是轻快得多了。一天一个人可以打死七斤蝗虫，一百个人可以打死七百斤，一万个人可以打死七万斤，十万个人可以打死七十万斤；一天，两天、三天……花上十天、八天工夫，蝗虫就完蛋了，我们就胜利了，秋庄稼保住了，丰收了，日子就好过了……

自1953年起治蝗由以人工扑打为主转为以药械防治为主后，泗洪县于这年4月下旬就举办了喷粉手学习班，培养喷粉手1600名，长期蝗情侦察员100名。这些人员既要学会机器喷粉技术，也要学会侦察蝗情的方法。

蝗情侦察员的培训完全由中科院昆虫研究所来的老师们手把手教。

药械防治的工具是手摇喷粉器，上海农业药械厂生产的"圆鼓式"的手摇鼓风吹动药粉喷撒。用两根背带悬挂在胸前，右手摇动把手，经过齿轮变速，带动风扇叶转动，产生风力，风力带动药粉经过左手握着的导管、叉管、喷头均匀地喷撒，致使蝗虫中毒死亡。该器具可一次装药粉5公斤左右，喷撒3亩地面积。这种现在看起来十分原始的手摇工具，在当时是很先进的，一架机器相当于几十个民工的工作效率，群众亲切称它为"洋枪"。当时的"洋枪队"，是灭蝗战线上的主力军，不少青年人都以能当上"洋枪队"队员而自豪。

喷粉手经过技术培训，县成立总队部，区建立大队，乡建立中队，村建立小队，小队为喷粉活动单位，中队为前线指挥，每小队30人左右，其中队长1人、事务员1人、炊事员2人，发给喷粉器15架，全小队战斗在一起，生活在一起。工作时，除负责伙食的事务员、炊事员3人在家外，其余27人全部参加喷粉灭蝗战斗。出征时，7人背15架喷粉器，20人抬药粉。在工作中，歇人不歇机，确保最大限度的喷粉量。

药粉搬运是最大的困难，因在很远的野外，又无路可走，又没有任何运输工具，全靠人工背、抬、挑，由于蝗区辽阔，工作地点不确定，加上沼泽成片，增加了运输民工的工作量，好不容易运到指定地点，喷粉队又已转移，使民工们苦不堪言。另外，喷粉队转移时，剩余药粉，背着很重，丢之可惜，往往出现拼命多喷的情况，浪费现象时有发生。

后来试用毒饵治蝗，比药械治蝗轻松多了。用麦麸做饵料，以0.5%"六六六"粉1份，麦青、麦麸40份，水100份配制而成。打扫好场地，将场上杂草砍掉，铲平地面，洒水压实，然后将麦麸、药粉按比例配好，充分搅拌均匀，而后加水继续搅拌，至均匀为准。配好的毒饵用笆斗装运到有蝗地段撒施。

撒饵由30人组成一个小队，其中队长1人、管伙食3人、撒饵组20人、拌饵组6人，负责挑水、拌饵、运输等工作。准备笆斗20只、铁锹2把、木锹2把、水桶2只、筐与扁担3副、秤1杆、红旗4面。由侦察人员在蝗区有蝗地点边缘插上红旗，作为标志，并步测长宽尺度，以便安排撒饵量。在没有自然水源的地方，还需挖井取水拌饵料。撒饵时，撒饵队排成一字队形，人与人间距4米，队长在行进的前方指挥，侧风前进，顺风撒饵，每亩用干麸2公斤即可，杀虫率在90％以上。

有一种三用机，是上海农药机械厂生产的一种中型半机械化的施药工具，它的动力是沪动03型汽油发动机，配以双轮机架、鼓风机、药箱等装置，有喷粉、喷雾、喷烟三项功能，故简称三用机。该机问世后，江苏省植保处购买了一批分给重点蝗区县试用，泗洪县曾派胡厚生同志参加在上海举行的使用技术培训班。由于机器故障多，加之无专人使用和管理，一直未能发挥应有的作用。

鉴于基层反映该机械的缺点，1966年元月上旬，中央委托上海农业药械厂会同江苏、安徽、山东3省8个使用单位的代表，共同在上海对三用机进行了改装，通过多次反复设计，试制、试验、总结、提高，终于改造成功一个关键部件——粉斗座。

粉斗座采用六号铝合金铸造而成，它具重量轻、强度高的特点，把它安装在原导粉乙字管位置上，将乙字管废掉。改装的粉斗座果然优点明显，结构简单，经久耐用，提高功效8倍，而且成本低。

县治蝗站的姬庆文由上海带回一只粉斗座样品和一份图纸，经过10个多月的艰苦奋斗，终于把9台三用机全部安装上新的粉斗座，正赶上防治夏蝗的战斗。

这种改造过的三用机发挥了巨大的作用。一是"快"，速度快，工效高，日工效一般在1000亩以上，1967年最高日工效达到治理2300亩。第二是"匀"。喷出的药粉散布均匀，在城头防治夏蝗时，喷幅39米，平均每亩药量2公斤左右，48小时蝗蝻死亡率为 99.85％。第三是"省"。节省劳力，降低成本，一台机器工作一般需10—20人供给药粉，比手摇喷粉提高工效15—20倍；1966年飞机灭蝗，每亩飞行费0.13元，而用三用机的工资油料费，平均每亩0.03元，节省三四倍。四是"广"。适应性广，旱田、水田、荒滩、丘陵、林区、果园等均可应用。在1967年防治蝗虫时单机日工效喷粉4625公斤，灭蝗2300亩，创造了三用机灭蝗的最高纪录，蝗区群众亲切地称它是"小飞机"。

# 三、飞机灭蝗和拼命三郎

自从1952年中央派去泗洪临时灭蝗的第一架飞机开始，到1959年，泗洪真正开始了常规飞机灭蝗。

1958年，我国自行设计、制造的安二型双翼飞机问世后，全国灭蝗工作大多基本上转入"飞机灭蝗时期"。

1959年，夏蝗在泗洪发生迅速，省民航局选定洪泽湖农场车路口建造临时性机场，另外在城头兴建一处前进机场。机场为长600米、宽50米的单线跑道。先平整土地，填平洼坑，铲除较高的杂草，用石磙压实，画好跑道飞行标志。与此同时，培训和组建了信号员、装药员、筛药员队伍，其中信号员、装药员各两队，每队13人，筛药员三队，每队9人。为确保飞机和机场的安全与正常飞行，机场还成立了保卫和卫生组织。

5月27日，民航838号飞机由上海飞抵洪泽湖农场车路口机场，经过三天安装喷药设备、熟悉治蝗作业区地形，以及信号队、装药队、筛药队的训练，5月30日开始在城头蝗区喷药灭蝗。

我国自行设计制造的安二型飞机，动力为1000马力，飞行速度为每小时500公里，药箱为漏斗状，箱体安装在客舱前部，喷粉口呈Y型喇叭状，在机体腹部，有开关控制，喷粉时，药粉依靠飞行的自身风力喷洒出去，再借助风力和地面蒸腾的气流，将药粉横向吹撒，并在草丛间回旋散开，由于"六六六"粉有胃毒、触杀、熏蒸作用，因此对蝗虫有很强的杀伤力。

安二型每架次装药1吨，比波二型容量大六七倍。仅仅八天半时间，飞行165架次，空中作业49小时19分，喷药164.4吨。防治蝗虫25.2万亩，平均每亩用药0.65公斤，8小时后检查蝗虫死亡率，均达到100％，洪泽湖农场南圩、中洼、三截洼、太山洼、贺台、陈圩、城头等蝗区的蝗虫一扫而光。

飞机灭蝗，侦察员是最辛苦的。准确撒药治蝗，需要彻底摸清蝗虫的分布和面积，特别在暑热的伏天，对侦察员的确是一个巨大的考验。据泗洪的老同志回忆，当年龙集、城头两地的侦察员，冒着炎热酷暑，穿梭在芦苇丛里，要在短短的四五天时间内完全查清蝗情，难度很大。龙集的侦察员们，决心一天查清近8万亩范围内蝗情分布，在蝗情测报站的组织领导下，一字形排开向荒滩进军，进行拉网式普查。当时正是7月，最酷热的季节，中午的太阳像一个火炉猛烈地烘烤着毫无遮拦的湖区沼泽地，芦苇荡里密不透风，像一个巨大的蒸笼，气温高达40℃以上，侦察员汗水滚滚而下，每个人都处于脱水状态。所带的水喝完了，侦察员朱广来、邵静就跑到很远的洪泽湖里去喝生水。螺蛳、蚌壳和芦苇的叶梢划破了手脚，但大家没有一个退却，继续前进。

这一天的中午，测报站的蒋金城查完一段芦苇地后，突然因为中暑一头栽倒在地上，昏迷过去。好在有人及时发现了，大伙将他抬到干坡上，呼喊他的名字，掐人中，用水给他浇头，扇风……蒋金城终于睁开了眼睛，清醒过来。大伙问他怎么样，需不需要回家休息。他摇摇头，说，没事，能坚持。又站了起来，跟着队伍继续行进。

两架飞机同时作业，机场的工作人员有限，工作量成倍增加，几乎不能休息。所谓机场服务，包括筛药队、运药队、装药队，是专为飞机上药的一队人马。服务队练就了一身功夫，通常，为飞机装一吨药，身手熟练的也需要3—5分钟，可泗洪的同志就是身手矫健，冒酷暑，顶骄阳，不顾药粉粘到皮肤上难受的辣味和毒性，苦干加巧干，只花2分钟时间就能装一吨药，简直是太神速了。

信号队是飞机灭蝗质量好坏的关键，当年没有卫星定位，也没有什么保护设备，用人工旗语信号和天上的飞机配合，的确不易。通常天一亮飞机便开始作业，信号队员必须赶在飞行之前排好队形，指挥飞机喷药地点，所以他们天不亮就得打着电筒去野外插旗为飞机领航指路。在荒滩草地的蝗区，几十里路无人烟，中午飞机休息，信号队员因为远离机场，不能回去吃饭，只能啃干粮，喝湖水。没有荫凉，不能休息，曝晒在烈日下，各自在自己的岗位，为下午飞机的来临插旗引路。有时候飞机喷洒没处躲，被淋上一身的农药难受死了。傍晚飞行作业才结束，但飞机回去容易，这些信号队员得步行十几里或几十里赶回宿营地。黑灯瞎火地回去，差不多是半夜了，吃饭洗澡再开会总结，规划安排第二天的信号地，刚躺下休息一会，起床的哨音就吹响了，赶快穿衣洗脸揣上干饼出发。为了保证走在飞机前头，信号队员个个都是拼命三郎。

飞机治蝗，在泗洪一共有14次，泗洪的姬庆文就参加了13次。而且他与江昀是老资格的信号队长。关于信号队的苦，他说，有一次，信号队在陈老洼蝗区执行任务，傍晚时，接到指挥部的通知：我队明晨的任务是城头林场新集材和杨台子蝗区。队员们刚刚陆续撤回驻地香城庄，天已经黑了，姬庆文只好利用吃饭的机会，做了动员和解释，大伙来不及休息，又卷起铺盖，收拾锅盆碗盏转移到新的宿营地。路途遥远，摸黑赶路，半夜赶了30里路到目的地后还要搭床铺、洗澡，不到天亮又要到指定地点站好指挥飞机撒药。那天，飞机升上天空时，老远就看见信号队员早已就位，信号明确，他们对信号队员的配合非常满意且感激，机长当场写了感谢的纸条，从飞机上丢下来，信号队员看到天上飞下纸条，原来是感谢信，深受鼓舞，工作得更起劲。姬庆文说，在1960年飞机防治夏蝗时，他连续干了20多天，待飞机完成任务撤走后，他整整酣睡了三天三夜，吃饭过后就睡，睡了起来再吃，吃了又睡，实在是太累太累了。在飞机场工作的老指挥裴秀彩副县长说："小姬同志太累了，让他美美地睡吧，不要惊动他……"

# 四、物候预测蝗虫趣闻

来自治蝗第一线的人民群众，在千百年与蝗虫的斗争中，积累了丰富的经验。加上对现代科学知识的掌握，在中科院动物研究所专家们的言传身教下，蝗区的土专家成批涌现。

害虫的预测，一般都用气候预测与物候预测。物候预测蝗虫，我读到了许多篇，有一篇是聂秀生、张弘、张维华合写的文章，观测山东聊城地区飞蝗发生时与当地主要植物的生长、发育时期的关系。他们观测的材料和方法是以蝗区有代表性的植物小麦、枣树、棉花、谷子、高粱，各选四种，每种植物10棵，每隔3天观测记载一次。

不过治蝗土专家尤其杰物候预报的方法是这样的：

飞蝗卵须在15℃以上才开始孵化。这表明相互间在依靠外界条件时有着相应的关系。因而他们运用这一道理在蝗区寻觅分布较普遍的某些植物杂草作为物候观察对象，定期调查它的发芽、展叶、花蕾、开花、果熟、落叶与枯萎等不同发育标志的出现期及生活规律，同时调查同一环境下蝗卵孵化、羽化、交尾产卵、死亡等不同发育阶段的出现期，注意当地小气候的变化情况，然后将记载的资料系统整理、对比，就可选定蝗虫物候预报的对象。

从资料调查中他们发现：夏蝗孵化期为苦菜开花期，羽化期为小旋花果熟期，终见期为牛鞭草果熟期。

秋蝗孵化期为马齿苋开花期，羽化期为牛鞭草开花期，死亡期为马齿苋枯萎期。

这一预测方法有趣，也是物候奇闻。不仅可按照选定的植物对象的前一发育阶段，做出预报，同时对侦察蝗情，也能做到心中有数，目标明确。如在看到苦菜孕蕾时，就可知道夏蝗即将出土，可事先发出预报了。如在野外侦察时看到马齿苋开花，就知道秋蝗出土了，那就必须开展大面积的普查。

在选择植物发育对象时要找显著易见且分布普遍的，如多年生植物的开花期、果熟期、枯萎期等，这样效果较大也便于观察。要熟悉蝗区植物杂草的名称、生长规律与气候的关系，根据老百姓提供的经验累积资料，进行分析，这种预测相当准确。

## 五、查残蝗

沈崇本是老植保专家，他谈到当年查残蝗的情形，一般是在上一代发生飞蝗的地方查一小块面积作为一个样点，然后根据蝗卵分布面积和比例绘制分布图，预报下一代蝗情。这个侦察办法在环境变动较小、蝗卵密度又高的地区尚可应用，有一定的真实性和效果，但在水位不定，环境变化大的蝗区，就有问题。

1952年微山湖两岸夏蝗发生14万多亩，一般每平方丈400—500头，密度大的地区高达3万—4万头。发生地点在沿湖大堤两侧，以沛县刘岭、高楼一带为重点，铜、沛二县发动群众五六万人，用人工扑打方法，防治一个多月，才把大部分蝗虫消灭。

夏蝗防治刚一结束，是7月上旬，当组织力量在查夏蝗产卵与秋蝗孵化情况时，湖区群众紧急来报，湖中心新退水地区发现了大批蝗蝻。发现这批秋蝗时已是7月下旬，一般都已三龄，个别到了四龄期，面积有50多万亩。其中重点发生面积31万多亩，都分布在新退水地带，密度每平方丈一般2000—3000头，密集处呈立体分布，每平方丈高达数万头。

由于发现晚、面积大、密度高，加之杂草丛生，天气炎热，防治任务紧急，形势非常严峻。沛县、铜山两县政府发动二十多万群众，采取了各种人工扑打方法，才把它们消灭。

这次秋蝗的发生有点诡异，有人认为微山湖在1942年曾经干涸过，干枯后蝗虫产下的遗卵未有孵化，水位上涨后掩埋在水中，是不会死掉的。到1952年时，过了十年水退了，蝗卵重见天日，于是孵化出来。另一种认为是当年夏蝗成虫羽化后迁入了退水地带，所产的蝗卵孵化成跳蝻，根据是在退水地带发现有夏蝗的成虫。

为了查清1952年秋蝗大发生的谜团，1953年和1954年，当地治蝗站在监视成虫活动中证明了成虫在羽化后不久即随水位涨落而迁移。蝗卵浸在水中不可能保存十年不死，没有传说的这么邪乎。中科院昆虫研究所钦俊德、郭郛等在微山湖实验站的实验和研究，就推翻了蝗卵十年不死的说法。在夏季由于温度的改变，蝗卵无法长期适应水中生活，不能度过夏天。因这个研究结论，得知要预报下一代飞蝗发生趋势，首先要查清残蝗的分布情况，因此以查卵为主的蝗情侦察办法后改为了查残蝗为主，只有查清楚上一年残蝗的数量，才能掌握来年蝗情，占得先机。

过去认为群居型飞蝗有起飞习性，散居型飞蝗不能起飞。但在实践中发现散居型飞蝗有向低洼地区集中趋性，在集中到高密度时同样能起飞。所以在查残蝗时，发现成虫有高密度集中，要进行扫残复治，这样可防止成虫集中起飞。如1963年沛县秋蝗发生42万多亩，用飞机防治31万多亩，由于漏治地区的成虫羽化后向退水地区集中，出现了6000多亩高密度飞蝗。每株芦苇上有成虫50—60头，把成片芦苇压平在地上。如在白天防治，就要起飞。发现情况后，沛县治蝗指挥部立即发动群众3000多人，连续捕蝗三个晚上，将它们在起飞前就歼灭。所以在飞蝗大发生的年份，防治工作结束后，飞蝗进入成虫羽化高峰，在角角落落查残蝗工作非常重要。

用查残蝗方法预报下一代蝗情，也解决了低密度下查卵的困难。如以每亩有10头残蝗，雌雄蝗虫各占50％，产卵常数为3块计算，每亩只有15块蝗卵。以每亩取四平方尺为一个样点，概率1％，但事实上，像微山湖这样大的蝗区，规定查卵每10亩田取一个样，能查到蝗卵的概率只有0.1％，所以，在蝗虫低密度的情况下，查残比查卵更实用。

在掌握散蝗活动规律的基础上，用查残的方法来预报下一代蝗虫发生趋势，准确率相当高，而且发生地点报得准确。通过2—3次查残蝗活动，把残蝗迁移集中地点查明，下一代飞蝗发生地点就明确，预报发生面积就更准确。如1957年秋季大水，水淹面积很大。秋季查残蝗时根据蝗虫随水位移动规律，到丰县北部以及邳县运河两侧退水地区查清残蝗活动范围，预报1958年夏蝗要大发生，地点要大移动。果然，丰县原来是无蝗县，1958年16万多亩突然发生夏蝗灾情。邳县原常年发生蝗虫面积只有3万—4万亩，而这一年单夏蝗灾情就发生55万多亩。由于对1958年夏蝗大发生作了准确的预报，做好了药械和飞机防治等一系列准备工作，因而治蝗准确及时，终于完胜蝗魔。

# 六、朱福良的治蝗往事

　　曾在新海连市（今连云港市）、淮阴等地治蝗站工作的专家朱福良，回忆他们在20世纪五六十年代参与治蝗的历史，感慨地说，那真是一段艰苦的岁月。

　　1950年初，朱福良从华东农林水利部植保训练班结业后，被分配到徐州病虫防治站从事治蝗工作，当时徐州地区属山东省管辖。后来他又先后在新海连市、淮阴专区治蝗站工作。

　　1954年夏，新海连市和灌云县蝗虫大面积地发生，且密度很高，芦柴地每平方丈有蝗蝻万头以上，天昏地暗，一片片芦苇全被压趴了，远看黑压压一大片。省里得悉灾情后，决定用飞机防治，成立了新、灌飞机灭蝗指挥部。前进机场设在东辛农场。那时朱福良负责信号队，信号队是飞机的眼睛。当时没有先进的通信设备，地空不能直接联系，只有在驻地研究方案时说清楚。一般都是定在早晨6时起飞，这样，朱福良他们信号队的同志天不亮就要出发，到了蝗区，排好队等飞机。那时，每隔半里路就要设一个信号员。当时，部分芦苇地已开挖成条田（又称台田），条田之间有约一米宽、一米深的排水沟。信号员在没有月亮的晚上，只有摸黑前进。每隔五条沟站一个信号员，站得越远的人，沟跳得就越多。所以，每个信号员都要有跳远运动员一样的基本功才行。想想一米宽的沟，要弹跳能力非常好，身手矫健。跳得不好，摔下沟去，就有受伤的可能，像掉进陷阱一样，还爬不出来。有的跳累了或没掌握好时机，跳不过去，掉到沟里后，手脸都被芦苇叶划破口子，有时还湿了半身，腰闪了，腿瘸了，最后费九牛二虎之力爬上来还得继续做信号。

等每个队员到位后，就自动地向北走，一直穿越芦柴地，直到脸上、身上碰到蝗蝻，这就到了蝗区边缘，站下来不走了，等飞机来喷药。经过若干次的往返航喷，看到飞机摇摆机身，这就是等于告诉你说不再来了，地上的信号员才能收兵，回到指挥部已是9点钟左右。吃过早饭，又匆匆出发排信号，至12点多钟回来。吃过午饭不能休息又要出发。一天下来已是精疲力竭。晚上又要到指挥部研究第二天的战斗部署……

1966年，秋季大旱，朱福良在淮阴县赵集公社洪泽湖边治蝗。机防队一共7个人，就在大堤上搭个帐篷。治蝗就是野外生活，风餐露宿，苦中取乐，这样的生活大家已经习惯了。湖区的大蚊子非常厉害，到了晚上，嗅到人的体味，全部聚集到帐篷叮咬他们。当时也没有很好的防蚊措施，虽有蚊帐但挡不住蚊虫的进攻，想睡了扇子也得停。睡了一觉醒来，都是被蚊虫咬醒的，痒得难受，熬到天亮，浑身沾满露水。

治蝗时天气干旱，地下水位逐日下降，大家原在大堤边挖个小坑，当饮用水，天干，水坑慢慢浅了，他们再挖深，后来一勺水也没有了。湖水退得很远，单程离大堤有4公里，离水边有5公里，经常是饥、累、渴交加。机防队唯一的水源是一公里外一个村庄上的一口井。因为干旱，村里群众排队用水，机防队又不能和老乡们争水，只有等到深更半夜无人时才去取水。没有水桶，只好用五加仑汽油桶盛水，再跨上自行车运回。煮饭、烧菜都用这水，吃到嘴里一般汽油味。大家开玩笑地说："点个火，嘴里还能冒火呢！"

# 七、姬庆文讲的治蝗故事

在中科院动物研究所采访时，几位治蝗老专家特别是陈永林先生等多次谈到一个基层治蝗土专家姬庆文。

姬庆文于1952年分配到宿县专署病虫防治站时才21岁，在单位学习了三天的植保知识，就赶赴治蝗现场。第一次治蝗是在泗洪县龙集区贺台乡参加挖蝗卵。挖卵就是手持铁锹、抓钩、小锛之类的工具，在蝗区挖翻土地，拾取蝗虫卵粒来消灭蝗虫。那时卵多，只要把土壤挖翻过来，就可看到黄灿灿的卵粒。姬庆文是第一次看到这个，原来这就是蝗卵呀！当地乡亲叫它蚂蚱籽。挖蝗卵是一桩苦力活，两手打出血泡，但还是得忍痛接着干。他们把挖来的蝗卵集中淘洗，用纱布包好，挤出卵浆，像炒蛋一样炒了吃，味道还不错。他从吃上炒蝗卵浆开始，就爱上了治蝗，一辈子跟蝗虫斗争，成了全国知名的土专家。

"洋枪队"是当地群众对半机械化手摇喷粉队的美称、戏称。"洋枪"指的是手摇喷粉器。这种喷粉器是上海农业药械厂生产的我国第一代圆鼓型手摇喷粉器。这个家伙体积重、噪声大、易损坏，一身弱点，但在当时，它就是治蝗的神器。一台机子就抵几十人甚至上百人的工作效率，是深受人们欢迎的"新式武器"。

"洋枪队"除克服任务的繁重和艰苦外，工作上一是吃药苦。喷粉队作业，一条线推进，几十个人几十架机器，也就形成了一个很浓很浓的药雾带，队员们身陷其间，无法逃脱，特别是在风小时，人就罩在药雾中。按作业规定，喷粉队员要戴风镜、口罩，以保护呼吸，防止中毒。但因为工作时天气太热，出汗多，风镜和口罩让人难受，戴的人很少。那时候大家的自我保护意识也差，不知道这药在身体的残留会损坏身体。戴口罩开始还能让人接受，后来由于呼吸中水汽沾染，药粉堵塞了纱布，会造成呼吸困难。风镜在有汗的情况下，玻璃上凝结了水雾，使人看不到前方。另一个问题是保持队形，以充分发挥喷药的效益，防止漏喷和重复浪费。这时候就要在手摇喷粉器的同时顾及队友的步伐快慢，并调整自己的速度。在矮草荒地上作业是没有问题的，但在杂草较深的芦苇荡、藕塘喷粉是非常困难的，戴风镜口罩，严重影响操作。

二是运药苦。蝗区都是远离村庄的湖滩草地，"洋枪队"快速前进，药粉只能靠肩背人扛，草滩泥地，行走艰难。尽管如此，在1952年，姬庆文他们的洋枪队喷撒了212.2吨的药粉，都是靠他们背到前沿阵地的，消灭了十多万亩土地上的蝗虫。

姬庆文当时在"洋枪队"主要负责技术指导和培养维修成员，有时也参加喷粉灭蝗。他说当时感到特别难受的是在吃饭睡觉之前，洗手、洗脸、洗澡之后的半小时至一个小时，皮肤上凡是暴露沾药的地方，有一种刺骨的疼痛，像被火烧过后的灼痛。现在我们知道"六六六"粉有剧毒，而且对身体的伤害很大，有残留，但这是时代造成的。如果没有引进"六六六"粉灭蝗，当时的蝗害发生将更为惨烈。姬庆文打趣说："唯一的一点好，我们的身体因为沾了太多的'六六六'粉，睡觉时绝对没有蚊虫叮咬，因为我们全身五毒俱全，连虫蛇都怕我们哩。"

姬庆文说，1952年6月中旬，泗洪的治蝗大军集结在孙园乡杜巷村，召开隆重的庆功大会，准备表彰发奖后就放工回家休息。这时有几名情报员突然气喘吁吁地冲进大会场，向台上领导报告说发现了蝗情，在姚台子芦苇丛中，至少有5000亩，都穿了大褂子（长了翅膀），说密密麻麻的，把芦苇一根根都坠弯了。在场的县长张晋陶，科长吴善教、史芳，科员邹明思和技术干部们听后，面孔严肃，感到问题不小，认为这个情报及时，情况危险。本来蝗虫基本扑灭了，又发生蝗情，必须迅速扑灭。成了成虫，如果迁飞，不仅危及本地，还会扩散到其他地方，再繁殖起来，造成不可预测的后果，前功尽弃。张县长当即将发奖庆功会变成了动员大会，大队民工按原计划放假回家，留下500架喷粉器和700位"洋枪队"队员，杀它一个回马枪。

对"洋枪队"的要求是完成每架机子打一包药的任务，立即行动，连夜做好准备，天亮进入阵地，突击打药，争取一天完成灭杀工作。本来已经疲惫至极的队员准备回家的，现在又重新抖擞精神，进入草滩芦荡。芦苇是禾科植物，蝗虫喜爱它们。这一个回马枪的确不容易，在密匝匝如城墙的芦苇丛中行走都困难，再背着几十斤重的机器和满满的药粉，边跋涉于泥水中边摇喷粉器，而且芦苇高大，蝗虫爱爬在苇梢吃嫩叶，喷药只能向天上头顶喷，药粉最后落到队员的脸上、眼睛里。而且芦苇丛里草呀芦秆呀会绊人的双脚，一不留神就会摔跟头，跌进烂泥里。日落西山，终于完成了5000亩的灭蝗任务。姬庆文走出苇丛的时候，看到深深的苇荡里钻出来个人，是个黑脸大汉，细看才知是双沟区"洋枪队"大队长，也是区长纪明章，那时候，领导身先士卒在第一线是天经地义的事。

1953年8月1日，姬庆文被调到管镇区灭蝗，足足20天。陡湖蝗区是重灾区，当时管镇区发生秋蝗灾情4.5万亩，陡湖蝗区就有一万多亩。正值酷暑，虽说叫秋蝗，但天气没有一点秋天的意思，热得人头晕目眩，太阳像烈火一样炙烤着大地。陡湖蝗区是湖区，泥沼多，藕塘多，红柴、稗草、芦苇，都有一两米高，人进去后闷热难受，上蒸下煮，民工行走也很困难，然而每平方丈蝗虫可达数千头之多，且有一半长成了成虫，稍有疏忽就有起飞可能。区领导亲自带队，出动了5000多人，手摇喷粉器300多架，利用每天早晚的时间突击防治。

在蝗区深处灭蝗，暑热加上"六六六"粉的毒气，人们呼吸都很困难，而且蝗区缺少饮用水，打过药的湖水不能饮用。如此炎热的天，不少人纷纷中暑倒下。张家声副县长亲自来蝗区察看蝗情，指挥战斗，8月13日上午10时，张县长突然中暑昏倒。大伙忙把他背到树荫下，他们跑了很远的路喊来随队医生，简单医治后张县长才慢慢苏醒过来。

可那一天出了一件更大的事。在张县长醒来后，传来噩耗，兴隆乡周庄村周相珠的女儿在扑打蝗虫时，因酷热中暑昏倒，再也没有醒来。一位年仅18岁的少女，正是如花的年纪。这是一件想来十分悲惨的事，可能与"六六六"粉中毒有关。大家并不知道这女孩的名字，区政府批给她家40万元（旧币，相当于现今40元），作为安葬费用来买棺材，其父母也没有再提出任何要求。这位正值青春的无名灭蝗英雄，就这样默默无闻地走了……

# 八、村姑马玉兰

马玉兰，一个地道的农村姑娘，是泗洪县龙集区太平乡马庄村人，在1951年的灭蝗运动中，就被评为一等灭蝗模范，以后连续多年被评为模范。1952年参加全国治蝗座谈会，1953年在北京参加全国劳模表彰大会并受到中央首长的亲切接见。在1954年的灭蝗运动中成就突出，当年安徽省农业展览会上曾挂出她的画像，各地党报都曾多次报道她的治蝗事迹。

1951年，泗洪蝗灾面积达到万亩，已经加入共青团的马玉兰积极响应号召，带着村里的年轻妇女拿着工具，奔赴灭蝗前线。那时候人们的思想还不开化，有人认为灭蝗是男人们的事，妇女在家带孩子做家务，已经繁重，还要搞好麦收，哪有时间去灭蝗。有的妇女只顾家里夏收；有的年轻妇女怕吃苦躲在被窝里装肚子痛；有的懒人听说中央派了飞机来灭蝗，便躲起来享清闲，认为蝗虫斗不过飞机这样的大家伙。人工灭蝗太辛苦，起早贪黑，流血流汗，飞机一来不就一扫光了吗？马玉兰针对各种不同的意见，与妇女和青年们进行广泛的谈心，讲蝗虫的危害，讲当前的严峻形势，用算细账对比的方法让她们解开心里的疙瘩，认识到妇女的参与是非常重要的，于是村里的妇女跟随大部队一起投入到了艰苦的灭蝗战斗中。

在灭蝗中，人太多，她发现灭蝗现场有混乱窝工现象，东一片、西一片的扑打，互相没有照应，没有统一指挥，容易漏掉蝗虫，浪费人力，她就和青年姐妹们动脑筋想窍门，和大伙商量对策，提高了灭蝗的效率。

人工扑打蝗虫，虽有老法，照着做就行了，但她动脑筋改进。蚂蚱有大有小，用小木板或鞋底拍子捕打蝗虫，遇到不平的地面、沟沟壑壑、坑坑洼洼和苇茬较多的草地，完全不能打死，特别是小蝗虫，钻到地缝里，更是无能为力，让其逃脱。马玉兰为这事想了不少点子，通过试验，效果不错。就是改用两头翘的木棍或加工成翘头的扁担来捶打，这样在不平地面就能砸到，蝗虫无处躲藏，难逃性命。

马玉兰还发明了一字长蛇阵灭蝗。在开阔地带，有大面积蝗虫时，调遣众多的人员，用一字长蛇阵排开，向同一方向前进，边打边撵，使蝗虫没法逃脱。再用另一部分人在蝗群前面挖一条沟，二尺宽一尺深，土向外边翻，待长蛇阵把蝗蝻撵到沟里时，掩土埋杀，一次歼灭，干干净净，不留后患。

她通过改进还运用了包围捕打法，就是遇到小片密集的蝗群，把民工组织好，从蝗群四周包围起来捕打，包围圈逐渐缩小。认真排着打，槌槌不落空，连打带搂，把蝗蝻赶到中心点时，或者挖坑埋，或者用火烧，或者老牛拉石碌，将蝗虫歼灭。

灭蝗工作非常辛苦劳累，为了鼓舞大家的战斗情绪，活跃气氛，马玉兰和他的姐妹们一起编出《打蝗小调》，边打边唱：

别看蚂蚱小唷！

不打不得了唉！

打蝗要仔细哎，

打净才算数哎！

大家加油干啊，

争取做模范呀！


自己的事，自己干，

依赖政府非好汉！

打一块，净一框！

打完蝗虫收麦忙！

棒槌是刀枪，

蝗虫是"敌人"，

彻底把它消灭光，

庄稼丰收有保障！


马玉兰在治蝗阵地上抡着四五斤重的棒槌打蝗虫，边打边喊，嗓子喊哑了，手和胳膊震肿了，指导员叫她休息一下，她坚持不下火线。她不顾自己的劳累，让自己一直保持着旺盛的精神，还与姐妹团一起扭秧歌、唱小调鼓舞治蝗民工的斗志。

1953年夏收之时，蝗虫暴发，马玉兰组织了42人的手摇喷粉灭蝗小队，又上前线。在出发前，为了安定队员情绪，经和村里干部充分协商，签订前方灭蝗和后方生产两不误的双保合同。当时的合同是这样写的：

一、后方农民保证做到：

1. 男女老少齐生产，家家户户无闲人。在夏收夏种工作中保证做到人不闲，场不闲，牲口不闲，按时完成任务。

2. 保证团结互助，不闹纠纷。帮助缺乏劳力的烈军属和灭蝗民工家庭，解决生产中的困难，保证麦子收好、打好、堆好，地种好、锄好，做到生产不误农时。

3. 加强安全教育，防火、防盗、防破坏。

4. 组织有经验的老人，带领儿童在田间做好选种、留种工作。

5. 组织不能干重活的劳力下田锄地和撒粪，保证做到麦子上场，豆子下地。

6. 保证及时供应前方灭蝗民工的粮食，以鼓舞斗志。

二、马玉兰代表灭蝗民工签字保证做到：

1. 保证团结友爱、遵守纪律，不糟蹋庄稼，不浪费时间和人力，坚持做到不消灭蝗虫不罢休。

2. 坚持做到蝗虫发生在哪里，就消灭在哪里，保证不使它起飞和产生危害。

3. 服从领导听指挥，做到指向哪里打到哪里。爱护公物、保养好器械，不误灭蝗工作。

4. 工作中做到早起、早餐、早喷粉、早完成任务，保证做到安全灭蝗，无人中毒。

5. 每天晚上开小队会议，检查一天的工作，总结经验教训，决定第二天行动，发挥大家的智慧。

6. 坚持执行奖罚制度，做到纪律严明。

7. 保证每架机每天喷粉消灭 20 亩地的蝗虫。

8. 执行汇报制度，每天向中队汇报，请示工作。


合同订出后，大家解除了后顾之忧，就不怕耽误生产了。

马玉兰，是当年千千万万个治蝗群众的代表，是群防群治降虫魔的模范人物。没有他们，千年妖孽东亚飞蝗不会这么乖乖就擒。从此，蝗虫陷入人民战争的汪洋大海中，灭亡是它们的必然命运。

第六章　世纪骏马

Chapter Six

# 一、求学·辗转京川鄂

东亚飞蝗的掘墓人。

中国生态学巨匠。

这个人就是马世骏。马世骏，一匹奔跑在时代科技前沿阵地的世纪骏马。在中国20世纪的科学原野上，他扬鬃奋蹄，带着他的团队在根治东亚飞蝗的路途上呼啸奔腾，显示出中国科学家非凡的创造力、忍耐力和想象力。他脚踏实地，有时也会天马行空。

"青玉紫骝鞍，骄多影屡盘。荷君能剪拂，躞蹀喷桑干。跛足追奔易，长鸣遇赏难。摇金一万里，霜露不辞寒。"（唐·沈佺期）

马世骏先生在生前担任的工作职务和社会职务很多，也就是说头衔很多，发表的论文和专著也很多。比如担任昆虫生态学研究室首届主任、中国科学院西北高原生物研究所副所长、学术委员会主任等。他带头创建了中国生态学学会、中国科学院生态环境研究中心、中国科学院系统生态开放研究室、农业虫害鼠害综合治理研究国家重点实验室，并任中国生态学学会第一和第二届理事长、第三届名誉理事长、中国科学院生态环境研究中心名誉主任、中国科学院系统生态开放研究室学术委员会主任。参与创建了中国环境科学学会、中国生态经济学会、国际科联环境问题委员会（SCOPE）中国委员会，曾任国务院环境保护委员会顾问、中国科学院生物学部副主任、中国科学院环境科学委员会主任、自然灾害研究委员会委员。在国际上，曾担任联合国粮农组织和环境规划署有害生物专家委员会委员、国际昆虫学会常务理事国际系统与进化生物学委员会委员、国际生物科学联合会中国委员会主席、国际地圈——生物圈计划中国委员会副主席、欧洲生态科学院通讯院士、英国皇家科学院昆虫学会会员。1980年当选为中国科学院学部委员、院士。

马世骏存世的论文有150多篇，专著7本。他还培养了硕士生20多名、博士生19名。他有过根治东亚飞蝗蝗害的光辉业绩，创立了一套整体、协调、循环、自生的学术思想。培养了我国最优秀的生态学队伍，对我国城乡可持续发展的生态建设事业做出过非凡贡献。他是中国生态学的巨匠，系统生态学理论与生态控制、可持续发展理论与应用的先驱者……

他身材高大，但身体瘦弱，文质彬彬，一派儒雅之气。在他1979年填写的干部履历表中，他对自己的身体健康状况是这样写的：基本正常。有轻度胃炎，身体消瘦，心脏供血不足。

本来是山东人，却非大块吃肉、大碗喝酒的"好汉"。他的学生回忆说，逢年过节老师会叫上他们去家里聚餐，师娘会做一大桌好吃的菜，但马世骏先生从来不跟学生们一起上桌。问其原因，他说怕跟学生一起吃多了，难以消化，引起胃肠道不适。

他的一生坎坷多舛，波澜壮阔。

马世骏生于山东省滋阳县，现为济宁市兖州区。兖州为古九州之一，有着深厚的鲁文化也就是儒家文化底蕴，这里的百姓对个人的品格修养和道德完善十分看重。说兖州的民风，是"家家自以为颜路，人人自以为由求，人皆知读圣贤书，文质彬彬乎过人，弦诵洋洋乎盈耳"，"其俗温厚驯雅，华而不宛，有先圣贤之风"。

马世骏曾名马守义、马宜亭，这都是他去北平之前的事。他的父亲名马善堂，母亲卞氏（在马世骏的三份手写自传中始终未出现母亲的大名）。父亲早年经商，先后开过布店，也设过茶庄，在兖州有三个店铺。马家为殷实之家，有一些田产。在马世骏读大学时，父亲三兄弟分家，家产一分为三，此后马世骏家中境况衰退。父亲之后因年迈无意在城里经营，遂将店铺交给马世骏的叔叔管理。父亲购置了一些田地出租给别人，靠佃租维持一家人的生活。母亲卞氏为人贤淑，是马家这个大家族的当家人。由于马世骏的祖母早逝，马世骏的祖父、叔叔和兄弟姐妹，以及一切家务，都由母亲一人负责安排和料理。家中房屋在抗战时期大多毁于战火。

马世骏虽然有兄妹五人，他排行老三，但大哥、大姐早年夭折，实际他成了老大。长大成人后，妹妹出嫁，小弟随叔父经商，马家只有他成了读书人。在风云际会的20世纪上半叶，在中国兵荒马乱的动荡中，一个山东的孩子要想以读书求学出人头地，该是何等艰难之事。

马世骏自幼天资聪颖，很会读书，深得全家的宠爱。5岁开始识字，6岁被送入本县的私馆，随唐成润老先生念"四书""五经"，那时家境尚好。念了5年，1925年他10岁时，已经读完了"四书"、《诗经》《易经》和《礼记》，进入本县第一高级小学，开始读四年级，每天晚上再到育英小学补习算术和英文。1927年高小毕业，入山东省立第二甲种农业学校，读初级中学，学校在兖州。他在自传中写道："当时思想上的活动不外乎忠、孝、仁、爱和才子佳人，只知道读书是为了将来的飞黄腾达，即学而优则仕的想法。"他也参加了学生会，担任学运宣传干事，参加过反对英日帝国主义的罢课游行，并因为反抗学校的反学运而受到处分，"但对于当时自身所处的家庭及社会性质以及国内外形势都没有概念"。

1930年初中毕业后，他的父母看他会读书，于是将他送到济南，入济南高级中学理科。1931年"九一八"事变发生后，日本帝国主义在华北故意猖狂肇事，寻找大肆侵华的借口。当时国民党政府屈膝求荣，华北局势恶化，在学校读书无保障，随时可能发生日本浪人闹事的意外事件，或者被宪兵团传审捕押。"这时候有血性的青年不安于忍辱求苟安的局面，我在这个阶段也受到时代潮流的影响，滋生起爱国主义思想，并逐渐摆脱封建家庭思想束缚。"他在自传中写道。

1932年冬天，热血沸腾的济南高中学生决定南下请愿，参加学生示威团。那时全国大中学生已经行动起来，纷纷到南京请愿示威。这年的11月，先后有东北各界民众请愿团650人、天津北洋工学院请愿团400人、天津中等以上学生抗日救国会请愿团470人、杭州学生请愿团1600多人、江苏中等以上学生请愿团2700余人等各地学生到南京，前往国民党中央党部请愿。山东学生的数字未有记载，马世骏作为学生南下示威团的队长，加上参加过南京和济南两地的反镇压、反分化活动，在南京被捕，关了三天禁闭，押送回籍，接着被国民党教育部开除学籍。

这等事情他不敢跟家里人说，因为父母是不能原谅他的，他肯定会被骂个狗血淋头。于是他一个人跑到北平，改名为马世骏。他通过努力考得北京弘达学院学籍，在汇文中学读夜校。经高中同学刘国俊、陆西峰等介绍，参与民先队一部分工作，如传递消息、文件等。

自1932年的冬天开始，马世骏因为参加学运被开除学籍，成了"北漂"一族。这是瞒着家人自行其是，也表明马世骏成长为一个关心世事的时代知识青年。爱国情怀开始滋生，他过早踏入动荡的人生，从此自立于社会。那一代青年跟之后的数代青年比，物质条件并不会好到哪儿去，甚至更加糟糕。但追求知识、追求真理的精神却十分旺盛热烈，我们叫他们为热血青年。从他的改名中，我们也体会得到他的高远理想：做这个世界的一匹骏马。

1933年秋季，对"北漂"的热血青年马世骏来说是人生的一个转折，快20岁的他考入北京大学农学院，这是他完全凭借自己的力量完成的一次生命闪光。是否受到过父亲和母亲的鼓励，是否得到过资助，我们已无从知道。可能他的父母还以为他在济南准备高中毕业，殊不知他不仅在南京被抓，还被开除了学籍。不过，一个有着明确目标和坚定信念的人，是不会就此沉沦的，他去北平后，更波澜壮阔的人生在等着他。

按他自己的话说，由于多病，又不安心于读生物学，喜欢和一些爱好戏剧电影的男女朋友玩，他第一年未好好读书。接下来他参加了"一二·九"和"一二·一六"两次学生运动，担任农学院的纠察职务，在运动中被打、被传讯，也看到了许多同学被捕抓。"一二·九"运动后，学校提前放假，马世骏被家人及亲友催促回家，父亲见到许久未见的儿子后热泪滚滚，也对他谆谆告诫，内容无外乎是要好好读书，安分守己，要对家庭负责之类。其实就是希望他毕业后找一个相对稳定的工作，不要毕业即失业，辜负了家里的期待。

1937年他从农学院毕业，通过老师和亲戚等的介绍，进入山东烟草改良场任技佐，从事烟草害虫研究工作，每月薪资

80元。

他参加工作后5个月，日军就在青岛登陆，济南同时告急。烟草改良场解散，仅留一部分技术人员，其余人携带仪器、资料随金陵大学西迁到四川。马世骏虽然被留用，但没有工资，他随逃难的学生、老师一起到四川，进入四川省病虫害防治所，后被派到四川什邡烟草试验场工作。不到一年，四川省农业试验研究机关全部改组裁员，由于没有任何背景和靠山，他被裁减。失业青年马世骏在四川流落街头，漂泊无定，生活凄苦。

一段时间后，经同学封昌远介绍，他到重庆三里高级农业职业学校教书。在那里他加入了国民党。那时的学校分两派，一派是读书成绩好的，思想先进的；一派是在教员中的三青团分子。因为马世骏接待过一位马来亚归来的华侨，此人曾往重庆去延安，故被人告发。马世骏受到重庆卫戍总司令部传讯及巴县教育局的警告，只好离开农校，又一次失业。行走在举目无亲的山城重庆，生活无着，想念山东家中年老的父母，他心情沉重。

适逢湖北省农业改进所改组，经同学举荐，他来到当时湖北省政府所在地恩施，进入农业改进所任技士，后到湖北农业专科学校教书。

初到群山之中的恩施，他爱上了这个古朴的小城、战时省会。为防治农业病虫害，他经常在山里调查，向农民传授防治病虫害知识，也开始对昆虫生态学产生了兴趣。

也就是这几年，因为战乱远离家乡亲人的马世骏，在社会这所大学校里，尝到了人情冷暖，世态炎凉，开始慢慢认识到国民党政府的腐败与堕落。

因为是农业专家，他常年奔走在鄂、湘、川三省交界区。那里属于三峡地区，自然景观和人文景观都非常独特。群山莽莽，深壑纵横，丘陵与平坝交错分布，仅在几平方公里内，可同时出现亚热带、暖温带和寒温带微气候，自然景观垂直分布明显，其植被、生物则迥然不同，而害虫的分布与发生规律及其影响因素也各具特色。恩施是土家族和苗族同胞生活的地方，又有着不同的生活环境。壮丽的山川河谷，优美的风土人情，给了马世骏一些新的生活经历和熏陶。马世骏一生专注生态学的兴趣就是在恩施萌发的。

1941年初，马世骏同杨渊珠从四川成都参加了中央农业部试验所的害虫防治讲习会回到恩施，即受到第六战区特务机关的监视，并以与西北共产党人通信的罪名被逮捕，禁闭了十多天，没有问出口供，交机关保证释放。这次逮捕后他回忆说："我在思想上产生了恐惧，并开始担心反动统治下的人身安全问题，再加上每天都有日寇飞机轰炸，生命朝不保夕，思想上虽未忘记技术，但很少考虑将来，有得过且过的心情，充分暴露了小资产阶级的盲目与懦弱的心理状态。"

1942年他任农业改进组组长，后来恩施物价上涨，生活困难。1942年他回到重庆，当时想自办一个农场，筹集资金无着，奔波两个月后放弃了这一想法。1945年春，他经同学介绍进入国民政府军事委员会办公厅，筹办实验农场。农场成立后，马世骏担任技师兼场长。后来在军政部荣誉军人善后司任技术专员，后任第二科科长，从事各荣军教养院农业生产设计工作。

日本投降后，马世骏由章伯钧、董时进介绍，加入民主同盟，参加了民盟的成立大会，1946年回到南京。抗战胜利，但当时的南京一团糟。马世骏原本希望在农业部实验机关工作，但当时的农业部由一批青年党把持，外人挤不进去。商人家庭出身的马世骏总有自办实业的念头，就邀集了几个朋友在南京办了一个小农场，一个砖瓦厂。但经营不善，农场亏本。1951年马世骏从美国回来后，将砖瓦厂的股份捐献给了国家。

## 二、留学美国，归来报国

1947年，马世骏到中华烟草公司任技术专员，担任烟草品级的鉴定工作。这时的马世骏，早就萌发了出国留学的想法，开始补习英文。1946年，马世骏在恩施工作的同事和朋友李振纲赴美国考察农业技术推广工作，他托李振纲进行申请，获得了美国犹他州立农学院的奖学金，于1947年凭此奖学金的证明在教育部领到出国护照，于1948年8月赴美国。

在犹他州立农学院半工半读五学期，攻读昆虫生态学，他获得了硕士学位，并被美国自然科学学会接纳为正式会员。1950年春季转入明尼苏达大学农学院，攻读博士学位。同时，他还参加了美国农业部的玉米螟生物生态学及防治研究，被推选为美国科学院荣誉协会正式会员并被授予金钥匙。在美国读大学期间，马世骏协助教授做蜜蜂生态学及森林害虫生态学的研究，并进行一部分蚜虫分类。1951年完成了《红松叶蜂种群动态研究》论文，获哲学博士学位，之后马世骏提出回归祖国的申请，但遭到美国移民局的阻挠。

在总结他在美国的心路历程时，他在一份自传中这么说：

"赴美留学的最初动机，是仇恨那些在国内的洋奴及虚有其表的留学生，想在当时'美国至上'的歪风中争口气，并且也认为留学后可以不再仰赖洋博士和洋专家的鼻息，回到'正统'的农业技术岗位上去独树一帜，所以到美国后的前两年忍气吞声，不谈时事，夜以继日地努力读书与工作。转学明尼苏达后，中国同学甚多，课外活动亦增多，除仍努力工作与学习、读书外，参加中国同学会，留美中国科学工作者协会和明尼苏达大学中国同学时事座谈会，关心国内时事与政治军事情况（抗美援朝紧张阶段），争取多了解苏联的学术情况及国内的科学动态，同时，'早日学成回去为祖国建设服务'的愿望亦逐渐加强，不羡慕美国的物质生活，不认为美国人在学术上了不起，厌恶那些逃亡在美国的'白华'以及那些毕业后为图享受而留在美国工作的留学生。"

在1950年，他看到一些留学生停学，美国政府要教授和学生出具保证自己无共产主义思想的材料，有的人拒绝签字，则被解聘或开除。拿马世骏的话说：认识到了美国的假民主和假自由，所以毅然回绝了新的工作，在研究工作完成后即离开美国。

关于马世骏先生的回国，他的自传里没有谈到谁人写信邀他回国。但有确凿的证据表明是与钦俊德有关的，是钦先生写信给他和邱式邦，希望他们回国治理蝗灾。

　　由美国直接回国已有困难，同时他也希望到英、法、德等国看看生态学动态，访问一些有名的学者，以多增加些见识。1951年秋，马世骏利用在荷兰阿姆斯特丹参加第八届国际昆虫学大会的机会，告别了美国的师友，乘船横渡大西洋到达荷兰。会后又辗转比利时、奥地利、法国等地，到达英国的剑桥大学，作为访问学者会晤了知名生态学家查理斯·埃尔顿博士和蝗虫学家鲍里斯·乌瓦洛夫博士等。在剑桥大学及爱斯物试验站学习的几个月，为他的生态学学术思想的孕育和推进提供了新的灵感。他认为当时流行的生态学观点是"静止的"，不能解释生物对环境适应以及自然界生物与生物之间和无机环境作用于生物的复杂关系。随着他的不断研究与探索，"动态的"观点渗透在他回国之后发表的一系列论著之中。

　　1951年初冬的一天傍晚，马世骏离开了伦敦，乘船渡过英吉利海峡，经地中海、印度洋，终于在12月的一个清晨到达了香港，踏上了离别四载的祖国大地。在这近一个月的航海过程中，他途经沿岸许多新近独立和尚未独立的国家，耳闻目睹各国人民要求独立、解放、民主的普遍高涨的民族主义气氛，加强了献身祖国科学事业的愿望。回国后，当即乘火车北上，到达中国科学院上海实验生物研究所，并受聘为副研究员。

　　据他回忆，在一同从欧洲回国的邮轮上，就有好几位学成归来的学者，也都是抱着回国参加新中国建设的热情。比如之后担任北京大学教授的杨立铭、中科院上海生化所的研究员张有瑞及其爱人陈瑞铭、中科院北京物理所的谭超凤等。

跟怀着一腔报国热情的所有海外学子一样，新中国建设所产生的巨大凝聚力就像太阳一样点燃了他们的热情，他们的心情是一样的，回国的动力也是一样的。据说，在当时的美国，滞留着约5000名学成的中国学子，这些人中包括钱学森、邓稼先、钱三强、朱光亚、程开甲、王大珩、陈能宽、华罗庚、梁思礼等。从1950年到1954年，先后有100多名准备回国的中国留学生遭到美国政府扣留，受到禁止出境约束的人数达到了数千人。美国政府扬言，不能将这些人交给北京。马世骏自然也在这禁止出境的人员名单中，好在马世骏绕地球一大圈，终于回到了祖国的怀抱。

## 三、创建昆虫生态研究室

归来的马世骏于1952年初北上北京，进入中国科学院昆虫研究所，从事昆虫生态学研究工作，任副研究员，1953年被提升为研究员。

据陈永林先生回忆，当时听说马先生要来昆虫所，他作为一个部队的文化教员，被一纸调令从天津调回北京，任务就是准备做马先生的助手。通知告诉他，马先生是从美国回来的搞生态学的科学家。

马世骏来到中国科学院昆虫研究所的第一个任务就是筹建国内第一个昆虫生态研究室。

因为国际形势，马世骏到昆虫所后就遇到中科院找科学家参加反细菌战专家调查团。他主动报名要求参加，与钟惠澜、刘崇乐等科学家一起走遍鸭绿江两岸以及沈阳、丹东等地，进行了现场调查，获得了一系列的科学证据，鉴定了美军空投的跳蚤标本。他还在国际调查团的会议上做了有力的发言与论证，并荣获爱国卫生运动委员会的奖励。

反细菌战专家调查团工作结束后，他回到所里，正值蝗灾在洪泽湖和微山湖区暴发，为此事揪心的周恩来亲自挂帅，担任治蝗总指挥，对马世骏的昆虫所寄予了很大期望。周恩来反复说蝗害不仅是自然灾害问题，也是政治问题，一个人民的新政权连年蝗灾，国际社会怎么看我们？尽快成立昆虫生态学研究室是首要工作。有了研究室，一切工作才会正式展开。

昆虫生态学研究室又分几个组：数学生态组，地理生态组，化学生态组，物理生态组。

马世骏先生出任昆虫生态研究室主任后，国家交给他的第一个科研任务就是解决蝗灾问题。我国蝗灾严重的地区往往也是水灾、旱灾害频繁发生的地区，蝗灾是贫穷的伴生灾害，虎视眈眈对着刚解放的人民。这些飞蝗牢牢驻扎在滨海滩地、大湖苇荡和水位不定的河滩。而这类地区生活艰苦，居民稀少，那里的蝗情我们一无所知，想去定点进行观察有相当的困难。而且，当时蝗灾波及七省二市，面积大、地形复杂。飞蝗的老巢有多少？哪种类型是蝗虫发生地的原生类型？导致发生地演变的因素又是什么？是否有逆向转化？杀虫剂能否有效地控制蝗害？……

马世骏先生带着这一连串关于飞蝗的问题，和助手们毅然决然地离开北京，深入到飞蝗发生地，在洪泽湖、微山湖以及黄海沿海和黄河沿岸的河泛区、内涝地区等飞蝗老巢建立野外长期观测实验站，通过现代生态地理学的研究方法，调查了蝗区的自然地理、飞蝗选择发生地及迁移扩散行为、飞蝗种群发生动态、蝗区的结构与转化生物群落的演替，找出了不同类型蝗区的共性，明确了形成过程的主导因素，通过室内外结合的对比、分析与多项实验，提出了改造飞蝗发生地的途径与方法。

在本书的前面曾经写到马先生亲自到洪泽湖蝗区并历险的故事，按陈永林先生的说法，这些事当年在野外工作中太多了，不值一谈。

# 四、马世骏的蝗虫经

在《马世骏文集》中，我们看到马先生关于东亚飞蝗的独著和合著文章及专论书籍非常之多，如《洪泽湖及微山湖地区蝗虫研究》《论害虫大量发生及其预测》《东亚飞蝗在中国的发生动态》《东亚飞蝗发生地的形成与改造》《东亚飞蝗蝗区的结构与变化》《东亚飞蝗种群数量中的调节机制》《东亚飞蝗长期数量预测的研究》等。

在昆虫种群动态和农业害虫预测、预报以及综合防治理论方面，马世骏提出了新的论点。他将昆虫种群动态概括为空间、数量、时间三个方面，并以此作为预测害虫数量变化的基础。1976 年，他对害虫综合防治的理论进行了综述，强调总结劳动人民的经验，运用辩证唯物主义认识论和生态系统原则，掌握害虫虫口变动规律；还指出了综合防治措施选择的标准为"安全、有效、经济、简便"，并概括了我国防治害虫的四类方法、措施以及它们之间的相辅相成的关系。在害虫预测预报方面，马世骏和他的助手们在长期研究的基础上，提出了东亚飞蝗中长期数量预测的三种方法：根据种群动态型趋势运行外推估值，应用随机序列及周期方程的预测法，多因素过滤回归预测法。这是国内首次运用电子计算机进行蝗虫中长期数量预测的报告，马世骏的这些观点在我国的农业害虫防治中至今都发挥着重要的作用。

1965年，我国基本上控制了东亚飞蝗蝗害，马世骏出版了《中国东亚飞蝗区的研究》专著。于1978年获中国科学院和中国科学大会重大成果奖。有关"东亚飞蝗生态、生理学等的理论研究及其在根治蝗害中的意义"的研究于1982年获国家自然科学二等奖。这项系统研究成为我国治蝗方针"依靠群众，勤俭治蝗，改治并举，根除蝗害"的主要科学依据。

前面也详细讲到马世骏先生和他的团队对东亚飞蝗的考察、调研和各种项目攻关，以及给洪泽湖区和微山湖区献出的治蝗锦囊妙计。

在中科院1964年3月的"发明记录"中，有一篇《根除飞蝗蝗害的措施》：

发明者：中科院动物研究所，马世骏、尤其儆、陈永林、钦俊德、冯喜昌、龙庆成、郭郭。

完成日期：1954—1963年（分期完成）。

本工作从1952年开始，对东亚飞蝗的基本生活规律及我国的蝗区特点，进行了大量系统的调查研究，明确了：1.我国四类蝗区的形成原因，当前的地理特征、演变规律及其改造的途径与方法；2.东亚飞蝗的生长、发育、食性、营养、繁殖的特点，以及在多种环境条件下的迁移聚集等活动规律；3.东亚飞蝗大规模为害的历史规律，以及消灭发生基地为基础的根除蝗害理论。以此为基础，提出一套因地制宜的根除东亚飞蝗蝗害的具体措施。这套措施为我国首创，在此之前，未见任何国家提出相似的报告和资料。

此项措施具有下列特点：1.治标与治本相结合；2.治蝗与兴修水利及因地制宜发展农林渔副业等相结合。

发明的项目有：1.飞蝗的预测、预报办法；2.改造蝗区措施及根治蝗害策略。

发明的技术内容：发生期预测，蝗卵孵化期预测，发生数量、面积预测，调查密度和取样方法。

改造的蝗区：滨湖地区、沿海地区、内涝地区、河泛地区。

……

这份"发明记录"有80页。

有一份1965年"全国科学技术研究成果"登记卡片上记载：

成果名称：东亚飞蝗生态学的研究。

完成单位及主要研究人员：中科院动物研究所，马世骏、尤其傲、陈永林、尤端淑、黄亮文、黄冠辉。

关于生态学的系统研究，主要包括两部分：1. 东亚飞蝗数量的变化规律；2. 生态学特性及飞翔等活动行为。

论文有：

1.《散居型东亚飞蝗迁移习性初步观察》。尤其傲、陈永林、马世骏。

2.《东亚飞蝗在中国的发生动态》。马世骏。

3.《东亚飞蝗生活习性》。尤其傲、郭郛、陈永林、张福海、尤端淑。

4.《东亚飞蝗飞翔的体温变化》。黄冠辉、龙庆成。

5.《东亚飞蝗两型生物学特性的研究》。黄亮文、马世骏。

6.《东亚飞蝗飞翔过程中的脂肪和水分消耗及温湿度所起的影响》。黄亮文、马世骏。

7.《飞翔对东亚飞蝗性成熟及生殖的影响》。黄冠辉。

8.《东亚飞蝗产卵及蝗卵孵化期与土壤含盐量的关系》。

9.《高温低土壤含水量对东亚飞蝗蝗卵孵化率的影响》。

有一份估计是1978年全国科学大会重大成果奖的申请推荐书，题目就是"我国根治蝗害的方法：改治结合，根除蝗害"，副标题为"东亚飞蝗生态、生理学等理论研究及其实践意义"。作者有一串名字，大约集中了我国这项重大发明的大部分参加人员：马世骏、陈永林、钦俊德、尤其傲、郭郛、龙庆成、刘玉素、冯喜昌、丁岩钦、李典谟、卢宝廉、尤端淑、张福海、翟启慧、龚佩瑜、沙槎云、王敏慧、郑竺英、黄冠辉、赵建铭等。

起止时间：1951—1980 年。

协作单位及参与人员：

江苏省泗洪县蝗虫防治站：朱进勉、姬庆文、蒋金城等。

淮阴地区蝗虫防治站：过南同、朱福良、彭凤彩等。

徐州地区蝗虫防治站：徐崇本、王才良等。

山东济宁地区蝗虫防治站：何象洁、赵广忠、祝崇杰、赵左慈等。

在一份中科院科技成果登记表上记载：

成果名称："改治结合，根治蝗害"。

起止时间：1951—1973 年。

技术水平：国际水平。

完成单位及主要人员：中科院动物研究所，马世骏、尤其儆、陈永林、龙庆成、王敏慧、钦俊德、郭郭、翟启慧、沙槎云、刘玉素、卢宝廉、虞佩玉等。

这几例发明和项目成果的参与人员虽然小有变动，但不变的是马世骏先生都是第一责任人。主要的人员也依然是尤其儆、陈永林、钦俊德、郭郛、龙庆成等人。

马世骏和动物研究所的研究成果"改治结合，根除蝗害"于1978年获全国科技大会重大科技成果奖。

另一项成果"东亚飞蝗生态、生理学等的理论研究及其在根治蝗害中的意义"于1982年获国家自然科学奖二等奖。

根据马世骏的女儿马媛回忆，在"文化大革命"中父亲被批判，他们家从宽畅的楼房中搬出来，保姆没地方住就离开了。父亲到外地农场去劳动，母亲武余芳下放到湖北潜江的广华寺农场劳动，马媛连高中都没有毕业就下放到黑龙江。一个家庭天各一方。马世骏先生的两个女儿凭借自己的努力，都成长为优秀的人才，一个成了技术员和中层干部，一个通过自学，跟她的父亲一样赴美国留学，然后留在美国发展。每个人都被时代的洪流裹挟，有的会呛水淹死，有的会随波逐流，有的会挣扎求生，有的却不甘沉沦和摆布，成为最后的胜者。

## 五、由蝗虫研究到生态学

"渥洼龙种雪霜同，毛骨天生胆气雄。金埒乍调光照地，玉关初别远嘶风。"（唐·翁绶）

在对东亚飞蝗的研究和治理中，马世骏先生运用了生态学的诸多观念，是相当超前的。消灭东亚飞蝗是马先生生态学研究的前期实践。

没有人否认马世骏先生是中国生态学的奠基人和创始人。在"文革"结束后，中国的知识分子迎来了他们人生的又一个春天，同样，科技的春天也到来了。马世骏和他的同时代科学家，碰上了最好的时机，重新焕发出科学研究的激情和活力。

"1988年12月，美国佐治亚大学生态学研究所的一次庆祝会上，中国科学院学部委员、中国生态学会名誉理事长马世骏和世界著名的美国生态学家奥德姆（E. P. Odum）及其同行亲切地交谈。在座学者称赞马世骏为生态学的发展和人才培养做出了杰出贡献，赞誉他为'中国的奥德姆'。马世骏不仅是中国科学界的著名科学家，也是深受国际生态学界尊崇的知名学者。"

以上这一段文字来自一篇发自美国的报道。

对东亚飞蝗的漫长研究与战斗，催生出了马世骏先生的"生态学"，这大约是学术发展的必然规律和结果吧。

"生态学"一词是德国生物学家海克尔于1866年提出的。海克尔在其动物学著作中定义生态学是：研究动物与其有机及无机环境之间相互关系的科学，特别是动物与其他生物之间的有益和有害关系。

生态学概念来自欧洲，后来在生态学定义中增加了生态系统的观点，把生物与环境的关系归纳为物质流动及能量交换，这一加入丰富了生态学的内涵。最朴素的生态观念来自公元前4世纪，希腊学者亚里士多德曾描述动物的不同类型的栖居地，还按动物活动的环境类型将其分为陆栖和水栖两类，按其食性分为肉食、草食、杂食和特殊食性等类。他的学生、公元前3世纪的雅典学派首领赛奥夫拉斯图斯在其植物地理学著作中已提出类似今日植物群落的概念。公元前后出现的介绍农牧渔猎知识的专著，如公元1世纪古罗马老普林尼的《博物志》、公元6世纪中国农学家贾思勰的《齐民要术》等，都是朴素生态学的著作。

19世纪初现代生态学的轮廓才出现，如雷奥米尔的6卷昆虫学著作中有许多昆虫生态学方面的记述。瑞典博物学家林奈首先把物候学、生态学和地理学观点结合起来，综合描述外界环境条件对动物和植物的影响。法国博物学家布丰强调生物变异基于环境的影响。德国植物地理学家洪堡德结合气候与地理因子的影响来描述物种的分布规律。有科学家把数学分析方法引入生态学。1851年达尔文在《物种起源》一书中提出进化学说，强调生物进化是生物与环境交互作用的产物，引起了人们对生物与环境的相互关系的重视，更促进了生态学的发展。19世纪中叶到20世纪初叶，人类所关心的农业、渔猎和直接与人类健康有关的环境卫生等问题，推动了农业生态学、动物种群生态学和媒介昆虫传病行为的研究。

到20世纪30年代，已有不少生态学著作和教科书阐述了一些生态学的基本概念和论点，如食物链、生态位、生物量、生态系统等。至此，生态学已基本成为具有特定研究对象、研究方法和理论体系的独立学科。

20世纪50年代以来，生态学吸收了数学、物理、化学工程技术科学的研究成果，向精确定量方向前进并形成了自己的理论体系。

生态学与非生命科学相结合的，有数学生态学、化学生态学、物理生态学、地理生态学、经济生态学等。与生命科学其他分支相结合的有生理生态学、行为生态学、遗传生态学、进化生态学、古生态学等。可否这样理解，生态学本身就是跨学科的一门学问？马世骏先生组建的昆虫生态学研究室，就引进了大量的数学、物理、地理、化学、经济学的人才。

随着科技的进步和人口增长，化学物质在生活中的泛滥，人类活动的无止境开发，人们对大自然逐渐失去敬畏之心，只顾一时利益，竭泽而渔。大量有毒的工业废物进入我们的生存环境，超越了生态系统和生物圈的降解和自净能力。违背自然规律，破坏生态系统，对自然资源的长期滥伐、滥捕、滥采造成资源短缺和枯竭，工业污染对人类健康和生命造成了威胁，生态学的研究就成了当务之急。

马世骏先生曾经说过："在50年代以前，生态学的主要研究对象是野生动植物的地理分布和以生理生态特性为主体的行为及单个种群的数量变化。进入60年代以来，随着人口、资源、环境问题的出现，人们才把生物和它赖以生存的环境作为一个整体来研究，并逐步注意到自然生态的研究必须与人类的生产活动联系起来，从而使生态学的研究进入到一个新的发展时期。"

马世骏先生说到他20世纪三四十年代流亡辗转在四川、鄂西一带时，参加农业害虫研究，在三峡地区的群山中，深刻感受到地形及海拔高度差异，自然景观不同，植被相异，石质的高原缝隙中只能生长耐受剧烈气候变化的稀疏小灌木，山谷中则有包括水杉等古老树种在内的茂密森林。是什么原因造成自然界如此多姿多彩？最令他不解而又必须弄明白的，则是当地少数居民在农业中的一些问题。例如水稻是当地种植最普遍的作物，从海拔只有十多米的谷地可向高伸延到约2000米的山坡，构成梯田奇景。当时当地为害最严重的稻虫是二化螟、三化螟，部分湿地邻近的稻田，亦有大螟发生。在同一个大的坡梯田内，有的梯田下部是三化螟，上部是二化螟。而另一些坡梯田内二、三化螟的分布情况则不同，即低处及高坡上是二化螟，中部是三化螟。而且发现该害虫的年发生世代数及其发生密度亦有不规律的分布现象，又是为什么？要找差别及其原因，这是他对生态学产生浓厚兴趣的肇始。

"环境阻力"是美国20世纪三四十年代比较流行的一个生态学观点。20世纪40年代后期马世骏在美国工作的实验室主任就是此观点的倡导者之一，马世骏在美国的研究中看到，如苜蓿面积与蜜蜂群数之间的相伴发展，腐殖质层中多种小动物的共处，以及红松叶蜂种群与其寄生和捕食天敌之间相生相克的复杂关系，使他对"环境阻力"的观点产生怀疑。博士毕业后，他带着这个问题，访问了法、荷、比、奥、英国的生态学家，拓展了他对气象、营养、天敌等生态因子作用的认识，但问题并未解决。

1952年，他回到国内，大约是在初夏，北京各大报发表了毛泽东的《矛盾论》，他说读后颇有茅塞顿开之感。这是一篇概括性的哲学著作，从矛盾的普遍性与两面性的论述、矛盾的激化与转化以及在诸多矛盾中要抓主要矛盾的方法论的论述中，他收获很大。量变到质变和一分为二的动态观点，已成为马世骏以后观察生态现象及分析社会事物、事理的基本指导思想。

长期在田野上行走、研究和实践，汲取大地生生不息的生命哲学，加上通过学习《矛盾论》后的顿悟，马世骏在生态学的领域独树一帜，成了伟大的先行者。

蝗灾的发生与控制，粘虫的迁飞与控制，这是马世骏先生对中国生态学做出的两个巨大的贡献。东亚飞蝗经他的手被送进了历史的垃圾堆。粘虫在过去曾被国内外称为来无影去无踪的"神虫"，马世骏先生在20世纪50年代联合国内相关单位和部门，通过全国的大协作开展粘虫越冬迁飞研究，明确了粘虫越冬地分布在北纬30度以南，并经实践证明粘虫成虫的体内能源能支撑远距离持续迁飞。针对迁飞不可避免的有个体死亡，迁飞对该虫种持续繁衍又有什么意义？粘虫迁飞是否可避免种内密度制约因素作用？他通过野外与室内对比的实验发现"规律性的异地繁殖，不仅避免了密度制约因素的发生，反而增强了对环境的抗逆性能，提高了雌蛾的生殖力，迁飞行为实际上对粘虫种群起了选优保种的作用"。从而论述了粘虫种群迁飞的进化意义。

马世骏先生由于青少年时打下了深厚的古文功底，对中国哲学中的老庄哲学，阴阳说，金、木、水、火、土五行相生相克的哲学都有很深的体悟与研究。他认为："它们的内涵不仅说明宇宙中的万物是循环不已的，而且揭示出万物构成的宇宙是一个变化多端的整体。""生物与生物之间有着共生、互生、寄生、竞争与复杂的关系，生物与环境之间是否亦有相生相克的关系，则是生态学家必须思考的问题。"因此，"生物学工作者在设计一般生态学试验中通常安排几个梯度的处理，以对比方法观察不同处理的结果，从中明确哪个处理对该种生物的生理性能最适应，据此则分出上限、适度及下限的范围。这说明什么？说明量变所起的作用。"

马世骏说："从根治蝗害研究到生态工程的提出，无不让人意识到要使设想实施，不是单纯的技术问题，要依靠群众，更要达到经济与环境同步发展的效果，这是一个涉及社会—经济—自然资源与地区群众素质交织在一起的社会问题。要寻求解决这类问题的途径，首先要找出社会、经济、自然（资源与环境）之间的连结点、共性，进而分析三者之间的主要矛盾，方能纲举目张，将问题化繁为简。进行一般系统原则处理，社会—经济—自然复合生态系统就是在此思想指导下提出的。"

# 六、泰斗之路

"夷狄寝烽候，关河无战声。何由当阵面，从尔四蹄轻。"（唐·元稹）

中科院动物研究所出了许多著名的科学家，这与他们最早健全学科研究有关。马世骏先生在组建生态学研究室之后，引进各方面人才，建立起有关于生态的全方位研究。有文章说马先生前20年是在研究蝗虫，后20年是在研究生态学。事实上，生态学的研究、教学和科学组织领导生涯，应该是40年没有间断过。就像他有的学生所言，蝗虫研究在马先生那里，不仅仅是一个蝗虫，它是一个害虫模型，对以后所有害虫的研究、对以后关于整个生态学的研究来说都是一个样板。这衍生出了后来他在各个研究领域的突破和建树。他在昆虫生态学、植物保护学、环境保护学、可持续发展科学及其分支学科的发展等方面的理论研究与实践，均有耀眼的成就、非凡的贡献。他是我国昆虫生态学、数学生态学、经济生态学、城市生态学等学科的开拓者和奠基人，创立了复合生态系统与生态工程的新方向，推动了可持续发展科学的发展，为这些学科的发展做出了开拓性的贡献，对生态学领域的一些重要理论，如"生态位""生态适应""生态系统"等也有重要论述和创新。

1959年，马世骏先生出版了专著《中国昆虫生态地理概述》。这是我国有史以来有关中国昆虫生态地理与分布以及昆虫区划工作的第一本专著，全面论述了中国昆虫地理区划的特征，并划分为9区23省，介绍了各区的自然地理条件、重要害虫及昆虫区系成分。还对东洋区与旧北区在中国境内分界线提出自己的独特见解，开拓了昆虫生态地理这一领域的研究。

马先生对粘虫这一所谓"神虫"越冬与迁飞规律进行了多年的系统研究，明确了粘虫在我国东部的越冬北界为北纬33度。基于海面捕蛾、粘虫蛾迁飞行为与标记回收等方面的分析，阐明了粘虫成虫具有季节性南北往返迁飞为害的规律，探讨了粘虫迁飞的生物钟与内在环境因素的关系以及种群适应的意义。该项研究成果在国际上首次明确了粘虫迁飞的时期、方向、距离与地带性规律，在迁飞昆虫的理论与应用上做出了突出贡献，先后获得中国科学院1978年重大科技成果奖和1982年国家自然科学三等奖。

马世骏先生还提出了"中国农业害虫的动态分析及控制途径""昆虫种群的空间、数量、时间结构及其动态""种群变境成长"等理论及新概念。他创造性地将生态学原理应用于植物保护，在我国害虫综合防治理论的发展与生产实践应用上发挥了重要作用，从而取得了显著的经济、社会、生态效益。有关"棉虫种群动态及综合防治研究"于1988年获国家科技进步三等奖。

高瞻远瞩的马先生，在"文革"还未结束的1973年和"文革"结束后的最初时期，就明确指出"生态学是人类解决当代重大社会问题的科学基础之一"，提出了"生态平衡的整体观和经济观"和经济建设、国土整治应该遵循的"生态学原则和经济学原则"双原则，并重点探讨了生态系统理论在环境保护、工农业生产、经济建设与社会发展中的应用原理。

1973年，马世骏先生发表了在当时堪称振聋发聩的《环境保护与生态学》一文，分析了当时与生态学有关的三大社会问题，即"环境污染问题、人口问题与生物资源利用问题"，论述了人类、生物与环境的关系，以及环境污染与生物圈物质循环的关系，强调"人类物质循环是生物圈循环的一部分"。他还运用生态学原理，提出了解决污染和保护环境的途径，即"工业技术与工艺、发挥生态系统功能作用、生态风险评估"，呼吁生态学要开展城市生态、生态系统结构功能与社会经济发展的关系研究，以及人类活动的生态影响和人体健康与环境的关系研究。

1979年，中国环境科学学会成立，马先生在大会上做了《环境系统理论的发展和意义》的学术报告，首次提出了"生态系统工程"概念，并在国际上首次给予明确的科学定义，精辟地提出生态工程的原理是生态系统的整体、协调、循环、再生。他强调生态工程是生态学原理在资源管理、环境保护和工农业生产中的应用，并与李松华教授主编了《中国的农业生态工程》，这是国际上首部关于生态工程的专著，为引导国内外生态工程的研究与应用奠定了坚实的理论和实践基础。他参与了全国多个生态县的试验，全国已有29个省（区、市）正在进行生态农业建设。他为我国农业的持续发展、城市建设与区域治理等方面以及恢复重建失调的农、林、牧业生态系统制定了目标，指明了方向。

动物研究所的后辈在谈论马世骏先生说，在20世纪80年代初，乡镇企业刚刚兴起之时，马先生就提出乡镇企业如果管控不好，将是中国乡村的污染源。后来的事实证明马先生是何等有先见之明。如今的农村，一些乡镇企业带来的污染已经相当严重，虽然正在治理，但任重而道远，生态恢复有时是不可逆的，这里有痛切的教训。

马世骏先生率先将生态学知识与原理应用于环境治理，提出了物理、化学技术与生物降解相结合的污染综合治理战略以及环境、经济协调发展的原则。关于"环境""环境系统"及"生物环境系统"的概念，经由马先生的系统论述，日渐明了。他还提出了五条生态学基本规律：

1. 相互制约的协调规律。
2. 物质循环转化规律。

3.输入与输出平衡规律。

4.生物生产力净值规律。

5.生物发育演替规律。

这是在改革开放刚开始不久的1981年提出的。

与上述五条生态学基本规律相对应的经济学规律，马先生总结为：1.生产关系得适应生产力的发展规律。2.经济再生规律。3.收支平衡规律。4.价值规律。5.资本类型的增长及累积规律。这些重要的论述在环境综合治理中发挥了重要的指导作用。

由昆虫到人类的研究，从经典的实验科学到现代系统科学，从生态科学到环境科学，从人类到社会，马世骏先生40多年的学术生涯始终贯穿着"整体、协调、循环、自生"的学术思想，这也是他一生学术成就的结晶。他巧妙地将中国传统的天人合一理念，当代矛盾统一哲学、系统理论与西方的现代生态学实验手段相融合，将自然科学与社会科学理论研究与实践相结合，形成了一套独特的生态学理论体系与实践方法。

作为发展中国家的代表，马世骏参加了世界环境与发展委员会，与许多世界著名科学家一起与挪威前首相布伦特兰夫人等共同起草了著名的报告《我们共同的未来》。在历时三年多的筹备过程中，马世骏代表发展中国家，据理力陈抛开经济建设去谈环境治理、脱离国情而靠外援去治理环境的不可行性；提出以生态控制论方法去治理而非机械控制论手段去堵截污染，以天人合一的观点去发展而不是以回归自然的方式去保护环境，最终保证可持续发展的概念，为《我们共同的未来》一书的完善做出了卓越贡献。布伦特兰夫人首相在马世骏逝世后的唁电中对他的工作给予了高度评价："从马世骏教授和世界环境与发展委员会的合作，我了解到他最可敬的人格而尊敬这位亲密的朋友，他对我们的工作做出了极其重要的贡献。"

马世骏先生一生重要的论述，他的学生总结为：1.关于"生态系统动态平衡"的论述。2.关于"社会—经济—自然复合生态系统"的论述。3.关于"生态工程"的论述。4.关于"生态环境建设"的论述。

同时，马世骏先生又是一位伟大的教育家、科学导师。他带领他的学生不停地抢占学科的前沿阵地。作为一名大科学家，他承担着我国生态学人才培养的重任，在自己的研究室广揽人才，为青年才俊的建设和培养倾注心血。中华人民共和国成立以来，他先后担任过北京大学、南开大学、复旦大学、武汉大学和北京农业大学的兼职教授，亲自带出了一大批研究生和科研骨干。仅1980年实行学位制以来，就培养了大批硕士研究生和博士研究生，其中大多数是跨学科的综合型研究人才。现在，他的学生们也同他们的导师一样，成为了我国重要的科技人才、专家，我国生态学领域的学术带头人、博士研究生导师，并在国际学术界崭露头角，在各级研究、教学机构和学术团体中担任领导职务。

马世骏先生有着极高的威望，他待人温和，尊重人才，关爱人才，是一位真正的有家国情怀的科学家。科学救国、科技报国是他们这代人的理想。他在我国生态学的创建和壮大上，起到了决定性的作用。他为交叉学科的建设引进不同类型的人才。比如早期为治理飞蝗进行野外调查的，就有数学家，因为要建立数学模型。他引进的都是有国际视野的战略科学家，为创建新的学科储备了大量人才。早在1986年，他就以超前的思维，申请专项资金，成立了国家重点实验室，研究生态，与生态农学一起研究，利用数学工具来解决农业生态问题。他是个有想象力的、视野宽广、能打通各个学科为他所用的天才科学家。现在，他创建的国家重点实验室，在农业虫害、鼠害等综合治理研究上，成就巨大。

作为一代生态学巨匠，马世骏把全部身心都扑在了中华生态学的学科建设、队伍建设和城乡建设上。他带头创建了中国生态学学会、中国科学院生态环境研究中心、中国科学院系统生态开放实验室、农业虫鼠害综合治理国家重点实验室。他参与创建了中国环境科学学会、中国生态经济学会、国际科联环境问题委员会（SCOPE）中国委员会。他的足迹踏遍了祖国城乡，掀起了一个个生态建设的热潮。他临终前参与主持的由数百个生态县、生态村、生态乡参加的"全国生态农业（林业）县建设经验交流会"及在临终前所做的《生态县的内涵和发展趋势》报告，都是他关于生态研究的绝响。

"巧夺天工""巨匠"这样的誉词，是他的同行之语，断不是夸饰，从中也看出他们对马先生的景仰和崇敬。

马世骏先生对中国数学生态学发展的贡献也是不可磨灭的。他指出量化、模型化是生态学发展的方向。从20世纪60年代马先生倡导开办生物统计学习班，到70年代举办系统分析讲习班，直到80年代他谈到生态工程进一步研究的方向时，还指出必须走"量化、模型化、工程化"的路，开拓了一条为人类生存和发展、为国民经济服务的道路。翻开生态学的历史，可以发现数学和生态学的结合已有百年历史，生态学有一个有名的模型，称为沃尔泰拉方程，它的产生就隐藏着一段佳话：在第一次世界大战期间，意大利生物学家翁贝托·德安科纳（Umberto D'Ancona）发现在地中海港口，食肉类的鱼（生态学称为捕食者）的比例明显上升，但战争后又下降到原来水平，他百思不得其解，于是去请教了当时有名的数学家沃尔泰拉。沃尔泰拉做了几个合理的假设后，推导出了生态学中有名的沃尔泰粒方程，合理地解释了"一战"时地中海港口捕食鱼比例升高的原因。由于他们成功的合作，最终德安科纳也成了沃尔泰拉的女婿。20世纪五六十年代，国际数学生态学的发展正沉浸在追求推理的解析性、严谨性和完美性的时候，马先生带领中国数学生态学工作者走出了一条全新的道路——为国民经济服务。我国最早的数学生态学的研究，就是和当时我国的头号农业害虫——蝗虫的治理联结在一起的。其后的几十年中，我国数学生态的发展总是和农业、环境、经济发展、区域规划等重大问题的解决息息相关。1990年第三届全国数学生态学术讨论会以其鲜明的主题"数学生态学与人类生存发展"向世界表明，中国的数学生态工作者走着一条与众不同的路，这是马世骏先生开拓和奋进的一条民生之路，民本之路。

让人感慨的是，他的许多生态学研究的成果都是在他60岁以后取得的，他的生命具有不息的奔腾和发光之伟力。他是一匹不知疲倦的骏马。

# 七、挥手自兹去

"挥手自兹去，萧萧班马鸣。"（唐·李白）

1991年5月30日下午，马世骏先生参加了农业部在河北迁安县主持召开的一个"全国生态农业县建设经验交流会议"之后，匆匆离开。他要回北京参加另一个外事活动，美国大使馆的一个参赞想与他谈事儿。那天他坐的是一辆新桑塔纳，同车还有一位生态学会的副研究员。路很好，是刚修好的一级公路。走得很顺，华北平原的初夏风光尽收眼底，大家在车上谈笑风生。马世骏先生坐在副驾座上，这可能是他个头比较高的缘故，也是他长期野外考察的习惯。

吃过午饭后，马世骏先生在车上打盹，到了丰润县地界，一场严重的交通事故突然向他们袭来。

下午4时许，一辆双排座客货两用卡车忽然争道抢行左转弯，因为距离太近，新桑塔纳车与卡车相撞。轿车霎时变形，司机和副研究员身受重伤，当地的农民将马世骏先生从车里抬出来时，他满脸是血，已经没有了生命体征。一代治蝗和生态专家溘然离去。事后，那位副研究员虽保住了生命，但失去了记忆，不再认识他老伴。

就在前一天，马世骏先生参加了在北京召开的中国科学技术协会第四次代表大会。

马世骏的博士研究生王如松的夫人薛元立陪同马世骏先生参加了这次大会，马先生是中国科协前三届全委会委员，四届委员候选人，并任本次大会第三代表团团长。第三代表团简称生物团，由中国科协下属的生态、环境、自然资源、细胞生物、植物生理、生物物理、生物化学、动物、植物、微生物等15个一级学会的57名专家组成。会前，马先生在百忙中多次把薛元立叫到他的办公室了解大会的中心议题、会议议程和各学科专家参会情况。他仔细研究了钱学森同志的工作报告《九十年代中国科技工作者的历史责任》，并语重心长地对薛元立说："作为科学工作者，在这个大会上最重要的责任莫过于向党和政府提建议了，我考虑了很久，觉得有两件工作迫在眉睫。一是加强生物科学队伍的建设，二是开展资源与环境的宣传教育活动。"

薛元立因为负责在会议期间反映专家的意见，会前对马先生进行了专访。

马先生从近年来国际生物科学的发展形势，谈到1949年后生物科学取得的重大成就，从国民经济建设对生物科学的迫切需求，谈到生物科学工作者队伍的基本状况。他说："生物科学在研究解决农业、医药、人口、环境保护等重大问题以及发展高新技术方面越来越显示出其重要作用。各国政府都十分重视，国际有识之士预言：21世纪将是生物学的世纪。……我国人口众多，在国土整治、国民经济、区域规划、发展农业及生态环境治理等方面，对生物科学的需求十分迫切，重视和加速生物科学的研究，对促进我国社会主义建设有着积极的意义。"

马先生指出："目前我国生物科技队伍的状况远不能满足学科发展的需求，并存在若干潜在的危机，尤其是学术带头人的年龄老化极为严重，中青年科技人员后劲不足，生物科学研究队伍青黄不接、后继乏人的现象很普遍。"马先生强调："90年代是实施国民经济和社会发展十年规划和'八五'计划纲要的重要年代。针对我国生物科学研究队伍的现状，国家应采取一些特殊措施，创造一个发展学科，促进人才成长的良好环境。"

他还呼吁改善和提高科技工作者的工资待遇和住房条件，解除其后顾之忧。他建议国家制定一套切实可行的吸引和保留人才的措施，使更多的留学、进修人员回到国内定居、工作，为祖国的科学研究贡献聪明才智。他希望国家较大幅度地增加对生物科学研究的投资，为广大生物科学研究人员提供施展才华的研究基地。

薛元立满怀崇敬聆听教诲并记下了马老的谈话，生怕其中有任何一点遗漏与疏忽。由于马先生思路清晰、观点明确，她很快就拟出了初稿并报送。于是，一篇《加强生物科学队伍建设刻不容缓——学部委员马世骏教授谈生物科学发展》的专访在《会议简报》第8期专版刊出，引起了强烈反响。这是本次大会第一篇涉及学科建设与发展的专家见解，它为各学科专家认真思考90年代中国的科技工作者应肩负怎样的历史责任，起到了先行与引导作用。

5月22日下午，在京西宾馆会议楼三层第一会议室休息室内，一个小型的专家座谈会正在召开。来自生态、环境、农业、林业、地质、地理、海洋等不同学科的十几位著名专家荟萃一堂，共同讨论他们欲联名向大会提交的一项具有深远战略意义的"关于开展资源与环境宣传教育活动的建议"。大家恭听着马世骏先生的发言，他那有着强烈责任感和远见卓识的讲话，获得了阵阵掌声，引起了与会科学家们强烈的共鸣。

马世骏先生在建议中指出："由于我国人口众多，人均资源占有率小，资源相对紧缺，浪费现象严重，环境与污染虽局部有所改善，但整体仍在恶化，治理赶不上破坏，环境质量每况愈下。寻求适合我国国情和国力的对策是当前迫切需要解决的问题。"他从我国资源环境的现状出发，深刻阐明了提高全国各族人民和各级领导干部资源、环境意识的紧迫感的重要意义，他希望各级政府把生态环境保护与资源合理开发利用作为关系到经济、社会发展全局的重要日常工作来抓，切实加强领导，合理开发利用资源，控制环境污染。他希望1992年参加联合国在巴西召开的环境与发展大会的中国代表团成员中，除政府代表外，还要有人民团体代表参加。他建议中国科协在"八五"计划和十年规划期间，应把环境与资源方面的宣传教育作为一项重要工作组织起来，坚持下去，以只争朝夕的精神，促使我国经济建设和环境保护稳定、协调、持续发展。

这项建议完稿后，很快在第27期《会议简报》以黄金版面刊发。16位著名专家的建言，高瞻远瞩，忧国忧民，成为佳话。

5月25日，薛元立把这两期简报送到马先生的手上，并转告他中国科协领导对此十分重视，准备于会后向中央有关部门报告，马先生舒了一口气，像一个孩童一样满意地笑了。他很高兴，他的建议得到了反响，中央在倾听，中国的科技队伍前途光明。

5月25日晚，马先生因要赶回所里处理工作及赴河北省迁安县参加他参与主持的"全国生态农业林业县建设经验交流会"，不得不提前离开尚未结束的科协第四次代表大会。

出事的当天上午，他在"全国生态农业林业县建设经验交流会"上，做了《生态县的内涵及发展趋势》的大会报告。谈到了我国经济发展与脆弱的生态环境的矛盾，怎样才叫生态县、有何标准，我国生态县发展的现状等。可是天不假年，出此横祸，让他的许多宏愿未能实现。

据马先生女儿马媛回忆，那是一个悲伤的日子，她怎么都没想到父亲竟以这种方式与家人告别。在丰润县殡仪馆太平间，父亲被放在一张简陋的有轮床上，父亲本来很清瘦，此时看上去更瘦小，虽然化了妆，但脖子上依然有伤痕，看着让人心疼。当时马媛就号啕大哭起来，再也唤不醒似乎沉睡的父亲。在以后很长的日子里，她总感觉父亲又去出差了，总有一天会回来的。

李典谟先生说到马先生去世的情况。那时候他是动物研究所的副所长。那天晚上，中科院办公厅给他家里打电话，说马先生出车祸去世了，让他晚上9点在中关村路口等。院里有一辆车到河北丰润县，李典谟代表动物所前去。同行的有中科院保卫局局长宫震、生态环境中心的黄副主任，还有当时生物学部办公室主任葛能全，一辆车坐满了。他们半夜12点钟才到达丰润县的现场，气氛非常凝重。丰润县县长、公安局局长等人都在。司机老魏向他们报告车祸情况和现场勘察的情况。大家一夜未睡，第二天一早去车祸现场，因为要确定责任。马先生的车是直行的，那个肇事的当地农用车是拐弯。他们认为是马先生的车车速过快。宫震局长有经验，他察看了刹车的痕迹，测量一下车速，估计是马先生想快速赶回北京去。司机发现农用车后想刹车来不及，又怕伤到副驾座的马先生，采取点刹。据现场的一个中年妇女说，抬下马先生后，他的前胸和裤子都被鲜血染红了，当时就没有了生命迹象。

李典谟给马师母电话，称马先生病了，马师母问是不是心脏病，他们说不是，说马先生在医院里，希望来一个人，当时就让他大女儿马媛去了。

在这次出差的前一天，马先生在京西宾馆参加中国科协的全委会。晚上在宾馆院子里散步，一起散步的有老院士杨含熙先生和李典谟，听说马先生接着要去河北开会，杨先生就说："马先生，你不要太累了，你不要去河北开会了。"李典谟也劝他，考虑年龄和身体，这么远的会就别去了。此时的马老已经75岁了，昔日炯炯有神的眼睛，也因多日的会议露出了几丝疲劳怠倦。马老沉默了一会，坚定地说，这个会是农业部召集的，农业生态工程很重要，我必须去。李典谟感慨地说："马先生作为一个生态学家，一生都在赶路，为了中华生态学科的振兴，他行色匆匆，最后倒在了路上。华罗庚一生做学问，讲课，最后倒在了讲台上。这两位伟大的导师，为我们青年一代，做出了人生追求的榜样。"

# 八、哀恸时刻

马世骏先生的逝世，对我国科技界特别是生态学界来说是惊天噩耗，科学巨星陨落，天地同悲。

马世骏先生的遗体运回北京时，河北方面警车开道，到了北京地界，中科院一行领导在那儿恭迎。这是应有的礼仪。

在马先生的遗体告别式上，有八百多人参加。层层挽幛上悬挂着来自全国各地以及欧、美、亚、大洋洲等许多国家的科学家和国际学术组织负责人的唁电、唁函270余份，还有许多挽联，表达了人们对马先生的哀悼之情和崇高敬意。挽联中有一副是这样写的：

毕生改造环境，造福人类，踏遍青山，岂料祸殃意外，以身殉职；

一心发展科学，振兴中华，驰骋五洲，瀛球桃李满园，为人师表。

《科技日报》对此进行了报道：《我国著名科学家马世骏同志的遗体告别仪式在京举行》。

我国生态学奠基人之一、著名生态学家、环境学家和生物学家马世骏同志的遗体告别仪式，今天上午在北京八宝山革命公墓礼堂举行。

李鹏、万里、宋平、李锡铭、张劲夫、黄华、严济慈、宋健、陈俊生、方毅、卢嘉锡、钱正英、周光召等同志和中国科学院、国家科委、水利部、中国科协、河北省人民政府等单位送了花圈。

钱三强、贝时璋等著名科学家和首都科技界数百人参加了遗体告别仪式。

马世骏同志是山东兖州人，生于 1915 年，1937 年 6 月毕业于北平大学农学院生物系。1951 年获美国明尼苏达大学博士学位。同年，几经辗转回到祖国。近 40 年来，马世骏同志一直从事生态学和环境科学研究工作，创造性地将生态学原理应用于植物保护和环境保护，提出把生态效益和经济效益作为一切工农业建设和城市建设的衡量指标，在我国害虫综合治理、环境治理及生态建设理论的发展和实际应用方面发挥了重要作用。他还曾与世界上许多著名科学家一道，起草了联合国环境与发展报告——《我们共同的未来》。

马世骏同志生前是中国科学院学部委员、国务院环境保护委员会顾问、国际环境科学问题委员会中国委员会主席、欧洲生态科学院通讯院士。他是在参加了"全国生态农业林业县建设经验交流会议"后，于1991年5月30日下午返京途中，在河北省丰润县境内因交通事故殉职的，享年75岁。

《人民日报》和《光明日报》的报道是新华社统一发布的：

我国现代生态学的开拓者和奠基人之一、国内外著名的生态学家和环境学家马世骏教授，5月30日因车祸不幸逝世，享年75岁。

马世骏教授毕生从事昆虫生态学、生态学和环境科学的研究工作。他将生态学原理应用于植物保护和环境保护，对我国害虫综合治理、环境治理及生态建设理论的发展与实践应用做出了重要贡献。他提出了把生态效益作为工农业建设和城市建设衡量指标的主张。为我国推广生态农业，他走遍了大江南北。他还和国际上许多著名科学家一道起草了驰名全球的世界环境与发展委员会报告《我们共同的未来》。

马世骏教授生前是中国科学院学部委员、生态环境研究中心名誉主任、动物研究所研究员、国务院环境保护委员会顾问。他还是国际生物科学联合会执行委员、国际环境科学问题委员会中国委员会主席。

《中国科学报》的报道是《学部委员马世骏逝世》:

本报讯 中国共产党党员、国务院环境保护委员会顾问、中国科学院学部委员、生物学部副主任、国际环境科学问题委员会中国委员会主席、中国科学院环境科学委员会主任、中国生态学会名誉理事长、中国科学院生态环境研究中心名誉主任、学术委员会主任、我国著名生态学家、环境学家和生物学家、中国科学院动物研究所学位委员会主任、研究员马世骏同志,因恶性交通事故,于 5 月 30 日下午 4 时许在河北省丰润县境内罹难殉职,享年75 岁。

马世骏同志长期从事昆虫生态学、系统生态学和环境科学研究工作,发表论著 150 余篇(其中专著 5 册),先后提出"改治结合、根除蝗害""种群变境成长""昆虫种群的空间、数量、时间结构及其动态""种群自动调节""应用理化方法及环境自净相结合的途径综合治理环境""生物环境系统中的相生相克原理"以及"生态工程学""社会—经济—自然复合生态系统""边际生态学"等理论,撰写出版了《中国昆虫地理区划》《昆虫动态与气候》《中国昆虫生态地理概述》《中国东亚飞蝗蝗区的研究》《现代生态学透视》等专著。马世骏同志创造性地将生态学原理应用于植物保护和环境保护,提出生态效益和经济效益作为一切工农业建设和城市建设的衡量指标,在我国害虫综合治理、环境治理及生态建设理论的发展与实践应用中发挥了重要的作用。他主持和领导的科学研究成果，先后获得科学大会重要成果奖、国家自然科学二等奖、三等奖及中国科技进步奖等，马世骏同志对我国昆虫生态学、现代生态学和环境科学的发展做出了卓越的贡献，在国际生态学和环境科学领域起到了积极的推动作用。

马世骏同志还以严谨的学风和广博的学识，培养了一大批国内生态学人才，他们中有的已成为国内外知名学者。

马世骏先生的遇难在国内外引起的震惊与悲伤超乎意料，许多国际和国内组织及知名人士发来唁电、唁函表示沉痛的哀悼。

国家科委办公厅的唁函：

惊悉马世骏同志不幸突然逝世，深感震惊悲痛，在此对世骏同志致以深切哀悼！请代向世骏同志亲属表示诚挚的慰问。

国际环境问题委员会唁电：

惊悉马世骏教授于5月30日不幸去世。谨代表国际环境学问题委员会主席教授及秘书长教授及执委会，对马世骏教授的家人及同事表示最深切的慰问。

马世骏教授是一位杰出的科学家，他对环境科学的进步及中国的环境事业的发展做出了巨大的贡献，作为国际环境科学委员会最真挚的朋友，他为长久期待的 1988 年中国科协和国际环境问题科学委员会的官方联合起了决定性的作用。对他的辞世，我们表示极大的遗憾。

国际生物科学联合会唁电：

我代表国际生物科学联合会主席及执委会表达我们对马世骏教授的不幸去世最深切的哀悼，请转达我们对其家属的真挚慰问，国际生物科学联合会及所有生物学家都会为失去这样一位学者表示沉痛哀念。

人和生物圈计划生态科学部唁电：

对马世骏教授，一位令人尊敬的生态学家的不幸事故，我们表示深切的哀悼，请转达我们对其家人及中国科学界的这一重大损失最真挚的慰问。

国际科联环境问题委员会中国委员会唁函：

马世骏先生治丧委员会办公室：惊悉马世骏先生不幸逝世，我会表示极其沉痛的悼念。马先生生前任我会主席，为创建和领导我会工作做出了重大贡献。现请你办转达我们对其家属的慰问。

澳大利亚国际农业研究中心唁电：

获悉马世骏教授于 5 月 30 日不幸逝世，深感悲痛。谨代表我自己及所有研究中心的同事向马世骏教授的家属表示最深切的慰问。他的去世不仅是中国也是国际昆虫学界的一大损失，他为澳中两国的友好关系做出了巨大贡献，也与我们研究中心的同事建立了深厚的友谊，包括我，道格拉斯博士等。他对昆虫学及更广范围的生态学做出的许多贡献将会成为他博大才能的永久证明。再次向马世骏教授的亲朋好友表示最深切的慰问。

挪威首相布伦特兰德的唁电：

惊悉马世骏教授于 5 月 30 日不幸逝世，深感悲痛。在国际环境与发展委员会中的合作，使我了解到他崇高的人格而尊敬这位亲密的朋友。他对我们的工作做出了极其重要的贡献。请转达我对其家人及同事的深切慰问。

宋健和曲格平同志的唁函：

中国科学院并转生态环境研究中心：惊悉国务院环委会顾问、中科院学部委员、生态环境研究中心主任、中国生态学会名誉理事长、中国环境科学学会副理事长、著名生态学家马世骏同志不幸遇难，我们非常悲痛，谨向马世骏同志的家属表示诚挚的慰问，望忍痛节哀。马世骏同志是在中外都有很大影响的科学家，他对昆虫学的研究建树颇多，在生态学领域广有造诣。马世骏同志对工作、对人民怀有满腔热忱，一贯鼎力支持环境保护工作，他为中国的科学研究事业和环境保护事业付出极大心血，直至生命的最后一息。人们将永远铭记马世骏同志的功绩。

周光召先生当时正在维也纳，也发来了唁电：

惊闻马老不幸因车祸逝世，谨致以沉痛的哀悼，望家属节哀。马老一生为中国科学事业做出了重大贡献，我们一定要继续马老开辟的事业，将中国的生态环境研究和保护提到新的水平。……

他的学生们有一篇悼文《痛悼业师马世骏先生》，由王如松在美国起草、盛承发在所里召集众多同学修改定稿，这篇文章字字泣血，是他的所有学生对导师的哭唤：

先生，您又出发了！揣着中华，向着未来，神采奕奕，行色匆匆！

40 年来，您的足迹踏遍神州，您的业绩蜚声四海，您的学生遍布天下。从蝗虫——种群生态，粘虫——数学生态，环境——

系统生态到城乡——复合生态，您毕生为之奋斗的是科学的博大精深，队伍的发展壮大，祖国的繁荣昌盛，人类的美好未来。

您是一位杰出的科学家，战绩赫赫的元帅。您熔中国古代的系统思想和现代科学方法于一炉，倾注毕生心血，一砖一瓦地建起了具有中国特色的生态学事业，在中国生态学史上取得了绝无仅有的学术地位。您提出根除蝗害的科学对策，扑灭了肆虐几千年的蝗灾；您倡导的持续发展理论，为解决人类的生存与发展问题指明了正确的途径。那记载着您学术成果的奖状、证书、论文和专著等只不过是您毕生卓越建树的沧海一粟！

您是一位伟大的思想家，披荆斩棘的勇士。您以生态学家特有的环境洞察力和个人非凡的才干，开拓了一个个新的生态位。您那生态地理、生态经济、生态工程、生态建设和复合生态系统的学术思想，您那奋争、协同、求实、创新的严谨学风正跨越时空，化作高效、和谐生态序的主旋律，回荡在大江南北，五洲四海！

……

您还是一名身先士卒的排头兵，您一直冲锋在前，永不停留。困难期间吃几把湖草，喝一碗菜粥，忘我工作。40多年栉风沐雨，或步行，或蹬车，或划桨，长年累月出入于各种各样的灾区，农区，林区，山区，平原。直到最后一刻，您还不顾75岁的高龄，以超乎年轻人的非凡精力，风尘仆仆，战斗在生态县建设的第一线。

您确实太累了,您离开了我们。不!先生,没有,您没离开我们!您还是那样的精神焕发、步履矫健,您还是那样的循循善诱、谈笑风生!您案头那么多学术文章还等待去完成,您一马当先,万马奔腾,您永远驰骋在生态王国那广袤的疆场上,您永远活在我们的心坎里!您倡导的思想将春风化雨,洒遍五洲四海。您开创的事业将继往开来,延续千秋万代!

您的学生 泣拜

在马世骏院士100周年诞辰纪念会上,他的学生李典谟与盛承发这样评论马世骏先生:扬在脸上的自信,藏在心底的善良,融进血里的骨气,追求真理的执着,刻进生命里的坚强,这就是生态学一代宗师马世骏先生。

1983年马世骏先生加入中国共产党。他的入党志愿书是这样写的——我们也许能一窥他心灵的轨迹:

我的童年及少年是在军阀混战和日本帝国主义侵略的苦难环境中度过的,衷心盼望国家富强,能让中国人民过安居乐业的生活。在略有知识时,亦曾梦想走"读书救国""科学救国"的道路。1937年6月大学毕业后,经亲友介绍到山东烟草改良场工作。不久七七事变,国民党军队节节败退,蒋介石政府西迁重庆,在日军铁蹄侵入青岛后,我随着烟草场迁往成都。抗战初期,我误信蒋介石决心抗日，对国民党抱有幻想。抗战时期，我先后在四川、湖北国民党政府机关工作，受不了少数派系斗争排斥和失业痛苦，同时也耳闻目睹许多国民党政府达官贪污腐化和争权夺利的斗争。抗战结束后，蒋介石不顾多年人民的痛苦，悍然发动大规模内战，国民党派往各地的接收大员所到之处，尽量勒索自肥，祸国殃民，看了这一切，使我对国民党政府的幻想完全破灭。

1948年赴美国留学的动机，一方面是想学些科学技术，将来有朝一日为祖国建设服务，另一方面也是借此摆脱国内当时的动乱。在美国大学研究院四年，虽在努力读书与工作，但经常怀念家乡，关心祖国的情况。看到美国富强和美国人民安居乐业的生活，盼望我的祖国和人民也能如此才好。既不受外人侵略，亦无内战。抗美援朝战争开始，我国大多数旅美同学都很关心战局，中国人民志愿军挫败当时号称世界第一强国的美帝侵略军，我衷心感到欢欣鼓舞，开始对中国共产党领导的人民政府产生希望。通过旅美学联不断听到国内改革的消息，下决心在学业告一段落后，返回祖国大陆参加建设。在摆脱美国移民局的阻挠，经欧、亚、非一些地区回国途中，看到第二次世界大战的破坏，殖民地人民的贫困，以及回忆美国国内欺负有色人种和贫富悬殊情况，我开始对资本主义发生怀疑。

1952年初回到北京后，经历了思想改造、工商业改造以及"三反""五反"等许多政治运动，认识了中国共产党是廉洁的党、大公无私的党，是为中国人民利益服务的，逐渐建立了跟着共产党走、建设社会主义新中国的道路的坚定信念。

党中央为回国知识分子安排了一系列的政治理论学习,通过学习辩证唯物主义和历史唯物主义等光辉著作,认识到资产阶级专政必然为无产阶级专政代替,资本主义必然改造为生产资料公有,无剥削、无压迫和各尽所能、按劳分配的社会主义社会,社会主义社会经过生产力的巨大发展和思想、政治、文化的巨大进步,最后必然发展到各尽所能、按需分配的共产主义社会。共产主义社会是中国人民亦是世界人民真正能够安居乐业的幸福社会。

30年来的工作与生活的亲身经历,使我在思想上有些进步,在工作中做出点滴成就,成为对人民有用的人。这完全是党的教育、培养、信任和党员同志们无微不至的关怀与帮助的结果。

中国共产党以实现共产主义为最高纲领,现阶段的总任务是团结全国各族人民,自力更生,艰苦奋斗,逐步实现工业、农业、国防和科学技术现代化,把我国建设成为高度文明、高度民主的社会主义国家。党的三中全会以来,党中央提出了实现四个现代化的宏伟纲领,采取了一系列拨乱反正和改革社会秩序的措施,并向全国科技人员发出"振兴中华"的伟大号召,这是我终身梦寐以求的心愿,使我更感到党的伟大与亲切。

我对照共产党的标准差距还很大,并存在着对群众不够关心和过度好胜好强的突出缺点。今后我立志在党的教育和监督下,努力克服缺点,继续改造非无产阶级的世界观,真正成为具有共产主义觉悟的普通群众一员,恪守党的纲领和章程,执行党的决议，履行党的权利与义务，全心全意为人民服务，不惜牺牲个人的一切，为建设社会主义和实现共产主义奋斗终生。

这是一个时代的入党文本，从中可以看到马世骏先生对中国共产党的真诚、热爱和推心置腹。

马世骏先生的入党介绍人是何忠和杜守云。

# 九、众人争说马世骏

马先生的女儿马媛，个子高大，很像马先生。生于1953年的她，退休前是中科院科仪公司电镜质谱部总经理、高级工程师。我约她采访时，她进门来就对早到的李典谟直呼其名，感觉是同辈人。李典谟笑着对我说，马媛原来叫他叔叔的。马媛说，2015年动物研究所纪念她父亲百岁诞辰时，她看到的他父亲的工作照，远远多于他与亲人的照片。看到父亲那么多辛勤工作的照片，她百感交集。她反复强调她说不了什么，"我父亲与家人待在一起的时间并不多，我小时的记忆中，我父亲总是出差，不是去基地就是去灾区。他胃不好，我母亲总是担心他……"

"文革"前，马先生家住中科院12号楼，那套房子有四间。家里有个河北保姆，马媛叫她郎大妈，能做许多面食，马媛说她的面食技术都是找郎大妈学的。"文革"时受冲击后，他们全家被赶出了12号楼，搬进最差的24号楼，靠北，没有阳光，一家四口只有两间房，每间10余平方米。保姆也不能请了，郎大妈虽然舍不得离开马先生一家，但也只能离开。临走时，郎大妈抱着马媛、马玮哭，舍不得离去，这两个孩子都是她带大的。

马媛记得那时父亲经常挨批斗，天天在书房写检查。有一天，家里来了十几个造反派，将家里翻了个底朝天，抄走了父亲许多资料书籍和母亲不少首饰细软，吓得她们姐妹俩相互抱着不敢吭声，她母亲一夜间头发全白了。

那时候，她记得是考中学，敏感的她一下子感觉到同学们也不理她了，邻居也与她家疏远了。这让她很小时就体会到世态炎凉，她们家的生活变得拮据，存款被冻结，有时没钱买米。

那时候中关村周围是大片农田，她常常去参加学校的郊外劳动。有一次经过一个农家时，看到一棵桃树结了不少果子，都成熟了，她不敢去摘人家的，就捡树下掉落的果子。回到家母亲和妹妹都很高兴，把果子削掉烂的部分，大家吃了。

读了一年多初中，1969年，初中还未毕业的马媛报名去黑龙江生产建设兵团。那时母亲远在湖北潜江的中科院广华寺干校劳动。父亲在下放劳动，完全不知道大女儿这么小年纪就要远赴黑龙江当知青。

马媛下放到黑龙江生产建设兵团师五团一连，运气不错，当了"康拜因手"。因想学习技术，她给妹妹写信，让妹妹省下有限的生活费帮她在北京买了许多关于驾驶拖拉机和修理拖拉机、发电机的书寄给她。她说，虽然父亲受到冲击，但动物所的父亲的几个同志出差黑龙江，还取道五大连池去看望了她，这让她十分感激。

在寒冷的黑龙江待了三年后，她转到中科院在河南确山县的五七干校，1977年她才回到北京。

她说父亲在家里很严肃，与孩子们缺少交流，是个工作狂。他的特点是零点睡觉，但三四点钟必起床，从来没有准时下班过。马媛姐妹在幼儿园时，母亲也忙，她们无人接送，时常是被幼儿园阿姨领回家的。

马媛回忆，有一年，父亲的脚趾骨折，躺在床上，不能上班，他把同事和学生叫到家里，在客厅或坐或站讨论工作。

马媛说父亲生活上很简单。吃，他是从不讲究的，因为肠胃不好。穿，因为母亲在湖北干校时学会了做衣裳，虽然没有裁缝师傅做得好，但父亲乐滋滋地穿着，内衣都是缝缝补补的。

作为一个生态学家，他在家常跟马媛姐妹说，中国是个水资源匮乏的国家，我们应该节约用水，什么都得节俭。虽然家里有陶瓷面盆盥洗，但他几十年都是用一个铝制脸盆打水洗脸洗脚，而且铝制脸盆可以直接放在煤炉上加热。洗过手脸的水，如果不是太脏，就会留着晚上加热再用。

认识马先生的人告诉我，马先生家里陈设十分简朴，柜子都是自己买木料找木工打的。马媛说，家里有个小橱柜，因为搬家，就想把小橱柜送给一个刚参加工作的同事，那同事一听说是院士家的橱柜，很高兴去搬，可是到了一看是这么旧的橱柜，说，还是不要了吧。

马媛说："父亲虽然严肃，但对学生和同事是严父兼慈母。到年节时，母亲会做一大桌菜请学生来吃。平反、恢复工作后，研究组由他负责，他招揽的人中，有的是批斗过他的。我很不理解，有时会问问他，他说，这个人适合做这个工作就应该用，他从不计较个人恩怨，不计较别人对他的态度。"

对子女们的教育他是很严的，要她们自力更生，努力工作。马媛在科仪厂工作了几年，同事推荐她去国家自然基金会。她回去跟父亲商量，父亲却对她说："我认为你更适合在基层从事技术工作。"就这一句话，让她搞了一辈子技术。

马媛说，在生活上，母亲非常照顾父亲，总是督促他多吃蔬菜水果。因为父亲胃不好，又是山东人，爱吃面食，所以照顾他也就变得比较简单。三年困难时期，国家对归国专家有一定照顾，但他并没有什么特殊化，顶多就是到中关村茶点铺去买点饼干，这是最奢侈的事。当然，马媛也能美美地分到几块。

马媛回忆，改革开放前，父亲虽然受到政治斗争的影响，但他对这一段生活没有抱怨，他常说这不是他一个人的遭遇，是整个民族的遭遇。

马媛记得，有一次父亲的一个学生从加拿大回来，在酒店请马先生一家吃饭，席间提到父亲这些年来所受到的不公正待遇，说到自己在加拿大大学里优越的教学和生活条件，说："马老，当初您在美国那么好，不该回国，受了这么多苦。"可父亲对他说："是受了些苦，但从心里头想，也没啥遗憾的。好在，那个时代已经过去。"

坚强、诚实、认真、正直、努力，这些品质都是她们的父亲言传身教给她们的。马媛那么小下放到黑龙江，通过努力学习和工作，成为一个优秀的拖拉机手。在寒冷的黑龙江的三年里，咬牙坚持，没有向父母求助一点什么。妹妹马玮，"文革"后也没有接受正规大学教育的机会，她很想出国深造，父亲很支持她。但父亲跟她说，你可要做好吃苦的思想准备，家里不可能在经济上过多资助你。你出国，只能跟我当年出国一样，勤工俭学，依靠自己，完成学业。

父亲几乎没有给马玮钱，只是给马玮介绍了在美国的老师——他的朋友。马玮到美国后，除了拼命学习，还在学校做一份工作，假期打短工，解决生活费问题。

马玮学的是计算机，毕业后在朗讯工作过，后在马里兰州的政府机构国家医学图书馆工作。

马先生的博士生王如松也是中国工程院院士，著名生态学家。他在一篇怀念他老师的文章里写道："马先生的学术和社会活动很多，尤其是晚年，每天工作时间的分分秒秒几乎都被那些热情而又'无情'的不速之客或文山会海所占满。作为学生的我们，接触先生的最佳时间选择，莫过于先生上下班或出差的路上。先生在家时，每天清晨7点多钟迎着朝阳，我们总可以伴随先生提前去上班。傍晚，披着晚霞，我们陪先生最后一批走出动物所的大门。和先生出差时，要么在颠簸的车、船、飞机上，要么在从会场到宿舍那短短数百米的漫步中，我们可以找到与先生谈话的机会。我们汇报工作中的成败与设想，我们交谈读新书、新文献的收获和体会。先生很善于抓住其中一些关键，画龙点睛地给我们解决疑难问题。一天的紧张工作之余，先生总是把这种轻松的漫谈、无拘束的争辩当作一种乐趣，有时兴奋起来，在路上一谈就是几十分钟。我们的很多文章和工作的基本构思，都是在这种讨论中形成的。"

王如松回忆，1982年春天的一个傍晚，他陪先生在石家庄开会，在军区招待所的大院里，王如松向他谈及前些天接到一个外地青年的电话，问中国什么单位搞人类生态学，王如松回答目前国内还没有专门研究的单位，这个年轻人很失望。接触这个话题，先生很振奋，告诉王如松，十亿中国人的生态学太重要了，研究与他们利益与命运休戚相关的问题是他多年的夙愿，还强调说找这个方向，一要有勇，二要有谋。勇，即敢于闯禁区，探前人没有走过的路；谋，即要认清人类生态学是一门交叉学科，涉及自然和人文科学，突破点在于寻求综合的方法论。马先生谈到早在20世纪60年代，他就在中关村组织了交叉学科研讨班，提出了计算机在生物科学中的应用。

那天，他们师生谈得很晚、很多，从"文化大革命"的前后经历谈到未来生态学的发展趋势，从蝗虫生态谈到边际生态学、经济生态学，特别是关于坦斯利（A.G.Tansley）的生态系统概念。谈得十分投机，他们决定撰写边缘效应及有关人类生态系统的文章，不久，马先生亲自起草了《社会—经济—自然复合生态系统》一文提交给全国生态经济学术讨论会，这篇文章后发表在《生态学报》上。

王如松回忆马先生对学生的严格要求时说："作为他的研究生，必须过好五大关，一是文字关，包括中文和英文的文学修养，他经常一字一句地给我们纠正错字、病句。英语听、说、读、写通不过，他是不会让我们着手写论文的。二是基础关，作为交叉学科的研究生，先生十分重视生物学、生态学和本人原有专业扎实的基础知识。先生认为，没有这种专业深度，是搞不好交叉学科研究的。我们的专业考试，85分算及格，但先生的课是很难拿到85分的。我们每个人几乎都不得不重学和重考第二遍。三是方法关，先生要求我们熟练地运用多种现代科学手段和计算机系统，注重文献综述和课题设计。先生常说，看一个学生是否具备科学素质，只要看他的综述和课题设计即可。四是实践关，先生非常重视现场实践经验，特别是城市和农村生态，他教导我们一定要把研究工作的主要时间放在第一线，了解自然，了解人。能不能吃苦，能不能适应环境、打开局面，是他衡量研究生论文的重要标准。不深入实际，只做案头文章的学生，是很难过他关的。五是为人类，先生要求我们有强烈的事业心和无私的奉献精神，严谨的学风和良好的科研道德。先生自己就是表率，他的工资不算高，几十年来，物价翻了几番，他的工资却增加甚微。但各种额外的顾问费、讲课报酬等他都很少拿。他和研究生一起撰写的文章，虽然主要是他的学术思想和方法，但常常把学生的名字放在前面，他的名字放在后面，稿费也都全给学生。1990 年 8 月日本横滨的国际生态学大会，作为中国代表团团长和上届国际生态学会常委的他，中科院本来提供了足够的经费供他住在会议所在地王子饭店，但为了节约，他每天同大家一起挤地铁去会场。回国后，他把剩余的钱全部上交。"

王如松说，马先生对研究生也很关心、体谅，每到节假日，他常把家在京外的单身研究生请到家中聚会。当时，一股出国风也波及生态学界，尽管马先生身边很需要人，但他从不阻拦学生正常出国深造，并主动争取名额，推荐、选送，只是要求他们学成后别忘了事业、别忘了祖国。他在国外的很多研究生都保持着和导师的密切往来，他们中大多数都不负众望，做出了卓越的成绩。

王如松回忆，1987 年春天，一次上峨眉山进行酸雨考察，72 岁高龄的马先生同他们一起踏着积雪、顶着寒风爬上了海拔3099 米的金顶。那天晚上，王如松陪先生住在清音阁，蜡烛光下、瀑布声中，他们讨论"会当凌绝顶，一览众山小"的由来，谈道家的无为，谈科学的认识论，谈人生的得与失，一直到深夜。先生很兴奋，也很满足。王如松明白马先生不仅是满足于登上了自然的顶峰，更兴奋他攀上了科学的高峰。他勉励王如松永不停步，去继续攀登人生的"金顶"……

李鸿昌先生对蒙古高原的蝗虫研究有独特的贡献。他1959年毕业于北京大学生物系，毕业后支援内蒙古建设，到内蒙古农学院任教，直到1980年才调到中国科学院动物研究所昆虫生态室工作。他在内蒙古20多年，走遍了内蒙古的山山水水，自费采集了内蒙古的蝗虫标本，对内蒙古蝗虫的区系和演化做出了突出的贡献。1980年以后，他在中科院内蒙古草原生态系统研究站从事草原蝗虫生态学研究，仍然耕耘不断，完成了《蒙古高原的蝗虫研究》一书。他还编撰了《中国飞蝗生物学》一书的第25至第29章。

李鸿昌在调回中科院动物研究所后与陈永林老师在一个地理生态组，马先生那时跟他们讲生态与社会发展的关系，他帮忙做幻灯片。1982年天津大港发生蝗灾，他和龙庆成去了大港，看到飞蝗在一大片芦苇丛里群聚，甚是恐怖。他说，"改治并举，根除蝗害"的举措，是马世骏先生提出来的，当时治蝗的任务是周恩来总理交给马世骏先生的。李鸿昌说："马先生充满智慧，学科交叉能力强，看问题高屋建瓴。马先生的生态学理论富有远见，提出生态复合系统社会，他的生态理论指导了我国的退耕还林、退耕还牧，对三江源的保护起到很大作用。马先生推广生态县建设，当时农业部何康部长找马先生，想搞生态县，将一个县域的经济发展与生态和可持续发展结合起来。他出事就是因为何康部长的秘书打了多次电话希望马先生参加他们的会议，结果……唉！"说到这里，李鸿昌先生一声叹息。

李鸿昌说他老伴与马先生都是人大代表，说马先生穿的袜子不是一对，他提一个大提包，里面什么都有。这个细节与其他人说的马先生衣着讲究又不同。看来，马先生有讲究的时候，也有不讲究的时候。

康乐院士现在是河北大学校长，中国科学院动物研究所原所长。他也是公认的我国蝗虫研究第三代科学家的代表、领军人物。他说，马先生从美国回国，负起消灭蝗灾的责任，因为这是国家的任务，知识分子就是为国家服务的，责无旁贷，老一辈科学家强烈的家国情怀是我们年轻一代应该学习的。国际生态学界的泰诺奖，是国际生态与环境科学最高奖，马世骏先生曾被推荐为该奖的候选人。马先生跟他说像我们解决中国的蝗灾这种大事，国际同行了解不够，因此没有国际影响，今后我们培养博士生，一定要他们将学术研究到国际上展示。这一点康乐谨记在心，也是这样实践的。

康乐院士说，马老说话不多。学生汇报个人研究进展，他的指导很简短、朴素，只言片语但语重心长。他要求学生做创新的研究，要做前人没有做过的事。

康乐院士说，马老从不故步自封，他是我国生态学奠基人，威望很高，但他不断推动物理生态、数学生态、化学生态的发展。他总是不断突破自己的研究范围，开拓新的领域。

马老去世后，康乐写过一篇文章《马世骏，一匹不知疲倦的骏马》。他认为马先生一辈子在开路，赶路，创造新的活动空间。

康乐说："马老对我启发最大的，让我获益匪浅的，是自我1995年接任昆虫生态室主任后，不断突破我们的研究领域，从地理生态，到群落生态，到化学生态，到分子生态，一直到现今的生态基因组。这在国内外找不出第二个团队，能这样迅速地转变，紧跟世界科技的趋势。"

我让康乐所长谈对马先生生活的印象。他说："马老生活上有点不合群，很少在外面吃饭、聚会，不常跟大伙聊天，不抽烟，不喝酒。我们生态室有三大烟枪，陈永林、李鸿昌、我，马先生若进来，先要求把门窗打开，在外面说话。马老衣着讲究，干净，烫洗得很好，仪表堂堂，冬天是风衣、围巾，有那种民国知识分子的范儿，我们想象的优雅的知识分子形象在他的身上都能体现出来。他看人主要是看重他的才华、工作能干，细小的缺点则包容、忽略。"康乐院士讲了一个小故事，说他有个师弟，在内蒙古自治区调查蝗虫时，跟当地的一个女孩开玩笑，女孩亲戚看不惯，动手把师弟打了，所里有的人认为影响不好，马老得知情况，认为没那么严重，让康乐把师弟用车送回北京。后来马老问，女孩有男朋友吗？康乐说没有。马老说，那他们管得着吗？他们打人就更不对了。马老完全站在师弟一边，他思想开通。

盛承发是马世骏"文革"后首批招收的四个学生之一，著名的棉铃虫专家，现中科院动物研究所经济生态学及昆虫毒理学研究组组长。盛承发先生说："马先生很威严，他不坐下，我们不敢坐。他的办公室很大，沙发就在桌子边，有一次见马先生时，我坐在那个地方，看到所长赵建铭跟他说话，站着说的，说了十几分钟。赵建铭有一个笔记本，活页的，到处记，回来整理，拆开，分类，再装进其他本子。马先生一边写东西，一边似乎随便提一个问题，但你可能三个月答不出来。我们当研究生很苦，很少吃肉，吃不起，当时才50块钱工资，上有老，下有小，我那时有了两个小孩。马师母经常做一大桌菜让我们几个学生去他们家加餐，但马先生一直在隔壁他房间坐着，不跟我们一起吃。马先生肠胃不好，他很注意自己的饮食，从不过量饮食，师母也很关心他的饮食起居。如果不是车祸，马先生可以活一百岁。"

盛承发说："'研究生课程时考马世骏的生态学不好过，一定要当心。'马先生'文革'前收过三个研究生，丁岩钦是唯一毕业的，丁老师这样提醒我们。我们谁也不敢报名考生态学，我与师兄王如松做学生时住在防震棚里，学习上他帮我较多，吃饭我们自己轮流做，一人做一星期。他喜欢吃咸，我喜欢吃淡。然后我们达成了协议，我做饭他不要问，他做饭我不要问。这段时间一有空就说生态学的事，王如松是最先考的，他毕业论文答辩后，评价较好，但他不敢问马先生生态学考试通过没有，怂恿我去问。我当时是研究生小组长，上传下达，我就去问马先生，我说：'王如松通过了吧？'先生转过头来跟我说：'谁说通过了？'我说：'他多少分？'马先生：'六七十分。'我说："那及格了。"他说：'生态学六七十分怎么够？不行。'我说：'不行啊？那可糟了，怎么办？'他说：'让他补写一个十万字的综述。'这真是残酷，要想想，我的毕业论文才两万字，那不等于另写一长篇毕业论文吗？如果生态学通不过，就不能毕业，我跟王如松讲过之后，学数学出身的他硬是写了一个十万字的生态学综述。我考生态学时，当时在农村搞棉铃虫防治，马先生通知我考试，我心想考就考呗。考完试我几天忐忑不安。要下乡了，不问不行了，我就硬着头皮问马先生，生态学考试不行吧？哪知马先生说我过了，我说多少分，马先生说89分，还说我对生态学有点认识，我高兴得不得了。"

盛承发先生在接受采访时，掩饰不住对马先生的敬佩："马先生是我见到的科学家中概括能力最强的。"盛承发1981年博士毕业的时候，许多人忙着出国，他没有准备。马先生问他，毕业后工作上有什么考虑，因为盛承发当时在做棉铃虫的防治研究。盛承发说，这事要么不干，要么大干。先生问：为什么？学生答：要说理论、方法，现在都有了，小干没什么意思，要想得出结论性意见，就得大干。马先生很欣赏学生的回答，安排他参加棉铃虫种群与综合防治研究的"六五攻关"项目，4个研究所联合承担，整个项目得到60万元科研经费，这在1982年是一笔不小的数目，当时的国家自然科学基金才2万元。

　　1982年在华北地区发现棉铃虫对棉花的损害很重，但同时也发现并证实作物本身有很强的补偿能力，影响补偿能力的因子有几十种，诸如不同品种、不同肥力水平，不同播种期、不同地区、不同年份等，盛承发得到不少试验数据和认识，11月回来汇报给马先生，马先生听了感觉并不满意，要求他找出一个结论性意见。盛承发苦思冥想，反复寻找琢磨，终于归纳出了一个框图：影响生物生长发育的所有因素不外乎内因外因，内因主要包括品种特性、生长发育阶段、生理状况。外因分为生物因素和非生物的物理化学因素。物理化学因素很多，但可归纳为"质能时空"。物（质）：土壤、营养物质、水、气等。能：光能、热能、电磁能。时：补偿、恢复的时间长短。空：就是补偿空间，表现为植株密度、行向、叶面积系数。补偿需要空间，虽有补偿能力但没有位置也不行。

　　在马先生的启发、引导下，盛承发进一步归纳出"受损有机体在接受环境因子每一份增量后，倾向于产生更大的生长效应"。在经济产量水平上，只要环境因子的增量足够大，就会出现增产。这有很大的意义，让棉铃虫适度受害，条件较好时，受害植株基于补偿功能，不仅不会减产，相反会增产，称之为"超补偿"。这一认识不仅打破了传统的害虫防治策略，还被棉花栽培学家书面评议为"丰富了棉花栽培理论"。这个观点发表后，一个搞军事研究的人给他写了一封信，说这在军事学上也有意义，比方古语讲的哀兵必胜，就是这个道理。生物受害后因为它自身的补偿生存能力，甚至能产生新的品种。棉花自诞生之初就会遭受多种虫害，在不断的侵害中才能进化，侵害是进化过程中必须经受的。1989 年，盛承发再提出超补偿的基"本机理是生物的生长冗余"，被认为是"开国内研究之先河"。这些证据和认识大部分收集在他的专著《防治棉铃虫的新策略》中，其中也体现了马世骏先生的生态学整体思想和经济生态学原则。

盛承发说，飞蝗治理的成果也是马先生概括能力的体现。他继续说马先生怎么训练他学生的概括能力，让他们提炼观点。1983 年元旦，他工作快两年，想请探亲假回老家。当时请假要规定时间，要有充足理由，盛承发觉得难以开口。他此前去图书馆借一本外文书，管理员说这本书马先生借走了，书叫《农业系统研究》，他就到马先生面前拿了这本书。这天趁着还书请假，未料马先生突然问道，书里说了什么？这是一本农业系统研究的论文集，有二三十篇，如何用一句话来概括呢？他呆立五分钟也想不出来，就老实承认不知怎么回答，也没心思请假了，退出了房间。后来他探亲回家，再读这本书，反复琢磨，回来后向老师汇报说，这本书是"在经济水平上研究不同的农业生态系统的"，就是从经济水平，而不是通常的物质、能量的角度来研究农业生态系统的。马先生点头表示满意。盛承发先生说，他记得李典谟先生评价过马先生，意思是马先生这样的大师，在你背后给你指出一个方向，但他不会告诉你具体目标，前方有什么东西，全得靠你自己的能力去努力探索和寻找。

他还回忆，1983年的冬天，在武汉召开棉虫综合治理学术研讨会。会开完了，要写个会议纪要，由丁岩钦先生和武汉的与会权威专家组织若干同志讨论撰写，大家群策群力，讨论后写出了纪要，以为万事大吉了，都在准备返程的事，未料丁先生又紧急召见大家，说纪要给马先生过目，先生说这不行，要重新写。他们又写了半天，马先生还是不满意，他说，纪要要从系统水平、群落水平、个体水平去总结这次会议，要写怎么在生态学的不同层次上来提高认识的，找出了什么规律，提出和解决了什么问题。马先生的认识显然比大家高出了许多。

马先生虽然肠胃不好，但能吃苦。20世纪50年代在蝗区工作时，他是刚从美国回来的科学家，一点都没有特殊化。吃当地老百姓腌的咸菜，里面经常有许多爬动的蛆，他也一样跟大家一起吃。"1981年在河北饶阳县，我们住五公村，全国劳动模范耿长锁的老家，我在他家搭伙吃饭，一个月15块钱。那一年，我们人多，住大队接待站，有一阵子吃食堂，那年7月大雨，接待站是土坯房，房顶是草和泥土，雨太大，房顶开了大天窗，院子里的水过膝。厕所里的脏物全漂到院子里，蛆呀纸呀粪渣呀，恶心到极点。马先生要上厕所，我要把他背过去，他坚持自己蹚水。他跟我讲过当年在洪泽湖没吃的，连湖草都吃过。"

马先生的工作节奏一般人赶不上。他一般11点睡觉，但3点钟就醒了，一天就睡四五个小时。盛承发说："马先生对人的关心无微不至，心很细致。1986年我去美国，他交代我，在美国还有一事要注意，如果人家门口有果树，结了果，落到地上不要捡。人家的果实，是作为风景装饰用的。我住美国密西西比河边，小河里有许多鸭子不归家，也不怕人。我是巢湖人，爱吃鸭，当地商店里没有卖的。如果没有马先生的提醒，我就可能会抓鸭，闹出丑事。1989年的秋天他带我去河北出差，住石家庄军区招待所，给了个套间，我安排马先生睡里面的大床，但他却让我睡里面。我问为什么，他说他晚上起夜要出来，恐怕影响我的睡眠。"

马先生是盛承发的导师，也是他的入党介绍人。名师出高徒，盛承发在防治棉铃虫领域有广泛的国内和国际影响，他说，这主要得益于马先生高屋建瓴的引导和启发，体贴与关心。

戈峰是马世骏先生的博士生，现在是研究员，博士生导师，农业虫害鼠害综合治理研究国家重点实验室主任，种群生态与全球变化领域学术带头人。1993年在中国科学院动物研究所获博士学位。他主持国家"973"课题、国家转基因科技重大专项、国家自然科学重点基金、国际合作基金和中国科学院创新方向项目等。主要从事全球变化下昆虫生态学与害虫生态调控研究。

戈峰是江西人，毕业于湖南农业大学，导师是陈常铭，陈常铭也是马先生的学生，他跟着马先生做气象因素对蝗虫影响的研究。他说在长沙读书时，马世骏先生就到他们学校里给他们讲过生态学。在湖南农大，就有4人考取了马先生的博士生，马先生可谓桃李满天下。戈峰是1990年考取马先生的博士生的，面试时有马先生、李典谟、丁岩钦。戈峰介绍自己是陈常铭的学生，马先生问，你有什么想法？为什么要报考动物所生态学？戈峰谈了他对生态的一些思考，马先生没有说录取的事，戈峰说马先生很有气场，他一进去就感觉有很大的压力，这个感觉许多初次接触马先生的人都有。第二次与马先生交谈，是关于他博士论文的事，他跟马先生谈了想做生态系统能量研究方向。马先生对戈峰说，什么是博士？ Ph.D是什么意思？是哲学博士学位。他对戈峰提出："你的研究，不仅要在理论上、方法上突破，还要在哲学思想上有突破。"第三次交谈是在马先生75周岁时，在中关村老动物所召开马世骏学术思想研讨会。他在会上谦虚地说，不能说马某学术思想。那次研讨会规格很高，马先生是跟师母一起去的，会后跟戈峰等参会人员谈了很久，主要是关于怎么从事生态研究。他谈到湖北螟虫危害发生，不同的气候，不同的地方，虫害的发生和危害是不同的。他谈到他的经历，怎么在美国求学，获得博士学位，然后再到英国。马先生说，要有广泛的视野，才有全面的认知。他谈到昆虫为什么多，为什么少。在全世界，有两个学派：一个是环境学派，说是温度、气候、降雨量等决定的；一个是生物学派，认为虫多虫少不是与环境有关，是与天敌有关。他说他是综合防治，充分吸收了两个学派的思想。那次研讨会，他把戈峰的老师陈常铭也请来了，他笑着对陈常铭说："你的学生送到我这儿来了。"

马先生去世时，戈峰还在河北饶阳县五公镇蹲点，正在做博士学位论文的实验，丁岩钦先生也在那儿。戈峰看见丁先生拿着手帕擦泪，问怎么回事。丁先生说马先生因车祸去世了，他要马上赶回去。戈峰说，那时，大家都有天塌下来的感觉。

马先生的学术思想，戈峰认为一是系统的观念。体现在哲学上，就是考虑多种因子。以东亚飞蝗来说，通过改造它的栖息地，让蝗虫不能够生活，再加以化学防治，订出防治指标将飞蝗扑灭。二是综合的观念。为什么蝗虫有时爆发，有时不爆发？除了天敌，也有环境因素，需要综合各种观点来治。马先生在1976年出过一本书《中国害虫综合防治》，里面就讲了什么是害虫的综合防治，害虫发生的矛盾怎么转化，转化后会出现什么情况，又有什么主要矛盾，充满了哲学思维。这本书是他思想的结晶，是他学术思想的精髓，东亚飞蝗治理获国家大奖也是这篇文章的总结。

戈峰说，马先生是一个有着不断创新能力的科学家，有大视野，大格局。在他100周年诞辰时，大家总结他对农业害虫治理有巨大贡献，又不断开拓新的领域。他回国报效祖国40年，前20年就是消灭东亚飞蝗，后20年是在做生态和环境研究。一是，蝗虫只是一个虫的模型，但治理的思想对其他害虫一样有效。二是蝗虫治理的生态学理论，同样适用于环境的治理和生态治理。这里，整体和协调的能力，是我们应该学习的，也是马先生的过人之处。有的人只盯着一个东西，不能跳出一个框架，没有超越能力。从自然生态系统到人类社会生态系统，都有一个整体认识和研究，马先生从不墨守成规。

关于戈峰自己的农业虫害鼠害综合治理研究国家重点实验室，他没有多谈，但毫无疑问，他继承了马先生的学术思想精髓，学术研究方法，将此运用到国家鼠害的防治上。

龚佩瑜是1965年从复旦大学生物系毕业的，分配到农科院蜜蜂研究所，1973年调到中科院动物研究所，搞环境污染研究。马先生组建了一个小组，研究官厅水库的水污染问题。治理后好多了。马先生带他们到潮白河采样，马先生是大教授，其他人是实习研究员，采集的样品龚佩瑜拿着。马先生个子高，走得比他们快，他就将龚佩瑜手里的样品拿过去。后来他们在密云水库，坐汽艇去水库深处采样。那时粮食紧张，大家都吃不饱，他们又年轻，工作起来就肚子饿。没有多余的粮票，马先生就把他的粮票拿出来给他们买东西吃。动物所改造温室的时候，种植物，又养鱼，体力消耗大，也是常常饥饿，马先生拿钱让他们去买吃的。龚佩瑜说："马先生的课题经费后来是由我经手的，不管出差到哪儿，马先生从来不要出差补助，马先生去世后，师母和我们一起清理他的办公室，除书之外，没有任何生活用品，老一辈科学家的家国情怀是从一点一滴中体现出来的。"

龚佩瑜回忆说，"文革"后，所里许多人英语不怎么样，马先生亲自为大家授课。后来我们组转向棉铃虫研究，在化学生态组。有的同志休息时买了蔬菜鱼肉，马先生要求不能放在实验室，说这些东西有味道，会影响实验结果。马先生是有点苛刻，但严谨的科学作风却是我们应该学习的。我们为了模拟蝗虫的习性，想买一个人工气候箱，经费不够，马先生说，从他的经费里支出，最后用他的科研经费买回了人工气候箱。

马先生对下属非常关心。龚佩瑜记得，有一年在上官厅水库，她丈夫生病，当时马先生住在中关村，龚佩瑜住北郊，马先生得知后马上骑着自行车来看她先生，让他们夫妇很感动。他安排龚佩瑜去上海生化所学习，让她夏天去，那时她儿子正好暑假，她可以带着儿子回上海上学。到了快春节的时候，马先生给龚佩瑜写信说要她回北京汇报工作，其实也是让她回北京与家人一起过年。龚佩瑜说："他就是这样关心我们。我父母说，碰到这样一个好领导不容易……"

何忠先生，1961年前师从蔡邦华院士，后来按学科划分，划到马先生手下，在物理生态组做棉铃虫和粘虫工作。他说，马先生思想特别敏锐，在科学前沿上给你指点，启发你看到世界最前沿的东西。马先生每天两次检查工作，每周要进行一次汇报。实验室他每天上午去一次，下午去一次。有的同志就是上厕所也要留个纸条，马先生严格到这个程度。开会时有的同志打瞌睡，他就说，某某，你到门口站一会去，像对待小学生似的。20世纪80年代初，马先生与夏凯林先生去英国考察，看到大英博物馆内鸣虫标本下部都配有声谱图。回来对何忠说：

"何忠，能不能做昆虫声谱研究工作？"何忠就开始研究了，当时什么都不懂，国内也没有这方面的研究报道，就边干边学。筹建了声学实验室，先研究重大地下害虫蝼蛄的鸣声，把我国的"非洲蝼蛄"和非洲蝼蛄对比研究，发现我国的"非洲蝼蛄"果然与非洲蝼蛄的鸣声不同，主要是音齿结构不同所以声谱图不同。那时康乐还在做博士，我们把蝼蛄标本给他，经他鉴定确认中国的"非洲蝼蛄实际是东方蝼蛄"，更正了多年来的误称。

何忠是马先生的入党介绍人之一，因为所谓历史问题，马世骏先生背了几十年的历史包袱。经过院党组的审查，问题解决了，马先生晚年心情舒畅，学术思想更加活跃。但马先生对自己要求严格，工作认真，在生活上不讲究，没有任何架子。何忠说，记得第一次与马先生一起出差去湖北沙市，是1961年，坐船去的，船上卖的是高粱米饭，硬得像生米，只有腌菜，他觉得马先生吃不了，可马先生依然呼呼地吃了下去。

席瑞华是何忠的夫人，1959年在昆虫培训班毕业的，毕业后就到昆虫生态室的古亭搞昆虫工作站，一个点12人，组长是黄心华，组员有黄冠辉、冯喜昌、尤其儆、金翠霞、陈玉平等。主要是研究昆虫习性，比如产卵、生殖力、不同植被的影响。所有这些都与气象有关，于是在那儿建了一个小气象站，工作繁重，她待了一年多。他们12个人住在一个地主的大院里，生活艰苦，期间马先生去过三次。马先生与大家一起在当地的大食堂吃饭，每天的主食是豆饼加湖草，与大家一起住男宿舍。

马先生平时挺严肃的，但在野外工作时也同大家一起说笑。

席瑞华的讲述说出了一些我们常人不可理解的动物研究所科研工作者的家庭生活。比方说，我问她，两个孩子在古亭乡下由谁照顾？席说扔给何忠。但何忠出差呢？席瑞华说，有时会请母亲来照顾，后来送到老家去寄养。这些科研工作者无法带自己的孩子。有时候，他们还将孩子交给昆虫生态室的杜守云书记带几天。

82岁的龙庆成应该叫龙老了，但动物所的人都叫他龙工。我在许多关于东亚飞蝗的论文中都看到有他的名字，与陈永林、尤其儆等专家的名字在一起。中华人民共和国成立时他在一家小私人工厂工作，"三反""五反"时工厂关门了，他想回河北昌黎的老家，但北京西城区团委通知他到中科院人事局报到，到当时的昆虫所昆虫生态室。这一年是1953年，他19岁。他5月就到了洪泽湖，一起去的还有陈永林、尤其儆。从5月到10月，他们支个帐篷，旁边搭了个草棚做饭，养蝗虫，研究蝗虫的生活习性和生殖情况。除洪泽湖外，动物所在微山湖、江苏沿海东辛农场等都有虫情测报站点，主要依托当地的治蝗站。他们按照马先生的设计，研究蝗虫的生活史、龄期、吃食、食量，研究地温、水温、采集植物标本和吃蝗虫的鸟类标本，等等。

龙老说，他们在洪泽湖一带，都是骑自行车调查，自行车上带着行李和脸盆，走遍了宿迁、泗阳、洪泽、泗洪、淮阴等县，与地方植保站的人一起。马先生会有时来他们的工作点，马先生的调查量相当于三个人的工作量。每年农业部的治蝗会议，龙老总是去参加。国家投入了巨资，蝗区各地方受益很大。"记得有一年，马先生说，我国几千万亩蝗区，三分之二消灭掉了，但许多消灭蝗灾的地方却不愿意摘掉蝗区帽子。"龙老深深地叹了一口气说，"我在农业部是说实话的，面积压不下来是因为有的地方作假，多争取资金。比如说，我们蝗虫的根治方案实施了，为什么要报飞机防治费？马先生问我：怎么回事？难道我们的治蝗没有效果吗？我不信，洪泽湖按我们的办法治蝗十分成功，也没有实施飞机治蝗。有的地方，如河南浚县，说蝗灾发生，当时报的飞机治蝗，好像很紧急，拨款50万元，这在20世纪60年代是一大笔钱。1966年春马先生从农业部开会回来召集我们，要我们赶到浚县。这是马先生安排的工作，必须迅速出发，他就是要让我们调查清楚，不可马虎。我和陈永林先生先到浚县联系挂钩，浚县每年都报50元万飞机灭蝗经费。我们到了浚县，租了一辆摩托查蝗虫面积，一查，心里就清楚了。晚上到县里召开会议，县长是灭蝗总指挥。我在会上说，我们调查的情况是20万亩，但你们报了50万亩。县长当时很不高兴，说，你来指挥吧。虽然不高兴，但后来治蝗面积证明我们说的是对的，是他们夸大了。"

龙老说："我们的调查在有的地方不受欢迎。在安徽河北，一些植保站的人都横扒竖挡，有一年在河北，我也是说蝗虫面积没有报的这么多。我们到一个地方调查，早晨卡车将我们送到蝗区，我们自带油条当午餐，但是卡车把我们送到一个地方就开走了，离我们调查的地方还有二十里地，我们怎么走？当时是六月天，热得人难受，把我们扔在荒郊野地不管我们，我们还是要走，到了晚上才来接我们回去。"

龙老还说了几件趣事："1954年，我们在江苏沿海调查，马先生坐在自行车后面，因路不好走，我们从自行车上摔下，马先生也摔了个跟头，脚崴了，后来被民兵拦下来了，要查我们身份。马先生那个样子，早被警惕性很高的群众盯上并检举了，说马先生可能是国民党伤兵。那时候，常有台湾国民党特务被空投过来，还有一些国民党伤兵。我们亮明身份，告知他们我们的枪是做什么用的，他们才放我们走。我们的枪要打吃蝗虫的鸟用作解剖，看一只鸟的胃里有多少只蝗虫。打鸟的是动物研究所的技术员江智华……"

龙老说："马先生是急性子，工作说干就干，计划好后风雨无阻，时间观念强。有一次马先生从北京到了新浦（现连云港市），我们去接他，当时大雨滂沱，离目的地还有50里地，我们让他暂时休息一晚，他坚持要走，谁都拗不过他。我们从新浦出发，挑着行李，穿雨衣雨靴，从新浦走到南城，真是一身泥一身水，他也跟我们一起走，马先生对待工作真是没说的！"

李典谟研究员1963年毕业于上海复旦大学数学系，是中国科学院动物研究所研究员，博士生导师，曾任中国昆虫学会秘书长、副理事长，中国生态学会常务副理事长、秘书长，动物所第一届、第二届国家农业虫鼠害重点实验室主任，动物研究所副所长，中国科协全国委员会委员，研究方向是系统生态学。曾获得国家科技进步三等奖，科学院科技进步一等奖、二等奖，农业部科技进步一等奖等。是国家级有突出贡献的中青年专家，"八五"期间主持中科院重大项目"生物多样性信息系统的建立"和"我国动植物受威胁等级划分的原理和方法"，并参与国家环保局"生物多样性行动计划"及"生物多样性国别报告"的制定，是这两个专家组的成员。他从复旦大学数学系毕业后分配到动物所，因为马先生在创建昆虫生态室时，有地理生态组、化学生态组、物理生态组，也有数学生态组。按照马先生的理论，他是把所有农业害虫的治理，通过整个生态工程来考虑的，用生态学的原理人工干预和建设生态系统。

李典谟说，他之所以以数学系毕业生的身份来到动物研究所，是马先生的远见，因为研究一个动物的生态，数学模型很重要。1979年，中国生态学会在昆明成立，马先生是第一届生态学会的理事长，后来一直是理事长。改革开放后，马先生首先贮备的就是中国数学生态人才。

1981年，马先生又把李典谟送去美国进修，亲自联系导师和学校，写推荐信。李典谟成为改革开放后生态室走出国门的第一个访问学者。若干年后，已是博士生导师、动物所副所长的李典谟回忆他的恩师马世骏时说："没有马先生的培养、举荐，就没有我的今天。"

李典谟记得，就在马先生去世前一年，在日本他与马先生一起出席国际生态大会，马师母专门给李典谟打电话，说："典谟，你要照顾好马先生。"马先生心脏不好，肠胃也不好。马先生作为中国代表团的团长、上届国际生态学会常委，本可住在会议所在地的大宾馆，但他却和代表团其他成员一起，住在普通小宾馆，每天挤公交车去开会。

马先生对于工作的态度和优秀的品质令人景仰，他总是孜孜不倦地学习，对新生事物充满兴趣。李典谟来到动物研究所，确实有点奇怪，但马先生说，数学在生态学上大有可为，他特别讲到生物统计的重要性，仅用生态学描述不够，要有生物统计。有一次马先生安排李典谟给昆虫生态室开一个生物统计课，马先生也亲自来听课，这让李典谟非常惊讶。

李典谟说，有两个例子说明马先生非常有远见卓识。改革开放后，昆虫生态室恢复了数学生态组，同时请来了兰仲雄教授。兰教授生于1913年，比马先生还大两岁，当时是华罗庚的第一个研究生。马先生有魄力，有战略家的眼光。当时兰教授是中国地质大学数学教研组组长。马先生认为在生态学的研究上必须要有数学家参与，生态学的发展才有广阔深入的前景。在20世纪80年代，他的课题组每周一次讨论国际生态方向，他运用最先进的数学方法，给他的生态研究注入了很多前沿性的创新思维。

另一个例子是，1989年年初，马老和南京地理所的颜京松教授、动物所李典谟教授一起赴美国俄亥俄州立大学与该校米切（Mitch）教授研究"中美生态工程比较研究"的合作课题，有一个多星期，马老与他的两位学生兼助手生活、工作在一起，在一次谈未来生态学发展时，马老指出：生态学未来不仅会向宏观发展，会产生生产工程、全球生态等分支学科，而且会向微观、向分子水平发展，产生分子生态学等学科，我们应有所准备。马老的预言果然应验。在他逝世不到半年，1991年下半年，国际《分子生态学》杂志问世，预示着这门分支学科走向成熟。为了实现马先生的遗愿，1993年，李典谟在率中国生态学代表团（团长是北京大学陈昌铎教授，副团长是李典谟）访英时，特别安排了访问当时《分子生态学》主编，英国东英吉利大学的教授，并在那里遇到了在该实验室做博士后的中国学者张德兴博士。经过不懈的努力，在当时生物局局长康乐的大力支持下，终于在2000年，以中科院"百人计划"的名义，把张德兴引入动物所农业虫鼠害国家重点实验室，实现了马老的遗愿。

谈到治蝗工作的辛苦，李典谟说，马先生在中国严重的蝗灾发生区洪泽湖实地调查，他的飞蝗研究与治理成就，很多来源于洪泽湖。在耳熟能详的那些故事之外，1965年，他与马先生、丁岩钦一起蹲点，做方案，那时候马先生已经50多岁，但他们都是骑自行车，或者坐那种颠簸得很厉害的手扶拖拉机在蝗区跑，每去一个治蝗站，都是路途遥远。天亮出发，揣几个馒头，就在田间当"午饭"，夕阳西下才能回到住地。

李典谟说，蝗虫发生及密度的调查，是非常严谨的科学工作。在野外，研究取样的方法有拉大网，走直线，都是在青纱帐、芦苇荡里。李典谟与丁岩钦，两个人带十个人，这十个人都是当地虫情测报站的侦察员。他们走一百步放一个人，再走一百步放一个人，取一平方米的地方，查有多少头蝗虫，记录下来，然后大家汇总统计，这个地方蝗虫的平均密度就计算出来了。

李典谟说，1966年他们在浚县调查，住在一个兽医站，吃饭也是在兽医站，一个月交十元钱伙食费，中午带馒头出去吃。骑自行车，有两次从堤坡上栽下来，冲进湖里，浑身水淋淋的，好在没有受伤，自己都吓哭了。

马先生领导的课题组，制定了蝗虫的防治标准，将调查方法提供给农业部。关于蝗虫的长期预测预报，运用的是计算机，用的是数学模型。马先生在60年代初就运用电子计算机，电子计算机是中科院计算所的。中长期预测，要在今年秋天预测明年夏天的虫情，要找到蝗虫发生的因子，包括生态学和生理学的原因。这都是马先生指导的。

李典谟1971年结婚，考虑到当时马先生的处境，结婚不方便请他参加婚礼。马先生见到李典谟后，私底下对他说：你怎么不把结婚的事告诉我一声？"后来马先生带着他的小女儿马玮，在中关村的饭店里请我们夫妇吃了一顿饭。我结婚没有请他，他反倒请我吃饭。这就是我的老师，真实的马世骏先生……"

纪力强也是马世骏先生的博士生，现在是研究员，中国科学院动物研究所科技信息中心主任，生物多样性信息学研究组组长。他1990年在中国科学院动物研究所获得博士学位，跟随马先生攻读生态学专业。他研究的方向是生物多样性信息学。主要研究生物多样性信息采集、整理、存储、处理和共享过程中的关键技术和手段，探讨生物多样性评价的方法并开发评价工具，研究制订生物多样性数据规范和标准，规划、设计并实施生物多样性信息和数据库系统建设。他先后承担并完成了国家科技攻关项目、国家自然基金重大项目、国家自然科技资源平台和国家基础性研究项目等，主持建立了中国生物多样性信息系统和信息中心动物学分部，以及相关的生物多样性数据库。1999年因生物多样性数据管理的工作获得国家科技进步三等奖。曾任中国科学院生物多样性委员会委员兼秘书，中国科学院科学数据委员会委员。现在是中科院动物研究所动物生态与保护生物学重点实验室研究员。

纪力强1982年北京大学物理系毕业。由于对生态比较有兴趣，他就报考了动物所的博士生。复试时，有马先生，还有兰仲雄、李典谟两位老师。他清楚记得马先生一脸严肃，他心想这位老师肯定对学生的要求很高。他记得当时是在马先生的办公室，马先生没怎么讲话，都是李典谟先生在问，对生态有什么认识，还有环境保护、植物保护等问题。后来马先生看了看表，问他说，你会三门外语？纪力强说是的，会英语、德语、日语。马先生说，那就考考吧。纪力强当时填表是这样填的，但德语都忘了，怕考德语。好在李老师拿出一张纸，一看是英语题目，纪力强心里的石头放下了。马先生说，你有三门外语基础，会计算机，有挺好的经验，做数据用得上。这样他就被录取了。

当时动物所招硕士研究生才12个，博士研究生5个。到了所里，印象最深的是马先生希望他的学生们多方面学习，要读生态学的原著。有一本原版的《生态学原理》，这本书复印后，分给学生，每个学生读一章，就要讲一次，这章里面讲的什么，有什么体会。纪力强学的一章讲的是生态系统把能量不停地聚集和消耗，一级一级地消耗，变成了物理上的电路。生态中什么是电阻、电容、升压、降压，这与他过去的物理专业有关。马先生说，生态系统不像你想的那么简单，要考虑很多很多因素，各种物种之间关系，不了解清楚就没有实用价值。他很严格，提醒学生们要从各个相关学科里吸取营养，让他们从这方面想与做。生态学，从物种、群落、生态系统，一层层能量的消耗、转化，都要弄懂。在20世纪80代末，钱学森先生搞了个研讨班，马先生让纪力强他们也去听课。钱学森既是中科院力学所的专家，也是航天方面的权威，每周一至二次请各方面的专家讲课，马先生说科技前沿的各方面知识都要了解，要从系统学来思考。马先生也在这个研讨班讲过一次，讲的是关于生态学的内在关系。纪力强记得他讲的是非常前沿的关于用生态学观点控制害虫，提高产量，包括自然因素、人为因素、用药、农业耕作等，讲完了提问的人特别多。平时马先生不苟言笑，但那次讲课是少有的兴奋。提问多，证明大家对他的观点感到很新奇，很受启发。

马先生思想非常开放，后来我们国家的生态学很活跃，影响很大，应该是马先生打下的基础。他几十年来一直担任我国生态学会的理事长。

纪力强也和盛承发一样讲到当马先生的学生不容易，讲到他博士毕业论文答辩时的忐忑。马先生当时对纪力强说，你这样子还不行，但还是让他通过了，后来又要他写了一篇对生态学的认识，写好后马先生不满意，纪力强又改了一遍才勉强过关。马先生治学严谨近乎苛责，但对学生的成长却是极其重要的。

第七章　群英谱之全才陈永林

Chapter Seven

# 一、《北京晨报》引出的故事

在电视剧《铁齿铜牙纪晓岚3》首轮播映结束后,《北京晨报》的记者接到一个科学家的电话,说他在观看《铁齿铜牙纪晓岚3》的过程中,发现了一个非常细微的穿帮镜头。讲山东闹蝗灾那场景中有这么几分钟的戏,纪晓岚采集了一只蝗虫装到木桶里要给皇上看,和珅接过来后那小虫子一下子蹦到了他脑门上。这场戏演得挺有趣,但是那虫子不对。记者问如何不对,这位科学家接着说:"我是搞蝗虫研究的,一眼就看出这不是祸害山东的品种,我们国家的蝗虫有三种:一种是东亚飞蝗,分布区域是黄淮地区到海南岛,电视剧中提到的山东蝗虫就是属于这个品种;另外一种是亚洲小车蝗,主要分布在内蒙古自治区和新疆维吾尔自治区;第三种是西藏飞蝗,分布在西藏自治区、青海和四川地区。我注意到剧中用的蝗虫不是东亚飞蝗,而是亚洲小车蝗。"

这位科学家就是陈永林先生,中科院动物研究所研究员。

记者根据这个故事写了一篇文章，发表在《北京晨报》上。

我在2016年冬天见到了陈永林先生，他居住在北京某部队大院的一栋楼里。这是一个安静的小区，房子建于20世纪末，没有电梯。陈永林先生88岁，腿脚不太灵便，很少下楼。他可是中国征服东亚飞蝗的主要贡献者，一个奇迹般存在的人物。他思路非常清晰，有着科学家的睿智。

他的四室一厅里面安置得满满的。一个老式缝纫机没地方放，只好放在靠门的地方，将一个房门挡了一半。在两个房门的中间，是伸出来很远的老式暖气片，看起来碍手碍脚。在他的会客室，摆放的是老式沙发，墙上挂着的多为中国画和书法，植物有绿萝、巴西木、君子兰，柜子中塞满了书籍、资料，还有老人必备的轮椅、拐杖。

陈老的字写得不错，一丝不苟，这可以看出他治学的严谨。他个子不高，略显瘦削，慈眉善目。拼在一起的两张茶几玻璃底下压着一些珍贵的照片，他父母的照片，他与老伴的照片，他老伴穿着婚纱的照片，都保存得好好的。老伴是协和医学院毕业的优等生，客厅里还挂着一幅裱好的他老伴的一首诗。

在那些墙上，最让我感兴趣的是陈先生自己画的画和写的字，特别是他为了自己即将出版的著作画的蝗虫，树蝗、水栖蝗、禾草蝗、长角皱腹蝗、荒地蚱蜢、细垫蝗、小短腿蝗、绿纹蝗，还有稻谷与蝗、蝗螭太尉与蝗神庙的分布图……画作中各种蝗虫的生动与神韵，颇见功夫。

陈先生还抄有白居易与郭敦关于蝗虫的诗，也配上了图。他说，他现在出书都是自己画插图。墙上有他学生书写的他的诗词——《杭州西湖记》《登泰山》《都江堰》，有他临摹的徐悲鸿的画《晨曲》和即兴创作的《蝌蚪》，还有几张是水印的齐白石的名画。

房间中挂有照片，其中最多的是他与他的老师马世骏的合影，与他的学生们的合影，与孩子的合影。他说，马先生与师母的丧事及马先生百年诞辰纪念大会都是他和同事一起参与操办。他说一日为师，终身为父。当他说起自己的第一个博士生康乐（现在的河北大学校长），喜爱之情溢于言表，这是他的得意弟子，有这样的学生是老师的骄傲。康乐经常来看他，过生日还送他音乐贺卡。他在国外的学生也都与他保持着工作和生活上的联系。学生们也是跟老师学的，他们的老师对自己的老师怎样，他们就会怎样。一代一代地传承，这就是中国尊师重教的传统。天地君亲师，老师何其重要。

我第二次去陈先生家的时候，与动物所办公室的盛宪锋副主任特意在离他住地不远处买了饺子和炒菜，与他一起吃午餐，我们边吃边聊。他说这个军休所有食堂，有专人送餐，一个电话就搞定了。因为没有电梯，他腿脚不方便，就很少下楼。他生活简单，有时也下楼，到一家叫王胖子大碗面的店铺吃面。他是土生土长的北京人，爱吃面。

陈永林先生是那种干净利索的科学老人，满脑子关于东亚飞蝗的事情，陈先生常说，他自谦是马世骏的学生，实际上是马先生的助手，他有许多对马先生的记忆。一位生于1928年的老人，他的一生都贡献给了我国的治蝗事业。从照片中看到的那个风流倜傥、精神焕发的年轻人，到现在的耄耋老人，他的屋子里一直像个蝗虫研究室。当陈老谈到当年在洪泽湖的历险，谈到飞蝗的特性，谈到那些过去的同事时，依然记忆犹新，神采飞扬。

## 二、阴差阳错的治蝗战士

作为满族人、八旗子弟的陈永林，没有成为提笼玩鸟的京城闲人。1928年出生在北京，父亲经商，虽算不上巨贾富商、家财万贯，也还殷实富足、柴米不愁。母亲吃斋信佛，操持家务。陈家一女三子，陈永林排行老四，自然得到了全家人的宠爱。

父亲虽然没有多少文化，但他尽全力支持子女读书，这是个有远见的父亲。他还记得家门口两侧木雕上的一副对联："忠厚传家久，诗书继世长。"陈家姐弟四人从小都受到了很好的教育，都是大学毕业的文化人。父亲竭尽全力，为孩子们请了一位佟姓私塾老师，陈永林从小就跟私塾先生念《三字经》《百家姓》《千字文》《论语》《孟子》等，每天还得练毛笔字，吟诗作对，这也是陈永林先生一生爱好写诗吟咏的原因。陈永林很小就有绘画和书法的天赋，他6岁进入北京育英小学校求学，小学毕业后，升入育英中学读完初中和高中。育英中学是一所有着一百多年历史的好学校。陈永林小时候特别喜欢看小人书，小人书不仅有精彩的故事，还有大量精致的绘画，陈永林对那些绘画入迷，于是要父亲买来纸笔动手临摹。父亲看着他临摹的画，大喜，准备让他拜师学画，将来当个画家。陈永林初中毕业后也曾想考艺术专科学校。

他家里的那些钢笔素描画、他自己论著中的图表、插图大都不需别人代劳，都是自己绘制。

他告诉我，他还爱好体育，百年老校育英中学也特别重视体育，我国篮球界的前辈牟作云、足球界的年维泗等都是育英学校的校友。足球、排球、滑冰，他都是好手。那时候排球是九人制，他打二排中，当二传手。他可以连续滑冰数小时，只是不喜欢游泳，上初中时，他与同学去中南海游泳被同学扔进深水池，喝了几口水，又患上了沙眼，从那以后就怕水。作为地道的北京人，他还从小爱听京剧、相声、单弦、评书和京韵大鼓。

说到小时候的爱好，他说一辈子与昆虫结缘，是冥冥之中有迹可循的。哥哥喂鸽子，他喜欢抓蟋蟀、斗蟋蟀。京城孩子都好这一口，满族孩子可能更爱吧，这不正是八旗子弟的标志吗？我只是这么联想。他说他们三兄弟都养蟋蟀，一人一套赵子玉罐。这赵子玉罐可是名满京城的饲养蟋蟀的名罐，除了罐子，包括罩笼之类抓蟋蟀的工具也是全的。小时候放学后就是斗蟋蟀，哥仨斗，和胡同里的小伙伴一起斗，还逮蚂蚱、捉蜻蜓、逮知了……蚂蚱这东西是民间的称呼，其实就是蝗虫中的一种。

1946年8月，陈永林中学毕业后考入北京中法大学理学院生物学系，由此走上了科学报国之路。1950年毕业时朝鲜战争爆发，战火烧到鸭绿江边，学校组织毕业生到国务院小礼堂听周恩来和肖华将军动员参军的报告会，会后他即报名参军，抗美援朝，保家卫国。因为部队急需教师，穿上军装不久，陈永林就被调到天津，参与筹建华北军区干部文化速成学校。此时，在中法大学生物系的所学有了用武之地，他担任起文化教员，正排级干部，为部队干部讲授生理卫生学和博物学，并出任生物、化学、物理综合教研组组长，被评为全校教学优秀老师，学校奖励给他《论教师的修养》等书籍，还有毛巾、袜子、毛线衣等。

在陈永林大学三年级时，留法回来的植物学家刘慎谔先生看他的成绩不错，想让他去搞植物学。1949年昆虫学家朱弘复先生从美国回来，在中法大学任教，开了昆虫学。朱教授是陈永林昆虫学的启蒙老师，十分欣赏陈永林，希望他将来搞昆虫学。中华人民共和国成立初期，许多省份闹虫灾，山东、江苏、安徽、河南、河北等省的蝗灾相当严重，朱老师一直没有忘记这个学生。朱先生给中国科学院院长郭沫若写信，专门讲到陈永林的事，建议调陈永林到中科院实验生物研究所北京昆虫研究室研究昆虫。为此郭沫若院长给华北军区司令部去了信函。陈永林正在上课，领导通知他，说接到命令调他去北京中国科学院。回到北京，他才知道，原来中科院院长郭沫若提交了申请调动陈永林到中科院实验生物研究所北京昆虫研究室的报告，于是他在1951年正式进入中科院。

陈永林来到中科院实验生物研究所昆虫研究室（北京部分）报到，才知真正把陈永林调到中国科学院来的目的，是因为马世骏先生准备回国，朱老师让他等马先生回来，就做马世骏先生的助手。马世骏是谁他当时并不知道，不曾想到后来他竟与马先生共事了一辈子，自是后话。

1951年，马先生是从美国乘船辗转欧洲开始归国之旅的，在英国马先生拜访了著名的蝗虫学家乌瓦洛夫和生态学家埃尔顿，再取道香港、上海，于1952年初到北京昆虫研究室。而后组建成立了昆虫生态研究室，马先生任室主任，工作地点为北京西郊公园内。1953年北京昆虫研究室扩建为中科院昆虫研究所，所址仍设在西郊公园。1955年4月西郊公园改名为"北京动物园"，郭沫若院长亲笔题写园名。马先生大陈永林十多岁，有留洋归来的气质，高大清瘦。陈永林回忆：马先生从来就是那样，非常儒雅，有风度。从此，进行生态学研究的马世骏先生，将陈永林领进了这一领域，成为他生态学的启蒙老师。

334

# 三、苏联深造

前面讲到陈永林和他的战友们领受国家交给的重大治蝗任务，转战洪泽湖、微山湖等地多年，历尽艰辛，蝗虫研究和治理取得了初步结果，改治工作在多地逐步展开。这时候陈永林得到了一个去苏联深造的机会。

1957年9月底，陈永林与动物所、物理所、语言所的另外三位同志，一行四人前往莫斯科，他们在穿过西伯利亚的火车上度过了一个难忘的国庆节。漫长的火车之旅，四颗充满热望和憧憬未来的心。

莫斯科，金碧辉煌的古城，当时世界革命的中心。红色的克里姆林宫城墙塔楼上的五角星，永远在太阳下闪耀着金光。红场旁的列宁墓，曾是多少革命者梦想瞻仰的地方。红场上的石块路，五彩梦幻般洋葱顶的瓦西里大教堂，随莫斯科河蜿蜒的红墙，还有列宁格勒、阿拉木图、高加索、里海沿岸……陈永林的相册里，有许多是他与苏联同行在一起学习、生活和工作的影像，那里记载着他在苏联三年美好的时光，三年异国求学进修的难忘岁月。

"深夜花园里，四处静悄悄，只有风儿在轻轻唱，夜色多么好，心儿多爽朗，在这迷人的晚上……"陈永林唱着《莫斯科郊外的晚上》《红莓花儿开》《喀秋莎》等歌曲到了迷人的莫斯科。陈永林是根据中苏两国科学院交流计划，互派科研人员去进修的，他说他就是进修生，与留学和读博士有区别。

到了莫斯科后，他被安排进了苏联科学院地理研究所生物地理研究室工作和进修。他是搞蝗虫研究的，但当时苏联方面搞蝗虫研究的在列宁格勒（圣彼得堡），主要是搞分类研究。而陈永林主要是研究生态，所以就留在了莫斯科。生物地理研究室当时要他研究熊蜂、蚂蚁、伪步行虫、蝗虫，重点是蝗虫。三年里，他的主要工作地点在莫斯科大学动物博物馆昆虫学部。

苏联方面对培养来自中国的陈永林非常重视，为他安排了四位导师，两位大导师，两位二导师。一位大导师是苏联科学院院士贝·比恩科，他是著名的直翅类分类学家；另一位大导师是生物地理研究室室主任、动物学家阿·尼·福尔摩佐夫，他是研究脊椎动物的，擅长动物地理学，并专门研究动物的足迹。一位二导师是生物地理研究室的法·威·潘菲洛夫，研究熊蜂和昆虫地理分布；另一位二导师是莫斯科大学动物博物馆昆虫学部的斯维特拉娜·克列伊科娃，她擅长甲虫的幼虫分类。

贝·比恩科教授和列·米钦科教授是苏联研究蝗虫的著名

专家，两人合写了关于俄罗斯及其邻国的蝗虫分类学著作（上、下卷），这两卷本专著译有英文版在英国出版。陈永林经常向他们请教学术上的问题，常常是茅塞顿开。米钦科教授参加了卫国战争，战争使他的双耳听不到声音了。向米钦科教授请教问题时，需要将问题写在纸上，每当此时，敬重之心油然而生，他不仅是陈永林的老师，更是陈永林心中的英雄。他们没有忘记，也不可能忘记，中、苏两国人民在二战中都曾遭受野蛮侵略，又都奋勇抗敌，相似的经历，更加加深了两国科学家之间的友谊。

他每天的安排主要是与苏联同行一起工作，一道出差考察、做试验。因为中国进修人员不能带家属，大多数时间都待在实验室里，所以到了节假日，同事、导师都会邀请他们到家里去吃饭。可是，辣性的伏特加喝多了会涌起乡愁，会思念远方的亲人。陈永林思念他的父母，还有他刚结婚怀孕的爱人。

陈永林的爱人是他在中法大学生物系的同学，后改学医，考入美国人办的协和医学院。虽然有不少女同学追求英俊的陈永林，但他不为所动。1956年爱人以优异的成绩从北京协和医学院毕业，漫长的恋爱期结束，他们在这年秋天结婚。婚后一年他出国时，爱人已有身孕。

那一代科研工作者基本是工作为大，以国为家。他爱人总是在信中鼓励他，要他安心在苏联学习。这是一次难得的机会，更是组织对他的信任和培养，应当珍惜。但一个女同志带着个婴儿，要忙工作，要值夜班，又得忙家务，照顾孩子，可真是苦了她。作为年轻有为的军医，她不仅克服了重重困难，还因工作出色荣立了三等功。

1959年陈永林在列宁格勒参加了全苏昆虫学会100周年大会，他对这次会议至今仍是记忆犹新。全苏联所有加盟共和国的知名昆虫学家都出席了，使他有机会更加全面地了解苏联昆虫学研究的进展，也结识了不少学界好友，以后与他们中的许多同行一直保持有工作联系。

他说，在苏联的三年，最为难忘的是高加索之行。一行八人，其中植物学家三人，脊椎动物学家一人，搞昆虫研究的四人，包括陈永林的二导师潘菲洛夫先生和夫人。他们从莫斯科出发，跨过欧亚分界线，坐了几天火车才进入到高加索禁猎区，他们要全面考察该地区的动植物分布情况，要完全靠步行进行野外考察。他们还要自己背着考察用具和帐篷、睡袋、粮食等一切生活用品用具。苏联的同志照顾他，除了他必须背的个人用品和睡袋外，只让他背了个最轻的东西——一口野炊用的锅。

在当时，高加索地区的加盟共和国全在苏联疆域内，如格鲁吉亚、亚美尼亚、阿塞拜疆等。这个地区位于里海和黑海之间，群山环抱，重重叠叠，绵延深长。在山与山之间有成片的小湖，湖水如大地碧眼，瀑布四处飞溅。就像俄罗斯伟大诗人普希金描写高加索的诗句一样："这里，乌云在我脚下俯顺地飘逸，透过乌云，我听见喧响的瀑布，峥嵘赤裸的层峦在云下耸立，下面则是枯索的苔藓和灌木，再往下看，已经是翳翳的林荫，小鸟在鸣啭，群鹿在奔驰……"

高加索像与世隔绝的天堂。在大自然的怀抱中，陈永林和苏联的专家们兢兢业业地工作，收集采撷标本，他被该地区丰富的物产、动植物物种所吸引，跋山涉水也不觉得累，当然，一路上苏联同行对他也非常关照。在这里，陈永林看到了他自己在国内蝗区工作与苏联专家们工作上的差距。

一天，他们来到一条水流湍急的河边，那是一片远离人烟的荒野，时常有野兽出没。他们要去河对岸，但没有找到桥，也没有任何过河的工具，只能涉水过河。虽然爱好体育，但陈永林是个怕水的"旱鸭子"。他的二导师潘菲洛夫先生二话不说，将他背过了河。

有一次在山上工作，陈永林碰到了一条当地的毒蛇，吐着红色的信子向他袭来，二导师潘菲洛夫先生奋勇上前将毒蛇挑开，自己差一点被毒蛇攻击。

还有一次大家都迷了路，下不了山。二导师潘菲洛夫先生怕出意外，干脆规定，每当遇到复杂环境，不准陈永林离开他200米，这个规定像为他划定的"安全圈"。

他们在高加索进行了全面系统的考察，采集了许多珍贵的标本，并分别进行了鉴定，每个人都满载而归，陈永林更是与导师和苏联同事结下了兄弟般的情谊。回到莫斯科后，陈永林整理资料和标本，用俄文写了一篇论文《苏联高加索禁猎区直翅目区系》，受到了苏联专家和导师们的一致好评。

赴苏三年，陈永林读了大量的生态学、昆虫学及动物学等著作，特别是那些有关蝗虫的著作。因为有在国内洪泽湖、微山湖等蝗区工作和研究的经验，他对研究生态学和蝗虫也有了新的认识和思路。三年中，他去了许多根本没想到能去的地方，如遥远的高加索、里海沿岸、中亚地区……开阔了眼界，更重要的是收集了大量文献和资料，将苏联科学家们的研究经验与方法带回了祖国。苏联同行的敬业精神和治学态度尤其令他敬佩，他们工作极其严肃、认真，对学术问题可以开诚布公地发表自己的不同看法，展开激烈的辩论，常常争得面红耳赤，但不影响相互之间的友谊。他还发现，蜚声世界的科学家干什么都亲自动手，包括写昆虫标本的标签这样的琐事。

他说，这三年也有遗憾，就是他梦想去的地方如西伯利亚的冻土带，这个机会是永远不会有了。那一次，本来他是要去冻土带考察的，老师和同事邀他同行，但一个外国进修生有一些手续难办，结果错过了时间，未能成行。好在三年中在多位导师的指导下，他凭借自己的努力，为今后的科研工作打下了坚实的基础。回国时，他把他研究的相关文献资料全带回来了，非常珍贵。回国后，他与苏联同行依旧保持着工作关系和交换文献的习惯，只是在"文化大革命"期间中断了联系。之后，他又与以往的同行恢复了联系，包括同大导师和二导师及其家人的联系，恢复了给导师寄圣诞贺卡的习惯。陈永林格外喜欢的一张来自俄罗斯的贺卡，是二导师克列伊科娃的画家女儿画的一张中国鸡年春节贺卡。

作为一个国家派出国工作学习的进修人员，陈永林对祖国和中科院充满感恩。出国三年回来，他将节省下来的2000多卢布交公了。

## 四、新疆有新种

新疆是一个富有魅力的地方，南疆和北疆有着不同的生态环境。不是我们想象的除了茫茫戈壁就是漫漫黄沙，新疆也有绿洲，有冰山，有大湖，有草原，而新疆同样是我国蝗虫灾害严重的地区之一。陈永林回国后马不停蹄地奔赴新疆，继续奔波在研究和治理蝗虫的路上。

因幅员宽广，地形地貌复杂，气候差异大，植被种类多，故新疆蝗虫种类很多，其地理分布也较复杂。同一地区的为害种类通常不止一种蝗虫，不同地域或生态环境内的种类组成变化也很大。新疆蝗虫区系组成主要有中亚种、泛古北种、地中海种、特有种。

就农、牧业区而言，就相当复杂。农业区蝗虫的主要为害种类有亚洲飞蝗、小垫尖翅蝗、戟纹蝗、意大利蝗等。牧区又分为春、夏、秋、冬季牧场，如对春、秋季牧场的主要为害种类有黑条小车蝗、意大利蝗、戟纹蝗、土库曼蝗等，对夏季牧场的主要为害种类有西伯利亚蝗、肿脉蝗、牧草蝗、曲背蝗等，对冬季牧场的主要为害种类有意大利蝗、痂蝗、戟纹蝗等。所以搞清蝗虫的种类、发生与区系分布、区域分布、生态地理分布特点及规划蝗区类型，对后续开展深入的研究，采取相应防治措施控制蝗害，尤为必要。

突眼瞅蝗的样子非常特别，怪异且有趣，两只突出的眼睛像是外星人。过去，苏联的动物学家曾在吐鲁番采集到这个新种，但那是一只雄性的。而陈永林在吐鲁番荒漠废弃的高昌故城采到的是配对的。他多次进入新疆，在1975年和1976年采到过，当然这与时间、地点、方法、经验和运气等相关。他们一共采集到了12只雄性、23只雌性标本。他曾笑称，要到吐鲁番去吃葡萄。其实，他心里装着去实地考察和研究的渴望。两次抓到配对的突眼瞅蝗后，大家才明白陈永林多次往那么炎热的吐鲁番跑是为了什么。1982年，他和他的团队发表、记述下了这一新记录。

1967年，陈永林他们去新疆调查。到新疆后与当地的科技工作者混编在一起，组织了一个有害动物防治小分队，队长负责政治工作，陈永林任副队长，负责具体业务工作。在巴里坤设点进行蝗虫生态学研究实验即将结束时，组内同志与当地治蝗站的干部一起到西戈壁滩上去考察。他们租了一辆矿区的卡车，随车带了馕和甜瓜等食品。哪知半途上被手持长短枪的"造反派"的卡车拦截，对方质问陈永林他们是干什么的，是什么观点。陈永林他们的队伍中既有汉族人也有维吾尔族人，见情势不妙，大家惊吓得不敢说话。这时陈永林站出来回答说："我们响应毛主席号召，抓革命促生产，是来新疆进行蝗虫考察研究与治理的。"陈永林边说边拿出中国科学院动物研究所的工作证。对方接过去看了看，也没抓住什么把柄，挥挥手就放行了。

陈永林后来说，肩负使命，要勇敢面对，临危不惧。

20世纪60年代末有一次在新疆考察，陈永林他们乘坐的解放牌大卡车在茫茫的戈壁滩公路上行驶时，突然发生了意外，左前车轮脱落后飞滚而出，车子很快失控，驾驶卡车的司机很有经验，反应又快，控制着卡车一头扎进路边的沙堆里，所幸没有造成人员伤亡，但这一意外事故还是把他们吓得不轻，从车上下来等待救援时，只好聚在一起打起了扑克，以压下刚才遇险的惊恐。

陈永林没有打牌，趁机到一边去采集昆虫标本。

凭着昆虫学家的敏感，看到路边的几簇芨芨草和梭梭草里有蹦跳的昆虫，他钻进了草丛……突然他眼睛一亮！他看到了一种无翅的蝗虫。不能放跑！他立即去抓。抓到了！他反复仔细地观察，这应该是贝蝗属的一个新种。真是塞翁失马，焉知非福呀。

为什么叫贝蝗呢？ 1955年苏联治蝗团团长齐普林科夫带着飞机支援新疆治蝗。他在吐鲁番采集到了一个新属新种，回国后请贝·比恩科教授鉴定，将新属属名叫作贝蝗，新种名定为准格尔贝蝗，简称"贝蝗"，不知为何，贝·比恩科教授将在吐鲁番采到的蝗虫定名为准格尔贝蝗，而陈永林他们找到的是另一个新种，与准格尔贝蝗有区别，且发现于戈壁荒漠，遂命名为荒漠贝蝗，并于1979年发表了这一新种。

对新疆治蝗的研究，陈永林的贡献是巨大的。从1955年与马世骏先生、夏凯龄先生和苏联专家一起进疆治蝗以来，陈永林他们一直没有间断对新疆蝗虫的研究，对新疆的蝗虫分类学、优势蝗种的生物学、生态学、蝗卵的结构、蝗虫的地理分布规律以及防治对策和方法等方面都进行了系统深入的研究。他和助手们发表并记述了2新属18新种，并使新疆已知蝗虫由1957年的38属53种增加到62属157种。由于积累了二十年的大量研究资料，他们于1979年出版了《新疆的蝗虫及其防治》专著，分别介绍了新疆的蝗虫种类识别、蝗虫的分布规律、蝗虫的生物学特性、蝗虫的天敌、蝗虫的侦察和防治方法。

至今为止，陈永林共17次进疆。

# 五、灭蝗傲绩

从1952年陈永林在洪泽湖畔车路口住牛棚、设野外观测试验点开始算起，这位科学家对飞蝗的研究和治理就伴随着共和国的成长，他的活力、他的智慧和他的敬业，都在治蝗界有着极高的评价，他是新中国治蝗史的一位见证者、参与者和推动者，是历史必将记下的功臣。

科学研究在我国一直与祖国的荣辱、人民群众的生活密切相关，有许多是民生项目，比如治理东亚飞蝗，就是为了国家的繁荣富强，为了老百姓能过上好日子，为了农业的丰产丰收。造福人民，献身科研，辛勤耕耘，报效祖国，这是陈永林他们心中的神圣理想，为此，他们付出了一生。在陈永林先生的家里，甚至可以闻到歼灭飞蝗的袅袅硝烟。他们不同于一般的科学家只属于实验室和书本，治蝗的科学家们是属于大地、原野和大自然的。我感觉得到他满脑子都是飞蝗的故事，满屋子都是飞蝗的影像，幻觉中仿佛他还是刚从洪泽湖和微山湖治蝗归来时风尘仆仆的样子。

1953年8月中下旬，沿湖数县各重点蝗区又普遍发生散栖型飞蝗迁落现象。陈永林他们对此现象进行了调查，并在月夜用望远镜观察散栖飞蝗的迁飞时间、速度并标记释放，取得了迁飞距离等各种有关数据。1954年，他们在昆虫学报上发表了《散栖型东亚飞蝗迁移习性初步观察》的论文。这篇有关散栖型飞蝗可远距离零星迁飞事实的报道，比澳大利亚发表的相关论文更早。

陈永林与马世骏、尤其儆、朱进勉等一起在湖区查蝗并合著过《侦察蝗情办法》《中国东亚飞蝗蝗区的研究》。与郭郛一起作为新中国治蝗的先遣队员，最早踏入治蝗战场，与郭郛和卢宝廉等合著了《中国飞蝗生物学》，独著了《中国主要蝗虫及蝗灾的生态学治理》等治蝗的重要专著。《中国主要蝗虫及蝗灾的生态学治理》这部书有54万字，浸透了多少汗水，甚至生命中奔腾激荡的血水。中国全面根治东亚飞蝗是靠他们打下了理论和实践基础……

当然，陈永林的成果远不止这些。他的著作目录，让我非常吃惊。自然科学家们的论文不像作家虚构的文字，每一个字都是有依据的。自1952年在《大众农业》上刊登《马铃薯甲虫》一文，至我采访时，陈永林发表和出版的论文、著作、学术报告等有近百篇，还有在国内外进行考察的总结报告和学术报告数十篇。

在他与他的同事合作的论著中，影响较大的有：

1954年，尤其儆、陈永林、马世骏在昆虫学报发表的《散栖型东亚飞蝗Locusta migratoria manilensis Meyen 迁移习性初步观察》。

1954年8月，《根治洪泽湖区蝗害建议（草案）》（内部参考文件）。

1954年11月，《根治微山湖区蝗害建议草案（草案）》（内部参考文件）。

1957年，《新疆蝗虫地理的研究》。

1963年，《中国渤海及黄海海面迁飞昆虫的观察》。

1963年，《飞蝗新亚种——西藏飞蝗Locusta migratoria tibetensis subsp》。

1965年，科学出版社出版的《中国东亚飞蝗蝗区的研究》一书（马世骏与陈永林等合著）。这本书是目前国内有关东亚飞蝗区研究较为全面、带有总结性的、权威的专著。

1979年，中国科学院动物研究所主编、由科学出版社出版的《中国主要害虫综合防治》，陈永林撰写了《改治结合，根除东亚飞蝗之害》一章。

1991年，山东科技出版社出版的《中国飞蝗生物学》，由郭郛、陈永林、卢宝廉等人编著。

代表性的独著有：

1963年发表的《中国渤海及黄海海面迁飞昆虫的观察》，这是国内发表比较早的关于我国海面迁飞的昆虫论文，具有开拓作用。后来，国外学者来华访问时，还特地找到陈永林进行探讨。

1981年发表的《新疆维吾尔自治区的蝗虫研究：蝗虫的分布》，是陈永林的得意之作，这篇论文中有他独到的新种发现和论述，有开创性的见解。基于对新疆长年多次的实地考察、分析研究，积累了大量的第一手资料，使他有底气、有能力书写新疆蝗虫的分布规律、区系成分分析、区域分布及生态地理分布等一系列重大理论问题。

对于内蒙古的蝗虫，他也有举足轻重的发言权。陈永林除了东亚飞蝗的研究和新疆蝗虫的研究外，从1979年开始，一直在进行内蒙古草原生态系统蝗虫群落结构、生态地理分布规律及优势种蝗虫生态学特性、种群动态及生态适应的研究，并主持了内蒙古草原蝗虫群落演替规律的进一步研究，完成了蝗虫群落多样性与稳定性关系的比较研究及蝗虫群落演替序列的阶段划分。还发现了小叶锦鸡儿灌丛是退化草场中蝗虫的主要庇护场所及其对蝗虫种类和数量变化的影响作用。

他在1984年发表了《内蒙古草原主要蝗虫及其嗜食植物的无机化学元素特征的比较研究》。内蒙古草原的蝗虫，一直少有人研究，20世纪30年代有外国人初步涉猎。一直到20世纪80年代，陈永林和他的同事们才真正进入这里进行深入系统的研究。

陈永林一生贡献给了蝗虫的治理。在马世骏先生的领导下，陈永林和他的同事们从事的各种研究项目先后获得重大的奖励。

他与马世骏一起因为"改治结合，根治蝗虫"和"粘虫迁飞规律及生理生态特性"等研究获得1978年全国科学大会重大科技成果奖。"东亚飞蝗生态、生理学等的理论研究及其在根治蝗害中的意义"荣获1982年国家自然科学二等奖。"粘虫越冬迁飞规律"的研究工作获1982年国家自然科学三等奖。"取代'六六六'粉剂防治蝗虫，飞机超低容量制剂的研究"，1980年被农业部授予技术改进二等奖。"内蒙古典型草原蝗虫食性研究，优势种蝗虫在自然植物群落中的取食特性"荣获1987年中国科学院科技进步二等奖……

1989年4月，中国科学院内蒙古草原生态系统定位站建站十周年庆祝大会上，内蒙古自治区政府授予陈永林获奖证书，表彰他"在1979—1988年草原生态系统研究和建设中做出了重要贡献"。

陈永林先生的简历说起来很简单，在动物研究所没有"挪窝"，自协助从美国归来的马世骏先生创办国内第一个昆虫生态学研究室起，就始终与马先生战斗、工作在一起。他先后当过昆虫生态学研究室秘书，当过研究室副主任，然后是主任，还是博士生导师。

1963年，他发表了西藏飞蝗亚种（新亚种），为世界上10个飞蝗亚种之一。西藏飞蝗主要分布在西藏自治区、青海南部和四川西部地区。

1964年，他发表了蝗虫藏蝗属（1新属，1新种昌都藏蝗），这是中华人民共和国成立后中国人发表的第一个蝗虫新属。

他和他的同事们研究飞蝗生态地理和昆虫生态，明确了我国有东亚飞蝗、亚洲飞蝗和西藏飞蝗……所做的有关工作在根除东亚飞蝗蝗害的理论形成、实践和总结中都发挥了关键作用。

20世纪60年代后，他开创了我国草原蝗虫种群和群落生态学研究。"八五"至"九五"期间，先后主持中国科学院重点项目"生物类群及其间生态适应机理和胁迫因子影响的研究"和国家自然科学基金重点项目"我国陆生昆虫生态适应性机理及其胁迫因子影响的研究"，均取得重大成绩。他与人合作编著的《中国飞蝗生物学》（1991）获1992年"中国图书一等奖"。

由他执笔的《中国科学院1986—2000年生态学规划》和《未来生态学预测》对我国生态学的发展均有指导意义。

在高龄退休后，他仍然与气象学家合作，进行有关中国历史蝗灾与气候的研究。

作为中国生态学会主要创始人之一，他曾担任生态学会理事，中国昆虫学会理事，《生态学报》《昆虫学报》《自然资源学报》等刊物编委以及国际地圈——生物圈计划中国全国委员会委员，国际科联环境问题科学委员会中国委员会委员。

陈永林先生不仅是一位优秀的科学家，还是一位资深的教育家。他先后培养硕士、博士，蝗虫分类学家和生态学家4位。这些学生有的成为知名的教授专家，有的成为"两院"院士。比如他的博士研究生康乐院士，是博士生导师，中科院动物研究所原所长，现任河北大学校长，中国科学院北京生命科学研究院院长，中国科学院大学生命科学学院院长，中国科学院大学学位委员会副主任，农业虫害鼠害综合治理研究国家重点实验室学术委员会主任，生态基因组学及适应性研究组组长，中国科学院院士，发展中国家科学院院士，国际欧亚科学院院士，美国昆虫学会会士，著名生态学家和昆虫学家，杰出青年基金获得者，国家有突出贡献的中青年专家，中国农业和生物学高被引科学家。康乐在2009年获美国内布拉斯加大学荣誉科学博士，2011年获何梁何利生命科学与技术进步奖，2013年获美国昆虫学会国际杰出科学家奖，2015年获谈家桢生命科学成就奖，2017年获得国家自然科学二等奖和中国科学院杰出科技成就奖。

就像陈永林先生所说的，科研就像一盘棋，车卒马炮各有各的作用，单凭一两个人是不可能成功的，只是大家分工不同而已。有时候我是他们的老师，但有时候我也是他们的学生。大家团结互助，像治理东亚飞蝗这样的浩大工程，依靠的是集体的智慧，任何一个人，哪怕有三头六臂，也难以完成，众人拾柴火焰高。

他谦虚地说："我的一切都是党和国家培养出来的，人不能忘了根本。这只证明我们的一些工作正巧被社会看到并认可，天外有天人外有人，学无止境，人应该有种精神，三人行必有我师，活到老学到老……"

陈永林先生跟我说，实际上我国已知的1000多种蝗虫种类中，真正有害的只有50余种，孤雌生殖的特性也决定了根除蝗虫是不可能的。而且蝗虫是自然生态系统中很重要的一个环节，消除蝗虫将打破能量转化与物质循环的平衡，所以我们要消除的不是蝗虫而是蝗害。这说的是事实，走了许多地方，看到如今大量人工养殖东亚飞蝗，作为餐桌上的一道美味。我国许多地区都有油炸蚂蚱、蚂蚱烧烤这几道菜。不止中国人爱吃，许多外国人也爱吃，蝗虫不仅被用于做菜，还能制成罐头、饼干、雪糕等食品，十分畅销。蝗虫富含蛋白质、碳水化合物、昆虫激素等活性物质，并含有多种维生素和磷、钙、铁、锌、锰等微量元素，不但是美味佳肴，而且还是治病良药，有暖胃助阳、健脾消食、祛风止咳的功效。《本草纲目》记载，蝗虫单用或配伍使用能治疗多种疾病，如破伤风、小儿惊风、发热、平喘、疹胀、鸬鹚瘟、冻疮、气管炎和防止心脑血管疾病等。据统计，能入药供食用的有两种蝗虫，即东亚飞蝗和中华稻蝗，这两种蝗虫营养丰富，肉质松软、鲜嫩，味美如虾，在香港干脆就叫它"飞虾"。这困扰中国几千年、让农民闻之色变的东亚飞蝗，竟然成了一份比其他肉食还昂贵的珍馐。

也曾读到北方作家回忆童年捉蚂蚱烧吃的文字，但我所处的湖北，因为不是蝗区，没有油炸蚂蚱，也不烧吃蚂蚱，只将它作为钓鱼的诱饵，比如钓青鱼、鲩鱼，用蚂蚱最好。不管怎样，人工喂养东亚飞蝗如今成了一门时兴产业，过去要消灭的东西，成了人们致富的资源，成了好食材。

蝗虫是消灭不了的，而且因为时代发展，有的地方蝗害卷土重来，这让陈永林先生忧心忡忡。他在1986年向有关部门提出了《我国部分地区蝗虫回升或猖獗发生的原因及对策》的报告，1988年又向有关部门提出《中国蝗虫灾害的持续控制研究》报告，建议加强蝗虫灾害发生、发展和成因规律性的及总体可持续控制的有效途径研究，不同区域成灾优势蝗种的侦察、监测预测报的研究，蝗虫灾害的减灾对策、效益及其措施的研究，蝗虫灾害指标体系、信息管理系统及蝗灾侦察、监测、预报新技术的应用研究等。

2000年，恐怖的蝗灾再一次暴发，河北、河南、山东、天津、新疆等13个省市自治区100多个县不同程度地发生了蝗灾。那年的6月底，农牧区发生蝗虫面积达9000万亩。部分飞蝗区的蝗虫密度一度达到每平方米1000—4000头。农牧业生产受到严重威胁，脆弱的草原生态环境退化加剧。

为什么在有些地区，如黄河流域和华北地区，老蝗区蝗虫重现，新蝗区不断萌生，飞蝗的发生频率出现上升呢？陈永林先生说，气候的变化和气候异常是主要原因之一。依据历史文献分析，常年干旱、连续严重干旱，加之旱涝交替或交错发生，易导致蝗灾发生，甚至引发飞蝗大发生（故很有可能久旱生蝗）。华北、西北、东北和黄淮海地区时常出现严重的旱灾，雨水渐少，甚至有些地区动辄出现50年一遇、100年一遇的旱灾，多雨水的湖北省也出现了百年未遇的春旱。河流、湖泊和水库水位的下降或干涸，沿海滩涂的拓展等，使蝗虫的适生繁殖环境不断增加，加上多年未受飞蝗侵扰，经费投入不足，各地的蝗虫测报机构设备老旧失修或过于简陋，监测手段落后，对蝗情的监测往往不够及时和准确，也造成了灭蝗战机的贻误。但最重要的原因是国家经济发展对生态的毁灭性破坏，乱砍滥伐、水土流失、农村抛荒、植被破坏、各种产业开发，过去和谐的生态环境不可逆转地被破坏。他举例说天津某地一座水库干涸后，由于绿化和防治措施没有跟上，居然成了"蚂蚱窝"，每年要施放数十吨农药才能控制蝗情。

草地蝗虫的卷土重来是过度放牧导致的，他所关注的内蒙古草原，近年来由于草场管理不善、载畜量过大等原因，出现了草场退化。而草场退化形成的裸露土地也为草原蝗虫的大量繁殖提供了有利条件。草原虫害反过来又加剧了草场的退化和沙化。加上连年虫鼠害，植被退化更加严重，降雨量速减，气温递增。植被本来就已稀疏，一发生蝗害，有限的植物被啃噬得一干二净，这怎能不叫人担忧！

一位八十多岁的老科学家，依然为国家的治蝗事业操着心……

第八章　群英谱之钦俊德、邱式邦、
　　　　郭郛和蝗虫分类学家们

Chapter Eight

## 一、桃源少年与动荡青年

在征服东亚飞蝗的路上，钦俊德也是一位主要贡献者。

一本厚厚的、装帧精美的《钦俊德文选》，记载了钦俊德先生在这一领域的贡献。其中包括论文《东亚飞蝗蝗卵孵育期中胚胎形态变化的观察及野外蝗卵胚胎发育期的调查》《蝗卵在孵育时的变化及其意义》《东亚飞蝗卵的失水和耐旱能力》《浸水对于蝗卵胚胎发育和死亡的影响》《东亚飞蝗的食性和食物利用以及不同食料植物对其生长和生殖的影响》《东亚飞蝗翅振频率的初步研究》《东亚飞蝗鼓膜器对于不同方向声刺激的反应》等。可见，在早期的蝗虫研究中，钦俊德的研究大多是在精确控制条件下开展的，这在当时是非常难能可贵的，与仅仅是调查、观察的研究是有重要区别的。此外，钦俊德先生对夜蛾的研究，对蚜虫的研究，对七星瓢虫、赤眼蜂和松毛虫的研究，以及对昆虫的综合性研究，都卓有成就。

在纪念钦俊德先生90华诞的时候，著名昆虫学家、中科院院士张广学为先生写了一首诗：

安吉丙辰生俊德，东吴初见诸学科。

清华执教三年整，荷兰方知学问多。

六十余载勤探索，科研学报皆收获。

植物选择开拓者，昆虫生理立新锐。

著名昆虫学家、中科院院士尹文英也有一首诗赞誉钦俊德先生：

五十年前太湖滨，归国初访抒豪情。

昆虫生理开新域，桃李芬芳满园春。

一代宗师世敬重，累累硕果庆丰功。

淡泊平易志高雅，文采风范树典型。

中科院动物研究所原所长、著名动物生态学家张知彬，中科院动物研究所原党委书记、著名动物生理学家段恩奎献贺词：

时值钦俊德院士90华诞之际，我们谨代表中国科学院动物研究所向钦先生及全家表示热烈的祝贺。

钦俊德先生是我国著名昆虫生理学家，为我国昆虫生理学的建立、发展做出了历史性贡献。他50年代初期回国，在中国科学院昆虫研究所创办了我国第一个昆虫生理学研究室，并主持该室科研工作达三十年之久。40年代末，他在昆虫与植物相互作用理论上提出了新的见解，50年代，在对东亚飞蝗卵期发育和食性的研究过程中，从生理学上解释了东亚飞蝗发生地的旱热天气、湖泊水位下降等条件是造成蝗害猖獗的重要原因之一。80年代，他领导的课题组成功研制用于大量繁殖天敌昆虫的人工饲料，对害虫生物防治做出了重要贡献。他还特别重视提携后人，培养了一批昆虫生理学领域的科研和教学骨干人才。1991年，钦俊德先生当选为中国科学院院士。

钦俊德先生爱国敬业、学识渊博、治学严谨、淡泊名利、为人正直、德高望重。在钦先生90岁生日的时候，我们举行钦俊德院士90华诞纪念庆祝活动并出版《钦俊德文选》，目的是回顾钦先生对我国昆虫学事业的历史贡献，继承和发扬钦先生严谨的治学态度和求真唯实的科学精神，激励年轻一代科技工作者以钦俊德院士为楷模，发奋图强，开拓进取，把老一辈科学家开创的昆虫学事业推向一个崭新的阶段。

衷心祝愿钦俊德先生生日快乐！健康长寿！

作为我国昆虫生理学的开拓者，钦俊德先生的成就与他的童年、少年时期有着密切关系。他从小生活在山溪边，浙江的山村非常美丽，溪水潺潺，游鱼怡然，水草丰茂，修篁遮阴，虫飞鸟鸣，俨然世外桃源。一个从小就热爱大自然的人，一定会与花鸟鱼虫结下不解之缘，情定终身。

1916年4月16日，钦俊德出生于浙江省湖州市安吉县农村。安吉钦家，始祖钦德载，蒙古族，主张民族和解，平息干戈。因得不到响应，德载只好率部投奔临安宋政权。南宋理宗赐姓钦，封都督计议官，并赐婚。

钦俊德父亲钦维熊将儿子取名俊德，自有美意。《尚书·尧典》曰："克明俊德，以亲九族。"

据说从小钦俊德就喜欢与祖母一起在山里寻果摘菜。屋前屋后多栽有桃李杏梅，春天花树如火，冬天红梅绽放。有一天，钦俊德拿着一把菜刀在菜地里挖野菜，一不小心，将自己的一个大拇指切断了，鲜血直流，疼爱他的祖母赶来一把抱住他大哭。钦俊德却毫不在乎，坚强勇敢，反而劝祖母不要哭。

钦俊德从小喜爱昆虫。浙江农村，夏天的夜晚，常常点燃艾蒿来熏蚊子，艾蒿的火将草丛里的萤火虫引了过来。钦俊德便将萤火虫捉来放进玻璃瓶里玩耍，问大人虫子为什么会发光。

钦俊德小时也会在春天养蚕。祖母会养一些蚕到秋天卖茧，钦俊德放学后就去采桑叶，帮助大人打理蚕宝宝。钦俊德对蚊虫很厌恶，他的弟弟钦俊义就是死于蚊虫叮咬导致的疟疾。

钦俊德的父亲钦维熊是个书塾教师，能书会画，对钦俊德多有影响。钦俊德酷爱读书，聪颖过人，在安吉县城中山小学读书时，他的作业字迹漂亮，端庄严谨，总是得到老师的赞扬，成绩一直名列前茅。在他的家乡，村里人都知道钦俊德天资过人，读书过目不忘，都说这孩子长大一定有大出息。

1930年，钦俊德高小毕业，考入位于湖州的东吴大学附中读书，1933年又考入嘉兴秀州中学读高中。1934年钦俊德高二时，按照当地的风俗习惯，家里给他操办婚事。这婚事是因为他祖母的坚持。祖母是一家之长，急于要抱重孙，怕钦俊德出外读书后新思想太多淡了乡情规矩，于是让孙子18岁成了家。钦俊德的妻子郑愿芳，与钦俊德同年同月同日同时生，八字相同。郑愿芳还与钦俊德一同在安吉县城中山小学念书，同学六年，也可说青梅竹马，十分般配。后来钦俊德去外地读中学，愿芳只能留在家里操持家务。

1935年浙江闹饥荒，钦俊德家里十几亩田水稻歉收，高中毕业的钦俊德没钱上大学，便留在嘉兴秀州中学执教一年，教初中的动物学和植物学。这也是他与生物学结缘的开始。

嘉兴秀州中学是一所老牌中学，知名校友遍世界，著名的美籍华人物理学家李政道、数学家陈省身都毕业于此。钦俊德也是秀州中学的高才生，留校执教一年后，他考上浙江大学生物系。但家里无法负担他上大学的学费，他了解到以他的考分可以在东吴大学获得梁士诒奖学金，便转学到苏州的东吴大学。

1937年，全面抗战爆发，东吴大学从苏州迁到湖州，后来战局更加严峻，学校不得不暂时解散，钦俊德只得暂时回家。1938年，东吴大学在上海复校，钦俊德到上海，依然靠梁士诒奖学金在东吴大学继续学业。毕业后又考入北平燕京大学研究院，在李汝祺教授的指导下研究实验动物学，同时兼任胡经甫教授无脊椎动物学的助教。燕京大学因太平洋战争爆发停办后，钦俊德又一次被迫停学回家。不久，由朋友介绍，他去安徽屯溪一所中学任教，并担任教务主任。后来知道燕京大学在成都复校，经同学帮助，与当时筹办生物系的刘承钊先生取得了联系。刘承钊先生邀钦俊德去燕京大学生物系任助教，并汇来2000元作路费，钦俊德辛苦辗转两个多月才到达成都。

刘承钊先生是我国著名的两栖类爬行动物专家，他在华西多次远出采集标本，收获极为丰富。1943年正修建康青公路，刘承钊先生认识的总工程师愿意帮助他们去西康采集标本，刘先生便安排钦俊德和一位姓潘的技术员与那位总工程师同行。

藏区有壮丽的风光，也有许多高原动植物。这里的海拔都在三四千米，缺氧难行，道路险峻，人烟稀少，他们经道孚、炉霍到达与西藏自治区接壤的甘孜，沿途采集到了不少稀有两栖和爬行动物、高原昆虫标本。此行让他印象最深的，也是最激动人心的是抓到了阿波罗绢蝶。发现它的行踪后，钦俊德穷追不舍，折断了捕网的木棍，终于将阿波罗绢蝶逮住。

对昆虫生理学的热爱，源于一次在学校图书馆里他读到了刚出版不久的英国魏格尔华斯著的《昆虫生理学大纲》，这本书让他看到了一个缤纷的世界，昆虫的生理原来也这么斑斓多姿，这给他带来了巨大的震动。

战火纷飞的年月，华西大学却安静优美。有一天他散步时，看到一只速飞的胡蜂，在空中抓到一只蜻蜓，落在草地上，经过搏斗，蜻蜓不敌，翅和头被咬掉，胡蜂便把蜻蜓的胸腹部叼走。这场昆虫大战，让他看得目瞪口呆，昆虫世界同样惊心动魄，你死我活，也是一场存亡之战啊！这让钦俊德的研究兴趣更浓了。

得悉昆明西南联大的清华农业研究所昆虫学组当时需要聘请一名研究助教，钦俊德就从成都去了昆明西南联大清华农业研究所。在刘崇乐教授的指导下研究昆明家蝇的天敌，重点是寄生性昆虫天敌与寄主的种间关系。钦俊德发现昆明家蝇蛹期的天敌有五六种寄生蜂和一种寄生的隐翅类甲虫，可算种类丰富。

1947年，钦俊德的命运发生了巨大转折。抗日战争胜利后，国民政府教育部举行了一次公费出国考试，全国录取留欧美学生200多名，钦俊德名列其中，获得了去荷兰学习动物学的机会。

欧洲，等待着中国学子的到来。

## 二、直挂云帆济沧海

"长风破浪会有时，直挂云帆济沧海。"钦俊德在邮轮上写给家人的信里引用了李白的诗句，可见当时的钦俊德踌躇满志，意气飞扬，胸怀理想。中国留学生穿过太平洋，进入印度洋，通过苏伊士运河，进入地中海，在意大利的那不勒斯登岸。当时罗马教皇接见了"二战"后首次去欧洲的中国留学生，并设宴招待。

那时的荷兰，还没有中国学生留学的记录，钦俊德他们作为第一批中国留学生，很受该国欢迎，进入首都的阿姆斯特丹大学研究院。他先跟实验胚胎学家川浦奇（Trampusch）博士研究水螅体的生理梯度，后来在特乌卡特（J.Teucate）教授的指导下研究昆虫生理。特乌卡特教授是荷兰著名的生物学家，早年受业于俄国的巴甫洛夫，对动物神经生物学造诣颇深。他原来建议钦俊德研究昆虫的胆碱酯酶，在德·王尔德（D'Wilde）博士的建议下改为研究"马铃薯甲虫与茄科植物的生理关系"，作为博士论文的课题。

1949年底，钦俊德完成了《马铃薯甲虫在幼虫期与某些茄科植物的生理关系》的论文，在荷兰的著名期刊上发表，受到昆虫学界的重视，并得到国际承认和好评。1950年年初，钦俊德获得理科博士学位。

在荷兰完成学业后，钦俊德心想还是得去美国留学，战后美国的科研水平更高，更吸引他。他如愿以偿地进入了美国明尼苏达大学，任荣誉研究员，进修昆虫生理学。这里，他与同在这所学校学习的马世骏是否有交集，我们不得而知。在这里他得到了著名昆虫生理学家理查德（A.G.Richards）教授的指导，研究欧洲玉米螟与抗虫甜玉米的生理关系，以及美洲蜚蠊肌肉ATP酶的温度系数。

学校想留他在美国工作，但钦俊德一心只想回国，一来与家人团聚，二来参加新中国建设。周恩来关于旅外科学家回国的召唤像钟声敲击着他的内心。有人劝他别回去了，说："你别傻，国内哪有美国的条件好，在国内根本没有发挥你的特长的可能，再说共产党对知识分子的政策还不明朗。"

"不，"他坚决地说，"我要回去！"

1951年2月，他果真回来了。

中国科学院成立后，实验生物研究所昆虫研究室主任陈世骧、副主任朱弘复紧锣密鼓地筹建昆虫学各分支学科的实验室，钦俊德便被聘为昆虫生理室的负责人，他当之无愧，成为我国昆虫生理学的开拓者。

1951年9月，中国昆虫学会在北京举行第一届代表大会。吴福祯、杨维义等昆虫学界老前辈在大会上提出："要解决我国几亿人的吃饭问题，首先要消灭蝗虫，三年时间行不行？"

三年时间是太紧迫了。但科学家们有投身于新中国建设的巨大热忱，无条件服从国家的需要，钦俊德立马放下手头正研究的家蚕和野蚕的杂交课题，全身心投入根除蝗虫的战斗。

现在我们知道的是，马世骏先生的回国，与钦俊德有关，是他写信邀请当时尚在海外的专家邱式邦、马世骏等人，请他们立即回国参加这项伟大的工作，为彻底根除我国农业蝗灾一起打拼。

钦俊德是搞昆虫生理的，1952年，他带领昆虫生理研究室的人员到洪泽湖重点考察。洪泽湖作为重点蝗区，是一个治理蝗灾的大标本。东亚飞蝗生长在湖滨的低洼荒地，蝗卵经常受到水淹。由于缺乏科学知识，当地自古就流传着一些说法，什么蝗虫是鱼子变的，蝗虫可在芦苇叶上产卵繁殖等。钦俊德等中科院的科学家当然不信，但也得用科学研究来证明。他们要研究飞蝗的卵期生理和生殖、食性等特性，以便做好钦俊德蝗情的预测预报，提高治蝗效果。

钦俊德与做昆虫生态研究的马世骏、陈永林等分头行动。他专攻的是研究蝗卵的耐干能力、浸水对蝗卵胚胎发育和死亡的影响，以及飞蝗的食料植物和食物利用、飞翔能力等。

钦俊德一直在治蝗第一线从事蝗虫生理研究。1953年他在微山湖参加了飞机灭蝗，用的是"六六六"粉剂。因为微山湖区数万亩农田遭灾，"六六六"粉供不应求，钦俊德在现场很焦急。他考虑到此药有正温度系数的特点，温度高时杀虫作用强，于是向指挥部建议在晴热天气可减少用量。结果完全有效，他的建议为国家节约了大量的农药和人力。

钦俊德与马世骏等在1954年与1958年两次向中央农业部提出根治飞蝗蝗害的具体建议。他们把多年的研究成果写成《东亚飞蝗的生态生理学的理论研究及其在根治蝗害中的意义》，于1982年集体获得国家科委自然科学成果二等奖。

因为东亚飞蝗的治理成果显著，钦俊德又接受了国家交付的棉铃虫和粘虫的研究任务。但由于他长期在江苏农村考察，竟然被扣上"脱离实际""走'白专'道路的典型"的帽子。搞昆虫生理学如何能够脱离实际呢？这真是信口雌黄。钦俊德开创的昆虫生理研究室被撤销解散，他培养起来的研究人员被调离。

1960年，昆虫生理研究室得以恢复，钦先生又回到他的研究室，继续他的研究，写出了关于棉铃虫和粘虫的食性和营养特点的一系列论文，为预测和防治虫害提供了理论依据。他还两次接受解放军军事医学科学院的委托，研究跳蚤和蚊子的生理生化，找到了敌投带菌昆虫的快速鉴别方法，为反细菌战做出了贡献。

"文革"期间我国的科研工作陷入深渊，钦俊德的昆虫生理研究室再遭厄运，被要求解散，他也难逃被造反派反复批斗的命运。

1975年9月26日，对中国的知识分子来说，是一个重要的日子，一位老人直接替他们说话了。邓小平同志在中国科学院负责同志汇报关于科技工作的几个问题后这样说："这段时间一些科技人员打派仗，不务正业，少务正业，搞科研的很少，只有少数人秘密搞，像犯罪一样。什么'白专'，只要对中华人民共和国有好处，比闹派性拉后腿的人好得多！""没有知识，没有人才，怎么上得去？""一定要在党内造成一种空气，尊重知识，尊重人才。"

科学的春天就这样在几近废墟的大地上到来了，知识分子遭受不公待遇、提心吊胆的日子也远去了，年届花甲的钦俊德先生被重新发现。他回到自己的工作岗位，再次焕发出了科研事业的青春。他研究北方棉蚜虫，蚜虫与蝗虫一样，是我国农业发展的敌人。蚜虫有种致命的天敌，便是七星瓢虫。七星瓢虫专门以蚜虫为食料，但是自然界里的七星瓢虫满足不了防治棉蚜虫的需要。他开始进行人工饲养七星瓢虫的试验。1991年，《七星瓢虫的滞育及与人工繁殖的关系》和《七星瓢虫的营养需要及其人工饲料的研制》两篇论文在《昆虫学报》和《瓢虫学术论文集》上发表，宣告七星瓢虫研究的成功。这一成果获得1984年中国科学院重大科技成果二等奖。

钦俊德先生还通过进行赤眼蜂人工寄主卵的研究，对付繁殖力强大且为害凶猛的松毛虫。他在国际上首次人工培养和繁殖松毛虫的天敌赤眼蜂成功之后，便迅速在我国各地推广。凡是有松林覆盖并遭到松毛虫危害的地区和农科部门，都按照钦俊德提供的资料和方法制作人工假卵，放在温箱里让赤眼蜂产卵并大量繁殖。然后选在松毛虫卵期，释放到松毛虫猖獗的松林中去，于是，所有的松毛虫卵都被破坏，孵化不出松毛虫来。

因为人工大量培养赤眼蜂，最重大的林业害虫被控制，我国每年可减少损失500万—700万立方米木材，价值25亿—35亿元人民币。在松毛虫猖獗的年代，松毛虫除灭后每年可为国家减少损失5000万立方米木材，价值250亿元人民币。对整个地球上的森林来说，也是一个巨大的福音。因这项科研成果，1987年国家授予他国家级自然科学成果奖。

1991年钦俊德被选为中国科学院学部委员、科学院院士，1992年在我国召开的第十九届国际昆虫学大会上被选为中国昆虫学会理事长。钦俊德先生是我国《昆虫学报》主编，还被著名国际期刊《昆虫学年评》和德国期刊《普通昆虫学》聘为顾问。钦俊德一生撰写和翻译论著十余部，论文五十多篇。在北京大学、北京农业大学任教时培养了硕士研究生、博士研究生十余名。

钦俊德先生于2008年1月14日在中日友好医院病逝，终年92岁。

# 三、学生和女儿眼中的钦俊德

在中国科学院动物研究所，钦俊德先生的女儿钦坚如、钦湛和他的学生王琛柱，向我讲述了一个有血有肉有感情的钦俊德。

王琛柱现在是中国科学院动物研究所研究员，博士生导师。2009年国家杰出青年科学基金获得者。中国科学院研究生院教授，农业虫害鼠害综合治理研究国家重点实验室副主任，学术委员会副主任，昆虫行为生理学和生物化学研究组组长。

他主要研究昆虫与植物的相互作用和昆虫的化学通信。以我国重要农业害虫广食性的棉铃虫和专食性的烟青虫为研究对象，揭示两个近缘种寄主选择和信息素通信的生理、生化和遗传机理。他首次在室内建立种间杂交体系，阐明了棉铃虫与烟青虫的生殖隔离机制，系统研究了寄主植物—棉铃虫—齿唇姬蜂间的防御与反防御、适应与反适应的关系。现主要以铃夜蛾属二近缘种、棉铃虫和烟青虫为研究对象。他主持国家杰出青年科学基金项目、国家自然科学基金项目，参加国家重点基础研究发展规划"973"项目和中国科学院重要方向项目。

王琛柱一再谦逊地说不谈他自己，主要谈他的导师钦俊德先生。王琛柱是在中国农业大学获得的博士学位，再到动物研究所钦俊德先生门下读博士后。他的博士论文是《棉花棉铃虫对植物的筛选》，钦先生参加了他的答辩，且是答辩委员会主席。博士后读了两年，钦先生将他留在身边工作，研究一些棉花抗虫品种，了解棉铃虫不吃这些品种的毒素的作用机制。20世纪70年代，钦先生研究的是棉花的天敌，以虫治虫，研究用瓢虫、赤眼蜂杀虫，让赤眼蜂虫卵寄生在害虫虫卵中。

王琛柱的课题也涉及这些，他研究的是昆虫与植物的关系。他说："我为什么到钦先生门下？我最早读到的钦先生的著作是1987年出版的《昆虫与植物的关系》，花5块多钱买的，这书在当时够贵了，但引起了我浓厚的兴趣。我在中国农业大学的博士生导师周明䑃是康奈尔大学毕业，中华人民共和国成立初期回来的，农大第一批一级教授，跟钦先生关系很好。周先生注重田间实验，要我们下地，了解农村生活，对害虫发生的情况作第一手了解，调查数据非要求常严谨。"

王琛柱谈到钦先生博览群书，了解的东西多，更注重理论方面，这也是他到钦先生手下来的原因。两位先生的研究都针对害虫，但钦先生偏重基础理论，农大的周先生注重应用基础的研究，王琛柱从他们身上获得了很好的治学的方法。

王琛柱的博士论文要亲手交给各位答辩老师评阅，他清楚地记得送到了中关村16号楼306房。"那是90年代，走进钦先生的家里，真是书香门第，古色古香。家里都是檀木苏式家具，茶几、太师椅，都是古董，估计很有些年头了。藏书很多，各个门类的书都有，可见主人的兴趣广泛。钦先生平易近人，对人和蔼可亲。师母也很和蔼，一看就是知识分子。师母跟康克清接触很多，是燕京大学校友，大家闺秀，说话非常得体，她请我们去他家吃饭，做的菜非常好吃。我将论文交给钦先生之后，他很感兴趣，就交给马世骏先生，马先生是学术委员会主任，那时国家刚开始招博士后。"

王琛柱说，钦先生对学生是倾囊相授，知道的从不隐藏。钦先生经常谈到他在荷兰阿姆斯特丹留学的情况，他的导师的导师就是巴甫洛夫。1991年钦先生当选院士，我们都为他高兴。但钦先生淡泊名利，埋头做学问，从不为自己的利益向国家伸手。所里的公车，院士优先，有一次去人民大会堂，我要送他，他说不要麻烦所里，自己掏钱，打个出租，而且总是这样。那时院士兼职很多，钦先生一个也没有，只做自己的本职工作，这在当今社会更是稀有。有时有的地方请他做现场指导工作，没有任何待遇。他不占国家的任何好处，是真正的两袖清风……

王琛柱这么夸他老师的时候，钦先生的女儿钦坚如插话说："'文革'时，他是所里《昆虫学报》的主编，审稿有报酬的，但我爸不要。他自己拿回家审稿校对，常常是连夜赶，几个通宵加班。"

钦坚如说:"父亲虽然工作忙,但对我们姐妹四个很关心,交流很多,最爱带我们到大自然中去玩,告诉我们什么花草,什么虫子。走到颐和园,走到铜牛往南,都是芦苇、沼泽、浮桥,我们跟着父亲玩玩走走,看到树上有虫子包,还是红的,发现叶子上有几何形状的一片小籽,问我爸,他说这是臭大姐的卵、春蜓的卵。我们姐妹从小喜欢养蚕,也是受父亲的影响。所里研究柞蚕,在颐和园后山就有野生的。那时候去颐和园5分钱的门票,坐车在西苑下车,父亲带着我们走田埂小路。'文革'期间,父亲带着我们去防空洞采集库蚊,我们带着手电、纱布套。许多自然科学方面的知识,不知不觉就在这种玩耍中学到了。"

钦坚如的妹妹钦湛回忆说:"我们有时去父亲的实验室玩,看他的走道里全是养的蝗虫,整个屋子里一股福尔马林味道。笼子里是很大的蚱蜢,有灰褐色的,有绿色的。蚱蜢声音很大,是靠腿的摩擦发声的。再往前走,全是格子,里面也是蚱蜢。我们喂它们老玉米叶子,塞进格子之后,马上听到啃食叶子的声音,啃得非常快,'沙沙'声就像下雨一样。有一次,父亲问我:'你觉得好玩吗?'我摇摇头。刚开始觉得好玩,有新鲜感,但后来就觉得不好玩了。"

王琛柱说:"马世骏先生研究生态学,钦俊德先生研究生理学,在国内都是顶级大伽。郭郭先生是研究基础方面的,各自在自己的领域作为带头人。1993年我到美国去，钦先生交给我一个任务，说他历年收藏的《昆虫生理学》杂志，缺了几本，要我到美国帮他补齐。我到了美国到处找这个杂志。后来在美国的一个大学，找到这杂志的一个编委，他帮我找到了，我给钱他不要。我带回的这两本杂志让钦先生很高兴，他说他的书架里就差这两本。"

钦先生去世时92岁，没有任何老年慢性病，是因为感冒，肺部感染没好，导致肺栓塞。他去世前一天王琛柱还看过他，说"老师，周末再来看你"，但第二天他就肺功能衰竭了，走时没有任何痛苦。

我在王琛柱的博客里，找到他怀念恩师的文章。

他在文中写道：

"钦先生爱国敬业，总是把国家需求和农业生产放在首位。新中国成立初期我国农业连年遭受东亚飞蝗的侵害，钦先生实地调查蝗区状况，研究飞蝗食性、发生世代和繁殖力，以及蝗卵浸水与耐干旱能力，获得显著成果，特别是对蝗卵的研究结果，在理论上阐明了卵期对环境的适应特点和发育过程抗逆能力的变化；查明蝗卵发育中期抗逆能力最强，发育早期和临近孵化的卵，其抗逆能力最弱，主要是卵包膜所含浆膜分泌几丁质表皮的动态变化造成的，从而解释了蝗卵产于芦苇叶上不能完成发育和淹没水中难于长期存活的原因。这些结果在应用上为测报蝗害发生提供了科学依据，并受到国内外昆虫学家的高度评价。

"钦先生勤奋好学，知识渊博，除精通英语外，还能阅读俄、德、法、荷等多种外文。他曾把俄文版的《昆虫生理学》翻译成中文，主持翻译国际上第一本《昆虫生物化学》及系列昆虫生理学研究进展，把陈世骧院士的《分类学与进化论》翻译成英文出版。钦先生虚怀若谷，做学问从来都是一丝不苟。俗话讲文如其人，读钦先生的文章，会从内心为先生严谨的治学精神所折服。钦先生作为我国昆虫生理学的开拓者，除了他本人在科学研究上取得重大成就外，在推动学科发展和培养人才方面也做出了重要贡献。他培养的人才涉及昆虫生理学中的多个领域，如食性、营养、生殖、内分泌、感觉和神经、代谢、免疫等，其中多数已成为各自研究领域的著名学者。先生为人正直，淡泊名利，平易近人，做人做学问都堪称一代宗师……"

有这样理解和赞誉自己的学生，钦俊德先生可以安息了。

# 四、治蝗悍将邱式邦

邱式邦这个名字如雷贯耳，陈永林先生还为他写过文章，可见他在灭蝗战场上是一员虎将。

邱式邦生于1911年，2011年离世。浙江吴兴人。1935 年毕业于上海沪江大学生物系，1948年去英国剑桥大学留学，1951年归国。在歼灭东亚飞蝗的帅帐中，马世骏、钦俊德、邱式邦，都是为报效祖国从海外归来的专家。邱式邦先生1980年当选为中国科学院学部委员（院士），曾任农业部科学技术委员会常务委员，国务院学位委员会委员，联合国粮农组织虫害综合防治专家委员会委员。

邱式邦从事害虫防治研究70多年，发表学术论文105篇。他一生的研究阐明了蝗虫、松毛虫、玉米螟、大豆害虫、甘蔗害虫等多种重大虫害的发生规律、预测预报方法以及控制技术。但提起他在治理东亚飞蝗的贡献，大家都会说到他在国内首创应用了"六六六"粉剂治蝗。邱先生是农科院治蝗工作的领导者。

20世纪70年代，邱式邦总结提出"预防为主，综合防治"的技术思想，被确立为我国植物保护科学技术的指导方针。70年代末，他筹建了中国农业科学院生物防治研究室，开始在国内开展害虫天敌保护和国外天敌资源引入利用，是公认的全国生物防治技术第一人。他创办了学术期刊《中国生物防治》，担任主编。先后获得农业部爱国丰产奖、全国科学大会奖、法国农业部功勋骑士勋章、国务院表彰等嘉奖。1957年被授予全国农业劳动模范称号，1979年被授予全国劳动模范荣誉称号，2009年被授予中华人民共和国成立60周年"三农"模范人物荣誉称号。

邱式邦先生不愧为全国劳模，在农业战线上，他是一个高级农民，劳动英雄。与马世骏先生一起努力消灭东亚飞蝗，奔走在田野上，跟躬耕的农民一样，对土地充满了感情。陈永林先生评价邱式邦："是我国著名蝗虫学家、昆虫学家和生物防治学专家。他学术造诣精深、治学严谨、勤奋敬业，为治蝗、控蝗和推动全国治蝗事业的发展做出了卓越贡献。70多年来，邱先生理论联系实际并重视推广普及工作，是我国植保事业不同发展阶段的先行者、开拓者、推动者。"

1948年，邱式邦先生到英国剑桥大学动物系学习，并在世界著名生理学家威格尔斯沃恩（V. B. Wigglesworth）教授门下，从事蝗虫生理学研究，在昆虫学研究英文杂志上发表了《非洲飞蝗的脂肪与蛋白质的变化》。同时，与英国治蝗研究中心的蝗虫学家尤瓦洛夫等有深入接触，深谙蝗虫方面的学问。1951年归国以前，他就已经了解了国际蝗虫研究情况，掌握了治蝗的动态和经验，这为他回国治蝗打下了深厚的基础。

在1950年时，他在剑桥的报纸上看到新中国局部地区采用他研究出来的喷药粉法治蝗，非常欣喜，对同学说："新中国关心人民疾苦，治蝗有希望了！"于是坚定地回到祖国，到华北农业科学研究所（即中国农业科学院前身）研究治蝗。

回国后不久，正巧赶上1951年蝗害暴发，我国有4000多万亩庄稼被蝗虫侵袭，邱式邦和他的助手们立即奔赴蝗区进行飞蝗生物学和生态学调查研究，那些严重的蝗区，如河北、山东、河南、江苏、安徽以及内蒙古自治区都留下了他艰辛的足印。之后，他干脆在山东渤海湾蝗区住下，长期蹲点。与马世骏、陈永林、钦俊德他们一样，当时的科研工作者们都有这种实地考察的习惯和亲历探索的精神，是科学研究的"苦行僧"。从那时起，就有了科学院与农科院既分工又合作的工作模式。

那时在蝗区开展治蝗技术研究试验，完全是最原始的工作条件和工作环境，异常艰苦，比当地农民还苦几分，天当被子地当床，有家难回，风里雨里的成天奔波，吃了上顿没下顿。邱式邦先生说，牛车是那时最先进最奢侈的交通工具了。徒步调查和风餐露宿是常态，有时候在县城会入住招待所，有时候是破庙旧庵，睡觉就与泥菩萨为邻，一身的臭虫虱子。滨海蝗区和滨湖蝗区大多地处盐碱荒滩，缺少生活淡水，一小盆水要从早上洗脸、中午擦身擦汗，一直用到晚上擦澡洗脚。

邱式邦是第一个将"六六六"粉引进我国灭蝗的专家。1947年，邱先生在南京中央农业试验所和皖北滁县最早从事六氢化苯、DDT、1068粉剂治蝗研究并采用"六六六"毒饵治蝗成功。他针对不同蝗区蝗灾发生特点，提出了"六六六"喷粉与毒饵相结合的办法。

当时各地治蝗，因为"六六六"粉并不多，主要还是用人工扑打、火烧等老办法，耗时耗力，事倍功半。面对疯狂扑来的蝗虫群，光靠人力根本无法消灭，这也是蝗虫在我国长期为害的根本原因。

当时我国药粉产量有限，喷药器械缺乏，不可能普遍推广。邱式邦先生建议在有条件的地区尽可能采用他以前在皖北滁县试验过的毒饵治蝗技术。这种技术比喷药粉技术省药、省工，不用器械，简便易行。在他的指导下，这种技术很快在蝗区推广，使原来只够防治1亩地蝗虫的药粉，能够防治10亩地的蝗虫。这是经过他精心计算的，而且撒毒饵所用的劳动力和防治费用比用手摇喷粉器喷粉节约一半。这种科学的毒饵治蝗技术很快得到了推广，风靡全国。粗统计，1952年在河北、山东、平原3省21个县用毒饵治蝗的面积达80万亩，1953年毒饵治蝗的面积就扩展到5省100万亩。

驻扎在渤海湾重点蝗区，邱式邦和他的助手们在茫茫的盐碱荒野，忍受着成群牛虻的叮咬，吹着又咸又潮的海风，数年如一日。通过调查和研究，他深切地感受到，过去主要是没有全面、准确、及时地掌握蝗情，消灭了上一代，下一代又不知从哪里钻了出来，一波接一波的蝗虫，人们疲于应付。如果不能预测预报蝗情，将它们杀灭在孵化之前，就只能头疼医头，脚疼医脚，治标不治本。也就是说，弄清蝗虫的生殖、繁育规律，首先需要有一套群众容易掌握的蝗情侦察技术。

邱式邦决定以山东滨州地区的沾化县为研究基地。他带上助手李光博等人在乡野上找了间土屋，既当宿舍，又当实验室，开展研究与观察。

那年夏天，连日的大雨像水缸一样往下倒，一刻也没停歇，徒骇河承受不了压力，终于决口。一夜之间，尽数的村庄和田野被淹没，洪水滔滔，人们纷纷逃往高处。邱式邦他们的实验室总算侥幸，因为在高岗上，没有被全淹。工作依然进行，邱式邦对助手们说："大家不要慌，坚持工作！"因为被水围困，他们在屋子里没有吃的，就由外面的人划船隔水向窗户内的他们投馒头供他们充饥。在洪水中工作的邱式邦和他的助手们，终于研究出以查卵、查蛹和查残余成虫（简称"三查"）为中心的蝗报地图绘制法等技术，绘制出蝗区常见的各类蝗虫的识别图，拟订出有关蝗情的测定、统计法和测报地图绘制法等。

"三查"法在洪泽湖陈永林他们的实验点泗洪县也开始了试验，其中包含当地培养的土专家们的实战经验，"三查"法得以完善。

邱式邦在沾化县建立了我国第一个千人长期侦察组织,开始了飞蝗的查卵、查蛹、查成虫"三查制度",这一制度后来在全国蝗区推广,实践证明"三查"是防治蝗虫的好办法。1956年农业部植物保护局公布了《飞蝗的预测预报试行办法》,预测飞蝗各期活动与发生日期、发生的地点与面积、发生的密度,及时开展预报工作,根据飞蝗发生的密度和发生面积确定防治面积。

但当时的蝗区大都是穷乡僻壤,老百姓文化程度低,不懂什么虫情侦察。邱式邦就开始组织培训农民,普及这项技术。他与助手们在山东惠民、垦利、沾化、利津等县忙碌了半年,详细绘制出蝗区常见的各类蝗虫图例,教会农民们识图、画圈,比如每平方米有5个蝗虫,就圈1个圈,有10个就圈2个圈,这种调查办法化繁为简,化难为易,简单易学,普通不识字的人也能够快速掌握,适合当时的农村和农民。

他还建议地方主管领导给承担虫情侦察人员家的土地搞"代耕",彻底解决了这些技术员们的后顾之忧。建立"三查"技术体系,对我国治蝗工作是一大进步和突破,治蝗效率大大提高,1953年全国投入治蝗的劳动力,比1951年减少了80%,为国家节省了大量的人力、物力和财力。

邱先生与他的助手李光博在1953年发表了《飞蝗与11种常见土蝗的蝗卵特征》,并附有卵块及卵粒的特征图。1954年发表了《几种主要蝗虫的识别》,将飞蝗与13种常见蝗虫成虫和12种常见蝗蛹的形态特征附图进行了比较。这两篇文章在当时是关于蝗虫的教科书，让人们了解什么是东亚飞蝗，什么是飞蝗地区的土蝗，以及科学识别、准确侦察与预测预报是防治的基础。

陈永林先生说："邱先生待人诚恳，平易近人。他指导学生要做好人，做实事，慎思考，勤实践，这些都让他的学生受益匪浅。"

邱式邦先生在《院士风采录》中写道："广泛地学习，详尽地询问，清楚地辨析，切实地实现。"

这就是邱先生科研和治学的座右铭。

他不仅在治蝗上是一位虎将，在研究消灭玉米螟和用草蛉控制棉花害虫方面也卓有成效。可是在十年浩劫期间，有一件让人气愤的事却落到他头上。邱式邦和其他同志一起在河南省民权县龙塘公社黄庄大队用草蛉等控制棉花害虫，这本来是一件大好事，结果被江青一伙盯上了，硬把他的研究成果安到黄庄"红小兵"身上，拍电影，写文章，宣传什么老专家不如小孩子，借以讥讽、戏弄和迫害。

邱式邦先生作为生物防治害虫的先驱，早在1936年研究松毛虫时，就注意到天敌对松毛虫的控制作用。曾详细研究南京地区松毛虫的天敌，发现了22种寄生蜂和重寄生蜂。通过对天敌的发生时期、寄主范围和寄生率的考查，总结出影响松毛虫天敌数量不稳定的原因为：重寄生现象严重，天敌与松毛虫发生时期不同步，选择寄主太严格，单纯松林缺少天敌中间寄主和忽视天敌保护工作等。害虫防治要重视天敌的作用，以及通过改造生态环境和用人工饲料增殖等途径来提高天敌控制害虫的作用，邱式邦先生为中国生物防治做出了几十年不懈的努力。

从化学防治到生物防治这一观念的变化，是邱式邦植物保护研究思想的重大飞跃。1990年8月，农科院生物防治研究室更名为生物防治研究所，在他的学生张泽华等人的努力下，生物防治走向了新的里程。

## 五、拓荒者郭郛

我收集到的郭郛先生的资料太少，网上关于他的情况介绍几乎为零。可是河北大学校长、中国科学院动物研究所原所长康乐说，他最佩服的两个人，一个是陈永林，一个就是郭郛。

在享受政府特殊津贴备案表上，有关于郭郛进行昆虫分类学研究的介绍，特别说道：1951年起参加飞蝗生物学研究和调查。从事的飞蝗生物学研究，证实了蝗区可栽培作物用以防蝗，证实蝗区夏蝗卵不能在水下生活一个月以上，为蝗区种植水稻以改良生态条件建立了基础。编著有《中国飞蝗生物学》，1991年由山东科技出版社出版。

我在网上买到一本只有22页的小册子《消灭蝗虫》，由中国青年出版社出版，郭郛著，是"青年农业知识小丛书"中的一本，1956年出版，繁体字本。这本书的第一章是"七年内根本消灭蝗害"，看来，7年消灭蝗害的目标达到了。书里郭郛先生讲到1929年江苏一个叫下蜀的地方出现了蝗虫，"爬满了铁路，堆积起来像一座座小山；当时火车也被'小山'挡住，无法前进。它们还爬进了下蜀镇，占据了大街小巷，当时人们无法来往，只好停市"。这本小册子讲到飞蝗的形态与生活史，讲到了为什么飞蝗为害这样厉害，讲到蝗灾是能够消灭的，怎样消灭飞蝗等，图文并茂，通俗易懂，简明扼要。书价只有7分钱。

按郭郛自己的说法，他原名郭根生，江苏泰县人。1921年6月出身于一个剥削阶级家庭，住在村庄里，家里开有一个小药铺。父亲郭筱庭曾经做过乡长。1946年他毕业于南京大学生物系，同年入中央研究院上海动物所，在陈世骧先生主持的昆虫学工作室工作，先后从事鞘翅目鞘翅上气管的分布、双翅目昆虫生物学及分类学、鳞翅目幼虫变态与脑的关系等的研究。1949年转入中国科学院实验生物所，从事果蝇变态期糖原的组织化学的研究。1950年调入北京昆虫研究室，先后从事东亚飞蝗生物学、生殖生理、营养食性、内分泌调节生殖腺发育等的研究，为根治我国蝗灾，扎根在蝗区调查，进行基础研究。

郭郛对飞蝗生物学及其行为活动进行深入比较研究，对蝗区的飞蝗食料植物进行比较实验观察，通过实验将蝗区食料植物列为喜食与不喜食两大类，了解后者对飞蝗生长发育、生殖力以及寿命的影响。研究飞蝗的生殖特性，发现影响飞蝗生殖力的各种因子，证明飞蝗有孤雌生殖现象。后代多为雌性，但生活力较弱，用摘除咽侧体等技术，证明咽侧体是调节飞蝗卵巢发育的内分泌中心。

后来，他进行了粘虫生殖生理学研究，1979年后，开展脑激素的分离纯化及其生物学作用的研究。从290万蛾头中，分离出家蚕脑激素，只需要7微克就足以使无脑蓖麻蚕进行成虫发育。蚕激素能促进生殖细胞、体细胞在长期不发育情况下恢复发育，脑激素能促进蚕体内另一内分泌中心前胸腺活动，脑激素和蜕皮激素组成内分泌链调节昆虫的变态、生殖、滞育等重要生理过程。这些研究结果在国际上产生了一定的影响，他因此在科学出版社出版了《昆虫的变态》《昆虫的激素》等专著。

关于东亚飞蝗的研究，他发表了大量论文，如《微山湖附近地区食蝗鸟类的初步调查》《东亚飞蝗的生殖》《蝗卵的研究》《咽侧体对飞蝗生殖的作用》《东亚飞蝗卵巢中核酸、蛋白质的合成与激素调节》《飞蝗抱持动作在生理上的效应》等数十篇。同行专家对他的评价很高，在东亚飞蝗研究方面，对他的评价是"对东亚飞蝗腹部最后神经节对产卵的影响，雄蝗在交配时对雌蝗的抱持作用对卵巢发育所起的影响等，均有创造性的发现，受到国内外重视……特别是在昆虫生殖生理方面，曾证实了飞蝗咽侧体是控制卵巢发育的内分泌中心……"

郭郛是最早去蝗区进行野外研究的科学家之一，他与陈永林是真正筚路蓝缕、以启山林的拓荒者、开创者。这两个人，在洪泽湖边的牛棚里打响了歼灭东亚飞蝗的第一枪，他们所做的工作着实令人感动，值得所有后来者尊敬。在我与陈永林的交谈中，陈永林总是讲到他与郭郛的往事，这两位老战友在荒湖边的故事，是老一代科学家牺牲精神和坚强品质的写照，是我们迈向明天、拥抱未来的宝贵精神财富。

郭郛先生还是一位在古典文学和历史学上颇有造诣的科学家，退休之后他用了大量时间考证了《诗经》《尔雅》中的动物，将我国古代先人对动物的认识介绍给我们。他还参加《动物大典》的编撰工作，为研究我国古代的动物学史做出了重要贡献。

# 六、蝗虫分类学家们

我采访了几代治蝗人，夏凯龄的名字经常被提及。

夏凯龄生前是中国科学院上海生命科学研究院植物生理生态研究所研究员，中国科学院院士，于2013年12月18日在上海市瑞金医院逝世，享年98岁。

我在采写这些科学家时，发现他们大多长寿。我想，这与他们长期在野外工作有很大关系，虽然一辈子辛苦有如农人，但锻炼了意志和体质，有过精神的磨砺和锤炼，全身心地从事自己热爱的事业，弃绝了芜杂的需求与欲念，因而他们能克服和战胜一切困难，以乐观的心态对待生活，内心葆有更为年轻的情怀，从而灵魂强大，身体康健，意志坚定，心胸壮阔，正气满怀，与天齐寿。

夏凯龄先生生于1916年1月18日，他是安徽当涂县新市镇一个农民的儿子，在家中排行老四，但从小天资过人。当过放牛娃，做过农活。他的父母没有让他继续成为放牛郎，到了读书的年龄，他进入当地的私塾学习。1930年，他14岁便离家一个人到南京中央大学附小就读，在南京中央大学附中完成初中学业，再继续在南京的安徽中学读高中。1937年全面抗战爆发，南京沦陷，他随学校的同学逃难到湖南长沙一带，1939年7月在湖南永绥的安徽中学（即国立八中）完成了高中学业。

跟那个时代的所有有志青年一样，为了求学，他颠沛流离，与整个民族一起遭受苦难，有家难回。夏凯龄高中毕业后，长途跋涉到了当时的陪都重庆，以优秀的成绩，于1939年9月考入四川重庆中央大学学习生物学，1943年7月大学毕业，又以优异的成绩留在中央大学生物系任助教。抗战胜利后，1947年8月，夏先生进入上海的中央研究院动物研究所，在世界著名昆虫学家陈世骧教授的指导下研究双翅目昆虫。这期间他在食虫虻这一益虫的分类研究中，发表并描述了数十新种，在昆虫分类学上初露锋芒。

上海解放后，夏凯龄进入中科院实验生物研究所——昆虫研究所上海工作站工作，1959 年起在中科院上海昆虫研究所开展昆虫学研究直至去世。

1950年，夏凯龄先生就同杨平澜先生一起到洪泽湖考察过蝗灾。1955年同马世骏先生和苏联专家等人一起到新疆考察蝗灾，采回大量标本。接着开展我国蝗虫分类研究，1958年由科学出版社出版了新中国第一本蝗虫分类专著《中国蝗科分类概要》。这本书的科学性、准确性和精美性在当时是非常少见的，至今都是中国蝗虫研究的必备参考书。中国从事蝗虫分类学的科学家可能都直接、间接地是夏先生的学生。后来他开始研究防治白蚁，同时进行白蚁分类研究。中科院昆虫所已成为全国的蝗虫分类研究中心和白蚁分类、生态和防治研究中心。

夏凯龄先生在《中国动物志》编撰工作中，负责蝗虫志，也参加白蚁志的编研任务，还长期担任九个全国性学报的编委工作。夏凯龄先生在直翅目、等翅目方面影响和带动了全国一批年轻的研究者，他的学生的学生现在也多成了昆虫分类学的领军人物，成了院士、博士生导师、教授……在蝗虫分类学方面，他是国内第一人。

印象初先生在治蝗领域也是名声赫赫，他是夏凯龄先生的学生，也是中国科学院院士，同样在蝗虫分类学上建树巨大。1995年6月他被联合国教科文组织和中国科学院挑选为中国当代科技精英之一，1995年10月当选为中国科学院院士，1996年2月被河北大学聘为终身教授。

印象初先生与他的恩师夏凯龄的师生情谊倒是可以说说的。

印先生1934年7月20日出生于江苏海门长乐镇玉竹村，这里人杰地灵，他与清朝最后一名状元张謇为同乡，两家相隔不到一里地，小时候张謇就是印象初的偶像。1949年6月印象初中学毕业后考取了南通师范学校和国立南通高级农业学校农产品制造科。父母要他上农校，是因为学农产品制造毕业后可自开酿酒坊、酱油厂，就可以赚钱养家。

进校一年，学校改名为苏北南通农业学校，并把农产品制造科改为植物病虫害防治科，以适应国家的需要。那时候中华人民共和国刚成立，蝗灾闹得凶，还有小麦吸浆虫、棉花害虫等肆虐，急需植物病虫害防治人员。改专业让很多学生想不通，特别是从上海来的同学，同他一样是把学农产品制造作为谋生之道的，这一改就什么都没有了。但是个人必须服从国家，那一代科研工作者自觉行动，积极响应国家召唤。

毕业后印象初在洪泽湖从事治蝗工作。在洪泽湖蝗区的两年里，他目睹了蝗灾的严重危害。1952年冬江苏省召开治蝗工作会议，会上他见到了刚从美国回来的马世骏先生等著名专家，聆听了他们有关治蝗的专题报告，见了世面，为后来选择蝗虫分类作为科研方向埋下了种子。

1954年他从江苏省泗阳县人民政府农林科报考山东农学院并被录取，毕业后分配到青海农牧学院。

进入中科院是因一个偶然的机会。据印象初回忆说，他出身于地主兼商业者家庭，在山东农学院是调干生，有工资，但他生活节俭，却经常资助一些经济困难的同学，热心做各种服务工作，各门功课都是优，所以在学校就入了党，作为可以教育好的子弟，被分配到青海农牧学院。不久，1962年因经济困难，青海农牧学院停办，教师们被再分配，大部分教师去了新疆石河子农学院。刚好中科院西北高原生物所成立，急需研究人员，特别要找一个男大学生，要求是党员，担任动物研究室秘书。因动物研究室要去野外采集鸟兽标本，必须用枪。做标本要用砒霜防虫蛀，砒霜能毒死人，按有关规定必须要一个党员担任保管枪、子弹和砒霜的工作。第一任所长冯浪到青海农牧学院挑选，当时大学生党员很少，就因为他是党员，于是命运之神眷顾，他进入了中科院。

1963年，中科院西北高原生物研究所动物研究室成立了一支动物考察队，印象初任副队长，分管保卫和后勤工作，队长是研究生毕业的皮南林。考察队当时的研究重点是脊椎动物，如鸟、兽、鱼等，研究人员都是名牌大学的毕业生，没有昆虫方面的研究人员。印象初在中专和大学都是学植物保护的，做治蝗工作两年，又教了四年农业昆虫学，认识不少昆虫。科考队的李德浩同志研究鸟类时，要做食性分析，而多数鸟类主要以昆虫为食，他一般定到目，如鳞翅目、鞘翅目等，印象初所学的知识就派上了用场，他告诉李德浩这是什么虫，如凤蝶、小车蝗等。李德浩很吃惊这个管保卫的小伙子为何能认识那么多虫，印象初说："我和昆虫打交道十多年了，没有什么虫我不认识的。"印象初主动提出由他来做鸟类的食性分析，得到李德浩的同意。于是印象初在做好保卫和后勤工作的同时，兼做鸟类食性分析。

在1963年之后的几年里，印象初刻苦钻研，采集了大量的昆虫标本，查阅了大量文献，与李德浩合作写了他人生的第一篇论文《鸟类的食性分析》。这篇文章获得了学界的好评，也给印象初增添了自信，让他从此走上了科学研究工作的漫长道路。

印象初先生生长在江南，却扎根在青藏高原，在那儿一待就是38年，他生命中最美好最有活力的岁月全部贡献给了高原。他在青藏高原的生活中可歌可泣的事情太多，为广泛采集标本，曾三次与死神擦肩而过。他的考察路线从西宁辐射向昆仑山、喜马拉雅山、唐古拉山、雅鲁藏布江、横断山脉、冈底斯山、祁连山、柴达木盆地、日月山、青海湟水和黄河流域，足迹踏遍青海、西藏自治区的各个危险蛮荒高海拔地域。

1963年，在巴颜喀拉山，他遭遇到严重的高原反应，休克昏迷。当时他感到呼吸困难，胸口堵塞，眼前一黑就"扑通"一下倒在地上，一动也不能动。考察队里的同志见状都吓坏了，不知如何是好。而他虽然呼吸困难，四肢失去知觉，无法动弹，但大脑却基本是清醒的，他想，我一定不能死，我还不到30岁，壮志未酬，人生的事业才开始；我要战胜高原反应，我既然敢来到高原，我的生命就一定比高原强大！人是靠精神活着并支撑的！他心中默念着，让自己理顺呼吸，鼓起勇气，打起精神。整整过了20多分钟，他努力先让自己的肢体动弹，后来终于慢慢地恢复了知觉。

另一次是1973年，他在西藏自治区波密、墨脱一带考察。这些地方至今都被称为"中国最后的秘境"，21世纪后才通公路，当时根本没有路。他们不但要翻越海拔4800米的雄多拉山，还要穿过炎热多雨，蚂蚁、蚊子、蝎子、毒蛇遍布的丛林和沼泽。

汽车行进在人迹罕至的深山老林、悬崖峭壁上，经过泥石流多发地区，一路上险象环生。由于暴雨成灾，石头滚落，路窄山陡，汽车难行，司机疲惫不堪，不慎驶出车道，一轮悬空，摇摇欲坠的汽车挂在了悬崖上，底下是二三百米深的峡谷！

一只脚踏进了鬼门关。他们后来是如何从卡车车厢里爬出而不至掉落悬崖下，都已经记不清楚了。然后大伙徒步去找很远的解放军工程部队，解放军用推土机小心翼翼地将大卡车拖了上来。

还有一次是1974年从新疆维吾尔自治区去西藏自治区阿里，在翻越界山达坂途中，也是汽车遇险……

正应了一句老话，大难不死，必有后福。在高原上用生命进行科学研究的印象初终于找到了他毕生事业辉煌的研究对象"高原缺翅型"蝗虫。

印象初从事蝗虫分类工作40多年以来，发表蝗虫新属44个，新种147个。在从事高原蝗虫的研究中，他发现在海拔4000米左右的蝗虫非常特别，有些翅膀很短，有些甚至没有翅膀。1964年春，他带着这些标本和困惑到中国科学院上海昆虫研究所向夏凯龄先生请教，夏先生热情地接待了他。夏先生拿出自己收藏的蝗虫分类文献和鉴定好的蝗虫标本，教印象初如何鉴定标本，于是印象初慢慢学习鉴定从青海玉树采的标本，经过两个月的工作，初步肯定其中有1个新属、3个新种。他请夏先生审查鉴定的结果，把所订新属、新种的理由一一说明，经对照文献查看标本，又查阅《动物学记录》，肯定了新属和新种可以成立。论文写好后，遇上"文化大革命"，各种学报停刊，直到1974年复刊后才发表。论文发表后，在国内外引起了关注。

印象初在夏凯龄先生的指导下，1982年建立了"中国蝗总科新分类系统"，后被称为"印象初分类系统"。1984年出版的《青藏高原的蝗虫》为该地区蝗虫的研究和防治提供了重要参考资料参考。1996年出版的英文版《世界蝗虫及其近缘种类分布目录》，200多万字，记录了从1758—1990年所有已知的蝗虫类10136种，是目前世界上最全面、最系统的同类名录专著，被美国的全世界直翅目网页和国内外蝗虫分类学者广泛引用。他认为这些都是恩师夏凯龄先生的指导的结果，夏先生对他有知遇之恩。

现在，80多岁的印象初先生依旧在河北大学生命科学学院带博士生，继续和他身边的学生们进行蝗虫分类研究。

郑哲民先生在蝗虫分类学方面也是威望甚高。郑先生1932年出生于广东新会，1955年毕业于华东师范大学生物系，在北京师范大学动物专业读研究生时，师从武兆发先生，重点在组织和细胞生物学方面进行研究。1957年研究生毕业，他来到西安的陕西师范学院生物系当老师。因为陕西师院是新建院校，仪器设备非常欠缺，加上他的导师又刚去世，在陕西师院没有老师能指导他从事科学研究，他就向外地著名学者求援，得到了著名的昆虫分类学家、上海昆虫研究所夏凯龄教授的帮助，进入了研究昆虫分类的科学殿堂。

一个年轻老师，没有科研经费，又远在西北，收集文献资料也倍感困难，当时更不可能有复印设备，他所有的资料都是靠手抄或打字机抄写。一本专著，他用5年时间才抄完。在20世纪60年代前的一些政治运动中，他被当作"走白专道路"的典型进行批判。但这并没有浇灭他心中对蝗虫研究与分类的热情和志向，他仍然利用业余时间，在假期中偷偷进行调查，将自己的宿舍当饲养室养虫观察。在"文革"期间，他远离政治漩涡，一个人背着采集工具离开西安，去西南和华南地区的几个省，采集了大量的蝗虫标本。

郑哲民在广阔的大自然中获得的力量，推动着他的研究发展。他在昆虫分类、蝗虫的综合分类、蝗虫的综合防治等方面贡献巨大，出版专著11部，发表论文450篇。在传统分类方面发表了我国和非洲卢旺达共和国直翅目蝗总科昆虫新属42个，新种320个；蜢总科新属1个，新种4个；蚱总科新属10个，新种67个；蠽斯总科新种5个；半翅目蝽象新种3个。系统地记述了我国西南和西北地区蝗总科昆虫8科、31亚科、140属、400余种，编有科、属、种系统分类检索表，对陕西、甘肃、宁夏三省（自治区）蝗虫的地理区系进行了划分，并首次对卢旺达共和国蝗虫做了调查，进行系统报道。在蝗总科昆虫方面发表的新属、新种约占中华人民共和国成立后国内发表总数的一半以上。对蚱总科的研究填补了我国在这方面的空白，将我国蚱总科的分类研究推进到一个新的阶段。

郑哲民的昆虫综合分类，不同于以往，他以传统分类学为主体，结合生物化学、微量分析、染色体、生化、生理、解剖、发育器、超微结构、数值分类学科来进行我国蝗虫的综合分类。

有人评价郑哲民对蝗虫的研究是世界级的贡献，是新时代、新视野、新方向，是前沿科学的与其他学科交叉进行的，是另辟蹊径、独树一帜的。

郑哲民共招收、培养了28名博士研究生、102名硕士研究生、24名访问学者，毕业学生中已有25人晋升为教授，40人晋升为副教授，学生中有许多承担了国家级、省部级重大研究课题的。

郑哲民的学生乔格侠，正好在中国科学院动物研究所任副所长，我找到了她。

乔格侠1966年2月出生，1996年获中国科学院动物研究所动物学博士学位。现任中国科学院动物研究所研究员，博士生导师，蚜虫系统进化研究组组长，动物研究所副所长，国家动物博物馆馆长。她1997年至今系统研究中国蚜总科昆虫，鉴定描述400余种、重新记述国外40多种的模式标本。建立4属18种的新异名，对32属蚜虫进行系统厘定，澄清了对有些类群的错误记载。已发表论文266篇，其中《科学引文索引》（SCI）收录论文115篇，著有科学专著6部和科普专著1部。

乔格侠说，郑哲民先生研究从陕甘宁地区一直到各个地区的蝗虫分类学，功勋卓著。他身体不好，肝脏有问题，仍然坚持东奔西走，采集标本，年逾古稀也没停止研究。他有弟子上百个，被尊称为"蝗家军"。乔格侠说，郑老师他们这一辈科学家有一个特点：从国家需求出发，而不是从自己的兴趣出发，但慢慢地把工作做成了自己的兴趣。

乔格侠的话让我深思，也让我豁然开朗，解开了老一代科学家在被动地接受国家的科研任务之后，能够一辈子坚持下来、且乐此不疲并能成就一番大事业的原因。

郑哲民先生研究蝗虫分类学的弟子现在有一大批，山西大学的马恩波，陕西师范大学的廉振民、奚耕思、黄原等都是其中的佼佼者。乔格侠说，郑老师用新的技术和方法如细胞生物学开展蝗虫分类研究，另外还有生理学的方法，对传统的研究方法是一种很大的补充。

乔格侠回忆与郑哲民老师出去野外调查的情景：每次郑老师都兴奋得不得了，像第一次外出一样，葆有童心和活力，对研究充满了激情。学生们背着放蝗虫标本的铁笼子，还有一袋蒜头，到了一个地方吃饭，郑老师就将蒜头拿出来，一人分两瓣。因为在外面吃东西会不干净，要用蒜头消毒，这样才不会坏肚子。有醋的地方，一定要先喝一小口醋。这也是郑老师长期野外生活摸索出来的经验，然后传授给他们。

第九章　江山代有才人出

Chapter Nine

# 一、实验室和饲养室

2016年12月上旬的一天，北京虽然寒冷，但阳光明媚，中国科学院动物研究所门前两边的银杏树林落下了满地金黄色的叶子。我踏着美丽松软的落叶，走进安静的研究所里。

现在动物研究所从事蝗虫研究的只有生态基因组学与适应性研究组，康乐院士担任这个研究组的组长。

我是生平第一次进入科研工作者们的实验室，这是另一种人群的另一种生活，与我们的生活离得很远。我一直以为这是一种枯燥乏味的工作和生活，解剖蝗虫，面对各种试剂，毫无乐趣可言。但我看到的世界改变了我的主观想法，这里非常新奇有趣，完全是一个对人类未知领域探索的前沿阵地，每一步都是新发现，都可能产生颠覆性的结论，改变自然科学史，充满了挑战性和想象性。

各种各样的瓶子，各种各样的盒子，各种各样的仪器。PCR仪，因为DNA的量很低，要扩增，复制，含量增加，浓度提高，便于检测。一个叫动2016核对的仪器，打开后里面有384个小孔放样品，控制三个条件不同的反应，三个通道。有的一整块板只有一个反应。蛋白电泳区，做蛋白电泳的机器在不停地摇动。不同的蛋白给一个电压，蛋白分子量小的，走得快，分子量大的，走得慢，这样就将蛋白分开了。

实验室的郝博士介绍说还有更大的摇床，是跑核酸胶的，不同的蛋白进入不同的跑道，分成一层层条带，放入紫外线下照射拍照，看到哪个蛋白质跑到哪个位置、浓度大小、显像深浅，可以输入电脑进行分析。还有超声波清洗器，墙上贴着的"Gelred使用方法推荐""凝胶成像仪使用注意事项""烘箱使用说明"等。那些泡在药水里的蝗虫，据说有的有一二十年了。对于郝博士那些十分专业的介绍，我无法全记住，也无法知道这些研究人员的专业技术。但我知道，在这里面的研究者，他们也许正在进行着改变人类生活和命运的试验，也许会在这里出现轰动世界的发明。

两个女硕士或者女博士，她们的工作电脑旁，竟然有个小仓鼠笼子，里面养着仓鼠。我把手伸进笼子，小仓鼠就爬了出来，张开啮齿，非常可爱。这也反映出研究所的开通、宽容。科学研究不能像机器，要有自己的情趣。

后来，他们告诉我，这里还饲养了大批的蝗虫作为研究之用。因为每天这些研究人员都要解剖几百头蝗虫。他们对蝗虫的量词叫头不叫只，跟对虎豹的称呼一样，这是为什么？是对这种昆虫的重视吗？

蝗虫不是在乡下养的吗？不是陈永林、郭郛他们20世纪50年代在洪泽湖湖边养的吗？东亚飞蝗不是基本消灭了吗？为什么还研究它们呢？

在接下来对康乐先生的采访中，我才知道，他们现在的研究不是治理，而是……"你先参观了再说吧。"他们告诉我。

在王宪辉博士的带领下，我来到距离办公楼不远的蝗虫饲养室。这是几栋像温室的平房，有一栋房门口挂着"农业虫害鼠害结合治理研究国家重点实验室·模式昆虫饲养室"的牌子。屋里面的温度有点高，我的汗就下来了，赶快脱掉了棉袄。墙上贴有说明，这里饲养的蝗虫有散居型和群居型，有西藏自治区三个地理种群、平原三个地理种群和海南种群。王博士跟我说，这里养着的有保种和实验两种蝗虫，课题组负责人为康乐。

饲养室内的气味不太好闻，温度计显示的温度是30℃。我终于看到了传说中的"神虫"——祸害中国的恐怖的东亚飞蝗。它与我在湖北见到的蝗虫完全不一样，它不是绿色的，不是小巧玲珑的站在草尖上的蚱蜢。它个头肥大，褐黄色，就像从黄土里拱出来的怪物。它们在一个一个小有机玻璃格子里被饲养着，吃的是小麦苗。每个格子里装有一个大灯泡以保持温度，让它们保持繁殖的欲望。它们在"沙沙"地啃食着麦苗，吃相凶猛。我的眼前幻化出它们在以前无数个年代里，积聚成群，像庞大的魔鬼队伍，在广大的田野上迁飞横行啃噬的骇人场面……现在，它们老实了，被关在这里，远离了庄稼和田野，成为人类科学研究的试验品，乖乖地为人类的未来服务。

在育苗室里，一盘盘的小麦正在发芽，这是给蝗虫准备的食源。

"蝗虫标准化饲养管理方法"写明了关于卫生问题，关于蝗虫卵的收集和保藏，关于管理和喂养的方法。王博士告诉我，飞蝗散居、不迁飞时，是绿色的，就是我们在乡村田野上经常见到的蝗虫，但如果它们群居要迁飞时，就突然变成了黑色、棕黄色，这一现象至今还是个谜，不过离揭开它并不遥远。我仔细观察这种飞蝗，它背部是黑褐色的，腹部是褐黄色的，一头有近50克重！它们在电灯热烘烘的照耀下，食量惊人，那种从牙齿里发出的"沙沙"声，让人联想到它们的祖先席卷庄稼的声音，近乎某种大地灾难的余响和回声。

我又来到另一个饲养室，这里是笼子饲养的、密密麻麻的蝗虫，一个笼子里的数量达到上千头。进到里间，有一个低压氧舱，是给西藏飞蝗增氧的，测试加氧后在高原低氧状态下生活的西藏飞蝗会有什么变化。再是测它们的行为，辨别哪些是散居型，哪些是群居型。

在这间饲养室，还有一些仪器研究蝗虫的嗅觉、对气味的识别与喜好、飞行能力及社会行为。王博士告诉我，他们分子生物组学，下一步研究的是与人类疾病相关的课题，与寿命和衰老基因有关的领域。

我说，如果研究有突破，那对人类的贡献一定是巨大的。这些新一代的蝗虫学家，他们的手上正在发生奇迹。在我接下来采访了康乐院士之后，我才明白，他们是要将蝗虫作为人类疾病模型研究，就像前辈科学家研究果蝇一样。如果研究成功，就能攻破人类的许多疾病，特别是人类行为和心理方面的疾病。

这是一支有雄心壮志的团队，他们瞄准的不仅仅是治蝗，治蝗在中国已经告一段落，但蝗虫的研究正未有穷期，要让恶劣的蝗虫为人类的健康和幸福服务是正当时的。也许人类健康的奥秘就藏在这些司空见惯的蚱蜢中也说不定呢！也许，它真的是神虫，是上天赠送给人类的礼物，只是，我们没有管好它，驯服它，认识它。

恐怖的蝗虫在王博士的解说下不那么可怕了，倒是变得可爱、珍贵。大自然的、生物的密码掌握在科学家的手中，现在，由传统的蝗虫治理到新技术新办法的大量运用，从新的治理方式到揭开蝗虫之谜，这些转变让历史掀开了新的一页。

## 二、张泽华和他的绿僵菌

　　蒙古族的张泽华博士,现是农科院的研究员,博士生导师,农业产业技术体系岗位专家,中国科协"病虫害灾情预测与防治"专家组成员,中国植物保护学会生物防治专业委员会委员,中国草原学会草地植保委员会秘书长。他主要从事蝗虫灾害研究及利用真菌制剂防治蝗虫等目标害虫的研究工作,研究生态系统生物多样性特征及自然天敌、微孢子虫、绿僵菌等措施防治蝗虫的可持续配套技术。发表昆虫新种35种,1新亚种,1新记录种。主持科技部公益研究,国家发改委高新技术产业化项目,财政部修购项目,"十五"国家科技攻关计划项目,农业部、国家外专局、中日合作项目等科研课题多项。获大北农科技成果奖,北京市科技进步三等奖,海南省科技进步三等奖,获第14届全国发明展览会金奖。已获国家发明专利8项,实用新型专利6项。发表科研论文48篇。绿僵菌配套技术治蝗推广面积1200万亩。在锡林浩特草原建立了我国首个草原有害生物防治科学研究野外试验站，并被批准为"农业部锡林浩特草原有害生物防治重点野外科学观测试验站"。

当今的治蝗专家，虽然继承了他们前辈的优秀传统，但又有很大的不同，他们的防治技术拓展到其他领域如微生物治蝗领域。在20世纪80年代初，马世骏先生就发表过这方面的论文，认为微生物防治蝗虫大有可为。

张泽华主任的导师是严毓华，我看到张泽华与他的导师多次合作发表论文。张泽华专攻用生物防治方法控制蝗虫。他对我说，他现在的研究所是邱式邦先生创立的，邱先生是中国蝗虫生物防治第一人，对他们的指导非常多。"邱先生做事很细，把具体的工作提出来，让我们去实施，有一种务实精神。同时重视基础理论研究，因为基础理论是应用的支撑。我得到真传，有一句话：'用真菌来防治蝗虫，机理是什么？真菌如何把蝗虫侵染？'知道机理了才能做下去，没有基础支撑就沉不下去。"

张泽华说，对于生物防治蝗虫，邱式邦院士等老一辈科学家取得了很大的成绩，也让他产生了浓厚的兴趣，引导着他们做这些挑战性的工作。2005年之前，他们主要筛选一些有效菌种控制蝗虫，研究不是太深。2003年，蝗虫发生厉害的一年，主要是草原飞蝗，我国一共有60亿亩草原，受害面积达3.2亿亩。草原生态脆弱，蝗灾被称为无烟的火，蝗虫一来，赤地千里。遭受蝗灾的草原十几年难以复原，造成沙化、荒漠化，而且有政治方面的影响，使得贫困地区更加贫困，富裕地区迅速返贫，农牧民生活无着，只好进行生态移民。而内蒙古自治区、新疆维吾尔自治区、甘肃、西藏自治区、青海，是我国的绿色生态屏障，草原对于农牧民和畜牧业来说，是重要的生产资料，赖以生存的东西。蝗虫迁飞到城里头，典型的是2003年，蝗虫飞到了二连浩特市，立刻引起市民的恐慌。蝗虫有趋光性，到了晚上，城市灯火辉煌，蝗虫便如大雨一般从天而降，那就是蝗虫雨，整个城市有大难临头之感。第二天起来，市民看到的是防治过后，堆积如山的蝗虫尸体，令人触目惊心，清理了一个星期才清理干净。当时地上有治虫的，天上有13架飞机撒药。

张泽华说，之所以叫蝗虫，是皇家所管的虫子，我国历史上的蝗灾防治是国家来管的，徐光启的《农政全书》上说，蝗灾防治必集国家之功力，同心协力，举国来治理。一县一域防治不了，由国家来组织协调，群防群治。历史记载许多治蝗官员因治蝗不力被杀头。

蝗虫往往发生在老少边穷地区，有些少数民族地区，比如西藏自治区，不杀生，导致后果严重，治蝗人员在西藏自治区进行宣传后，才收到一定效果。

张泽华讲道，在治理上，应急可以用化学农药，但后果是破坏了草地生态系统，各个物种受到牵连，治蝗把许多鸟、许多益虫也治死了。在国际上，化学农药灭蝗受到严格限制，特别是草原，是唯一没有污染的净土，关乎我们的子孙后代，我们食用的牛羊肉是否还是绿色。用生物防治，是没有选择的选择，也是唯一的选择。草原的功能属性太多，我们能做的就是保护。真菌防治方法的问题是不能立即将蝗虫杀灭，需要一个过程，这是所有生物防治的弱点。而蝗虫危害是突发性的爆发，迁飞也是没有预兆的。怎么办？我国使用的是折中办法，生物加化学。我们现在研究的绿僵菌感染蝗虫，也有了长足的进步，缩短感染过程并加大感染力量是我们的奋斗目标。

张泽华说，绿僵菌治蝗适宜东亚飞蝗蝗区和草原蝗区，与目前其他生物防治技术相比，绿僵菌防治蝗虫核心技术可提高防效30%—40%，通过组装、配套、集成应用后，该项配套技术与目前其他的防治技术相比，可降低防治成本10%—15%，提高功效20%，投入产出比可达1∶8，而且，生物控制蝗虫完全不破坏生态环境，生物治蝗技术措施将取代化学防治，这是无可置疑的，是大势所趋。现在的绿僵菌菌株品系优良，感染率高，致死时间短、抗干旱能力强，田间应用感染蝗虫种群无密度制约机制，蝗虫密度每平方米5—200头均可防治，死亡形成僵虫可长期保存，作为传染源可实现长期持续控制。

说到这项技术，张泽华告诉我，在进入新世纪的2001年，国家外专局批准建立绿僵菌生物防蝗基地，基地包括中国农科院植保所科研基地和中国农科院锡林郭勒草原有害生物防治野外观测试验站。1989年国际生物防治研究所（IIBC）提出了研究生物杀虫剂的可能性并提出一个研究计划，由国际相关组织出资，国际生防所等研究机构历时3年，研究了用绿僵菌的油剂作为控制飞蝗和草原蝗虫的生物农药。中国农科院农业环境与可持续发展研究所（原生物防治研究所）从1991年开始，进行了绿僵菌的应用基础研究，在国家"948"项目资助下，于1996年引进国际生物防治研究所对蝗虫敏感的绿僵菌特异菌株及生产、加工成套技术，经过消化、吸收和改进已达到工厂化生产阶段。

"948"项目建立了一条中试生产线，通过对引进生产技术的消化吸收，改进了现有的真菌杀虫剂液固两相法生产工艺，提高了绿僵菌杀虫剂产品的质量，使货架期达到18个月，解决了油剂杂质及沉积等诸问题，使得在剂型应用方面取得重大进展。对中试生产工艺的改进，使原材料费用降低了50%，实现了降低成本的重要突破，在我国大规模工业化生产和使用的前景非常光明。

绿僵菌的生物传播侵染、流行控制机理，是真菌对寄主昆虫的侵入和繁殖过程，绿僵菌侵入寄主并造成流行，先是孢子附着于表皮并萌发，芽管穿透寄主体壁，在寄主体内生长繁殖，分泌毒素，致死虫体形成僵虫，在僵虫表面和体内产生分生孢子，形成感染源，最终蔓延致群体传染。绿僵菌感染蝗虫致其死亡成为僵虫后，在僵虫体内保存了大量的孢子，使之成为侵染源。一次施药后，控制蝗虫的效果至少可以持续5年。对人畜、环境安全，对昆虫天敌和有益生物无害。绿僵菌生物杀虫剂的专性较强，实验表明，绿僵菌对飞蝗主要的天敌昆虫如步甲、寄生蜂、寄蝇的寄生率很低，对蜥蜴、鸟类、哺乳动物和人类完全安全。

张泽华主任的团队，研究绿僵菌和农药有分子靶标相似性，研究出绿僵菌的这一特性，能够将绿僵菌的毒力提高很多，改变过去不能应急的问题，还能持续控制，这是我们中国科学家研究出的重大技术。现在张泽华研究的绿僵菌生产工艺、剂型工艺都已完备，完成了绿僵菌工业化生产线设计和实施，建设了中试车间和在建中试厂，制定绿僵菌制剂国家标准5个，研制绿僵菌制剂6个，进行3个产品登记。绿僵菌配套技术治蝗推广面积有1200万亩。

张泽华说，生物防治有多种：一是用真菌，防治种群密度不是很高的，我们就采取绿僵菌。现在把蝗虫发生级别分为4个：严重危害区、危害区、潜在危害区、不危害区。对各级别的策略为应急防治严重危害区，生态调控危害区，生态修复潜在危害区，分区域防控。我国幅员辽阔，有一些地方的地理、气候、类型不一样，特征不一样，不同的地域，针对不同种类选不同的真菌，用不同的菌株，这是比较成功的措施。在农业部的领导下，他们分区、分级，用两种不同的策略防治蝗虫，完全是纯生态的，叫天敌操纵。两种策略，三种方法，加在一起形成综合防治技术体系。一是绿色，二是可持续。为什么可持续？他们把真菌施到草原上，真菌治死了蝗虫，蚂蚁将死蝗拖到地下，地下的腐殖质与菌与根共生，增加菌种种群。第二种，是让蚂蚁和老鼠将菌种搬到地面上来，让它们携带菌种，作为媒介传染给其他蝗虫。为了提高和强化媒介的作用，在制剂中放入蚂蚁、步甲虫喜欢的气味和食物，让其有持续性。但随着时间的延长，菌群下降，需再强化接种，一针不行两针，两针不行三针，五六年就进行强化接种，这种方式可持续十年到十五年，达到很好的效果。

张泽华说："我们这一代治蝗科学家，康乐、李鸿昌是基础研究，我们注重应用研究。中科院也注重基础研究。没有基础研究就没有应用研究。比方综合防治的概念，就是马世骏先生提出的，邱式邦先生是预防为主。这两位老先生，在政策性、策略性方面，有很多表述和贡献，如今仍然有指导性。"

消灭草原蝗虫，在内蒙古锡林郭勒，中科院有野外实验站，农科院也有野外实验站。这两个野外实验站在防治理论和应用研究方面都有成就，让这个地区受益。过去锡林郭勒盟是草原蝗虫重灾区，现在发生蝗灾很少。我去过锡林郭勒草原，它是世界四大草原之一，我在锡林郭勒听到当地人说锡林郭勒是世界上最华丽的草原。用"华丽"来形容草原，可见它的美丽。但这美丽，包含着中国的治蝗科学家们如张泽华和他团队等的不懈努力。

美国作家雷切尔·卡森在《寂静的春天》里，描写发生虫灾后，喷洒杀虫剂对生态环境的危害，许多野生动物惨遭牵连。当春天再度来临的时候，大地上寂静得连鸟的叫声都没有了。就像卡森说的：人类是自然的一部分，对自然宣战必定伤害自己。

因为生物防治的日渐深入，春天如地狱般死寂的景象不会在中国出现了。

张泽华转回去再谈邱式邦先生，说他在英国留学，回来后正好赶上蝗灾治理的最重要关头。当时马世骏先生他们提出改治结合，邱先生引进"六六六"，现在看"六六六"是有害的，因为残留严重，但在历史上却发挥了重要作用。比如，因为有了"六六六"，才能在以昆虫为媒介的黑死病的肆虐下挽救了那么多生命，唯一的问题是"六六六"难以降解，对环境破坏大。在治蝗历史上，邱先生引进的"六六六"拌饵剂，是一个非常重要的技术。药物防治东亚飞蝗，邱先生的贡献非常大。后来的生物调控，化学农药应急，可持续，最终是生态的，这些都是邱式邦先生提出来的。改治并举，对东亚飞蝗可以，但草原无法改，只能生态调控，生物防治。

他说，关于生物防治，原来并没有国家标准、国际标准，后来他们与国家药监所一起，建立了5个标准体系，联合国粮农组织看到后，也采用了他们的标准，因此变成了国际标准。这对真菌农药的标准化产生了巨大的推动作用。产品的生产、应用标准化，是他们的主要成果之一。

# 三、张龙的生物防治

张龙是中国农业大学农学与生物技术学院教授，博士生导师，国际生物防治组织会员，中国植物保护学会生物防治委员会委员。曾主持国家自然科学基金项目"蝗虫微孢子虫疾病传播途径与扩散规律"和科技部成果转化基金"蝗灾可持续治理技术体系"、教育部骨干教师资助计划项目"飞蝗触角气味分子结合蛋白质"、"十五"国家科技攻关计划项目子课题项目等。他在蝗虫生物防治技术研究中，重点研究蝗虫疾病流行学中病原、昆虫生命系统中二者在分子、细胞、个体和种群等水平上的相互作用，以及其他环境条件对疾病流行的影响等，并以此为基础，研制蝗虫生物防治新技术。目前研究的蝗虫病原有蝗虫微孢子虫、蝗虫霉、绿僵菌、白僵菌。昆虫的诸多行为，如取食、交配、聚集、产卵等都与受到外界刺激所引起的适应性反应有关，而其中最为主要的刺激是化学信息。研究昆虫接受化学信息的分子、细胞和行为等机制是当前生物学中的热门领域之一。在教育部骨干教师资助计划项目"东亚飞蝗触角感觉器中的气味分子结合蛋白质"资助下，他首次从蝗虫中纯化分离、克隆表达出了3个蝗虫的气味分子结合蛋白质，并且发现了15个新的化学感受蛋白质，对该类蛋白质的表达特征、与气味分子结合的特点、三维结构、结合位点等方面开展了系统的研究。他还采用单细胞电生理技术较为详细地研究了飞蝗毛形感器嗅觉神经元对气味的编码特征。

他与张泽华同为严毓华教授的博士，张泽华去了农科院，他留校任教。

张龙是山东人，出生在内蒙古自治区。他说，在内蒙古农业大学上本科时，康乐就是他们老师。工作三年后考研，在北京农业大学师从严毓华老师，严老师为我国微生物防治蝗虫的第一人，因此他的弟子同样继承他的衣钵，开展我国的微生物防治蝗虫研究。张龙说，一些新技术新方法将完全取代过去的传统办法。他举例，过去飞机撒药治蝗，飞机下面有人打信号，挥旗帜，用大伞，人在下面举着，身穿劳动服，有机磷农药有毒，人熏得难受。飞机过得快，人跑不过飞机，50米一次"喷洒"，哗地一下子过了，不均匀，漏掉的也多，效率低，效果也不好。飞机喷洒过后，蜻蜓、鸟、青蛙都没有了，看到鸟和蜻蜓纷纷往下掉。天津大港暴发蝗虫的那年，张龙亲眼见防治队员背着喷雾器，进入芦苇荡。天气太热，他们光着膀子喷雾，结果有人农药中毒，口吐白沫，四肢抽搐。

现在的农村不是过去的农村，现在劳力短缺，村里全是老人妇女，青壮年都出外打工去了，必须要一些高效率的防治办法。于是治蝗的信息化、智能化、自动化就应运而生，智能监测，精准施药。比如用大地遥感技术进行蝗虫暴发的监测，卫星定位，绿色化。现在国家的蝗虫防治，生物防治要在2020年达到60%，以后将完全取代农药。

作为国际直翅目昆虫学会中国和朝鲜（韩国）地区的代表，张龙不久前在巴西召开的第十二届国际直翅目昆虫学大会上，介绍中国最新的防治蝗虫的经验。

张龙教授谈到我国微生物杀虫剂的研究、开发与进展时这么说：环境保护和可持续发展是当今世界发展的两大主题，这两大主题要求在蝗虫防治上要寻找出替代化学农药的方法，生物防治被认为是替代化学农药的重要途径。我国在蝗虫微孢子虫防治蝗虫方面取得了可喜进展，已成功大量繁殖、研制出适合于不同环境条件的蝗灾治理对策与技术体系，在我国的17个省（区、市）推广应用面积1000多万亩，获得了良好的效果。近20年来在国际上应用绿僵菌防治蝗虫方面也取得了长足进步，如英国和澳大利亚研制的产品。澳大利亚筛选出了产孢量高、对蝗虫致病性强的新品系，现已商品化大量生产，每年在澳大利亚防治蝗虫面积近25000公顷，主要用于近水源的地区和有机农产品生产的农场、牧场地区，从而保证了水源和从事有机农畜产品生产的地区不受化学农药的污染。

在微生物杀虫剂类型方面，目前已经可以生产应用的微生物制剂包括原生动物类的蝗虫微孢子虫，真菌类的绿僵菌、白僵菌，病毒类的蝗虫痘病毒等。目前对于蝗虫病微生物的研究方面，除了发掘新的病原微生物种类、研究病原微生物的致病机制外，很多科学家正在采用分子生物学技术试图改造已有的蝗虫病原微生物，提高致病力或者拓宽其寄主谱，在蝗虫霉流行学方面的研究也有很大进展。

张龙他们发明的"蝗虫微孢子虫东亚飞蝗株系产品与制造工艺"，于2003年由国家知识产权局授予中国农业大学专利权。早在1990年中国农业大学已建成了一所蝗虫微孢子虫生物制剂中试厂，年产量可达200万个单位（每毫升制剂中含有1×10个孢子即为一个单位），可供400万亩草原治蝗使用。同年，在农业部畜牧兽医司直接领导下成立了"全国蝗虫微孢子虫科研推广协作组"，挂靠中国农业大学，2000年开始重点转向农田飞蝗的示范试验。2013年，他们的研究获农业部一等奖，"我国迁移性蝗害绿色防控体系的运用"项目获教育部二等奖、农业部三等奖。

张龙说，"应用蝗虫微孢子虫持续治理蝗灾新技术体系"是我国首创，颇受国际同行的好评，整项研究达到国际同类研究的先进水平。该项成果从理论上对今后如何提高有害生物综合治理水平颇有指导意义，也引领了这个领域新科技的产业化浪潮。

他的断言应该是真实不虚的。因为他们正在这么做，还有更多的新一代蝗虫专家们在这么做。

他说道:"在生物防治的信息化、自动化方面,中国是走在世界前列的。现在我们和哈萨克斯坦有个合作协议,帮他们生物治蝗。全世界找我们去协助治蝗的不少。蝗灾在中国遏制住了,但蝗害的彻底根除还不可能。"

张龙说,中国是蝗虫防治组织最先进的,每个地方都有植保站、防蝗站。这是由于我国"十一五""十二五"实施植保工程。蝗虫防治基础设施、设备必须健全。他说到在澳大利亚,蝗灾暴发,他们的技术也很先进,但缺少我们这么健全的基层机构组织,群防群治跟不上。蝗灾在俄罗斯、老挝也暴发过。老挝的是竹蝗,张龙说他被政府派去帮忙治蝗,蝗灾面积7千多平方公里,2016年达到2万平方公里,这个国家竟然只有一个治蝗专家,人才、技术、财力、设施、设备、组织都没有,肯定无法控制蝗灾。2004年非洲蝗虫大暴发,迁飞到欧洲,随后俄罗斯蝗灾大暴发,治蝗人员有,但人才流失严重,好的科学家都去了欧美。

关于当前中国的治蝗,他认为经费上扶持力度不够,现在依然有潜在危机,要保持长期稳定的经费支持,有人才队伍储备,要向"四化"迈进,即绿色化、智能化、精准化、标准化。

绿色化。比如草原,环境条件与内地不一样,青海和西藏自治区这些地区因为缺氧,喷雾器打药也打不出来,加上藏区不杀生,只能采用绿色化的生物防治。绿色化就是以生态为主,改造蝗虫发生基地,根除蝗虫滋生的条件。

智能化。调查监视，包括用光诱、信息素、遥感技术，将监视的数据传到蝗虫信息平台进行处理。什么地方发生了什么虫害，种类、密度、进度如何，通过地图指挥调度，有机防治，针对发生情况制定方案，以信息化推动智能化。

精准化。包括飞机防治、地方防治精准化，以减少对环境的污染和破坏。

标准化。有些地方建立了新的防治技术，基本定型，但新的技术还没有全面推广，要一代接一代地更替，以适应新的形势和环境。例如飞机防治的精准施药。过去飞机喷洒，驾驶员一边开飞机一边打开喷药阀门。现在是在飞机上装上GPS，根据遥感数字由电脑自动控制开关和喷药量大小，喷洒将越来越精准。

张龙他们的实验室养了10万头蝗虫，现在做的是蝗虫的嗅觉研究，就是要让蝗虫找不到小麦、玉米这样的禾本科植物，让天敌可以取食。用其他气味干扰它，用其他物质屏蔽蝗虫的味觉蛋白。

种种新颖的技术出现在我们国家的科技创新版图上，前景真是太美妙了。

## 四、集大成者康乐

我们这个风起云涌的时代，社会和科技在突飞猛进地向前发展。"江山代有才人出，各领风骚数百年。"每一个时代都有其标领风骚的人物。

一切的文明与进步离不开众多科学家的雄心壮志和聪明才智，历史会呼唤新的人才。习总书记强调"新时代要有新气象，更要有新作为"。特别是在科技高速发展的今天，自然科学技术催生了众多新型人才，有综合实力，有宽阔视野，有新兴学科的加入，人类的进步总是这样。因为当今国家良好的人才政策，充裕的经费投入，极大地诱发出青年学子的才华和潜质。如果他们善于集合前人优秀的成果，又有强烈的创新意图与毅力，其事业的成功是必然的巨大的。

孟子说："集大成也者，金声而玉振之也。"康乐，就是在蝗虫研究领域金声玉振的集大成者。

康乐，作为我国新一代蝗虫研究的代表人物，与老一辈科学家完全不同，他开创了一个全新的局面，将研究的触角延伸至基因组领域，他的研究成果得到了世界科学界的广泛关注。

在前面章节中我们初步介绍过他。康乐是中国科学院院士，发展中国家科学院院士，国际欧亚科学院院士，河北大学校长，中国科学院动物研究所原所长，农业虫害鼠害综合治理研究国家重点实验室主任，生态基因组学及适应性研究组组长，兼任中国科学院北京生命科学研究院院长。另外，还担任国际昆虫学会执行理事，联合国生物多样性公约生态系统联络组专家代表，国际生物多样性大百科全书学术顾问，《昆虫科学》（*Insect Science*）杂志主编，《蛋白质与细胞》（*Protein & Cell*）副主编，《昆虫生理学杂志》（*Journal of Insect Physiology*）编委。研究领域是以昆虫为模式系统，主要开展生态基因组、抗寒性、化学生态及行为学研究。研究的主要特点是利用基因组学和分子生物学的手段研究生物对环境的响应和适应性机制。在过去的10多年中，他的研究工作得到国际同行的高度认可，已经成为进化生态学研究领域最重要的专家之一。2000年以来在国际学术刊物发表论文100余篇，一些重要研究成果发表在《科学》（*Science*）、《自然通讯》（*Nature Communication*）、《美国国家科学院院刊》（*PNAS*）、《昆虫学年评》（*Annual Review of Entomology*）等国际著名刊物。是我国著名生态学家和昆虫学家，国家"973"项目首席科学家，国家基金委创新团队学术带头人。

他虽然行政工作繁重，但目前同样带有硕士研究生6名，博士研究生11名，博士后2名。已毕业博士研究生和硕士研究生60余名，博士后10名。他的学生毕业后许多人已经成为国家重要的学术带头人，如青年"千人计划""百人计划"入选者，研究员，教授和国家优秀青年基金获得者等。

康乐1992年获中国第三届青年科技奖。1997年"草原蝗虫生态学研究"，获中国科学院自然科学一等奖（排名第一）和中国科学院青年科学家奖一等奖，同年获得国家杰出青年基金资助。1998年获"中国科学院十大杰出青年"称号，同年入选国家有突出贡献的中青年专家。1999年获国家自然科学三等奖（排名第一），入选国家"百千万人才工程"一、二层次专家。

康乐给人的感觉有蒙古族的血统和大草原的气息，这也许和他长期在内蒙古自治区生活又长期研究内蒙古草原的蝗虫有关吧。但他是地道的汉族人。他毕业于内蒙古农业大学，在内蒙古自治区长大。他是我国第三个生态学博士。我国有森林生态学，有昆虫生态学，但他是纯粹的生态学博士。

康乐的蝗虫基因组研究，开启继马世骏"改治结合，根治蝗虫"之后的又一个新的里程碑。国家的蝗虫问题可能不突出了，但是害虫成灾的规律性是类似的。因此康乐团队通过蝗虫的研究去探讨动物群聚的奥秘。蝗虫是由过去的农业害虫成为现今的一种昆虫模型，这是经过几代科学家的探索奋斗，到康乐手上又漂亮转型、快步飞跃的一个结果。

康乐的研究团队在几年前发现，蝗虫多巴胺途径会调控蝗虫群聚的行为。医生对病人进行麻醉后，要给病人注射多巴胺，让病人尽快醒过来，否则会危及生命。为什么注射多巴胺会让人清醒，没有答案。心脏骤停的病人也可以通过直接向心脏注射多巴胺让其复苏。

他们把蝗虫作为模型后，研究的领域就很宽广了。马世骏先生那一代的科学家，为了国家粮食作物的安全、社会的稳定，必须遏制和消灭蝗虫。生态是宏观的，要研究蝗虫数量的分布、因素——这是生态学的核心。限于当时的科技水平，人们的认识是外在的。许多研究是在调查的基础上实现的，尽管找到了一些相关的因子，但更多地停留在思辨的层面，缺乏严格的试验和对比研究。康乐院士利用基因组的方法来研究环境因素的效应，将过去的观察提升到现代科学水平。他说："马先生在中国一穷二白的条件下完成了任务，改治结合，在马先生领导下，举全国之力，中科院、农科院、农业部、植保所、各省（区、市）如江苏、山东、河南、河北、安徽等，终于将祸害中国几千年的蝗灾消灭了，这种工作精神值得我们继承，也激励着年轻一代科学工作者。而且，他们的研究成果对我们有许多启发，现在又赶上了好时代，国家投入大量的科研经费，给了我们最好的环境，为科学家提供了更多展示自己才华的条件和机会。因此要想得到质的飞跃，必须从方法论和哲学层面去思考未来的突破点。"

康乐院士在从玻璃窗射进来的冬日明媚的阳光里，为我梳理了蝗虫研究的过程——

他早期研究的是东亚飞蝗。在他念博士的时候，马先生跟他说，东亚飞蝗的工作差不多了，蝗灾已经少见了，他要求康乐将研究重点转向内蒙古草原蝗虫。1987—1995年，康乐在内蒙古自治区研究草原蝗虫，1990年他博士毕业，论文就是《草原过度放牧对蝗虫群落的影响》，这是关于内蒙古草原保护的重要发现。

1995年后他又开始研究东亚飞蝗。1992年出国。回国之后他们研究蝗虫模式系统，跟果蝇、线虫一样，对这一块的分子生物学、基因组了解太少。正好国家希望中科院开展基础研究，1995年康乐担任昆虫生态室主任，他开始思考如何在以前老师研究的基础上，将蝗虫作为一个模式系统研究。这个研究是世界最前沿的，而康乐则成为将蝗虫作为生态基因组研究的世界领衔的科学家。将飞蝗作为研究人类疾病的模式系统，已经开始。这是人类的一大福音。

他告诉我，他1982年在内蒙古农业大学毕业后留校当助教，指导学生昆虫实验，就研究内蒙古的飞蝗。后来在中国农业大学读硕士，也没有间断对飞蝗的研究，所以也是一个治蝗老战士。

目前世界上许多科学家认为蝗虫在全世界有13个亚种，但是康乐通过飞蝗线粒体基因组——绝对母系遗传的一套基因组对全世界的飞蝗进行研究，发现全世界的飞蝗只分成南、北两大谱系，并不支持全世界13个亚种的说法。他认为蝗虫起源于非洲，然后分成两大支：一支走南线，越过阿拉伯半岛，进入印度次大陆，然后进入东南亚和澳大利亚；在进入澳大利亚前有一小支则进入东南亚、菲律宾，最后进入日本的南部岛屿；有一小支在缅甸通过雅鲁藏布江进入我国西藏自治区的雅鲁藏布江峡谷。另外一支越过地中海，进入中亚，然后从欧洲向亚洲扩散，大约8万年前才进入日本。中国北方的蝗虫都是末次冰期之后由中亚的避难地扩散而来。

人类也是起源于非洲，然后沿着南北两条路径穿越过来，最后走白令海峡，大约在1.6万年前进入美洲。为什么蝗虫跟人类走向全世界的途径如此相似？是不是人类的农业开垦使蝗虫不断地跟随人类的步伐走向全世界？康乐的研究表明飞蝗走出非洲的时间比人类要早得多，所以不是人类的农业开垦促使蝗虫走向全世界，而是人类跟随蝗虫的脚步。

为什么会是这样呢？

因为蝗虫和人类有相似的栖境需求，蝗虫也是逐水草而栖居，先占领海边、河边和湖边。这种共同的栖境需求使它们在全世界的扩展路线惊人的相似，说明蝗虫和人类的关系是非常密切的。

改写"飞蝗有13个亚种"的定论并不容易。康乐通过研究，认为只有两个亚种——亚洲飞蝗和非洲飞蝗。他的这种观点现在已经被国际正式采纳。所以，"东亚飞蝗"这个名称，不过是约定俗成的叫法。他的老师陈永林定名的"西藏飞蝗"也被康乐给证伪了。

康乐认为研究兴趣在科研中很重要，这样才能使科研持之以恒，"飞蝗研究跟随我30年，要不断创新才有想象力和激情。从宏观—化学—分子—生态基因组，这个过程是科学发展的必然，也是一种飞跃。我们要学习老一辈科学家的精神，在继承他们的科学理念的基础上，开拓新的路径，但不能囿于老师划定的圈子里。"

"要有责任感，有服务国家的意识，为国家服务，在这个过程中，实现人生价值。"他说，"做科研，选对了思路，即使承担繁重的行政工作，也要保持在科学前沿。"从1995年起，他就是昆虫生态室主任，他的前任是李鸿昌，李鸿昌的前任是陈永林，陈永林之前是马世骏。所以康乐是我国根治蝗害的核心研究室第4任主任。他1995年担任所长助理，1999年调任中国科学院生命科学与生命技术局局长，2008年担任北京生命科学院院长，2012年担任动物所所长。他说研究飞蝗，这些人一定要记住：马世骏、尤其儆、陈永林、郭郛、钦俊德、丁岩钦、李典谟，研究草原蝗虫的还有李鸿昌。

1992年康乐接任地理生态研究组组长，他向老一辈科学家学习，不断突破自己的研究领域，从地理生态，到群落生态，到化学生态，到分子生态，一直到现今的生态基因组。这在国内外找不出第二个组有如此迅速的转变，能紧跟世界科技的新趋势。康乐认为中国几十年的飞蝗研究，尽管在许多地区控制了蝗虫，但这一成绩在国际上知道的并不多，一个重要的问题就是科研成果的展示都仅限于国内。因此，他决心他们这一辈一定要在国际舞台上展示中国蝗虫的研究水平。

康乐说，中国以往的科研工作是不与国际接轨的，年轻人就是导师的助手，自己也没认真地学习科技，跟前辈老师是师徒关系。比如马老是从美国回来的，年轻科研工作者听他的就行了，于是在科研上就有了依赖性，缺少独立思考，独立开展工作的能力没有培养锻炼出来。今天时代不同了，每个科研工作者要有自己独立的思考和与国际接轨的能力，努力超越前辈科学家。还有一点，因为那时候没有国际视野，年轻人容易将老一辈科学家神化，总是去证明老前辈的说法或理论的正确性，这也是时代的局限。后来“文革”结束，有的人被推到学术带头人的位置上，这些人焦虑、彷徨，自己不知该做什么。又来了一些年轻的科研人员，悟性不高，也就什么都做不出来。

1990年，康乐博士毕业了，他原打算去北京大学做林昌善先生的博士后，因马老坚持要把康乐留在动物研究所，最终没有去成。“我是准备到林善昌先生那儿做人口模型研究的，如果去了，二胎政策会开放得更早。”康乐笑着说。

他谈到他的导师陈永林时说：“论辈分，陈老师是马先生的学生，但陈老师又不是真正意义上的学生。陈老师比马世骏先生还早来动物研究所，实际上陈老师是马先生的助手，当时马先生回国后，组织就是这么安排的。陈老师为人随和宽厚，对人总是鼓励，总是说，'干得挺好，继续干！'陈老师是非常认真负责的导师，论文给他，错别字、标点符号他都会为你一一修改。"

康乐还谈到他的另一个导师——中国农业大学的杨集昆，一辈子的昆虫迷。他的生活简单、随便。他一生有两个爱好，一是鉴定各类昆虫，二是在鉴定过程中不断抽烟。他一天点一次火，烟不离手，真是用生命在搞科研。他后来因严重的心血管疾病去世……

## 五、揭开动物群居的奥秘

大多数动物为什么喜欢群居？这在分子生物学上究竟有什么奥秘？飞蝗成灾说白了就是群居形成的灾难。

型变、嗅觉、多巴胺、跨代遗传、模型，这些关键词对于解开飞蝗聚集的根本原因是至关重要的，每一个词都是一次重大的发现。

就像康乐院士说的，在他的导师马世骏、陈永林那一辈，为了粮食安全，实行"改治并举"的治蝗策略，是当时的形势决定的。但现在的地球气候异常，生态环境变化，传统蝗区的蝗害控制了，新蝗区出现了，如草原和高原草甸等，化学农药的防治策略证明不可能持续，会加剧生态环境的恶化，威胁到人们的食品安全甚至地球的未来。

怎么办？生物防治是一条路。微孢子、绿僵菌要继续推广。但基础研究是釜底抽薪，弄清楚蝗虫群居的原因，如果蝗虫没有群居，就不会为害。

康乐和他的团队在长期开展蝗虫生态学研究的基础上，聚焦蝗灾暴发的关键生物学特性——飞蝗型变现象。将基因组学等微观学科和生态学研究紧密结合，开展蝗虫型变分子调控机理研究。从大规模组学解析两型差别的分子基础，到鉴定型变关键分子和信号途径，逐步将飞蝗型变及其成灾机理阐释清楚。

在他们的饲养室观察到的散居型和迁飞型蝗虫，我感觉像是两种蝗虫。虽然早知道这些蝗虫是一种，但在由散居型向群居迁飞型变化时，为什么会产生颜色上的变化？为什么体型会突然加大，变得面目狰狞？

这就要解析飞蝗两型差异基因表达谱和代谢谱。飞蝗从散居型到群居型的转变是蝗灾发生的生物学基础，这一过程复杂多变，国际上对其调控机制的认识一直没有大的突破。康乐的项目组充分运用"组学"的理念和方法，为型变机制的认识开辟了新的道路。《科学》（*Science*）杂志评价说："这项研究为蝗虫研究打开了一扇崭新的窗户，发现了许多阻止蝗虫群聚的药物靶点。"

飞蝗是昆虫学常用的研究模式，飞蝗转录组及其型变调控机制的功能分析，对昆虫发育、进化以及表型可塑性的研究将起到推波助澜的作用。蝗虫研究基础科学的可持续发展，也将催生一批高水平的理论成果和产业新技术，并对精准控制蝗灾暴发产生深远的影响。

这些突破都是开创性的，是一个新的时代研究飞蝗的标志和最高成就。

康乐院士在一次"生态基因组学研究揭示动物群居的奥秘"的演讲中说到他们的研究：

"不知大家是否有过这样一种想法：经典的生态学问题，是否可以用当今最流行的基因组学方法加以研究呢？我想告诉大家，生态学可以这样研究，它可以完美地与基因组等现代生命科学手段相结合，来阐述各种生物学现象，尤其是群居现象。"

他讲到，在我们的星球上，生存着一百多万种动物，除了极少数处于生态系统中食物链顶端的种类，比如老虎、雪豹和鹰等独居动物外，大多数是群居动物。既包括无脊椎动物，像水母、霸王蝶、螃蟹、白蚁等，也包括各种脊椎动物，如鱼类、鸟类等。我们人类也是群居的。追溯到原始社会，人往往群居生活，一起抵御动物的侵扰，集体打猎，获得食物。虽然今天人类的群居已经脱离了原始形态，成为一个高度发达的文明社会，但仍保留许多群居动物的特性。比如一些群体性事件，一群人为一个事情聚在一起的时候，往往是你影响我，我影响你，情绪可能会越来越高涨，原本一个有序的诉求，可能就变成了一个失去理智的群体性事件。我们往往对一些群体性事件用阶级斗争的观点去分析，总怀疑后面有一小撮坏人挑动不明真相的群众闹事。虽然这种情况也存在，但多数情况下，让具有合理诉求的人群，走向失去理智的群体性事件，更多是个体之间的相互影响而导致的，实际上是具有生物学基础的。因此，有经验的领导在处理群体性事件时，往往会从人群里选出一个代表来。而这个人一离群，他的情绪就很容易冷静下来，变得理智，问题也就容易解决了。

由研究动物的群居行为，到揭示动物的奥秘，再到更大范围的解决人类社会行为的许多问题，就是将生物学与社会学打通，甚至对政治学产生影响，或者至少提供了另一种视野与思维。也许，在康乐院士的基因组里，能从飞蝗那儿研究出某种人类行为的控制机制。

为什么研究蝗虫？为什么将飞蝗当一个模型来研究？康乐的解释是这样的：蝗虫是一种很好的动物研究对象，第一，它有群居习性；第二，它在单独生存时，活得也不错。而且这两种型随着密度的变化可以相互转变，便于研究。因此，我们选择飞蝗作为研究对象，来揭示动物群居的奥秘，寻找防治蝗灾的方法，同时也为人类社会行为及其相关疾病的研究提供参考。大家也许会说，直接研究人不是更好吗？其实人最不好研究。一方面，人太复杂，往往说的、想的和做的都不一样。另一方面，很多与人的精神疾病相关的研究，往往涉及隐私问题，因此我们把飞蝗来作为研究对象，飞蝗不仅便于饲养和实验操作，而且也没有伦理方面的问题。

除此之外，我以为，还因为他的老师们都是研究蝗虫的，这是一种传承。承前启后，继往开来，这是他肩负的重任。

我们已经知道，飞蝗在散居状况下是绿色的，移动缓慢，喜欢独居。而在群居状态下则是上部黑色、下部棕色，喜欢活动，亢奋聚集。飞蝗这种型变现象，实际上是拥有相同基因组的同一物种，随着种群密度和环境条件的不同而表现出不同表型的特性，学术上叫作"表型可塑性"。其他昆虫，包括白蚁、体虱、蜻象、螳螂、竹节虫等，都是类似的。我们过去认为这些昆虫的不同型可能是不同的物种，但实际上是同一物种的不同表型。

有了合适的研究对象——蝗虫，就要想办法定义这种表型和基因之间的联系。康乐说，整个生命科学的核心就是研究基因型和表型的关系，当增加了一个环境因素时，就会发现其实表型是基因型和环境相互作用的结果。

他对我说，他们的实验室饲养了大量的群居型和散居型蝗虫，如何精确地研究和定义它们的群居行为呢？他们设计了一套行为学测定系统，就是利用一个两端带有隔间的旷场装置。在旷场的一侧隔间放置几十只蝗虫，模拟一个蝗虫群。隔间里的蝗虫群虽然是被隔开的，但从另一侧能看到它们，也能闻到其气味。有意思的是，当把一个群居型蝗虫放进旷场后，它马上会靠近刺激群；而放进一个散居型蝗虫时，它马上会躲至对侧边，避免加入那个群。这就是同样基因型的蝗虫，在单独饲养或成群饲养后产生的行为差异。这种行为的差异被生物摄像系统拍摄下来，他们运用数学回归模型计算出对应的模式，因此就找到了一种可以进行测量和描述的行为表型。

　　飞蝗的这两种"型"可以在田间迅速发生转变。他们把群居型蝗虫向散居型饲养，发现4小时后它的行为就从典型群居型变成典型散居型。而把散居型蝗虫向群居型饲养，则发现这个过程比较缓慢，需要32小时甚至64小时才能够发生转变，看来这种转变过程对蝗虫来说并不是对称的。向两个方向变换的速度不同，也说明了蝗虫形成群居而成灾是需要一定时间和量的积累的。

　　为了进一步研究调控飞蝗两型转变的内在分子机制，从2004年开始，康乐院士的团队通过大规模基因表达序列标签测序，发展了高通量蝗虫寡核苷酸DNA芯片，为研究飞蝗两型转变的基因表达调控提供了一个很好的平台。

　　飞蝗基因从群居型向散居型转变时大约有340多个基因发生改变。而从散居型向群居型转变时则有600多个基因发生改变，在这两个过程中共同发生改变的基因大约有450多个。因为发生转换的两个过程是完全相反的，所以他的团队试图在这450多个基因中寻找表达相反的基因，结果发现主要是一些Takeout基因及CSP基因。这两个基因正好表达相反，Takeout基因，是群居型散居化的高，散居型群居化的低；而CSP基因反之。这两类基因都与昆虫的嗅觉有关。

　　飞蝗变"型"的秘密就是多巴胺。他们对差异最大的四龄蝗虫基因表达谱进行分析，发现有关多巴胺代谢通路富集了最多种差异的基因。

多巴胺途径的差异表达就是飞蝗两型间体色和行为的差异。在群居型飞蝗中，分别消减pale、vat1、henna基因或多巴胺受体时，它们的行为都变成了散居型模式。如果直接向群居型飞蝗注射多巴胺的拮抗剂，与多巴胺受体竞争性结合，群居型飞蝗的行为也可以变成散居型模式。

多巴胺调控群体行为，许多动物都是如此。许多无脊椎动物，甚至脊椎动物，一旦被高度密集地饲养，体色马上变重。比如，蚜虫通常是绿的，但密度一升高就变黑了。

那么人类的活动呢？康乐院士的思考非常有意思，他说，人类示威游行时，每个人体内的多巴胺都会升高，变得脸色赤红，亢奋狰狞，热血沸腾。世界各国的警察在遇到这种群体事件时，会采取什么措施呢？一是拿着警棍把人群赶散，第二是通过喷水把群体打散。只有把一个人跟群体分开了，他才会理智地去反思自己的行为。

我看到资料说，人一旦加入游行的队伍，走上街头，智力就只有13岁水平了。我想，为什么说思想者、哲人都是孤独的？只有孤独才能拥抱世界，在喧嚣的人群里你不可能有自己的认知和思索，但独处不同。孤独者不是野兽便是神灵，这话是亚里士多德说的。苏东坡在《送参寥师》诗中说："欲令诗语妙，无厌空且静。静故了群动，空故纳万境。"佛禅所说的空，是指心怀虚旷、无欲无念，而静则指心定不乱，静才可悟出宇宙的奥妙，世界的真谛。

那么多巴胺究竟是什么东西？

多巴胺的作用广泛，人的脸色因为激动而瞬间变红就是多巴胺在起作用。生物黑化现象也是多巴胺调控的。多巴胺还和人体免疫相关，老年性痴呆、孤独症、帕金森症、情绪低落都是多巴胺合成出了问题。人休克以后，各种抢救措施不起作用，可以往心脏上直接注射多巴胺。精神病人、狂躁型病人则是多巴胺太高，当他们不配合治疗时，就会给他们注射多巴胺抑制剂。所以多巴胺是生物的一种重要神经递质，它可以调控行为和情感。

我们现在证明了启动蝗虫型变的是嗅觉感受蛋白基因，维持两型的是多巴胺代谢途径。

那么在国际上有没有类似的研究发现？康乐院士回答说："2012年国外有科学家发表了一篇文章，发现蛋白激酶引起沙漠蝗的两型转变，似乎跟我们的关系不大。但是仔细分析多巴胺信号转换途径，可以肯定他们的发现实际上证明了我们的研究工作。蛋白激酶位于多巴胺信号转换途径的下游，我们发现的多巴胺代谢途径位于多巴胺信号转换途径的上游，实际上推动蝗虫型变最主要的还是从多巴胺代谢途径开始的，然后才到蛋白激酶，所以他们的研究发现证明了我们工作的正确性。"

这是一个了不起的发现，它开阔了我们研究蝗虫和消灭蝗虫的视野，从而描绘出带有梦幻品质的远景：有可能发展出一种药物来控制人和动物体内多巴胺的数量，也可以通过转基因技术把它转到植物中，当蝗虫吃了这种植物后，它的群居型可能就不会再发生，不会疯狂聚集，更不会迁飞，蝗灾就会从此灭绝。康乐谨慎地说，这可能还不行，因为多巴胺在生物中比较保守，作用很多，我们还要寻找对蝗虫更特异的调节因子才更加安全。

关于小分子RNA与群居的隔代遗传，康乐他们研究后发现飞蝗"型"的特征，还可以直接影响到后代，能够跨代遗传。群居型蝗虫父母产生的后代一开始就是倾向于群居型的，散居型蝗虫父母的后代是倾向于散居型的。因为没有群居型蝗虫的卵就不会形成群居型的蝗蝻，群居型的蝗蝻没有统一的成熟就不可能形成一个定向迁飞的蝗群，所以蝗卵发育的一致性奠定了整个蝗蝻集群的基础。

蝗卵一共有27个发育期，所以飞蝗必须整齐地发育到27期时突然一起出来，否则就很难形成群聚。康乐的研究发现群居型的蝗卵总是发育得非常整齐，而散居型的则各个时期都有不少。他发现群居型蝗卵在很短的时间内就能有80％—90％孵化，而散居型蝗卵的孵化时间则拉得较长。在小分子RNA测定定量分析后，发现卵巢和卵中有一个共同特点，即miR-276是在两型之间差异是最明显的。向群居蝗卵中注射miR-276的拮抗剂会导致孵化与发育变得不再整齐，反之，若使miR-276提升就会导致孵化和发育变得更加整齐。这个microRNA是如何调控目标基因的呢？他们发现只有brm基因与miR-276具有很好的互作关系，且在两型中有区别。当消减brm基因会导致群居型的孵化变得不整齐，而且发育时间也拖后了一天。过去一般认为microRNA是负向调控基因表达的，而他发现这个microRNA却是正向调控brm的蛋白水平。

这样的例子，全世界发现者非常之少，而康乐的研究证明了这样一个机制，而且能调控卵发育的一致性。简单来说，新的表型就是发育的一致性，一致性奠定了聚群的重要基础。康乐不仅发现了新的表型，还发现了新的调控基因microRNA和新的机制，即正向调控的机制。

他用基因组方法，研究了一个典型的生态学问题，即动物群居的奥秘。

从编码基因，转录后调控，受microRNA调控，一直到上一代的基因如何影响后代，这些都奠定了飞蝗种群发生整齐度的重要基础。这个过程的核心启动是嗅觉，维持的机制是多巴胺的生物合成途径，以及和基因相关的microRNA跨代遗传。

康乐说："1990年我获得博士学位时最主要的发现就是过度放牧的草原蝗虫种群密度特别高，特别容易发生蝗灾。当时我的解释是：低矮的植被使蝗虫更好地吸收热量；蝗虫喜欢裸露的、天敌更少的过度放牧草地。蝗虫的卵产在比较紧实的土壤里存活率比较高。当时我认为是外界环境的影响，现在我们就思考蝗虫吃被羊吃过的草会是什么情形呢？结果我们的实验发现不管什么种类的草，只要被羊吃过，含氮量都迅速下降，这是植物对羊取食的一种抵抗。但就是这种被羊吃过的草正是蝗虫最喜欢吃的。我们给牧草施加氮素，蝗虫取食之后存活率下降了，生长速度变慢了，发育时间延长了。说明牧草含有过多的氮素对蝗虫是不利的，而被羊吃过后氮素下降的牧草对蝗虫是有利的。我们分析了不同放牧梯度的草原植被和蝗虫种群数量的关系，发现不放牧和轻度放牧的草原牧草含氮量都比较高，蝗虫的种群密度比较低；重度放牧的草原牧草含氮量明显下降，蝗虫的种群密度则明显上升。草原过度放牧，牧草的含氮量太低了，蝗虫也无法承受，种群密度也跟着下降了。所以从生理学上证明了蝗虫成灾跟植物里氮素的迅速下降密切相关，与植物碳氮比密切相关。如果结合代谢组和多巴胺代谢途径的研究，是不是可以假设植物含有较高的碳、较低的氮会有利于蝗虫群居型的形成，这将是我们未来要开展的一项工作。"

康乐总结说："第一，我们研究蝗虫的型变，因为它反映了动物的一种普遍现象——群聚现象。动物群聚有利于迁徙，占据栖息地、寻找配偶和抵御天敌。所以群聚现象普遍存在于许多动物中，这种复杂的表型可塑性需要系统生物学方法加以研究。第二，我们真正地在世界上把蝗虫两型转变的研究提升到基因组和分子机制的水平。过去我们认为蝗虫两型的转变可能是食物分布的不均匀，成因季节的变化要迁徙到某个地方去。我们研究组从分子的机制上揭示了启动蝗虫型变过程的是嗅觉，维持这个过程的是多巴胺，而多巴胺和蝗虫的乙酰肉碱、脂类

代谢都是密切相关的，这样就构成了一个完整的网络。第三，
我们的研究发现了许多目标基因、代谢途径和小分子化合物，
这些都可以作为未来控制蝗灾的重要靶点。同时我们也研究发
现，其实根本不用研发杀虫剂把蝗虫消灭干净。蝗虫在欧洲已
经属于保护动物，因为欧洲环境好，蝗灾没有发生地，种群数
量很少。蝗灾在我们国家发生的频率也越来越低。所以未来我
们不是要消灭蝗虫，而是要把它控制在散居型状态，这样我们
去散步时，偶尔还能发现一两只绿色的蚂蚱。最后，我研究的
蝗虫模式系统可以作为研究人类疾病的模型。群居型蝗虫和散
居型蝗虫就是一个狂躁型病人和孤独症病人的良好模型。我们
研究发现：群居型的个体雌雄配对非常容易，散居型的个体则
要经过三四天才能够互相熟悉。我们很少去关注代谢性疾病的
模型，因为目前所发展的任何动物模型的基础都是基因突变。
实际上人类的许多疾病并不是基因突变导致的，因此我们需要
一个模型来深入研究代谢性疾病。有人质疑蝗虫能作为人类研
究疾病的模型吗？我的回答是完全可以，果蝇都能研究同性恋，
线虫都能研究老年性痴呆，蝗虫一点不比它们差，而且行为更
为复杂，我们已经向全世界释放蝗虫的全基因组，它是现今已
被测序的最大动物基因组，这些信息全世界都可以共享，蝗虫
就是一个非常好的研究人类疾病的模式系统。我们攻克的不仅
仅是蝗虫的基因组，由此克服的基因组装、注释和结构分析都
是极具科学挑战的问题。另外，蝗虫的非编码DNA与人类非常

相似，那么，攻克人类的许多疾病也就有了极大的希望。"

康乐说道："新一代的科学家要了解科学史、方法论和科学哲学，否则我们就不能创新和突破。我们学习老一辈科学家的精神，继承他们优秀的工作传统，但是不能限于师徒口手传授的技能，而要紧跟时代的发展，不断创新。同时，要用科学哲学指导科研工作，不断提出新问题、新假说，把特殊的推广到一般，把造福人类、推动社会进步当作毕生追求。"

新一代科学家的思想活跃，格局阔大，目标高远，有着自己独特的梦想。飞蝗治理到了康乐他们这儿，已经远远超出了根治飞蝗的目标，超出了对本国农业和生态的贡献，超越了地域和民族，他们的目标是人类的健康，人类的未来，是造福整个人类。

邱式邦先生在一篇文章里说："有史以来的中国的东亚飞蝗为害，在中华人民共和国成立后的几十年里，终于被控制住了。这不但是在中国的昆虫学史上值得大书特书，即使在全世界治蝗史上也是一件了不起的大事。国内外各界对此给予高度重视和很高的评价，认为它是世界治蝗史上罕见的重大成就。"

据统计，中华人民共和国成立初期，东亚飞蝗发生面积约7815万亩，1951—1997年间，全国已累计净改造蝗区面积5517万亩，使蝗区面积比中华人民共和国成立初期减少了70.6％。现有蝗区县由中华人民共和国成立初期的328个减少到151个，减少了177个县，取得了世界治蝗史上引人注目的成就。

《人民日报》在1977年10月24日第三版发表社论《"飞蝗蔽日"时代一去不返》：

危害我国数千年的东亚飞蝗之灾，如今已被我国人民和科学工作者控制住。我国已经连续十多年没有发生过蝗害。有关部门准备把这项重要成果推荐给全国科学大会。

今天，人们来到昔日蝗灾严重的黄、淮流域一些著名的飞蝗滋生地，可以看到绿树成带，稻田如毯。过去的"蚂蚱窝"已变成"鱼米乡"。鲁西南微山湖地区的几十万亩湖滩泛水地，历来是滋生飞蝗的场所，中华人民共和国成立前蝗群迁飞，如今已变成大片旱涝保收的稻田，"飞蝗蔽日，禾苗一空"的时代一去不返。

翻开我国历史，远在公元前707年，就有了蝗虫危害的文字记载。从那时以来的2600多年间，见诸史籍的重大蝗灾就有八百多起，差不多每三五年就发生一次。飞蝗危害的惨景，使人触目惊心。《五行志》记载唐代一次蝗灾，是这样写的："唐贞元元年夏蝗，东自海，西尽河陇，群飞蔽天，旬日不息，所至草木叶及畜毛靡有孑遗，饿殍枕道。"《元史》叙述山东、河北、河南、关中等地的一次蝗灾时说："飞蝗蔽天，人马不能行，所落沟堑尽平。"明朝诗人形容蝗虫危害，人民灾难深重，情景是："飞蝗蔽空日无色，野老田中泪垂血。"

中华人民共和国成立以来，我国开展大规模的群众治蝗运动。各蝗害严重地区普遍建立起蝗虫防治站和预测预报站，大批科学工作者一面参加治蝗的斗争，一面进行调查和科学研究。1951年开始，我国开始使用飞机灭蝗。各蝗害地区结合农田水利建设，逐步使大灾变小灾，小灾变无灾。我国古代劳动人民憧憬的"去其螟螣""毋害我田稚"的理想，在社会主义时代终于成了现实。

中国科学院北京动物研究所，原中国农业科学院植物研究所，有关高等院校和各地蝗虫防治站，预测预报站的科技人员，同广大群众相结合，在研究和根治蝗虫的斗争中做出了重大贡献。许多科技人员长期深入蝗区，总结群众经验，加强飞蝗发生基地的生态地理学和蝗虫发生数量变动及其影响因素的系统研究。他们在各蝗虫发生基地连年设点观察，开展各种试验，取得了滨湖、沿海、内涝、河泛等不同类型的蝗区蝗虫发生的特点等大量第一手资料，弄清了水、旱、温度、湿度等不同气候条件对蝗虫发生数量变动的影响，总结出改治结合的治蝗理论和一整套控制飞蝗的有效措施。例如：他们在蝗卵发育期，提高湖水位或者改湖滩为稻田，进行灌水，把蝗卵淹死，机械深耕，曝于地面，使蝗卵干死或被天敌取食等措施，都取得了良好效果。又如，飞蝗喜好在稀草土地上产卵、繁殖，喜食稻麦等农作物。他们针对飞蝗这种生活习性，因地制宜地采取了绿化河滩、海滨、洼地和改种棉花、绿肥、油料作物等措施，也大大抑制了蝗虫的繁衍。

总结 28 年治蝗斗争经验，特别是根除蝗害经验，我国科学工作者已写出了专著《中国东亚飞蝗蝗区研究》和不少学术论文。

摘录的这篇社论就是向全世界宣布：我国控制并消灭了东亚飞蝗的危害。这是一个多么了不起的成绩！

1982年，在马世骏他们的治蝗成果获得国家自然科学奖之后，《工人日报》10月10日便发表了《东亚飞蝗的泯灭》的采访通讯：

提起"蝗灾"二字，现在的青年漠然不知其情，但在一些年纪大的人眼前，就立即会浮现出飞蝗蔽日、田稼伤尽、饿殍枕道、民不聊生的惨景。现在，这种蝗祸横行的时代在我国已经一去不复返了。

我国的"东亚飞蝗"治理，是一项举世瞩目的成就。其中的科学理论研究工作，于最近被评为"国家自然科学奖"二等奖。为了了解这些成就是怎样取得的，我们走访了中国科学院动物研究所副所长、生态学家马世骏教授。

马世骏于1937年毕业于北平大学农学院生物系，40年代到美国留学。新中国刚成立，他就急切地回到祖国，开始了研究灭蝗的艰苦工作。

当我们来到动物研究所的时候，年逾花甲的马老正在精神矍铄地忙着工作。说起治蝗，他给我们叙述了昔日飞蝗给中华民族带来的深重苦难……

早在2600多年前，"蝗虫"就开始在中国肆虐为害。在历史资料上，从春秋时代到中华人民共和国成立这一期间，明确记载的就有八百多次，平均三年多就闹一次，元至正十九年（1359年）那一次史书上记载说：五月山东、河南、河东、关中等处蝗飞蔽天，人马不能行，所落沟堑尽平。1929年华东地区闹蝗灾，沪宁线上的下蜀镇一带，蝗虫掩盖了铁轨，致使火车难以前进而误点两小时。蝗虫成灾时，不仅地里的庄稼，而且连村落上街树木的叶子都吃个精光，几里路外就能听见蝗虫嚼噬声，一鞋底打下去，就能打死上百只……我们听到这里，真是不寒而栗。

"现在呢，"马老舒展开了眉梢，向我们介绍开了国内、国际科学界对我国治蝗工作的评价。在国内，《昆虫学通论》一书上对我国蝗虫治理有这样的评论："几千年来同水、旱灾害相提并论的蝗灾已经基本上消灭为害。"在国外，日本名古屋大学伊藤嘉昭博士说，中国科学家在飞蝗的种群动态研究等方面是世界上第一流的，1977年美国科学院发表的报告中，称中华人民共和国对蝗虫的防治是颇为成功的一个例子。这与当今世界各地仍在频繁地闹蝗灾的情况，形成了鲜明的对照。

说到灭蝗，马老指着他的助手、中国科学院动物研究所昆虫生态研究室主任陈永林说："他和我一起搞了三十多年，他知道得清楚呢！"

陈永林同志告诉我们，蝗虫，有的地方叫蚱蜢、蚂蚱，它的学名叫飞蝗，属于直翅目，是世界性的大害虫。分布在东南亚和东亚一带的主要是东亚飞蝗。我国蝗灾严重的主要是淮河、黄河、海河流域的冀、鲁、豫、皖、津六省（市）。要治飞蝗，首先要搞清它发生、发展的规律。从1951年开始，马老带着科研人员在蝗灾区的荒野里搭起了帐篷，从初春3月，到深秋11月，一年有四分之三的时间工作在飞蝗发生地带，从事气象、水文、自然地理条件的研究，并探索蝗卵的发育孵化规律，经过几年辛劳，终于摸清了适宜飞蝗生存的温湿度等气象因素，抓住了"水"这个发生蝗灾的关键因素，每当涝灾发生时，湖水、河水淹没低洼地带，洪水退去，却给土壤中的蝗卵留下了充足的水分，烈日曝晒给予了适宜的温度，又有了食料等适宜条件，于是飞蝗大量繁殖、生长，与水、旱二灾相间的蝗灾就随之发生了。马老认为根治飞蝗就要改造蝗区的自然面貌，提出了改治结合、根除蝗害的理论。在党中央、国务院的直接领导下，我国制定了"依靠群众，勤俭治蝗，改治并举，根除蝗害"的治蝗方针，这是把治标和治本结合起来的重大措施。

50 年代初期，蝗虫发生面积大，密度高，广大人民群众在党和政府的统一领导下积极捕打，使飞蝗不能起飞，不能为害，在蝗区广泛建立了蝗虫防治和蝗虫测报站，与此同时，逐步实行药剂治虫，采取了地面机械和飞机喷粉先进方法，提高了防治质量和效率。

我国还从治本抓起，积极治理黄河、淮河、海河三大河流，减少旱涝灾害对飞蝗的影响。首先是改变水利条件，垦殖荒地，断了蝗卵水源；第二是改变植被条件，少种禾本科植物，多种棉花等飞蝗不食的经济作物，给飞蝗断了"粮"；第三是改变土壤条件，通过加强农田管理，深翻土地，掘了飞蝗的藏身之地。

近几年，马老和研究人员仍然不断到过去的蝗灾区考察。昔日飞扬蔽日、为非作歹几千年的东亚飞蝗已经被制服，蝗害在大部分地区已经根除，80%以上的蝗区得到了改造，洪泽湖等许多老蝗区已经多年无须防治了。马老来到这里，看到这一切，他忘记了劳苦，忘记了年事已高，挽起裤腿，蹚过河去……

我们听着马老和陈永林同志的介绍，由衷地发出了赞叹和祝贺。但是，马老和陈永林都说："这个科研项目所取得的成就是党的伟大、社会主义制度优越性的生动体现，是科学研究与群众运动相结合的产物！"

1989年10月22日，陈永林、郭郛一行回到他们当年战斗和工作过的洪泽湖区，可是这里已经变得让他们认不出了。稻熟莲香，岸柳成行。就像郭郛在《重访洪泽湖蝗区》的诗里写的一样："洪泽湖边蝗乱飞，草荒水潦无人回。现今稻麦葱茏柳，三十六年识是非。"

一晃已过36年，当年的小伙子成了老人。陈永林先生也吟诗一首：

膝巢洪泽探踪迹，

路口堤舍同牛栖。

千载湖畔滩地异，

今朝鱼米盖世奇。

是啊，到哪儿寻找车路口堤舍的影子？那个牛棚去了哪儿呢？有的只是"稻熟村村酒，鱼肥处处家"，哪儿找蝗虫的窝巢？

我想到纪力强给我讲过的一件至今想来都非常不解的事。

他说马世骏先生去世后，骨灰安葬仪式安排在福田公墓，到那儿去以后，地址选好了，放骨灰时，把墓穴打开，把骨灰盒往里放的时候，一只蝗虫蹦跶蹦跶往墓穴里跳。龙庆成赶快去把它抓出来，可后来这只蝗虫不知从哪儿又钻出来，又往墓穴里跳，总也撵不走。大家觉得好生奇怪，这是什么意思呢？

大家说不出个所以然来，但这蝗虫与一个一辈子与蝗虫作斗争的科学家的最后安息有一种说不清的关联。这冥冥之中，定有什么瓜葛？

你不肯走，那就让你给马先生陪葬吧。于是，它也就被埋入墓穴了。

我在想，这真是有象征意义的一件事，像一个伟大寓言的结尾。也许是，这种"神虫"，天兵天将，被马先生降伏了。当然，也许是另一种说法：这只蝗虫是代表被以马世骏为首的科学家消灭的千千万万的蝗魂，它们的魂不甘灭亡，还想幻化人间为害，不过不可能了。当天空再也没有恐怖遮天的飞蝗阵，天清气朗，大地葱茏，遍野稼禾，春种秋收，是人民胜利了。马世骏手抓一只他降伏的飞蝗，终于可以含笑九泉……

《飞蝗物语》这本书终于完成了，在2018年开始的这天。天气虽然寒冷，我的心里却是暖洋洋的。这本书的写作对我来说是一个比较艰难的任务，十分具有挑战性，从采访到完稿历时仅一年多。飞蝗太过专业而枯燥，中国治理这一孽虫的过程因为太漫长而让我很难在笔下聚焦。为此我想了些办法，都是一个目的，为了不让人读着太枯燥乏味。虽然感觉还是不够，不过我已经尽力了。

我要感谢中国作协交给我的这一任务，让我有机会接触到这一批研究和治理蝗虫的科学家，我在他们身上学到了不少东西，也因此接触到了一个崭新的世界，拓展了我的写作疆域。我要感谢中国科学院动物研究所办公室的盛宪锋主任，他安排接待我的采访，非常细心周到，特别是在提供资料方面，他花费了不少精力，让我的写作有了充足的材料。我还要感谢我的家人，为将一些资料变为电脑上的文字，付出了太多时间。

当然，我要感谢我自己，能将飞蝗这一昆虫弄懂，将治理它的过程梳理清楚，将我国劳动人民与它们的斗争史重捋一遍，实为不易。也因此，我可能成了半个蝗虫专家，至少可以将蝗虫说出个子丑寅卯来。所以，这次写作的过程是一个学习的过程，自然科学，其实是我非常喜欢的。我因此而获益良多，在我生活的贮存仓库里藏起了不少干货，这本书只用了一小部分素材。以后，我会继续用虚构写作来关注这一领域，来关注这些令人尊敬的科学家和这个神奇的昆虫。

对书中引用的资料，恕我不一一注明出处，也无法注明出处。好在，我的这本书并无商用目的，我只是想为那些根治了东亚飞蝗的科学家们树碑立传，为他们的家国情怀击掌讴歌，相信我的引用会得到他们的理解和支持。何况，这些资料本身就是中国治蝗史的一部分，要写这段历史，绕不开这些内容。

书稿完成后，中国科学院动物研究所的领导和专家们也提出了许多宝贵的建议与意见，他们一丝不苟的科学精神让我敬佩，在此再一次表示我的谢意与敬意。

如果这本书可以当科普读物阅读，我将因此感到欣慰。

有蝗灾的世界不美，但有蚱蜢的田野是美的。想到这些，我的心中有了春天的气息。

2018年元旦于武汉

1978年前后，在方毅同志的支持下，《哥德巴赫猜想》《小木屋》《胡杨泪》等一批反映科学家和科技创新的报告文学作品相继问世，引起了强烈的社会反响。这些被人们认为反映了"科学的春天"到来的激越文字，已经或依然在影响着很多人的人生选择。

2013年5月，中国科学院启动了新一轮机关管理体制改革，成立了科学传播局。在传播局的战略规划中，明确提出创作一批反映科技创新、歌颂科技工作者的高质量文化产品，争取可以传世。在中国作家协会副主席白庚胜同志、中国科学院文联主席（现任名誉主席）郭曰方同志、中国科学院科学传播局局长周德进同志的倡议下，这一想法明确为创作出版一套反映新中国科技成就的报告文学作品。由此，中国科学院、中国作家协会、中国科学技术协会三方达成联合创作一套大型报告文学作品的高度合作共识。2015年1月，中国科学院、中国作家协会、中国科学技术协会主要领导联合会签工作方案，正式将其定名为"'创新报国70年'大型报告文学丛书"。

知易行难。经选题遴选、作家推荐、研究所对接，到2015年11月13日，"创新报国70年"大型报告文学丛书项目举行第一批选题签约仪式，6项选题正式开始创作。其后，项目进入稳步有序的推进阶段，先后组织了4批选题的编创工作。

这是一个跨部门、大联合、大协作的项目，从工作设想到一字一句落墨定稿，数百人为之操劳奔走，为之辛苦不眠，为之拈断髭须。在选题、作家遴选阶段，中国科学院12个分院近60家院属单位提交了选题方向建议，多家研究所主动联系项目办公室，希望承担选题创作支撑任务；白春礼、侯建国、钱小芊、白庚胜、谭铁牛、王春法、袁亚湘、杨国桢、万立骏、陈润生、周忠和、林惠民、顾逸东、王扬宗、彭学明等20余位院士、专家直接参与统筹指导、选题遴选工作，为从根源上保障丛书水准出谋划策；中国作家协会、中国科学技术协会给予项目高度支持，细心考虑多方因素，源源不断地推荐最合适的优秀作家，提供强有力的支撑。

在调研创作阶段，30余位作家舟车劳顿，不辞辛劳深入科研一线调研采访，深挖一人一事。以"青藏高原科学考察项目""东亚飞蝗灾害综合治理""顺丁橡胶工业生产新技术""灾后心理援助十周年纪实""从人工全合成牛胰岛素研究到人工全合成核糖核酸研究""从'黄淮海战役'到'渤海粮仓'""包头、攀枝花、金川综合开发项目""中国植物分类学发展与植物志书编纂"中国科大'少年班'""李佩先生相关事迹"为代表的选题，因涉及年代较为久远，跨越了一代甚至几代人的时光，部分重大工程参与单位遍布全国，部分中国科学院外单位甚至已经取消或重组，探访困难。纪红建、陈应松、薛媛媛、秦岭、铁流、李鸣生、杨献平、彭程、李燕燕、冯秋子等作家，在选题依托单位的支持下，以科研成果为中心，不囿于门户，尽最大可能遍访相关单位和亲历者，尊重历史、尊重科学的初心始终如一。以"从'望洋兴叹'到'走向深海大洋'""从无缆水下机器人研究到'蛟龙'号载人深潜器""猕猴桃属植物资源保护、种质创新及新品种产业化""我国两栖动物资源'国情报告'""中国泥石流研究""文章写在大地上——植物学家蔡希陶""中国北方沙漠化过程及其防治""冻土与沙漠地区工程建设支持西部发展""唤醒盐湖'沉睡'锂资源""澄江生物群和寒武纪大爆发"为代表的选题，采访、调研的客观条件较为恶劣。许晨、徐剑、李青松、裘山山、葛水平、李朝全、毛眉、李春雷、马步升、董立勃等作家，出远海、访林间、探深山、翻石冈、巡雨林、穿沙漠、过盐湖，亲历一线采风，与科研人员同吃同住同工作，以自己的亲身见闻，撰写出最生动的文章。而以"北京正负电子对撞机及二期改造工程""核聚变领跑记：中国的'人造太阳'""从黄土到季风""载人航天工程空间科学与应用""大气灰霾的追因与控制""高福院士和他的病毒免疫学团队""强激光技术""'中国天眼'及南仁东先生事迹"为代表的选题，涉及大量晦涩难懂的基础科学研究及其前沿进展。叶梅、武歆、冯捷、周建新、哲夫、张子影、蒋巍、王宏甲等作家克服极大困难，"跨界"学习自己所不熟悉的科学知识，甚至成了相关领域的"半个专家"。与此同时，中国科学院下属30余家科研院所逾百位分管领导和工作人员任劳任怨、尽职尽责，为作家创作提供支撑保障。如西北生态环境资源研究院办公室副主任岳晓，曾十余次陪同作家前往一线采访，包括环境艰苦恶劣的青海格尔木站和北麓河站（海拔4800米）、宁夏中卫沙坡头站、新疆天山冰川站和阿勒泰站等。

在审读定稿阶段，科学界、文学界近150位专家参与审读工作，为高质量作品的诞生提供有力保障。"冯康先生及其家族对中国科学技术的贡献"选题作家宁肯在书稿初稿创作完成后，秉着精益求精的态度，充分尊重各方建议，先后进行了三次重大调整，所付出的精力与调研创作时不相上下。"周立三先生对我国国情研究的贡献"选题作家杜怀超对作品精雕细琢，根据审读意见不断修改完善，对笔误也一一审校订正，力争做到尽善尽美。

"创新报国70年"大型报告文学丛书的创作出版工作，已历时五年。这五年中，科学与文学相互激荡、科学家与文学家激情碰撞。这些"碰撞"，也成为开展工作的难点所在。例如，书稿标题的拟定，是应当更平实，还是更富文学性？一项科研工作，是应当尽可能全面展示，还是选取最具可读性的片段施以浓墨重彩？一个或多个工作团队中，应当展现什么人物？又该重点展示这些人物的哪些方面？凡此种种，在成稿之前，作家和科研人员都展开了无数轮"激烈"讨论，经过多方考虑才达成一致。这些或大或小的"碰撞"，在编写过程中，是大家的焦虑所在；在最终呈现给大家的这套书中，也许将是最精华之所在。处理或有不周，但作为一种"跨界"的磨合，相信读者会读出不一样的精彩。

"创新报国70年"大型报告文学丛书项目办公室设在中国科学院科学传播局，联合中国作家协会创联部、中国科学技术协会调宣部共同开展统筹协调工作。项目执行单位先后设在中国科学院计算机网络信息中心、中国科学院文献情报中心。前前后后，数十人为之操劳奔忙，他们是中国科学院的杨琳、胡卉、储姗姗、李爽、陈雪、崔璐、王峥、孙凌筱、张颖敏、岳洋，中国作家协会的高伟、范党辉、孟英杰，中国科学技术协会的孟令耘等。这个团队持续跟踪选题创作和审读进展，及时发现问题、解决问题，付出了大量的时间和精力，保障了丛书的顺利出版。

感谢中国作家协会、中国科学技术协会、中国科学院以及浙江教育出版社的精诚合作，感谢各位专家、作家和工作人员对此项工作的辛勤付出，相信"创新报国70年"大型报告文学丛书的出版能够有力地传承科学文化，推进科技与人文融合发展，弘扬社会主义核心价值观和新时代科学家精神，为实现中华民族伟大复兴的中国梦发挥出独特作用。

"创新报国70年"大型报告文学丛书项目组

2019年6月

图书在版编目（ＣＩＰ）数据

飞蝗物语 / 陈应松著. -- 杭州 ： 浙江教育出版社,
2019.9（2020.5重印）
（"创新报国70年"大型报告文学丛书）
ISBN 978-7-5536-9374-3

Ⅰ．①飞… Ⅱ．①陈… Ⅲ．①报告文学－中国－当代
Ⅳ．①I25

中国版本图书馆CIP数据核字(2019)第165889号

"创新报国70年"大型报告文学丛书

# 飞蝗物语
FEIHUANG WUYU

陈应松　著

策　　划：周　俊
责任编辑：董　莉　杨世森　邢　洁
责任校对：王　华　戴正泉
责任印务：沈久凌
出版发行：浙江教育出版社（杭州市天目山路40号　邮编：310013）
图文制作：杭州林智广告有限公司
印刷装订：浙江海虹彩色印务有限公司
开　　本：635 mm×965 mm　1/16
印　　张：29.5
字　　数：319 000
版　　次：2019 年 9 月第 1 版
印　　次：2020 年 5 月第 3 次印刷
标准书号：ISBN 978-7-5536-9374-3
定　　价：78.00 元
联系电话：0571-85170300-80928
网　　址：www.zjeph.com